안개 속 소녀

안개 속 소녀

LA RAGAZZA NELLA NEBBIA

도나토 카리시 지음

이승재 옮김

이 세상에 하나밖에 없는 아들
안토니오에게

2월 23일
실종사건 발생
62일 후

모든 걸 영원히 뒤바꾼 밤은 한 통의 전화벨 소리에서 시작되었다.

월요일 밤 10시 20분, 느닷없이 전화벨이 울렸다. 바깥 날씨는 영하 8도였고 싸늘한 안개가 주변의 모든 것을 뒤덮은 날이었다. 그 시각, 플로레스 박사는 아내와 함께 따뜻한 침대에 누워 TV에서 흘러나오는 흑백 갱영화를 시청하던 중이었다. 아내 소피아는 이미 깊은 잠에 빠진 터라 전화벨이 울려도 깨지 않았다. 남편이 침대에서 일어나 외출복으로 갈아입는 것도 몰랐다.

플로레스는 온 세상을 지워버리려는 듯 자욱하게 낀 안개를 뚫고 나가기 위해 두툼한 카고팬츠와 터틀넥 스웨터로 무장하고 품이 넉넉한 점퍼를 걸쳤다. 아베쇼에 위치한 작은 병원으로 서둘러 가야 하는 상황이었다. 62년을 살아오면서 지난 40년간 정신과 전문의로 붙박이처럼 자리를 지키며 일해온 병원이었다. 그 40년 동안 한밤중에 불려 나갈 정도로 긴박한 상황이었던 적은 몇 번 없었고, 그것도 대부분 경찰의 요구 때문이었다. 그가 나고 자란 고향이자 지금까지 살고 있는 알프스의 산악마을은 해가 떨어지면 사건이나 사고가 일어날 일 없는 그

7

런 곳이었다. 마치 범죄자들마저 지역 주민들의 생활 패턴에 따라 어둠이 내리면 다들 시각에 맞춰 자신들의 집으로 '퇴근'하는 규칙적인 생활을 하는 곳 같았다. 그랬기에 플로레스는 이런 뜬금없는 시각에 자신을 군이 병원까지 부른 상황에 대해 궁금해하지 않을 수 없었다.

전화상으로 경찰에게 전해 들은 유일한 정보는 한 남성이 교통사고와 관련해 긴급 체포된 상태라는 게 전부였다. 그 외에는 아무런 설명도 없었다.

오후 무렵에 눈은 그쳤지만 추위는 여전했다. 집 밖으로 나온 그를 반기는 건 비현실적인 적막감뿐이었다. 모든 게 정지된 것만 같았다. 심지어 시간마저 멈춰선 느낌이었다. 정신과 전문의는 영하의 날씨와는 상관없이 등골이 오싹해졌다. 그는 낡은 시트로앵에 시동을 걸고 디젤 엔진이 충분히 가열될 때까지 얼마간 기다렸다가 출발했다. 평온한 정도가 지나쳐 으스스하게 느껴질 정도로 단조로운 분위기를 깨기 위해서라도 꼭 필요한 소음이었다.

결빙현상으로 얼어붙은 아스팔트 도로는 차치하고라도 자욱한 안개 때문에 시속 20킬로미터 이상으로는 속력을 낼 수도 없었다. 그는 양손으로 운전대를 꽉 붙잡고 앞 유리에 얼굴을 바짝 붙인 채 주변을 살피며 차를 몰았다. 다행인 건 긴 세월 매일같이 오가며 몸으로 익힌 경로인 터라 눈으로는 식별할 수 없는 구간을 머리와 몸이 먼저 알고 있다는 것이었다.

교차로에 다다른 그는 시내 중심가로 이어지는 도로를 택했다. 바로 그때 뿌연 우윳빛 안개 속에서 움직이는 무언가를 발견했다. 마치 꿈속처럼 모든 게 느린 속도로 흘러가고 있었다. 희뿌연 장막 깊숙한 곳

8

에서부터 불규칙적으로 깜빡이는 불빛이 그를 향해 다가오는 것 같았다. 하지만 정작 그 불빛을 향해 다가가는 건 그 자신이었다. 순간, 자욱한 안개 속에서 인간의 형체가 불쑥 튀어나왔다. 형체는 두 팔을 커다랗게 흔들며 이상한 동작을 하고 있었다. 가까이 가서야 그 형체가 지나가는 차량들을 향해 서행운전을 하라고 수신호를 보내는 경찰이라는 사실을 깨달았다. 정신과 전문의는 경찰 옆으로 지나가며 짧게 눈인사를 나눴다. 경찰 뒤로 보이던 불빛은 경찰차의 경광등과 도랑에 처박혀 전복된 짙은 색 중형차의 후미등이었다.

그곳을 지나자마자 플로레스는 시내 중심가에 들어섰다. 거리는 썰렁했다.

자욱한 안개에 둘러싸인 노란 가로등 불빛은 마치 신기루 같았다. 그는 중심가의 주거지역을 가로질러 목적지로 향했다.

아베쇼의 작은 병원에 도착하자 평소와 달리 묘한 동요가 느껴졌다. 아니나 다를까 플로레스가 병원 현관 문턱을 넘어서자마자 지역 소속 형사 한 사람이 최근 여기저기서 좋은 평판을 얻고 있는 젊은 여검사 레베카 메이어와 함께 그를 마중 나왔다. 검사는 심각한 표정을 짓고 있었다. 정신과 전문의가 점퍼를 벗는 동안 검사는 그에게 한밤에 찾아온 뜻밖의 '손님'이 누구인지를 설명했다.

"포겔입니다." 그녀는 '손님'의 성만 말했다.

포겔이라는 성을 듣자마자 플로레스는 검사가 왜 그렇게 심각한 표정을 짓고 있었는지 알 것 같았다. 그날 밤은 모든 게, 영영 달라질 터였다. 하지만 플로레스는 아직 그 사실을 몰랐다. 그래서 더더욱 자신이 이 상황에서 과연 무슨 역할을 해야 하는 건지 이해할 수 없었다.

"내가 정확히 뭘 해드려야 하는 겁니까?" 그가 물었다.

"응급실 의사들 말로는 상태가 멀쩡하답니다. 하지만 사고 충격 때문인지 횡설수설하면서 말도 안 되는 소리를 하고 있습니다."

"그런데 그 횡설수설하는 말이 사실인지 아닌지 모르시겠다, 이겁니까?"

플로레스의 예측은 정확했다. 레베카 메이어 검사는 아무런 대꾸도 하지 않았다.

"발작증상을 보였습니까?"

"그런 건 아닙니다만 압박 강도에 따라 반응이 달라지는 걸 보면 감정기복이 심한 걸로 여겨집니다."

"그리고 무슨 일이 있었는지 기억을 못 하겠고요……" 정신과 전문의가 말을 이었다.

"자신이 사고를 당했다는 사실은 기억합니다. 그런데 저희가 알고 싶은 건 그 이전의 일입니다. 간밤에 무슨 일이 있었는지 확인을 해야 하거든요."

"그러니까 검사님 생각에 따르면 저 양반이 연기를 하고 있다, 이 말이군요." 플로레스가 결론을 내리듯 말했다.

"아무래도 그런 것 같습니다. 그렇기 때문에 박사님께서 개입을 해주셨으면 하는 겁니다."

"나한테 기대하는 게 정확히 뭡니까, 검사 양반?"

"포겔이 범죄에 연루되었다는 사실을 입증할 증거가 부족합니다. 게다가 본인도 그 사실을 잘 알고 있습니다. 그렇기 때문에 저자가 과연 제정신인지 확인을 해주셨으면 합니다."

"제정신이라면 어떻게 되는 겁니까?"

"정식으로 고소하고 공식 신문 절차를 진행할 수 있습니다. 변호사가 찾아와 같잖은 핑계를 대고 저자를 빼내가지 않을까 걱정할 일 없게 말이지요."

"그런데…… 교통사고 피해자는 없지 않습니까. 아닙니까? 그렇다면 무슨 혐의로 고소를 하겠다는 겁니까?"

레베카 메이어는 잠시 뜸을 들였다.

"일단 포겔을 만나보시면 이해하실 겁니다."

그들은 포겔을 플로레스 박사의 진료실에 데려다놓았다. 플로레스는 진료실 문을 열고 들어갔다. 그는 서류 더미가 쓰러질 듯 위태위태하게 쌓여 있는 책상 맞은편에 놓인 두 개의 작은 의자 중 하나를 차지하고 있는 남자를 발견했다. 짙은 색 캐시미어 코트 차림의 그는 어깨를 구부린 자세로 앉아 있었다. 누가 들어왔는지도 모르는 눈치였다.

플로레스는 자신의 점퍼를 옷걸이에 걸고 여전히 추위에 굳은 손가락을 주물렀다.

"안녕하십니까." 그는 라디에이터가 작동하고 있는지 확인하려는 듯 난방기 쪽으로 걸어가며 인사말을 건넸다.

난방기부터 확인한 이유는 상대에게 자신이 왔음을 알리는 동시에 반응을 떠보기 위해서였다. 그리고 무엇보다 레베카 메이어 검사가 한 말의 뜻을 이해하기 위한 일종의 작전이었다.

캐시미어 코트를 걸친 포겔의 옷차림은 우아한 분위기를 풍겼다. 감청색 정장, 작은 꽃무늬 장식이 새겨진 하늘색 실크 넥타이, 재킷 앞주머니를 장식하고 있는 노란 손수건, 흰 와이셔츠 소매에 달린 핑크골드 커프스링크까지. 하지만 정작 전체적인 행색은 지난 몇 주간 똑같은 차림으로 돌아다닌 듯 변변치 못해 보였다.

포겔은 눈을 들고 잠시 동안 플로레스를 응시했지만 그의 인사에는 아무런 반응도 보이지 않았다. 그러고는 다시 무릎에 올려놓은 자신의 손으로 시선을 내리깔았다.

정신과 전문의는 자신과 그를 대면시키기로 결심한 기묘한 운명의 장난에 대해 잠시 생각해보았다.

"여기서 얼마나 앉아계셨던 겁니까?" 그가 물었다.

"박사님은 얼마나 되셨습니까?"

플로레스는 상대의 농담을 받아주며 웃었지만 상대는 심각할 정도로 진지했다.

"대략 40년 정도 됐습니다." 의사가 대답했다.

그 세월 동안 진료실에는 가구나 집기들이 늘어난 대신 공간이 점점 줄어들었다. 의사는 진료실 전체를 놓고 보면 불협화음이 따로 없다는 생각을 했다.

"저기 낡은 카우치 보이십니까? 저건 내 전임자한테 물려받은 겁니다. 하지만 이 진료실은 내가 직접 고른 거지요."

테이블 위에는 가족사진이 담긴 액자들이 당당히 자리를 차지하고 있었다.

포겔은 그중 하나를 들고 유심히 살펴보았다. 정원에서 바비큐 파티를 하던 날 찍은 사진 같았다. 플로레스가 여러 명의 자식과 손주들에게 둘러싸여 포즈를 취하고 있었다.

"아름다운 가족이군요." 영혼 없는 형식적인 말투였다.

"자식 셋에 손자, 손녀가 열하나입니다."

플로레스는 대가족을 꾸린 가장의 이미지에 상당한 자부심이 있었다.

포겔은 사진을 내려놓고 주변을 둘러보았다. 벽을 장식한 학위증, 자격증, 각종 상장들과 손주들이 그린 그림들 사이에 정신과 전문의가 가장 자랑스럽게 여기는 전리품들이 포겔의 시선을 끌었다.

의사는 스포츠 낚시를 즐기는 사람이었다. 그래서 자신이 직접 잡은 물고기들을 박제로 만들어 벽에 걸어두었다.

"여건이 될 때면 하던 일을 모두 중단하고 호숫가나 계곡으로 갑니다. 그런 식으로 마음의 평안을 찾고 사람들을 대하는 거죠." 플로레스가 말했다.

구석에 있는 수납장에는 낚싯대와 찌, 바늘, 낚싯줄을 비롯해 낚시 장비가 담긴 상자가 보관되어 있었다. 시간이 흐르면서 진료실은 본연의 모습을 점점 잃어가고 있었다. 오히려 의사 자신만을 위한 공간이자 아지트로 변모해 있었는데, 몇 달 후면 의사 생활에 종지부를 찍고 은퇴해야 한다는 생각에 아쉽기만 했다. 개인소지품을 비롯해 전부 치워버려야 했기 때문이다.

진료실 벽이 들려주는 수많은 이야기 속에 이제 어느 겨울밤 늦은 시각에 찾아온 예기치 않은 손님의 사연이 덧붙여질 순간이었다.

"그런데 선생께서 이렇게 여기 계시다는 사실이 아직도 믿기지가 않는군요." 의사는 다소 불편한 심기를 드러내며 말을 이었다. "집사람과 TV를 보다가 여러 차례 선생을 봤습니다. 유명인사시더군요."

상대는 동의한다는 듯 고개를 끄덕이고는 있었지만 적잖이 당황한 듯 보였다. 아니면 타고난 명배우이든가.

"그나저나 정말 괜찮으신 겁니까?"

"괜찮습니다." 포겔은 기어들어가는 목소리로 대답했다.

플로레스는 라디에이터에서 자신의 책상으로 자리를 옮겨 오랜 세월을 거치는 동안 그의 체형에 맞게 변형된 의자에 앉았다.

"운이 좋으셨다는 건 알고 계십니까? 오는 길에 사고현장을 지나왔습니다. 도랑이 제법 깊기는 했지만 그 반대편은 골짜기였거든요."

"안개 때문이었습니다."

"그러게 말입니다. 도로가 얼어붙는 영하의 날씨에 안개까지 자욱이 끼는 날은 흔치 않지요. 평소라면 집에서 이곳까지 10분도 채 걸리지 않는데 오늘은 20분이 넘게 걸렸습니다."

플로레스는 팔걸이에 팔을 얹고 등받이를 뒤로 밀며 편하게 의자에 기댔다.

"그러고 보니 인사가 늦었습니다. 나는 오귀스트 플로레스 박사라고 합니다. 선생은 어떻게 불러드리면 좋겠습니까? 수사관 아니면 포겔 선생?"

남자는 잠시 생각하는 눈치였다.

"알아서 부르십시오."

"개인적으로 형사들은 현직에서 물러나더라도 계급만큼은 지켜야 한다고 생각하는 편입니다. 나한테 선생은 포겔 수사관이라는 이미지로 남아 있습니다."

"좋으실 대로……."

플로레스 박사의 머릿속에 순간적으로 수십여 개의 질문이 스쳐지나갔지만 그는 적절한 질문으로 시작해야 한다는 사실을 누구보다 잘 알고 있었다.

"솔직히, 이 일대에서 포겔 수사관을 다시 볼 수 있을 거라고는 예상치 못했습니다. 이미 오래전에 원래 일하시던 곳으로 돌아가셨다고 생각했거든요. 그 일 이후에 말입니다……. 여기 돌아오신 특별한 이유라도 있는 겁니까?"

포겔은 있지도 않은 먼지를 털어내기라도 하려는 듯 천천히 바지 위로 손을 올렸다.

"글쎄요……."

포겔 수사관은 더 이상 말을 잇지 않았고 플로레스 박사 역시 고개를 끄덕이는 것으로 만족했다.

"이해합니다. 그런데 혼자 오셨습니까?"

"그렇습니다." 포겔이 대답했다.

하지만 형사의 표정은 상대가 던진 질문의 뜻을 제대로 이해한 것 같아 보이지 않았다.

"혼자 왔습니다." 그는 다시 한 번 대답했다.

"여기 오신 이유가 실종된 그 10대 소녀 사건과 관련이 있습니까?" 플로레스 박사는 돌발적인 질문을 던졌다. "그 사건 수사에서 제외되신 걸로 알고 있기 때문에 물어보는 겁니다."

의사의 질문이 상대의 무언가를 건드려 잠에서 깨우기라도 한 듯 수사관은 쌀쌀맞게 받아쳤다. 정신과 전문의는 그것을 자만심에서 비롯한 행동으로 해석했다.

"저를 왜 여기 억류하고 있는 건지 이유를 알 수 있겠습니까? 경찰이 저한테 원하는 게 뭡니까? 제가 왜 여기 이렇게 붙잡혀 있어야 하는 겁니까?"

"포겔 수사관. 수사관은 간밤에 사고를 당했습니다." 플로레스 박사는 널리 정평이 난 인내심을 십분 발휘해 상대의 질문에 대응했다.

"그건 저도 알고 있습니다!" 상대는 버럭 화를 냈다.

"사고 당시 그 차에 혼자 계셨던 게 확실합니까?"

"방금 말씀드리지 않았습니까. 여기 혼자 왔다고요."

플로레스 박사는 책상 서랍을 열고 작은 손거울 하나를 꺼내 포겔 수사관 앞에 내려놓았다. 그는 거울에 아무런 관심도 보이지 않았다.

"그런데 다치신 데가 하나도 없다는 말씀이군요."

"이미 괜찮다고 말씀드렸는데 도대체 몇 번이나 똑같은 걸 물어보실 생각입니까?"

정신과 전문의는 앉아 있던 자세에서 그를 향해 허리를 숙이며 대답했다.

"그렇다면 이거 한 가지만 해명해주시면 좋겠습니다……. 차에는 혼자 타고 계셨고, 다치신 데 하나 없이 멀쩡하다고 말씀하시는데 그럼 그 옷에 묻은 피는 누구 피인 겁니까?"

포겔은 갑자기 말문이 막힌 사람처럼 반응했다. 방금 전의 분노는 사라지고 그 즉시 플로레스 박사가 자신의 앞에 내려놓은 손거울로 시선을 돌렸다.

그는 그제야 자신을 살펴보기 시작했다.

흰 와이셔츠 소매에 묻은 붉은 혈흔. 복부 위에 묻은 두어 개의 검붉은 얼룩. 몇몇 짙은 얼룩들은 그가 입고 있던 정장이나 코트 색과 혼동이 될 정도였지만 농도는 확연히 더 진했다. 수사관은 마치 처음으로 혈흔을 발견한 양 행동했다. 하지만 기억의 일부는 그 혈흔의 존재를 무의식중에 인식하고 있었다. 플로레스 박사는 곧바로 그 사실을 간파해냈다. 포겔이 혈흔을 발견하고도 혼비백산하지 않았기 때문이다. 뿐만 아니라 자신의 옷에 무슨 이유로 혈흔이 묻었는지 모르겠다고 부인하지도 않았다.

수사관의 눈빛이 달라지면서 당황한 기색이 사라져버렸다. 마치 안개가 사라지듯. 하지만 진료실 창문 너머로 온 세상을 뒤덮고 있는 안개는 여전히 그대로였다.

드디어 모든 걸 영원히 뒤바꾼 밤이 시작되었다. 포겔 수사관은 플로레스 박사의 눈을 똑바로 바라보고 있었다. 갑자기 또렷해진 눈빛으로.

"맞는 말씀이군요." 그가 대답했다. "의사 선생께 해명해야 할 문제라는 생각이 드네요."

소나무 숲은 오래된 흉터같이 좁고 기다랗게 파인 협곡을 당장에라도 점령할 준비를 마친 병사들처럼 산등성이를 따라 드리우고 있고, 그 가운데를 진한 초록빛 강물이 때로는 온화하게, 때로는 성을 내며 흐르고 있었다.

아베쇼는 그런 자연을 배경으로 중심에 자리 잡은 마을이었다.

국경과 불과 몇 킬로미터 떨어지지 않은 산악지방인 아베쇼는 지붕이 경사진 주택들과 성당, 종루, 면사무소, 파출소, 작은 병원, 소규모 학군에 바 몇 곳, 그리고 스케이트장이 옹기종기 모여 있는 곳이었다.

숲, 협곡, 강물과 마을 외에도 과거의 기억과 주변의 자연을 훼손시켜 기괴한 모양의 상흔처럼 만들어놓은 거대한 광물 채취시설이 흉물스럽게 남아 있었다.

중심가를 벗어나면 곧바로 국도변에 인접한 식당 하나가 나왔다.

식당의 통유리문은 주유기가 설치된 도로 쪽으로 나 있었고, 'Happy Holidays'라는 문구가 번쩍이는 네온간판이 지나가는 차량 운전자들에게 즐거운 연휴를 기원하고 있었다. 하지만 식당 안에서 본

간판의 문구는 좌우가 바뀌어 있어 해독하기 힘든 상형문자처럼 보였다.

식당 내부에는 담청색 포마이카 테이블이 30개 정도 놓여 있었는데 일부는 벽에 고정된 칸막이에 가려 보이지 않았다. 모든 테이블은 손님 맞을 준비가 완벽히 갖춰져 있었지만 유일하게 주인이 있는 테이블은 정 가운데 딱 하나뿐이었다.

포겔 수사관은 홀로 테이블에 앉아 계란 요리와 김이 모락모락 올라오는 베이컨으로 아침 식사를 하고 있었다. 감청색 정장과 회녹색 베스트, 그리고 군청색 넥타이 차림에 캐시미어 코트를 그대로 걸친 채였다. 그는 꼿꼿이 앉은 자세로 검은색 수첩을 뚫어지게 쳐다보면서 우아한 모양의 은색 볼펜으로 무언가를 끼적이다가 내려놓고 다시 음식을 먹었다. 마치 자신만의 리듬을 타듯 쓰고 먹는 행위를 규칙적으로 반복했다.

나이 든 식당 주인은 빨강과 검정으로 된 격자무늬의 럼버잭 셔츠를 팔꿈치까지 걷어 올리고 기름얼룩이 묻은 앞치마를 두르고 있었다. 그는 카운터에서 나와 김이 올라오는 뜨거운 커피 주전자를 들고 유일한 손님을 향해 걸어갔다.

"오늘은 아예 문 열 생각도 없었다는 거 아슈? 크리스마스 날 아침에 누가 오겠나 싶더라고. 몇 년 전만 해도 관광객들이 넘쳐났었지. 아이들을 대동한 가족 단위의 손님들 말이야⋯⋯. 그런데 그 빌어먹을 광물인지 뭔지가 발견된 뒤로 모든 게 달라졌지 뭐유."

식당 주인은 마치 다시는 돌아오지 않을 먼 옛날, 행복했던 그때 그 시절을 그리워하는 듯한 투로 말했다.

얼마 전까지만 해도 아베쇼의 일상은 차분하고 평온했다. 주민들은 관광과 소규모 수공예로 삶을 이어가고 있었다. 그러던 어느 날, 한 외지인이 그 산악지역에 대단위 형석층이 형성되어 있을 거라는 관측을 내놓았다.

포겔은 노인의 말이 옳다고 생각했다. 그로 인해 모든 게 달라진 건 사실이었으니까. 한 다국적기업이 산골짜기까지 찾아와 광맥 주변의 토지를 소유하고 있던 땅 주인들에게 후하게 값을 쳐주며 땅을 사들였다. 적잖은 마을사람들이 벼락부자가 된 반면, 땅 한 뙈기조차 없었던 사람들은 갑자기 가난이라는 굴레를 뒤집어써야 했다. 관광객들의 발걸음이 뚝 끊겼기 때문이다.

"나도 차라리 이 식당을 팔아치우고 진작 은퇴를 했어야 했을지도 모르지……." 주인은 말을 이었다.

그러다가 유감이라는 듯 고개를 절레절레 흔들면서 포겔의 잔에 커피를 따라주었다. 정작 테이블에 앉은 당사자는 주문도 하지 않은 커피를.

"여기 들어오는 선생을 보면서 처음에는 싸구려 물건들을 강매하려는 외판원이라고 생각했었습니다. 그러다 깨달았지……. 선생은 그 여자아이 때문에 이곳을 찾은 사람이라는 걸. 안 그렇소?"

식당 주인은 은근슬쩍 고개를 돌려 출입구 바로 옆에 붙어 있는 전단지를 가리켰다.

그곳에는 빨간 머리에 주근깨가 난 10대 소녀가 웃고 있었다. 이름은 애나 루 캐스트너. 그리고 문구 하나. "저를 보신 적 있나요?" 그 아래로 전화번호와 인상착의 등 정보가 몇 줄 적힌 실종 전단지였다.

포겔은 식당 주인이 자신의 검은색 수첩을 곁눈질로 쳐다본다는 사실을 깨닫고는 덮어버렸다. 그런 다음 포크를 접시 위에 내려놓았다.

"저 아이를 아십니까?"

"저 애 가족을 다 알지요. 대단한 사람들이지." 주인은 자신 쪽으로 의자 하나를 끌어다가 형사를 마주 보고 앉았다. "선생이 보기에, 저 아이한테 무슨 일이 일어난 것 같소?"

포겔은 양손을 모아 턱을 괴었다. 얼마나 많이 들어본 질문이었던 가? 언제나 그런 식이었다. 사람들은 진심으로 걱정하는 것처럼 보이 거나, 그렇게 보이려고 애를 쓰지만 결국 그들의 목적은 호기심을 채 우는 것이었다. 참을 수 없는 병적 호기심을.

"24시간입니다." 포겔이 대답했다.

식당 주인은 상대의 답변을 이해하지 못해 어리둥절한 표정을 짓고 있었다. 포겔은 그가 자세한 설명을 요구하기 전에 말을 이었다.

"가출한 10대 청소년들이 꺼두었던 휴대전화를 다시 켜기까지 최대 한 참을 수 있는 시간이 24시간입니다. 휴대전화를 켠 아이들은 친구 에게 전화를 걸거나, 혹시 자신과 관련된 소식이 인터넷에 떴는지 검 색을 합니다. 그리고 그 순간에 위치 확인이 가능합니다. 이런 아이들 의 대다수는 결국 48시간 내에 집으로 돌아오는 법이죠……. 그러니 까 안 좋은 일을 겪었거나 사고를 당한 게 아니라면 실종사건 발생 이 후 이틀까지는 현실적으로 모든 게 해피엔딩으로 끝날 가능성이 있는 겁니다."

"그다음에는요? 그다음에는 어떻게 되는 겁니까?"

"그다음에는 대개 저한테 연락을 하지요."

포겔은 자리에서 일어나 한 손을 주머니에 밀어 넣고는 20유로 지 폐 한 장을 테이블 위에 올려놓았다. 그런 다음 출구를 향해 걸어 나 가다 문턱을 넘어서기 직전, 식당 주인을 향해 뒤돌아섰다.

"이거 하나는 알려드리지요. 가게 팔 생각은 접으시는 게 나을 겁니다. 조만간 예전처럼 사람들이 몰려들 테니까요."

밖으로 나오니 날씨는 추웠지만 하늘은 청명하고 겨울 햇살이 반짝이고 있었다. 국도를 통과하는 트럭들이 지나갈 때마다 포겔의 코트 자락이 이리저리 휘날렸다. 그는 주머니에 양손을 찔러 넣고 식당 앞 작은 광장의 주유기 옆에 가만히 선 자세로 하늘을 올려다보았다.

30대 정도로 보이는 젊은 남성 하나가 등 뒤에 나타났다. 젊은 남자 역시 정장에 넥타이 차림이었고, 비록 캐시미어는 아니었지만 짙은 색 코트도 걸쳤다. 옆 가르마로 명확히 구분을 지어놓은 갈색 머리에 담청색 눈동자를 가진 얼굴은 건실한 청년의 이미지를 풍겼다.

"안녕하십니까." 인사를 건넸지만 아무런 말도 되돌아오지 않았다. "저는 보르기 경사입니다. 형사님을 모셔오라는 명령을 받고 왔습니다."

포겔은 그에게 눈길 한 번 주지 않은 채 여전히 하늘을 올려다보고 있었다.

"30분 후에 브리핑이 진행될 예정입니다. 다들 모여 있습니다. 형사님이 요청하신 대로요."

보르기는 그제야 허리를 숙이며 선배 수사관이 주유기 위쪽 지붕에 설치된 무언가를 유심히 살피고 있음을 깨달았다.

국도 쪽으로 향해 있는 감시카메라였다.

포겔은 한참이 지나서야 자신을 찾아온 형사에게 고개를 돌렸다.

"이 도로가 계곡까지 이어지는 유일한 진출입로가 맞습니까?"

"네, 맞습니다, 형사님. 이 도로를 통하지 않고는 들어올 수도, 나갈 수도 없습니다. 계곡의 끝에서 끝까지 가로지르는 유일한 도로입니다."

"좋습니다. 그럼 계곡 끝 지점까지 가봅시다." 포겔이 말했다.

그러고는 자신을 데려가기 위해 보르기 경사가 몰고 온 짙은 색 중형차 쪽으로 빠르게 걸어갔다. 보르기는 잠시 머뭇거리다 뒤따라갔다.

몇 분 후, 두 사람은 강 위를 지나 인근 계곡으로 연결되는 다리에 도착했다. 젊은 형사는 갓길에 주차해놓은 차 앞에서 기다리는 반면 포겔은 몇 미터 떨어진 거리에서 주유기 앞에서 했던 행동을 반복했다. 이번에는 도로 옆 기둥 끝에 설치된 교통통제 감시카메라를 응시하고 있다. 그의 옆으로 지나다니는 차량들은 교통 흐름에 방해된다는 항의의 뜻으로 경적을 울려댔지만 포겔은 아랑곳 않고 자기 일에 집중했다. 젊은 형사 보르기의 눈에는 특별수사관의 행동이 당혹스럽기만 했다.

자신의 일을 끝낸 특별수사관은 다시 차로 돌아왔다.

"실종된 소녀의 부모를 만나러 갑시다." 그는 보르기 경사의 대답도 기다리지 않고 그대로 차에 올라탔다. 경사는 시계를 들여다보다가 인내심을 발휘해 운전대를 다시 잡았다.

"애나 루는 한 번도 문제를 일으킨 적 없는 아이예요." 마리아 캐스트너는 단언하듯 자신 있게 말했다.

실종된 소녀의 어머니는 호리호리한 체구와 달리 강인한 면모를 자아냈다. 그녀는 그들이 사는 작은 2층집 거실의 소파에 체구는 건장하지만 순하게 생긴 남편과 나란히 앉아 있었다. 파자마와 잠옷 차림의 두 부부는 서로의 손을 꼭 잡고 있었다.

들척지근한 음식 냄새와 탈취제 냄새가 은근히 포겔의 신경을 거슬리게 했다. 그는 팔걸이의자에 앉았고 보르기 경사는 다소 거리를 두고 식탁 의자에 자리를 잡았다. 두 사람과 캐스트너 부부 사이에는 낮은 탁자 하나가 있고 그 위에는 점점 싸늘하게 식어가는 커피 잔이 놓여 있었는데 아무도 커피를 마실 마음이 없어 보였다.

거실에는 크리스마스트리 한 그루가 놓여 있었다. 그리고 그 아래서 일곱 살짜리 쌍둥이 형제가 방금 포장을 뜯어낸 선물을 가지고 놀고 있었다.

상자 하나는 포장이 뜯기지 않은 채 남아 있었다. 빨간 리본이 그대로 달린 채.

마리아는 포겔의 시선이 어디로 향해 있는지 감지했다.

"그래도 아이들에게는 예수 탄생일을 누리게 해주고 싶었어요. 저 아이들이 지금 이 상황을 최대한 모르고 넘어가줬으면 하는 게 저희 바람이거든요." 그녀는 자신들의 행동을 정당화했다.

이 '상황'이란 부부의 열여섯 살 된, 하나밖에 없는 딸이 실종된 지 이틀째 되는 '상황'이었다. 어느 겨울 오후 5시 무렵, 소녀는 집에서 불과 몇 백 미터 떨어진 교회에 가려고 집을 나섰다.

하지만 끝내 교회에는 모습을 드러내지 않았다.

애나 루는 천편일률적으로 생긴 집들이—정원 딸린 작은 전원주택— 옹기종기 모여 있고 주민들도 이미 오래전부터 서로가 서로를 잘 알고 지내온 주택단지의 짧은 구간을 걸어갔다.

하지만 수상한 장면을 목격하거나 이상한 소리를 들은 사람은 아무도 없었다.

신고가 접수된 시각은 오후 7시였다. 딸아이가 돌아오지 않자 어머니는 딸의 휴대전화에 전화를 걸었다. 하지만 전화기는 꺼져 있었다. 2시간은 애나 루에게 무슨 일이든 벌어지고도 남을 만큼 길었다. 저녁 내내 수색이 이어졌지만 안전문제로 중단되고 다음 날로 미루어졌다. 게다가 현지 경찰병력으로 일대 전역을 수색하는 건 무리였다.

그리고 아직까지 실종이나 가출로 추정할 만한 뚜렷한 단서도 발견되지 않았다.

포겔은 다시 한 번 두 부부를 살펴보았다. 두 사람 모두 눈가가 퀭해 보였다. 비록 지금은 경미한 수준이지만 앞으로 몇 주에 걸쳐 불면의 밤이 이어지다 보면 하루아침에 폭삭 늙어버리는 건 시간문제였다.

"저희 딸은 항상 책임감이 강한 아이였어요. 아주 어렸을 때부터요." 마리아는 설명을 이어 나갔다. "어떻게 말씀드려야 하나……. 한 번도 그 아이를 걱정해본 적이 없었거든요. 혼자 큰 아이라고 해도 과언이 아닐 정도예요. 집안일을 돕고 동생들도 알아서 보살폈어요. 학교에서도 선생님들이 모범생이라고 좋아하시고, 얼마 전부터는 저희 교구 공동체 교리문답 교사로도 활동하고 있어요."

몇 점 안 되는 가구들이 단출하게 거실을 장식하고 있었다. 포겔은 집 안으로 들어오면서 이들의 신앙이 얼마나 독실한지를 증명해주는 장식품 여러 개를 눈여겨본 터였다. 벽에는 성상화나 성경 혹은 복음서의 장면을 묘사한 그림들이 걸려 있었다. 플라스틱이나 석고로 만들어진 예수상이 도처에 놓여 있고 성모 마리아를 비롯해 온갖 성인들의 상도 곳곳에 비치되어 있었다. 그리고 나무 십자고상은 거실 TV 위에 달려 있었다.

그 외에도 여러 장의 가족사진들이 눈에 띄었다. 그중 대부분에서 빨간 머리에 주근깨가 난 10대 소녀를 볼 수 있었다.

애나 루는 여장한 아버지의 모습으로 보일 정도로 아버지를 빼닮았다.

사진마다 입가에 미소를 띠고 있었다. 첫영성체 때 찍은 사진, 남동생들과 산에 올라가 찍은 사진, 스케이트장에서 어깨에 스케이트를 걸치고 경기에서 딴 메달을 자랑스럽게 내보이며 찍은 사진.

포겔은 앞으로 그 거실과 벽, 그리고 집 전체가 예전 같을 수 없다는 사실을 잘 알고 있었다. 조만간 가족들을 아프게 할 기억들로 가득 차 있기 때문이었다.

"딸아이가 집에 돌아오기 전까지는 크리스마스트리를 그대로 둘 생각입니다." 마리아 캐스트너는 자랑이라도 하듯 힘주어 말했다. "창밖에서도 잘 보이게 불까지 켜놓을 거예요."

포겔은 어이없기도 하고 부질없이 느껴지기도 했다. 특히 다가올 몇 달간은 더더욱 그럴 거라고. 크리스마스트리는 그녀의 딸을 집으로 인도해주는 등대의 역할을 하는 셈이었다. 영원히 돌아올 수 없을지도 모를 딸을 위한……. 그럴 가능성도 충분히 높았다. 단지 애나 루의 부모만 여전히 그런 현실을 인식하지 못할 뿐이었다. 그들이 밝히는 크리스마스트리 불빛은 지나다니는 사람들 모두에게 비극적인 소식을 알리는 역할만 하게 될 터였다. 그리고 머지않아 잊고 싶은 성가신 존재로 전락해버릴 것이다. 이웃들은 여전히 그 자리에 서서 불을 밝히는 크리스마스트리의 의미를 무시할 수 없을 테니까. 아마도 시간이 흐르고 나면 보는 것만으로도 짜증이 나게 될 것이다. 그 앞을 지나다니던 사람들은 트리가 보기 싫어서라도 먼 곳으로 돌아가게 될 것이다. 상징 같았던 크리스마스트리는 모두가 캐스트너 가족에게 등을 돌리고 그들을 점점 더 큰 고립감 속으로 몰아넣을 흉물이 될 터였다. 왜냐하면 사람들은 무관심이라는 통행료를 지불해가면서라도 각자 이전의 일상으로 돌아가려 하기 때문이다. 포겔은 그 사실을 잘 알고 있었다.

"사람들이 그러더라고요. 열여섯 살이면 반항기를 보이거나 충동적으로 행동하는 게 정상이라고요." 마리아 캐스트너는 그렇게 말하고는 단호히 고개를 흔들며 말을 이었다. "하지만 우리 딸아이는 절대로 그럴 애가 아닙니다."

포겔은 고개를 끄덕였다. 아무런 증거나 단서는 없었지만 그녀의 말에 전적으로 동의하기 때문이었다. 그는 딸아이에게는 아무런 문제가 없었다는 사실을 강조하며 스스로에게 면죄부를 주려는 한 어머니와 단순히 뜻을 같이하는 것에 그치지 않았다. 특별수사관은 실질적으로 그녀의 주장이 옳다고 믿고 있었다. 거실 구석구석에서 환하게 웃는 표정으로 자신을 주시하고 있는 애나 루의 표정에서 확신을 얻었던 것이다. 해맑고 앳된 소녀의 표정은 포겔에게 무슨 일이 일어난 것이라고 힘주어 말하고 있었다. 소녀가 결코 원치 않았던 그런 일이.

"우리 모녀는 관계가 돈독했어요. 딸아이가 저를 많이 닮았거든요. 지난주에는 이것도 손수 만들어주더라고요." 마리아는 형사에게 손목에 차고 있던 작은 진주 팔찌를 보여주었다. "얼마 전부터 이런 거 만드는 일에 흥미를 붙였거든요. 여러 개를 만들어서 자기가 좋아하는 사람들에게 선물하곤 했어요."

포겔은 비록 수사에는 아무런 도움도 되지 않지만 실종된 소녀의 어머니가 목소리나 눈빛을 통해 아무런 감정도 드러내지 않고 시시콜콜한 이야기를 늘어놓고 있음을 주목했다. 하지만 무관심이나 냉담한 반응은 아니었다. 포겔은 그 이유를 간파했다. 사실, 마리아 캐스트너는 자신들에게 닥친 일을 하나의 시련으로 받아들이고 있었다. 자신들의 신앙은 온전하고 전보다 더 강건하다는 사실을 입증해 보이기 위해 모두가, 지금 이 순간, 감내해야 하는 일종의 테스트라 여기고 있었다. 그렇기 때문에 마리아 캐스트너는 사실상 지금 이 상황이 부당하고 불공평한 처사라는 생각을 스스로 거부하며 있는 그대로 받아들이고 있었던 것이다. 저 위에 계신 누군가가, 아니면 신이 직접 이 상황을 해결해주시리라는 희망을 간직한 채로.

"애나 루는 저한테 숨기는 게 없었어요. 물론 그렇다고 엄마가 자식들의 모든 걸 다 알 수는 없는 법이더라고요. 어제, 딸아이 방을 정리하다가 이런 걸 찾았거든요……."

마리아는 꼭 잡고 있던 남편의 손을 잠시 놓더니 자신의 옆에 놓여 있던 색색의 일기장 한 권을 포겔에게 건넸다.

특별수사관은 곁탁자 위로 허리를 숙여 일기장을 건네받았다. 표지에 작은 고양이 두 마리가 둥글게 몸을 감고 있는 사진이 붙어 있었다. 포겔은 조심스레 일기장을 들춰보았다.

"어떤 사건의 전조가 될 만한 내용은 딱히 알아내실 수 없을 겁니다." 마리아가 말했다.

포겔은 일기장을 덮고 코트 안주머니에서 은색 볼펜과 검은색 수첩을 꺼냈다.

"따님의 교우관계에 대해서는 잘 알고 계실 거라 생각하는데……."

"당연하죠." 마리아는 다소 발끈하며 대꾸했다.

"따님이 최근에 자주 만났던 친구가 있습니까? 예를 들면 새로 사귄 친구나, 남자 친구나……."

"아니요."

"장담하실 수 있습니까?"

"물론이죠. 있었으면 저한테 다 말했을 테니까요."

그렇게 말한 장본인은 방금 전, 엄마라고 자식에 대해 전부 다 알 수는 없는 법이라는 사실을 인정했었다. 그런데 지금은 더 이상의 이견은 있을 수 없다는 듯 단호한 말투로 답했다. 실종사건에서 부모들이 보이는 전형적인 반응이라는 걸 포겔은 잘 알고 있었다. 부모들은 수사에 협조하고 싶어 하지만 부분적으로 자신들에게도 책임이 있다는 사실을 알고 있다. 적어도 자식에 대한 관심이 부족했다는 점은. 그럼에도 불구하고 그 사실을 지적하는 순간, 자명한 사실까지 부정할 정도로 자기 보호 본능이 발동되기 마련이다. 마리아 캐스트너는 이미 충분히 협조적이었다. 하지만 포겔은 더 많은 정보를 얻어내고 싶었다.

"최근에 이상한 행동을 한다거나, 그런 일은 없었습니까?"

"이상한 행동이라니, 무슨 말씀을 하시는 거죠?"

"10대들이 어떤지는 잘 아시지 않습니까? 안 그렇습니까? 사소한 부분을 통해서도 많은 걸 알아낼 수 있습니다. 잠은 잘 잤는지, 식사는 규칙적이었는지, 감정기복이 갑자기 심해지지는 않았는지, 폐쇄적이거나 무뚝뚝한 반응을 보인 적은 있는지, 아니면 최근 들어 전에 하지 않은 행동을 한다든지, 뭐 그런 거 말입니다."

"우리 애나 루는 한결같은 아이였어요. 제 딸은 제가 잘 압니다, 포겔 형사님. 이상한 점이 있었다면 벌써 알았을 겁니다."

실종된 10대 소녀는 휴대전화를 지니고 있었다. 포겔이 알고 있는 한 그 전화는 스마트폰이 아닌 구 모델이었다.

"혹시 따님이 인터넷을 주기적으로 사용했습니까?"

두 부부는 서로를 바라보았다.

"저희 교구 공동체에서는 일부 기술의 사용을 가급적 자제하라고 가르치고 있습니다. 인터넷은 온갖 종류의 위험이 도사리고 있는 세상입니다, 포겔 형사님. 신실한 그리스도교인의 교육을 망칠 수 있는 기만적인 개념들로 가득 찬 게 바로 인터넷 세상이에요." 마리아가 말했다. "그렇다고 딸아이에게 딱히 인터넷을 사용하지 못하게 한 적은 없었습니다. 그 아이의 선택이었어요."

어련하시려고요. 포겔은 그렇게 생각했다. 하지만 한 가지 면에 대해서만큼은 마리아 캐스트너의 주장이 전적으로 옳았다. 일반적으로 위험은 인터넷 세상에서 비롯된다는 말. 애나 루 같은 10대 청소년들은 감수성이 예민하고 남들의 말에 쉽게 현혹되고 동요되는 연령대다. 그리고 인터넷 세상에는 아직 가치관이 제대로 정립되지 않은 취약한 청소년들의 삶 속에 은근슬쩍 파고들어 아이들의 심리를 조종할 수 있는 사냥꾼들이 넘쳐난다. 사냥꾼들은 아이들의 경계심을 하나씩 무너뜨리면서 자신을 맹목적으로 신뢰하게 만든 다음 엄하기만 한 부모님의 역할을 대신하기에 이른다. 그들은 인터넷을 통해 미성년자를 원격조종하면서 자신들이 원하는 것까지 얻어낸다. 그런 면에서 보자면 애나 루는 완벽한 사냥감이라 해도 과언이 아니었다. 소녀는 아마도 부모님의 말에 고분고분 따르는 척하면서 학교나 도서관 같은 다른 곳에서 인터넷 세상에 빠져 살았을 수도 있다. 그건 형사로서 그가 확인할 일이었다. 하지만 지금으로써는 더 깊이 파고들어야 할 다른 부분들이 있었다.

"캐스트너 씨 댁은 과거, 광산회사에 토지를 팔 수 있었던 운 좋은 주민에 해당하시는 걸로 알고 있는데, 맞습니까?"

브루노 캐스트너를 향한 질문이었지만 이번에도 대답은 아내가 대신했다.

"북부 쪽에 친정아버지로부터 물려받은 땅이 있었어요. 실제 가치가 그 정도였다는 걸 알 수 있었다면……. 어쨌든 땅을 판 돈의 일부는 교구 공동체에 기부했고 이 집 사는 데 든 대출금을 갚았습니다. 나머지는 아이들을 위해 묶어두었고요."

포겔은 그 액수가 상당할 거라 추정했다. 아마도 캐스트너 가문의 후손들이 여러 세대에 걸쳐 편히 먹고살 수 있을 정도로 충분할지도 모를 일이다. 그들로서는 지금보다 더 크고 아름다운 집을 사는 등 조금은 호사를 부릴 수도 있었을 것이다. 하지만 그들의 생활은 달라진 게 전혀 없었다. 포겔로서는 뜻밖의 횡재를 하고서도 마치 그런 적 없다는 듯 아무렇지 않게 평소처럼 살아가는 그들을 이해할 수 없었다. 어쨌든 그는 대화가 이어지는 동안 무언가를 기록했던 수첩을 들여다보며 질문을 이어 나갔다.

"몸값을 요구받으신 적은 없었다고 하시니 일단 금품갈취를 위한 납치 가능성은 배제하도록 하겠습니다. 그런데 혹시 과거에 협박 같은 걸 당하신 적은 있습니까? 친인척이나 지인들 중에 앙심을 품었거나 혹은 시기를 하는 등 두 분께 원한을 가질 만한 인물은 없습니까?"

캐스트너 부부는 당혹감을 감추지 못했다.

"아니요, 그런 사람은 없어요." 마리아가 대답했다. "저희는 교구 공동체 소속 신자들만 만나거든요."

포겔은 상대의 말 속에 함축된 속뜻에 대해 곰곰이 생각했다. 캐스트너 부부는 자신들이 속한 공동체 내에서는 불화의 싹이 자라날 자리가 전혀 없다는 순진한 믿음을 지닌 사람들이었다. 어쨌든 그런 답변을 한다 해도 놀랄 일은 아니었다. 그들의 집에 발을 들이기 전에 이미 그들의 사생활을 현미경으로 들여다보듯 자세히 살펴보고 그들에 관한 모든 정보를 탈탈 털어본 뒤였기 때문이다.

일반적으로 대중 여론은 겉으로 보이는 것 이상을 생각하지 않는다. 그렇기 때문에 이번 사건처럼 평범한 모범생으로 여겨지는 10대 소녀가 실종되는 등 비정상적인 일이 발생하고, 더욱이 그 일이 가족 관계가 원만했던 가정에서 일어날 경우 모든 사람들은 불행의 근원이 외부에서 유입된 거라 생각하기 마련이다. 그러나 포겔 같은 전문 수사관들은 외부요인에 대한 조사를 시작하기 전에 우선 기다리는 법을 알고 있다. 왜냐하면 그 원인이 너무나 평범하면서도 동시에 잔혹한 이면을 지닌 가정이라는 테두리 속에 숨어 있는 경우가 대부분이기 때문이다. 포겔은 친딸을 성폭행하는 아버지들, 그런 딸들을 보호하기는커녕 위험한 경쟁자로 여기는 어머니들을 사건을 통해 수도 없이 겪어보았다. 그들은 가정의 평화를 지키겠다는 미명하에 자신들의 결혼 생활을 유지하기 위한 최선의 해결책은 자신이 낳은 혈육을 없애버리는 거라는 결론에 이르기도 한다. 한 번은 남편이 친딸을 강간한 사실을 발견하고는 남편을 두둔하며 자칫 외부에 알려져 망신당할까 두려워 제 손으로 친딸을 살해하고는 실종신고를 한 어머니를 수사한 적도 있었다. 날이 갈수록 인간들의 엽기행각은 다양성과 창의성을 확대해가는 추세였다.

캐스트너 부부는 선량한 면모를 지닌 사람들이었다.

부동산으로 벼락부자가 된 이후에도 남편은 계속해서 허리가 끊어져라 트럭을 몰았고, 마리아는 가족과 아이들을 위해 헌신하는 착실한 전업주부의 역할을 마다하지 않았다. 뿐만 아니라 두 사람의 신앙심은 더더욱 깊어지고 신실해졌다.

하지만 전적으로 확신할 수 있는 건 없는 법이었다.

"지금으로써는 서로 해야 할 말은 다 한 것 같군요." 포겔은 일부러 만족스런 표정을 지으며 그렇게 말한 후 자리에서 일어났다. 대화가 오가는 동안 입도 뻥끗하지 않고 앉아 있던 보르기 경사도 재빨리 따라 일어났다.

"커피 잘 마셨습니다……. 그리고 이건 아마 저희 수사에 많은 도움이 될 거라는 생각이 드네요." 포겔은 애나 루의 일기장을 흔들며 말했다.

캐스트너 부부는 현관까지 따라 나와 두 형사를 배웅했다. 포겔은 크리스마스트리 옆에서 천진난만하게 장난을 치고 있는 쌍둥이 형제를 마지막으로 다시 한 번 쳐다보았다. 이 사건이 후에 성인이 된 두 아이들의 기억에 어떤 모습으로 남게 될지 생각해보았다. 아직은 두 아이들을 끔찍한 기억으로부터 보호할 시간적 여유가 있을지도 모를 일이다. 하지만 빨간 리본으로 반듯이 포장된 채 애나 루를 기다리는 선물상자는 분명, 평생 동안 그 가족에게 벌어진 비극적 참사를 떠올리게 하는 소품으로 남게 될 것이다. 주인 없는 선물상자만큼 끔찍한 물건은 없을 테니까. 그 상자 안에 담겨 있던 행복은 서서히 썩어가면서 주변의 모두를 전염시킬 테니까.

침묵이 다소 길었다고 판단한 포겔은 보르기 경사를 보며 말했다.

"먼저 차에 가서 기다려주겠습니까?"

"네, 알겠습니다."

캐스트너 부부와 홀로 남게 되자 포겔은 마치 지금의 이 상황을 상당히 애통하게 생각한다는 투로 말을 이어 나갔다.

"두 분께 솔직히 말씀드리겠습니다. 언론에서 이번 일에 코를 들이대고 있습니다. 아마 조만간 떼거리로 몰려들 겁니다……. 가끔이긴 하지만 정보를 캐내는 일에는 기자들이 경찰보다 나을 때가 있습니다. 그리고 TV 뉴스에 나오는 내용들이 항상 수사와 직접적으로 관련이 있는 건 아닙니다. 기자들은 어디로 가야 할지 몰라 두 분만 바라볼 테니까요. 그래서 드리는 말씀인데, 무슨 내용이 됐든 하실 말씀이 남아 있다면……. 지금이 저한테 털어놓으실 적기입니다."

포겔은 말을 마치고 필요 이상으로 길게 침묵을 끌었다. 거래가 성사된 셈이었다. 사실 그의 조언은 경고의 뜻을 담고 있었다. 두 분이 숨기는 비밀이 있다는 건 나도 알고 있습니다. 누구에게나 비밀은 있으니까. 그런데 이제 그 비밀은 제가 가져가야겠습니다.

"좋습니다." 포겔은 당혹스러워하는 두 사람을 구제해주기로 하고 다시 입을 열었다. "따님의 사진이 담긴 실종 전단지를 만들어 배포하신 건 아주 잘 하신 겁니다. 하지만 그걸로는 충분하지 않습니다. 지금까지 사건을 취재한 건 지역 언론입니다. 이제는 한 걸음 더 나가셔야 할 시점입니다. 예를 들면, 언론 앞에서 대국민 호소 같은 걸 하셔야 합니다. 그렇게 하실 수 있겠습니까?"

두 부부는 서로 눈치만 살피고 있었다. 그러다 애나 루의 어머니가 한 발짝 앞으로 다가오더니 딸아이가 만들어줬다는 진주 팔찌를 빼고는 포겔의 왼손을 붙잡고 엄숙한 수여식이라도 하듯 그의 손목에 채워주었다.

"포겔 수사관님의 수사를 돕는 일이라면 필요한 건 뭐든 할 겁니다. 대신, 수사관님께서는 저희 딸아이를 집으로 데려다주세요."

차 안에 앉아 포겔 특별수사관을 기다리던 보르기는 전화통화를 하고 있었다.

"얼마나 걸릴지는 나도 모릅니다. 그 양반이 시킨 일이지 않습니까." 그는 이미 1시간 넘게 예정된 브리핑을 위해 대기하고 있던 다른 형사와 통화 중이었다. "나도 가족이 있는 사람입니다. 어떻게든 진정시켜 보세요. 아무도 크리스마스 만찬을 놓치지 않을 거라고 안심 좀 시키시라고요."

하지만 지키지도 못할 약속을 하는 건 아닌지 내심 불안한 게 사실이었다. 포겔 특별수사관이 무슨 생각을 하고 있는지 도대체 감을 잡을 수 없었기 때문이다. 꼭 알아야 할 것 이상은 알 수 없었다. 그리고 오늘 아침, 그가 맡은 역할은 운전기사였다.

전날 저녁, 상관으로부터 날이 밝는 즉시 아베쇼로 가서 미성년자 실종사건을 수사하고 있는 포겔 특별수사관을 도우라는 명령을 받았다. 그와 동시에 상관은 그에게 뭔지 모를 사건 파일 하나를 쥐어주며 뜻 모를 권고사항을 전달했다. 짙은 색 넥타이에 정장 차림으로 정각 8시 30분에 아베쇼라는 산악지방 진출로에 위치한 식당 앞으로 가라는 내용이었다.

보르기 경사는 포겔 특별수사관의 명성과 기행에 대해서는 수도 없이 들어보았다. TV에서도 그를 비롯해 그가 담당했던 사건들을 다룬 방송들이 종종 나왔다. 각종 사건 사고를 다루는 프로그램들의 패널 섭외 1순위였기 때문이다. 각종 언론사와 방송사는 그의 인터뷰를 따내기 위해 치열하게 경쟁을 벌였다. 포겔 특별수사관은 마치 어떤 역할이 주어지더라도 즉흥적으로 완벽히 연기를 소화해내는 노련한 배우처럼 카메라 앞에서 언제나 자신감에 찬 모습을 보였다.

경찰들 사이에서는 그에 대한 온갖 소문이 떠돌아다녔다. 혹자는 그가 편집증 성향을 가진 데다 매사에 꼬치꼬치 따지고 들며, 언론에 소개되는 자신의 이미지에 지나치게 신경을 쓴 나머지 모든 주변 사람들을 가려버릴 정도로 존재감을 과시한다고.

하지만 얼마 전, 포겔 특별수사관의 입장을 상당히 난처하고 곤혹스럽게 만든 한 사건이 있었다. 동료 형사들 중 일부는 그 상황을 즐겼지만 보르기는 순진해서였는지 포겔 형사 같은 사람에게도 배울 게 많다고 생각했었다.

포겔은 언제나 격한 감정을 불러일으키거나 충격을 주는 잔혹한 사건처럼 언론의 스포트라이트를 받는 사건들을 도맡아 수사했다.

그랬기에 보르기 경사는 그가 소녀 실종사건에서 무언가 대단한 단서를 찾아낸 것이라고 여겼다.

보르기는 불안해하는 애나 루의 부모를 이해할 수 있었고 애나 루에게 실제로 험악한 일이 일어났을 거라는 생각도 해보았다. 하지만 어디를 보더라도 언론의 시선을 끌 만한 사건으로 보이지는 않았다. 그런데 포겔 특별수사관은 언론매체의 1면을 장식하는 대형 사건이 아니면 관심을 갖지 않는 사람이었다.

"어쨌든 조만간 가긴 할 겁니다." 그는 통화를 끝내려고 상대를 안심시켰다.

바로 그 순간 길 끝에 주차되어 있던 검은색 밴 한 대가 그의 시선을 끌었다.

차 안에 있는 두 남자는 아무 말 없이 캐스트너 부부의 집을 뚫어지게 응시하고 있었다.

보르기 경사가 검문할 생각으로 차에서 내리려던 순간 그의 상관이 두 남자가 응시하던 집에서 나와 그를 향해 걸어오기 시작했다. 경사가 상관인 포겔 형사의 걸음이 느려지고 있다고 생각하던 찰나, 포겔 형사는 엉뚱한 행동을 하기 시작했다.

박수를 치기 시작했던 것이다.

조용히 시작된 박수 소리는 점점 커져갔다. 그리고 포겔 형사는 박수를 치는 동시에 주변을 이리저리 둘러보았다. 곧 이웃사람들이 하나둘 창가에 모습을 드러냈다. 나이가 지긋한 노부인, 아이들을 안은 부부, 퉁퉁하게 살찐 남자, 머리에 헤어 롤을 꽂은 가정주부를 비롯해 여러 사람들이 창가로 모여들었다. 그들은 영문도 모른 채 밖에서 벌어지는 상황을 구경하고 있었다.

그제야 포겔 형사는 박수를 멈췄다.

그러고는 마지막으로 주변을 한 번 더 둘러본 다음 아무 일도 없었다는 듯 걸어와 차에 올라탔다. 보르기 경사는 상관에게 왜 그런 행동을 했는지 물으려 했지만 이번에도 포겔 형사가 먼저 선수를 쳤다.

"오늘 저 집에서 눈여겨본 특이사항이 있습니까, 보르기 경사?"

"두 부부가 시종일관 손을 잡고 있는 모습이 눈에 띄었습니다. 둘 사이가 상당히 가까운 분위기였지만……. 대화는 시종일간 아내가 주도하더군요."

포겔 형사는 앞 유리를 응시하며 고개를 끄덕였다.

"남편은 우리한테 뭔가를 얘기하고 싶어 안달이 난 상태였지……."

보르기 경사는 아무런 대꾸도 하지 않았다. 그는 박수와 검은색 밴을 뒤로하고 시동을 걸었다.

현지 경찰서 규모는 포겔이 머릿속에 그렸던 것에 비해 훨씬 협소했다. 그는 수사 진행에 적합한 장소를 요구했다. 그래서 결국 학교 체육관에 10대 소녀 실종사건 수사본부가 차려지게 되었다.

매트리스를 비롯한 각종 체조 도구와 장비들이 벽 쪽으로 밀려나고 교실에서 가져온 책상과 정원용 접이식 의자가 놓였다. 도서관은 노트북 두 대와 데스크톱 컴퓨터 한 대를 제공했지만 외부회선으로 연결되는 전화기는 한 대밖에 설치되지 않았다. 농구대 아래쪽에는 칠판이 비치되었고 칠판 위에는 '수사 결과'라는 글씨가 분필로 적혀 있었다. 그리고 그 밑으로 지금까지 확보된 정보와 단서들이 정리되어 있었다. 가족들이 제작한 전단지에 나온 애나 루의 사진 한 장, 그리고 계곡지역의 지도.

수사본부 내에는 사복 차림의 아베쇼 경찰들이 커피머신과 각종 다과를 담아놓은 쟁반을 가운데 두고 모여 있었다. 그들은 과자를 한가득 입에 문 채로 초조하게 손목시계를 들여다보았다. 웅성거리는 소리를 비롯해 분위기는 어수선했지만 그들은 동일한 불평을 늘어놓고 있었다.

체육관 철문이 둔탁한 소리를 내며 갑자기 양쪽으로 활짝 열리자 모두의 고개가 동시에 돌아갔다. 포겔 특별수사관과 뒤따라 들어온 보르기 경사의 등장에 일순 침묵이 흘렀다. 수사지휘관 뒤로 커다란 소리를 내며 문이 닫혔다. 수사본부에 울려 퍼지는 소리라고는 포겔 형사의 가죽구두가 체육관 바닥을 밟을 때마다 나는 거슬리는 마찰음뿐이었다.

포겔은 인사말은커녕 현지 경찰들에게 눈길 한 번 주지 않고 그대로 농구대 아래 있는 칠판으로 걸어갔다. 그러고는 마치 분석이라도 하듯 한동안 '수사 결과'라는 문구를 뚫어지게 쳐다보다가 거친 동작으로 문구를 지우고 사진과 지도까지 떼어냈다.

그런 다음 분필을 들고 날짜 하나를 적었다. 12월 23일.

"피해자가 실종되고 이틀이 지났습니다." 그는 모여 있던 경찰들에게 말했다. "이런 사건에서 시간이야말로 우리의 적인 동시에 지원군입니다. 모든 건 여러분들이 어떻게 하느냐에 달려 있습니다. 이제 움직일 시간입니다. 계곡을 들고 나는 국도 양쪽에 검문소를 설치하면 좋겠습니다. 차량을 굳이 세워서 검문할 필요는 없지만 경고차원에서 일단 수사 분위기는 조성해놔야 합니다."

모여 있던 경찰들은 굳게 입을 닫은 채 포겔 특별수사관의 말을 경청했다. 보르기 경사는 조금 거리를 두고 벽에 기댄 자세로 경찰들의 반응을 살폈다.

"주유기 위에 달린 감시카메라와 다리에 설치된 교통상황 통제 카메라가 제대로 작동하는 것들인지 확인은 했습니까?" 포겔이 물었다.

서로 눈치만 보며 머뭇거리는 가운데 체크무늬 셔츠에 파란 넥타이를 차고 아랫배가 불룩 튀어나온 경찰 하나가 발언권을 얻기 위해 커피 잔을 들어 올렸다. 그는 다소 멋쩍은 표정으로 입을 열었다.

"네, 확인했습니다, 수사관님. 사건 발생 시각 전후로 촬영된 영상은 확보한 상태입니다."

"좋습니다. 여러분은 그 시각 감시카메라에 촬영된 차량 중 성인 남성 운전자를 추려내고 그들이 계곡에 들어왔거나 빠져나간 이유를 확인해주시기 바랍니다. 단, 전과가 있는 사람들에게 집중해주면 좋겠습니다."

관찰하기 좋은 자리에 서 있던 보르기 경사는 대다수가 짜증스러운 반응을 보이고 있다는 사실을 확인할 수 있었다.

또 다른 경찰 하나가 손을 들었다. 먼저 대답한 경찰에 비해 나이가 제법 들어 보이는 그는 할 말은 해야겠다는 표정이었다.

"수사관님. 저희 쪽 병력은 수가 그리 많지 않습니다. 장비나 인력도 부족한데 초과근무수당도 없습니다."

나머지 대원들도 동조하는 분위기로 웅성거렸다.

포겔은 전혀 당황하지 않고 임시로 갖춰놓은 책상과 의자를 쳐다보았다. 소꿉장난 하자는 것도 아니고 어이가 없을 정도로 모든 게 부족한 마당에 회의적이고 의욕도 없는 경찰들만 마냥 탓할 수는 없었다. 그렇다고 그런 이유 같지 않은 이유로 그들이 마땅히 해야 할 바를 게을리하도록 방치할 수도 없는 일이다.

"가족들과 크리스마스를 즐기고 싶어 하는 여러분의 심정은 충분히 이해합니다." 그는 침착하게 대답을 이어 나갔다. "그리고 저기 있는 보르기 경사와 저 같은 외지인이 찾아와 이래라저래라 명령하는 게 거슬릴 거라는 것도 잘 알고 있습니다. 하지만 이 사건만 해결되면 보르기 경사나 저나 모두 왔던 곳으로 되돌아갈 겁니다. 그런데 여러분은 어떻습니까……. 여러분은 계속해서 실종된 소녀의 부모와 마주치며 지내야 하지 않습니까?"

잠시 침묵이 이어졌다.

"죄송하지만 한 가지만 더 여쭤보겠습니다, 수사관님." 나이 든 경찰이 질문을 이어 나갔다. "실종된 당사자는 소녀인데, 왜 성인 남성을 찾아봐야 하는 겁니까? 오히려 실종자에게 집중해야 하지 않습니까?"

"왜냐하면 누군가 소녀를 납치했기 때문입니다."

그가 확신에 찬 폭탄발언을 던지자 예상대로 모두 충격에 빠져 더 이상 질문을 이어가지 못하는 상황이 빚어졌다. 포겔은 경찰들을 뚫어지게 바라보았다. 상식이 있는 경찰이라면 아마 특별수사관의 발언을 불경스런 이교도의 주장이라 여겼을 것이다. 그런 가설을 뒷받침하는 증거는 고사하고 단서조차 없는 상황이었기 때문이다. 근거조차 없는 일방적인 주장. 그러나 포겔 특별수사관은 지역 경찰들의 머릿속에 납치의 가능성을 심는 게 중요하다고 판단했다. 실낱같은 희망만으로도 사람들의 머릿속에 빠른 속도로 확신을 퍼트릴 수 있기 때문이었다. 눈앞의 경찰들을 설득할 수 있다면 어느 누구든 설득할 수 있다. 판은 벌어졌다. 위기대책반이 꾸려지는 그럴듯한 수사본부가 아니라 학교 체육관에서. 그것도 현장 경험이 풍부한 노련한 베테랑 수사관들이 아니라 복잡한 수사에 대한 경험이 전무한 지역 경찰들을 데리고. 그 몇 분간은 사건의 운명이 결정지어지는 순간이었다. 아니, 열여섯 살 소녀의 목숨이 달린 순간이기도 했다. 포겔은 자신이 가져온 물건을 팔기 위해 그간 갈고닦아온 영업 노하우를 유감없이 펼쳐 보이기 시작했다.

"빙빙 돌려 말할 필요는 없습니다. 고양이를 고양이라고 부르듯 있는 그대로, 보는 그대로 말을 해야 합니다. 이미 말씀드렸다시피, 그 외의 모든 건 단순한 시간낭비에 불과합니다. 그런데 그렇게 잃어버리는 시간은 우리가 가진 시간이 아니라 애나 루에게 주어진 시간입니다……." 포겔은 주머니에서 수첩을 꺼내며 무언가를 선언하듯 자신 있게 말했다. "애나 루 캐스트너는 약속 장소인, 집에서 300여 미터 떨어진 교회로 가기 위해 집을 나섰습니다."

포겔은 칠판 앞에 멈춰 서서 거리를 두고 점 두 개를 찍었다.

"그런데 약속 장소에 나타나지 않았습니다. 그렇다고 딱히 가출성향이 있는 소녀도 아닙니다. 아이를 알고 있는 주변 사람들의 증언도 그랬고, 우리가 확인한 성향도 그들의 증언과 일치했습니다. 집에서 과도하게 인터넷을 사용하지도 않고, 사회관계망 계정도 없을 뿐만 아니라 휴대전화에 입력된 번호도 고작 다섯 개가 전부였습니다. 엄마, 아빠, 집, 조부모 댁, 그리고 교구 공동체 연락처." 포겔은 칠판에 찍은 두 점을 선으로 이으며 말했다.

"답은 바로 이 3백 미터 사이에 있습니다. 이 구간에는 열한 가족이 거주하고 있습니다. 그리고 그 열한 가족을 구성하는 총 마흔여섯 명의 주민들 중 사건발생 시각에 집에 있었던 사람은 서른두 명이었습니다. 하지만 무언가를 보거나, 무슨 소리를 들은 사람은 단 한 명도 없었습니다. 더러 감시카메라가 설치된 집도 있었지만 하나같이 자신들의 거주지만 살필 뿐, 도로 쪽으로 향한 건 단 한 대도 없었습니다. 따라서 현재로써는 무의미한 증거에 불과합니다. 이런 경우를 뭐라 해야 할까요……. 각자 자기 재산 지키는 일에만 충실한 개인주의라고 해야 하나……. 아무튼 납치범은 사전에 그 일대를 철저히 조사한 게 분명합니다. 어떻게 동선을 짜야 노출되지 않고 움직일 수 있는지 말입니다." 포겔은 간간이 들여다보던 수첩을 도로 주머니에 넣으며 말을 이었다.

"납치범의 존재를 단지 가정할 수밖에 없다는 사실은 놈이 누구든, 철저히 계획을 했다는 사실을 말해주고 있습니다. 그리고 원하는 대로 사건을 끌어가고 있다는 사실까지도요……."

포겔은 분필을 내려놓고 손에 묻은 분필 가루를 탁탁 턴 다음 자신이 정곡을 제대로 찔렀는지 확인하기 위해 경찰들을 둘러보았다. 명중이었다. 그는 대원들의 머릿속에 단순가출이 아니라는 의혹의 불씨를 심어놓은 것이다. 게다가 그게 다가 아니었다. 그들이 적극적으로 움직이도록 그럴듯한 동기까지 심어주었다. 이제 그들을 다루는 데 문제될 건 없었다. 누구도 그의 명령에 반기를 들지 않을 테니까.

"좋습니다. 이 점을 각별하게 유념하시길 바랍니다. 지금 이 시각, 애나 루가 어디에 있는지를 알아내는 게 중요한 게 아닙니다. 관건은 누구와 함께 있는지를 밝혀내는 겁니다. 자, 이제 움직입시다."

보르기 경사는 식사도 거른 채 오후 나절에 잡아놓은 자신의 호텔 방에 틀어박혀 있었다. 포겔 특별수사관도 같은 호텔에 묵고 있었다. 크리스마스 당일에 호텔 방을 잡는 건 불가능하다고 생각했었는데 계곡 일대에서 운영 중인 유일한 관광시설인 피오리 델레 알피 호텔 객실은 거의 텅 비어 있었다. 다른 호텔들은 형석 채굴광산이 들어선 뒤로 다 문을 닫아버렸다. 처음에는 보르기도 문을 닫기보다 광산을 운영하는 다국적기업 직원 전용 숙소로 용도 변경을 하면 되지 않았을까 생각했지만, 현지인들의 설명에 따르면 광산에서 일하는 대다수 근로자들이 마을에 거주하는 주민들인 데다 관리직 임원들은 필요할 때마다 헬기로 왕복한 터라 그곳에 오래 머물 일도 없었다고 한다.

아베쇼 전체 주민 수는 3천이 간신히 넘을 정도였고 남성 노동 인력의 절반이 계곡을 장악한 거대 광산에서 일했다.

보르기 경사는 방으로 들어오면서 가죽구두를 벗고 넥타이를 풀어 헤쳤다. 하루 종일 추위에 떨다 돌아온 터였다. 그에게 정장이란 증언을 위해 법정에 설 때만 입는 옷이었다. 그날처럼 하루 종일 정장 차림으로 돌아다니는 일이 익숙지 않았다. 그는 자신의 체온이 호텔 방 실내온도만큼 올라올 때까지 기다렸다가 외투와 셔츠를 벗었다. 셔츠는 빨아서 샤워부스에 걸고 다음 날까지 마르기만을 기다릴 수밖에 없었다. 짐 가방을 싸준 아내가 갈아입을 여벌옷을 챙기는 걸 깜빡했기 때문이었다. 아내 캐럴라인이 최근 들어 심하게 산만해진 탓이었다. 결혼한 지 갓 1년이 좀 넘었는데 아내는 임신 6개월 상태였다.

신혼 초기, 그것도 출산이 얼마 남지 않은 시기에 아내에게 크리스마스를 함께 보낼 수 없는 보편타당한 이유를 그럴듯하게 설명하는 건 결코 쉬운 일이 아니다. 그 이유가 형사로서 마땅히 해야 할 임무를 수행하는 일이라 해도.

보르기는 욕실 세면대에 물을 받아 와이셔츠를 담가놓고 아내에게 전화를 걸었다.

"아베쇼에서 도대체 무슨 사건이 벌어진 건데?" 아내는 짜증 섞인 목소리로 물었다.

"지금으로썬 우리도 아는 게 없어."

"그런 상황이면 하루 정도는 쉬게 해줄 수도 있는 거잖아."

뭐로 보나 캐럴라인은 말싸움 할 꼬투리를 잡기 위해 혈안이 된 상태였다. 감정이 극에 달해 있었다.

"이미 말했잖아. 내가 여기 있는 것 자체가 중요한 거라니까. 내 경력 때문에라도 말이야."

보르기는 타협점을 찾으려고 애를 썼지만 생각만큼 쉽지 않았다. 순간, 아무 생각 없이 틀어놓은 TV 소리에 정신이 팔렸다.

"미안해, 끊어야겠어. 누가 찾아왔어." 그는 거짓말을 했다.

보르기는 아내가 뭐라고 불평을 늘어놓기도 전에 전화를 끊어버리고는 황급히 TV에서 흘러나오는 뉴스에 집중했다.

12월 25일 밤, 사람들이 파티를 끝내고 마무리하는 시각, 긴 하루가 끝자락에 다다른 바로 그 시각, 애나 루의 부모들이 TV 화면에 등장한 것이다.

부부는 작은 연단 위에 설치된 큼지막한 직사각형 테이블 뒤에 나란히 앉아 있었다. 두 사람 모두 스키점퍼를 입고 있었는데 마치 지난 몇 시간 동안 극도의 불안감에 시달린 나머지 온몸이 오그라들어 점퍼 속에 파묻힌 듯한 인상을 풍겼다. 넋이 나간 표정이나 서로 꼭 잡고 있는 손은 여전했다.

보르기는 화면 속 장면이 그날 오후, 포겔의 지휘 아래 지역 방송국 제작진이 촬영한 장면이라는 것을 알아보았다. 자신 역시 그 자리에 있었지만 똑같은 장면을 작은 TV 화면으로 다시 보는 기분은 뭐라 형언할 수 없을 정도로 오묘했다.

브루노 캐스트너는 사진이 든 액자를 카메라 앞에 들이대고 있었다. 미사가 끝난 후 하얀 제의 차림에 나무 십자가 목걸이를 건 애나 루의 사진이었다. 똑같은 십자가 목걸이를 건 소녀의 어머니는 카메라 앞에서 성명서를 낭독했다.

"우리 애나 루 캐스트너는 키가 1미터 67이고 평소 길고 빨간 생머리를 하나로 묶고 다닙니다. 우리 딸아이는 실종 당시 회색 트레이닝복에 운동화, 그리고 점퍼 차림이었고 알록달록한 배낭도 가지고 있었습니다."

성명서를 읽던 마리아는 잠시 숨을 고른 다음 마치 지금 이 시각, TV 앞에 앉아 있는 모든 부모들을 향해 말하듯 카메라를 정면으로 응시했다. 어쩌면 진실의 열쇠를 쥐고 있는 장본인에게 하는 말일 수도 있었다.

"우리 애나 루는 착한 아이입니다. 이 아이를 아시는 분들은 애나 루가 얼마나 마음이 넓은 아이인지 잘 알고 계십니다. 우리 딸은 고양이를 좋아하고 사람들을 잘 믿는 아이입니다. 이 아이가 태어나서 16년 간 어떻게 살아왔는지 모르시는 분들을 위해 이렇게 간곡히 부탁드립니다. 이 아이가 집으로 돌아올 수 있게 도와주세요."

그녀의 호소는 결국 딸아이에게로 이어졌다. 마치 애나 루가 어딘지 모를 머나먼 곳에서 자신의 이야기를 듣고 있을 거라 믿는 듯.

"우리 딸, 애나 루……. 엄마, 아빠, 그리고 네 동생들은 너를 정말로 사랑한단다. 네가 어디 있든 우리 목소리, 우리 사랑을 듣고 느꼈으면 좋겠구나. 무사히 집으로 돌아오면 네가 그토록 원했던 아기 고양이도 키우게 해줄게, 애나 루야. 엄마가 이렇게 약속할게……. 하느님이 널 보호해주실 거란다, 사랑하는 우리 딸."

보르기는 마리아가 필요 이상으로 여러 차례 딸아이의 이름을 반복해 부른다는 사실을 눈여겨보았다. 아마도 애나 루에게 얼마 남지 않은 희망마저 사라질까 두려워하는 어머니의 심정 때문이었으리라.

그 순간, 자신이 뉴스의 주인공이 될 거라 상상조차 해본 적 없는 지극히 평범한 한 10대 소녀와 아베쇼라는 이름의 작은 시골 마을은 서글픈 운명의 장난처럼 전국적인 '유명세'를 타게 되었다. 보르기는 그제야 이미 봤던 장면을 다시 보면서 생전 처음 본 것 같은 오묘한 기분이 들었던 이유를 알 것 같았다.

바로 TV가 만들어낸 효과 때문이다. 마치 말과 동작이 어우러지면서 그 진실성이 새롭게 부각되는 느낌이었다.

과거의 TV는 그저 현실을 복제해 재생산하는 역할에 머물렀지만 지금은 오히려 그 반대의 위력을 떨치고 있었다. 즉, 현실을 보다 구체적이고 견고하게 만들어주었다.

그리고 더 나아가 현실을 창조하는 수준에까지 이르렀다.

이유는 알 수 없었지만 보르기는 포겔 특별수사관이 캐스트너 부부의 집 앞에서 박수를 친 다음, 애나 루의 아버지에 대해 했던 말을 다시 떠올렸다.

'남편은 우리한테 뭔가를 얘기하고 싶어 안달이 난 상태였지……'

보르기는 소녀의 아버지 입장이 되어보기로 했다. 포겔 특별수사관이 암울한 그림자를 드리워놓고 온 그 남자는 지난 48시간 동안 자신의 딸아이가 어떤 상황에 놓여 있는지 전혀 알 수 없었다. 그 생각만으로도 불쑥 두려움에 사로잡혔다. 보르기는 조만간 태어날 자신의 딸아이를 기다리고 있는 세상이 실로 이토록 잔혹하지 않을까 다시 한 번 생각해보게 되었다.

자정 전 무렵, 캐스트너 부부의 집에는 정적이 내려앉았다. 그러나 평온함은 없었다. 적막감은 48시간 전부터 그 집의 빈자리를 소리 없이 키우고 있었다. 애나 루의 빈자리는 이제 피부에 와 닿을 정도로 생생하게 느껴졌다. 소녀의 아버지는 하루 종일 그랬던 것처럼 딸아이가 평소 차지하던 공간을 애써 외면하고 시선을 돌리는 식으로 더 이상 큰딸의 빈자리를 무시할 수 없었다. 애나 루의 식탁의자, 밤마다 책을 읽거나 TV를 볼 때마다 애나 루가 차지했던 안락의자, 딸아이의 방문…… 아버지는 사라져버린 딸아이의 목소리를 다른 소음들로 채웠다. 브루노 캐스트너는 큰딸이 말하고 웃고 흥얼거리는 소리를 들을 수 없는 상황을 도저히 견딜 수 없을 때마다 가구나 집기를 옮겨 괜한 소음을 만들어냈고 그 소리로 애나 루가 남긴 빈자리를 채워 끔찍한 적막감을 지우려 애썼다.

플로레스 박사는 마리아가 눈이라도 붙일 수 있도록 진정제를 처방해주었다. 브루노는 아내가 진정제를 복용하는지 확인한 다음 쌍둥이 아들들이 이불을 제대로 덮고 자는지 보러 갔다가 아이들 방 문턱에 멈춰 서서 아이들이 악몽에 시달리는 건 아닌가 잠시 지켜보았다. 어린 두 아들들은 제법 충격을 잘 견디는 듯 보였지만 뒤척이고 인상을 쓰는 모습을 보니 아이들 역시 혼란스럽기는 마찬가지인 것 같았다. 아들들은 하루 종일 무덤덤한 말투로 이런저런 질문을 던졌고 부모의 짤막한 회피성 답변에 만족해하며 더 이상 캐묻지도 않았다. 하지만 겉보기에 무관심한 그런 반응의 이면에는 진실을 대면하는 데 따르는 두려움이 감춰져 있었다. 일곱 살 나이에는 어떻게 대비해야 하는지조차 알 수 없는 그런 진실에 대한 막연한 공포.

브루노 캐스트너 역시 그게 뭔지 알 수 없었다. 아는 것이라고는 그저 두렵고 무섭다는 느낌뿐이었다.

이번에도 그는 잠옷과 슬리퍼 차림이었다. 형사 두 명이 왔다 간 뒤 그는 딱히 목적지도 없이 일단 밖으로 나가기 위해 옷을 차려입었다. 그는 업무와 관련된 일상 속에서 위안을 찾으려 했다. 그래서 자신이 모는 화물차에 올라타 몇 시간 동안 정처 없이 산길을 떠돌며 애나 루의 흔적을 찾아다녔다. 뭔지도 모를 흔적을. 하지만 현실은 그렇지 않았다. 그는 두려움과 무력감을 피해 도망 다니는 것이다. 오직 자신의 가족을 제대로 보살피지 못했다는 아버지로서의 죄책감을 피해서.

그렇게 끝 모를 하루의 막바지에 다다라 피곤에 지쳐 쓰러질 것 같음에도 불구하고 제대로 잠조차 이룰 수 없었다. 자신을 기다리고 있을 악몽이 두렵기 때문이었다. 그렇다고 수면제를 먹을 수도 없었다. 누군가는 집을, 가족을 지켜야 했기 때문이다. 사악한 기운이 이미 집 안까지 비집고 들어온 마당이라 부질없이 느껴지긴 했지만……. 그리고 딸아이가 갑자기 집으로 돌아올 수도 있고, 캐스트너 일가를 사악한 마법에서 구해줄 한 통의 전화가 걸려올 수도 있을 테니까…….

그래서 브루노는 거실로 나가 서랍장에서 아내가 지난 세월 동안 정성스레 모아 정리한 사진첩을 꺼냈다. 그리고는 식탁으로 가져가 자리에 앉았지만 불은 켜지 않았다. 창문으로 들어오는 가로등 불빛만으로도 충분했기 때문이다. 브루노는 사진첩 속의 사진을 꺼내 자신만이 알고 있는 순서에 따라 테이블 위에 하나씩 늘어놓았다. 마치 앞에 앉은 사람의 미래를 점치는 카드 점술사처럼.

사진 속에서 그는 자신의 딸아이를 보고 있었다. 아주 어렸을 적 모습부터.

그는 애나 루가 커가는 모습을 두 눈으로 지켜봐왔다. 배밀이를 하다 처음으로 땅바닥을 기어 다닌 날, 처음으로 두 발로 서서 걸어 다닌 날, 처음으로 자전거 타는 법을 가르쳐준 날. 그렇게 처음으로 겪은 모든 기억들이 고스란히 사진 속에 남아 있었다. 등교 첫날, 첫 번째 생일, 첫 번째 크리스마스. 다른 순간의 기억들도 보였다. 또 다른 크리스마스, 등산 기념사진, 스케이트 경기에 나간 사진. 행복한 기억들만 찍혀 있었다. 왜냐하면 바보 같은 생각이긴 하지만 사람들은 안 좋은 날에 대한 기억을 사진으로 남기지 않기 때문이다. 행여 그런 사진을 찍더라도 보이지 않는 곳에 따로 보관한다.

온 가족이 함께 보낸 마지막 휴가 때 찍은 사진도 보였다. 작년에 해변에 갔을 때였다. 사진 속 애나 루는 수영복 차림에 어색하고 무뚝뚝한 포즈를 취하고 있었다. 자기도 사진이 잘 안 받는다는 사실을 잘 알고 있었다. 아마 그래서 매번 카메라를 들이댈 때마다 어색해했는지도 모른다. 또래 10대들과 달리 애나 루는 여전히 아이 같은 앳된 티가 났다. 빨간 머리를 한 가닥으로 묶고 얼굴에 주근깨가 난 겉모습만 보면 영락없는 초등학생이었다. 브루노 캐스트너는 마리아가 큰딸에게 잘 알아듣게 설명해주었으면 하는 마음이었다. 아직 앳된 이미지에서 벗어나지 못한 것도 엄연히 정상이라고, 때가 되면 행복하고 갑작스런 신체적 변화가 찾아올 거라고. 하지만 신앙심이 너무나 강했던 아내는 사춘기나 성에 관한 문제를 금기시했다. 그렇다고 자신이 대신 해줄 수도 없는 노릇이었다. 훗날, 쌍둥이 형제가 크면 아버지가 그 역할을 해줄 수 있겠지만 딸아이에게 함부로 꺼낼 이야기는 아니었다. 아마 그랬다면 얼굴이 벌겋게 달아오른 큰딸이 수치심을 느끼고 더욱 어색해했을 것이다.

큰딸은 아버지를 닮아 내성적인 데다 대인관계마저 서툰 편이었다. 심지어 가족 사이에도 그랬다.

브루노는 큰딸에게 무언가를 더 해주고 싶었다. 예를 들면 광산부지에 있던 땅을 팔아 번 돈의 일부로 딸아이를 다른 지방에 있는 더 좋은 고등학교로 보내고 싶었다. 사립학교도 괜찮을 것 같았다. 하지만 그 땅은 처가의 소유였던 터라 보상금은 아내의 몫이었다. 그리고 언제나 그렇듯 결정 역시 마리아의 몫이었다. 교구 공동체를 위한 거액의 기부에 반대하는 건 아니었지만 불확실한 미래의 어느 날이 아니라, 이제부터라도 아이들을 위해 그 여윳돈을 쓰는 게 낫겠다고 생각했었다.

왜냐하면 큰딸 애나 루에게는 그런 불확실한 미래조차 허락될지 어떨지 알 수 없었기 때문이다.

그는 그런 상념들을 몰아냈다. 주먹으로 테이블을 내리치고도 싶었다. 단 한 방만으로 식탁을 두 동강낼 수도 있었지만 꾹 참았다. 언제

50

나 그렇게 인내하며 살아온 그였다.

브루노는 눈을 비볐다. 그리고 다시 눈을 떴을 때 사진 하나가 유독 그의 시선을 끌었다. 비교적 최근에 찍은 사진이었다. 애나 루가 친구와 함께 서서 웃고 있는 모습이었다. 두 아이를 비교하면 트레이닝복과 운동화 차림에 한 갈래로 머리를 묶고 있는 애나 루는 영락없이 초등학생으로 보이는 반면, 친구는 화장한 얼굴에 유행하는 옷차림을 하고 있었고 무엇보다 성숙해 보였다. 사진을 들여다보던 브루노 캐스트너는 하염없이 울고 싶었지만 우는 것조차 마음대로 되지 않았다.

그런 일이 벌어진 건 자신 때문이었다. 전적으로 자기 잘못이었다.

그는 신앙을 가진 경건한 사람이었다. 아내 마리아만큼은 아니었지만 자신의 잘잘못을 따지고 깨달을 정도는 됐다. 아내의 생각에 반기를 들 용기가 있었다면 딸아이는 아마도 기숙사, 아니 다른 곳에서라도 안전하게 지내고 있었을 것이다. 아내에게 자신의 생각을 당당히 밝히고 자기주장을 내놓았더라면 큰딸이 실종될 일도 없었을 것이다.

하지만 그는 침묵으로 일관했다. 죄인은 그래야 하기 때문이었다. 죄인들은 침묵을 지키기 때문에. 그렇게 침묵을 지키면서 거짓말을 하기 때문에.

브루노 캐스트너는 스스로에게 판결을 내렸다. 그는 사진들을 대충 정리해 사진첩에 넣고 닫은 다음 세 번째 불면의 밤을 맞이할 준비를 했다.

테이블 위에는 단 한 장의 사진이 놓여 있었다. 애나 루가 최근에 친구와 찍은 사진.

그는 그 사진을 주머니 속에 넣었다.

날씨가 확연히 달라지며 기온이 뚝 떨어지자 크리스마스를 밝게 빛내 줬던 햇살마저 뿌연 잿빛 안개에게 자리를 내주고 말았다.

아베쇼는 크리스마스 축제 후유증에서 아직 깨어나지 못하고 무기 력하게 잠들어 있었다. 반면 포겔과 보르기는 하루라는 제한된 시간 을 최대한 활용하기 위해 이른 아침부터 움직였다. 두 사람은 짙은 색 세단을 타고 마을 이곳저곳을 돌아다녔다. 포겔은 힘이 넘쳐 보였다. 공식적인 자리에 나가는 사람처럼 광택을 낸 구두, 영국 왕세자나 입 을 듯한 고급 정장에 하얀 와이셔츠, 그리고 빨간색 양모 넥타이로 한 껏 멋을 냈다. 보르기는 전날과 똑같은 차림이었는데 호텔 화장실에 서 빤 와이셔츠는 다림질도 못 한 상태였다. 상관에 비하면 차림새가 형편없었다. 그가 운전을 하는 동안 포겔 특별수사관은 주변을 둘러 보았다.

집집마다 벽에 종교적인 색채가 진하게 느껴지는 문구가 적혀 있었 다. '주님과 함께하리라! 예수는 생명이오. 주님과 함께하는 이는 구 원을 받으리라.' 하나같이 흰 페인트로 칠해놓았는데 광신도의 소행은 아니었다. 집주인들이 자신의 신앙심을 내세우기 위해 직접 칠한 문구들이었다. 뿐만 아니라 도처에 십자고상이 보였다. 공공건물 정면을 비롯해 화단 정중앙은 물론 심지어 가게나 상점의 진열장에도 어김없이 십자고상이 걸려 있었다.

분위기만 놓고 보면 종교적 맹신이라는 광풍이 마을을 휩쓸고 지나간 듯한 모양새였다.

"캐스트너 가족이 속해 있다는 그 교구 공동체가 어떤 곳인지 얘기나 좀 들어봅시다."

보르기는 사전에 관련 정보를 찾아두었다.

"대략 20여 년 전, 아베쇼를 떠들썩하게 만들었던 스캔들 사건이 있었습니다. 교구 신부가 신앙이 두텁고 애가 셋이나 딸린 유부녀 신도와 눈이 맞아 도망을 갔다고 합니다."

"그런 가십거리는 내 알 바 아닙니다."

"거기서 모든 문제가 비롯됐습니다, 형사님. 다른 상황이었다면 그런 사건은 이런저런 후문이나 비난으로 마무리되기 마련인 반면, 아베쇼 사람들은 그 일을 충격적인 사건으로 받아들였습니다. 문제의 신부가 젊고 카리스마가 넘쳤다고 하더군요. 강론으로 모든 신자들을 사로잡았을 뿐만 아니라 모두에게 인정을 받았다고 합니다."

안 그래도 사방이 산으로 둘러싸인 마을에서 폐쇄적으로 살아가는 사람들을 상대하는 데 어설픈 카리스마 가지고는 신뢰와 인지도를 얻기는커녕 마음의 문조차 비집고 들어가지 못할 테니까……. 포겔은 그렇게 생각했다.

"문제의 신부가 관리하던 교구 신자들이 있었습니다. 지역사회 자체가 일정 수준 이상의 신앙심을 지니고 있었는데, 그 사건 이후 신자들은 자신들이 믿고 따르던 영적 지도자에게 배신을 당했다고 생각하게 됐습니다. 그 결과, 외지인들에 대한 불신이 격렬하게 일어났고 신자들은 교구로 부임해오는 신부들을 번번이 몰아내기에 이르렀습니다. 그런 식으로 몇 년이 흐르면서 교구 신자들이 직접 부사제의 역할을 대행하게 되었고 그 후로 자생력을 갖게 된 겁니다."

"말하자면 사이비 종교의 면모를 갖추게 됐다는 겁니까?" 호기심이 발동한 포겔이 물었다.

"그렇다고 볼 수 있습니다. 원래 관광 사업으로 먹고살던 곳이었지만 정작 외지에서 찾아온 관광객들은 후한 대접을 받지 못했습니다. 오히려 불청객 취급을 받았다고 할까요? 외지인들의 관습이 한 마디로 이곳 특유의 '지역문화'와 전혀 어울리지 않았으니까요. 형석 채굴 광산이 발견된 뒤로 이곳 사람들은 결국 침입자로 여기던 관광객들을 '몰아낼' 수 있었고 나머지 세상과도 관계를 단절할 수 있었습니다."

"종교적인 대의명분을 내세워 거액의 기부까지 한 걸 보면 캐스트너 부부도 지나칠 정도로 '독실한' 신자에 속할 것 같군요."

"두 사람이 자신들의 교구에 대해 어떻게 설명하고 있었는지 잘 듣지 않으셨습니까? 상당히 배타적이면서 우월함을 강조하지 않았습니까? 제가 제대로 이해했는지는 모르지만 그들은 마치 '우리'와 '나머지'로 세상 사람들을 구분하는 것 같았습니다."

"제대로 이해한 게 맞습니다."

"가장 먼저 적극적으로 애나 루를 찾아 나섰던 건 교구 공동체 신자들이었습니다. 그리고 그들은 요 며칠간 캐스트너 일가와 빈번히 접촉을 하고 있습니다. 일부는 오늘 아침부터 아예 그 집에 상주하며 일가를 보호하고 있습니다."

두 사람은 아베쇼 교회 앞에 도착했다. 그 옆에는 다소 최근에 지어진 듯한 현대식 건물 한 채가 서 있었다.

"저 건물은 신도회관입니다. 신자들이 예배당보다 더 자주 들락거리는 곳이기도 합니다. 특히 기도회 때는 더더욱 그렇습니다. 아마 계곡 인근 지역에서는 이들 교구 공동체의 영향력이 가장 막강하다고 할 수 있을 겁니다. 광산회사의 결정까지도 좌지우지할 정도였으니까요. 광산회사도 이들의 의견만큼은 진지하게 받아들였습니다. 시장은 물론이고 지방의회 의원들, 심지어 공무원들까지도 모두 교구 공동체 출신입니다. 그 결과 이들은 공공장소 흡연 금지, 일요일과 공휴일을 비롯해 오후 6시 이후 금주령 등 각종 금지법을 제정해두고 실천합니다. 뿐만 아니라 이들은 낙태와 동성애를 반대하는 사람들입니다. 하다못해 동거까지도 안 좋은 시각으로 바라볼 정도입니다."

빌어먹을 광신도들이 따로 없군. 이미 상황파악을 끝낸 포겔은 그렇게 생각했다. 하지만 내심 만족스럽기도 했다.

애나 루 사건의 정황은 완벽했다. 미궁에 빠진 실종사건, 신에게 맹목적으로 헌신하고 스스로에게 엄한 규율을 적용하는 공동체 속에 스며든 악의 기운, 그리고 무슨 일이 벌어지고 있는 건지 온 마을 전체가 어쩔 수 없이 관심을 집중해야 하는 상황.

아니면 무슨 일이 '벌어졌었는지'에 대해서일지도……

포겔이 시장을 비롯해 계곡을 관통하는 강변에 조성된 숲을 관리하는 삼림관리인을 만나봐야겠다고 하자 보르기 형사는 뜬금없는 요청에 당혹스러워하면서도 그 즉시 두 사람에게 연락을 취했다.

보르기는 약속 장소에 도착해 지금은 사용하지 않는 낡은 오두막 앞 널찍한 자갈밭에 차를 세웠다. 옛 표지판에 따르면 그 건물은 과거 낚싯밥을 팔거나 낚싯대를 대여하던 곳이었다. 시장과 삼림관리인은 관용 지프를 타고 먼저 와서 그들을 기다리고 있었다.

시장은 툭 불거져 나온 배 위에 허리띠를 간신히 걸친 건장한 체구의 남자였다. 지퍼를 채우지 않은 등산용 점퍼 안으로 하늘색 면 셔츠와 흉측한 빨간색 마름모무늬 넥타이가 보였다. 금으로 된 넥타이핀에는 작은 자수정 십자가 장식이 달려 있었다. 포겔은 상대의 차림새와 서양 배처럼 길쭉한 머리 위로 우스꽝스럽게 달려 있는 머리카락, 두툼한 입술 위를 수놓고 있는 콧수염을 자신이 얼마나 경멸스럽게 여기는지 노골적으로 표정에 드러내 보였다. 그의 눈에 비친 시장은 한겨울에도 더위에 시달릴 사람 같았다. 시뻘겋게 달아오른 양 볼이 바로 그 증거였다. 시장이 최대한 우호적인 미소를 지으며 그에게 다가와 적극적으로 악수를 청하자 포겔은 마지못해 응하는 사람처럼 소극적으로 손만 붙잡았다.

"포겔 형사님. 캐스트너 가족은 제가 아주 오래전부터 알고 지내온 사람들입니다. 이들 가족이 지금 이런 시련을 겪고 있다는 사실을 제가 얼마나 유감스럽게 여기고 있는지 형사님은 모르실 겁니다." 시장은 충격에 휩싸인 표정으로 말을 꺼냈다. "우리 애나 루 사건을 형사님이 직접 담당해주신다니 저희로서는 이렇게 반가울 수가 없습니다. 형사님 명성만으로도 우리 애나 루가 제대로 된 전문가를 만났다는 확신이 드는군요."

애나 루는 순식간에 모두의 딸이 돼 있었다. 포겔은 그 점에 주목했다. 사람들은 언제나 그런 식이었다. 적어도 그가 겪은 사건들에서는 그랬다. 사람들은 자기 집 현관문을 닫고 들어가는 순간, 그런 변을 당한 게 자신들의 딸이 아니라는 사실에 감사하기 마련이니까.

"여러분의 따님은 최정예 수사관들이 찾아 나설 겁니다." 포겔은 상대가 감지하지 못할 정도로 은근슬쩍 비꼬는 말투로 대꾸했다. "그럼 이제 강 쪽 상황을 살펴보러 갈까요?"

포겔은 먼저 발걸음을 옮겨 강변으로 향했다. 시장은 당황한 표정으로 그의 뒤를 따랐고 삼림관리인과 보르기 경사도 서둘러 움직였다. 그는 앞장서 걷고 있는 포겔 수사관이 하천의 어느 지점까지 가까이 갈 생각인지 의아해하며 따라갔다. 그런데 그의 예상과 달리 포겔은 자갈밭 경계를 지나더니 고가의 정장과 구두가 더러워지는 것 따위는 아랑곳하지 않고 거침없이 진흙길 안으로 들어갔다.

다른 사람들 역시 어쩔 수 없이 그를 따라 진창 속으로 발걸음을 옮겨야 했다.

삼림관리인만이 유일하게 장화를 신고 있던 터라 나머지 사람들은 진창 속에 무릎까지 담근 채 텀벙거리며 걸을 수밖에 없었다. 보르기는 호텔 방으로 돌아가 또다시 빨래를 하고 있는 자신의 모습을 떠올렸다. 한 벌밖에 없는 정장이 망가지지 않기만을 바라는 심정이었다.

"하천의 폭은 평균 8에서 10여 미터 정도 됩니다. 유속은 제법 빠른 편이긴 하지만 바로 이 지점에서 가장 느려집니다." 삼림관리인이 설명했다.

포겔이 사전에 그에게 자세한 설명을 부탁했기 때문이었다. 삼림관리인은 수사관이 무슨 이유로 하천에 관심을 갖는 건지 이해할 수 없었다.

"수심은 어떻게 됩니까?" 포겔이 물었다.

"평균 1미터 50정도 되지만 2미터 50까지 내려가는 지점도 있습니다. 물살이 강바닥에 축적된 쓰레기 더미까지 쓸고 내려가지는 못합니다."

"그래서 직접 처리를 하시는 거군요."

"두세 달에 한 번씩 강바닥의 쓰레기를 치웁니다. 가을이면 우기로 접어들기 전, 강바닥을 파고 저인망 그물로 쓰레기를 건어냅니다. 그 작업이 대략 일주일 정도 걸립니다."

보르기는 하천을 가로지르는 다리 쪽으로 시선을 돌렸다. 100여 미터 정도 떨어진 거리였는데 거기서 멀지 않은 곳에 주차된 밴 한 대가 그의 주의를 끌었다. 전날, 캐스트너 부부의 집 앞에서 본 바로 그 차량이었다. 이번에도 두 명의 사내가 타고 있을 거라 추측한 그는 포겔 수사관에게 그 사실을 알려야겠다고 생각했다.

"광산이 들어선 후 물길이 달라지면서 유속이 느려졌고, 그로 인해 동물 사체를 비롯한 온갖 쓰레기가 강바닥에 쌓이게 된 겁니다. 그 안에 뭐가 있는지는 신만이 아실 겁니다." 삼림관리인은 설명 끝에 한마디를 덧붙였다. "병든 강이나 다름없죠."

그 말에 화들짝 놀란 시장이 바로 해명에 나섰다.

"시 차원에서 광산회사를 설득해 환경보호정책에 필요한 비용을 부담하도록 요청했고 막대한 액수의 돈이 정화작업에 투입됐습니다."

포겔은 시장의 해명을 무시하고 밴에 정신이 팔려 있는 보르기에게 물었다.

"광산회사 사람들도 만나봐야겠습니다. 같이 일했던 외부업체와 당시 고용됐던 근로자들 명단도 요청 바랍니다."

그 말에 시장은 질겁한 표정을 지었다.

"아니, 수사관님. 철없는 10대의 장난 같은 일에 굳이 그 사람들까지 번거롭게 하실 이유가 있습니까?"

"10대 장난이라고요?" 포겔은 그를 정면으로 노려보며 되물었다.

"오해하지 마시기 바랍니다. 저 역시 아이를 둔 아버지입니다. 실종된 아이의 부모가 어떤 기분인지 저도 잘 알고 있습니다만……. 그래도 이렇게 비관적으로 사태를 바라보시는 건 좀 그렇지 않습니까? 안 그래도 계곡지역 주민들에게 수많은 일자리를 제공한 업체에게 이런 공개적인 의혹의 시선이 돌아가기라도 한다면 저쪽에서 좋아할 리가 없지 않겠습니까."

시장은 포겔 수사관에게서 우호적인 반응을 끌어내기 위해 진지한 자세로 설명했다. 적어도 보르기의 눈에는 그래 보였다. 하지만 포겔 수사관에게는 그런 정치적 실용주의가 통하지 않았다.

"한 가지만 말씀드리지요……." 포겔은 마치 무슨 비밀스런 이야기를 하려는 듯 시장에게 가까이 다가가며 낮은 소리로 속삭였다. "저는 말입니다, 무언가를 해야 하는 시점이 두 가지 있다고 생각합니다. 지금, 그리고 나중. 무언가를 나중으로 연기하는 게 더 현명해 보일 수도 있습니다. 때로는 득실이나 찬반을 따져보고 가능한 결과를 추정해 보는 게 나을 수도 있을 겁니다. 하지만 불행히도 어떤 경우에는 생각하는 시간이 길어질수록 주저하는 것처럼 보이거나 더 나아가 나약해 보일 수도 있습니다. 지체할수록 사태는 악화됩니다. 그것만큼 더 나쁜 게 있을까 모르겠습니다."

위협에 가까운 충고를 마친 포겔은 왔던 길로 되돌아갔다. 순간, 물살을 가르며 들려오는 목소리가 그의 관심을 끌었다. 나머지 일행들도 소리가 들리는 쪽으로 고개를 돌렸다.

진흙탕이 시작되기 바로 직전 지점의 강가에 파란 원피스와 짙은

색 코트 차림의 금발 머리 여성이 서 있었다. 그녀는 그들의 관심을 끌기 위해 두 손을 흔들고 있었다.

여성이 서 있던 지점에 도착하자 보르기는 그녀의 구두를 보면서 그녀 역시 진흙탕 속에 들어갔다가 하이힐 때문에 되돌아 나왔음을 알 수 있었다.

"메이어 검사라고 합니다." 그녀는 자신의 신분을 밝혔다.

대략 30대에 키는 그리 크지 않았지만 나름 귀여운 외모를 가진 여성이었다. 검사는 난처한 표정으로 두 형사들과 단독으로 할 얘기가 있다고 했다.

"어제 브리핑이 있었다고 들었습니다. 그런데 왜 저한테는 아무런 통보가 없었던 거죠?"

"가족분들과 오붓하게 보내시는 크리스마스를 방해하고 싶지 않았기 때문입니다." 포겔은 은근슬쩍 비꼬는 말투로 대꾸했다. "그리고 제가 아는 한, 일반적으로 검사님들은 초동수사에 관여하지 않으시던데요."

레베카 메이어 검사는 상대의 조롱에 가만히 당하고 있을 분위기가 아니었다.

"혹시 어제 브리핑 중에 '납치'라는 용어를 사용하셨습니까, 포겔 수사관님?"

"현재로써는 그 어떤 가능성도 배제할 수 없습니다."

"이해는 합니다. 그런데 증거는 확보한 상황입니까? 아니면 증인이나, 단서라도 있는 겁니까?"

"그렇다고는 할 수 없습니다."

"그렇다면 전적으로 직감에 의한 결론이라 할 수 있겠군요."

"그렇게 생각하시는 게 편하시다면 그렇다고 할 수 있습니다."

보르기는 팽팽한 긴장 속에서 이어지는 대화를 묵묵히 지켜보기만 했다.

"수사 방향은 다양하게 추정할 수 있습니다." 포겔이 말을 이어 나갔다. "경험칙에 따라 최악의 시나리오부터 수사를 시작해야 좋은 결과를 얻을 수 있다고 생각합니다. 그랬기 때문에 납치범에 의한 범죄의 가능성을 언급했던 겁니다."

"수사관님이 여기 오시기 전부터 제가 직접 애나 루에 관한 정보를 수집해왔습니다. 애나 루는 조용한 성격에 팔찌 만드는 일과 고양이에 관심이 많고 교회에 나가는 게 일상의 전부인 평범한 10대 소녀입니다. 또래 10대들에 비하면 다소 앳돼 보인다는 점은 저도 인정합니다. 그렇다고 그 부분이 애나 루를 사전계획에 따른 납치사건 피해자라고 단정할 단서라고 할 수도 없습니다."

포겔은 검사가 묘사한 프로파일에 흥미를 보였다.

"검사님은 어떻게 결론을 내리셨습니까?"

"애나 루는 엄한 교육을 받고 간섭과 통제가 심한 어머니 밑에서 자랐습니다. 아마 학교에서도 같은 교구 공동체 소속이 아닌 또래 친구들과는 어울릴 수도 없었을 겁니다. 친구들과 외출도 마음대로 못 하고, 교구 공동체가 적용하고 있는 정경(正經)의 제한적인 해석에 따라 합법적이라고 간주되는 활동 외에는 뭐 하나 마음대로 할 수도 없었을 겁니다. 달리 말하면 스스로 결정할 권리도 없었고, 하다못해 실수도 자기 마음대로 할 수 없었을 겁니다. 그런데 열여섯이면 실수하는 게 하나의 권리라 할 수 있는 나이 아닙니까? 따라서 어느 순간, 아이가 온갖 규칙과 원칙에 반기를 들게 된 거라고 추정해볼 수 있습니다."

포겔은 생각에 잠긴 표정으로 고개를 끄덕였다.

"그러니까 검사님은 단순가출이라고 생각하시는군요."

"이런 경우가 한두 번이 아니라는 건 잘 아시지 않습니까? 통계만 보더라도 이런 가설에 무게가 실린다는 것도 잘 아실 테고요. 게다가 애나 루는 실종 당일, 알록달록한 배낭을 메고 나갔는데 부모들은 그 가방 안에 뭐가 들었는지 전혀 모르고 있었습니다."

포겔 수사관이 검사가 내린 결론을 수긍하는 듯한 반응을 보이는 동안 보르기는 전날, 애나 루의 집에 방문했을 때 소녀의 어머니가 포겔 수사관에게 넘겨준 일기장을 떠올렸다. 일기장에서 가출을 의심할 만한 정황은 어디에도 보이지 않았었다.

"검사님 이론은 아주 그럴듯합니다." 포겔은 상대의 의견에 동의를 내비쳤다.

하지만 레베카 메이어 검사는 누군가의 칭찬에 우쭐해지는 그런 부류의 사람이 아니었다. 그녀는 즉시 반격에 나섰다.

"저도 포겔 수사관님 방식은 잘 알고 있습니다. 각광받는 걸 즐기신다는 것도요. 그런데 여기 아베쇼에서는 수사관님의 쇼에 출연할 괴물은 찾을 수 없을 겁니다."

포겔은 화제를 전환하기 위해 말을 돌렸다.

"수사본부는 학교 체육관에 마련되어 있습니다. 그리고 탈의실을 사무실로 쓰고 있습니다. 제 휘하에 있는 경찰들은 이런 사건을 수사할 만한 역량을 갖추지 못했고 장비도 턱없이 부족한 실정입니다. 소녀가 사라진 도로를 샅샅이 훑고 분석할 과학수사대를 동원했으면 합니다. 그렇게 수사하다 보면 검사님 가설이 옳다는 사실을 확인할 수 있을지 누가 알겠습니까? 어떤 쪽으로든 결론은 내릴 수 있을 테니까요."

레베카 메이어는 흥미를 느낀 듯 피식 웃었다.

"경찰이 납치 가능성을 염두에 두고 있다는 소문이 퍼지면 무슨 일이 벌어질지 알기나 하세요?"

"그야 가출 가능성은 없어지는 거죠." 포겔은 자신 있게 대답했다.

"손에 쥔 게 아무것도 없는 마당에 지금 저한테 과학수사대를 붙여달라고 시위하시는 겁니까? 배짱 한 번 대단하시군요!"

"가출 가능성은 없어질 테니까요." 포겔은 다시 한 번 힘주어 말했다.

보르기는 상관의 이마를 지나는 혈관이 짙게 붉어지는 장면을 목격했다. 포겔 수사관이 그 정도로 흥분하는 모습은 처음이었다.

검사는 냉정을 되찾는 분위기였다. 그러고는 발걸음을 돌리기 전에 두 형사를 번갈아 쳐다보며 말했다.

"어쨌든 아직까지는 실종사건입니다. 그 점을 유념하기 바랍니다."

체육관으로 돌아가는 차 안에는 적막감이 감돌았다. 보르기는 무슨 말이라도 하고 싶었지만, 얘기 도중 행여 포겔 수사관이 레베카 메이어 검사와의 대화 이후 꾹 참고 있던 분노를 폭발시킬까 두려워 묵묵히 차만 몰았다.

바로 그 순간, 뒷거울로 시선을 돌린 보르기는 또다시 자신들을 따라오는 검은색 밴을 발견했다. 밴은 그들을 미행하고 있었던 것이다.

포겔은 뒷거울에 쏠린 운전자의 시선을 놓치지 않았다. 그는 햇빛가리개를 내리고 거기에 달린 작은 거울로 뒤를 살핀 다음 거칠게 다시 올렸다.

"어제부터 저희를 따라다니고 있습니다. 내려서 확인해볼까요?" 보르기가 물었다.

"자칼들이군요." 포겔은 짤막하게 내뱉었다. "뉴스거리를 사냥하러 온 친구들입니다."

"저 사람들이 기자라는 말씀입니까?"

"아닙니다. 프리랜서 카메라맨들이지요. 귀신같이 냄새를 맡고 강력 사건일 가능성을 포착하는 순간 카메라를 들고 바람같이 현장에 나타나는 인간들입니다. 저들이 바라는 건 그럴듯한 장면을 미리 확보해 언론사에 되파는 겁니다. 기자들에게는 단순가출일지 모를 10대 소녀 실종사건에 쏟아부을 시간이 없기 때문이지요. 핏빛 그림자가 드리워지지 않는 한 말입니다."

보르기는 자신의 상관이 오전은 물론, 전날 캐스트너 부부의 집 앞에서 대기하고 있던 밴의 존재를 이미 파악하고 있었다는 사실을 깨닫고 나자 바보가 된 기분이 들었다.

"그럼 저 자칼들은 뭘 찾아다니는 겁니까?"

"괴물이 모습을 드러내기를 기다리는 겁니다."

보르기는 그제야 이해가 갔다.

"그러니까 아침부터 강변을 찾아가셨던 건……. 우리가 시신을 찾고 있다고 저들이 믿게 만드실 계획이었던 거군요."

포겔이 아무런 대꾸도 하지 않자 젊은 형사의 불안감이 점점 커졌다.

"그런데 아까는 검사님께 가출일 가능성은 없다고……."

"여론 앞에서 무능해 보이고 싶어 하는 사람은 아무도 없습니다, 보르기 경사. 그건 검사 양반도 마찬가지일 겁니다. 내 장담하지요." 그는 보르기를 쳐다보며 말을 이었다. "애나 루를 찾으려면 그에 걸맞은 수단이 필요합니다. 부모의 호소만으로는 충분하지 않거든요."

마지막 문장은 두 사람의 대화에 종지부를 찍었다. 두 사람은 더 이상 사건에 관한 이야기를 꺼내지 않았다. 하지만 수사본부로 향하는 동안 보르기는 포겔 특별수사관의 의도를 보다 자세히 파악할 수 있었다. 처음에는 그저 심드렁한 반응을 보이는 거라고만 생각했었다. 그런데 알고 보니 거기에는 나름의 논리와 이유가 있었다. 언론이 사건에 주목하지 않고, 여론이 사라진 애나 루를 '끌어안지' 않으면 상부에서 사건 해결에 필요한 지원을 결코 승인해주지 않을 터였기 때문이다.

포겔이 탈의실에 마련된 그의 사무실로 들어간 사이, 보르기는 멀지 않은 곳에 있는 작은 철물점으로 향했다. 그리고 다시 수사본부로 돌아온 뒤 테이블 주변에 서 있던 경찰 몇 명을 불러 모으고 그들에게 페인트칠 작업복이 든 비닐봉지를 나눠주었다.

"어디 다시 페인트칠이라도 해야 하는 겁니까?" 경찰 하나가 농담하듯 물었다.

"다들 이거 입고 따라오세요." 보르기는 질문을 무시하고 말했다.

"뭘 해야 하는 겁니까?"

"일단 현장에 가서 다시 얘기합시다." 경사는 적당히 둘러댔다.

그날 밤 눈이 내리기 시작했다. 눈발은 표면에 내려앉는 순간 신기루처럼 사라졌다.

기온은 뚝 떨어졌지만 국도변에 위치한 식당 안은 훈훈했다. 여느 때와 마찬가지로 식당은 한산했다. 두 명의 트럭 운전사가 각각 테이블을 하나씩 차지하고 앉아 말없이 식사를 하고 있었다. 식당 안에서 들리는 소리라고는 주방에 주문을 넣는 주인의 목소리, 당구공 부딪히는 소리, 그리고 카운터 위에 달린 TV에서 흘러나오는 희미한 소리뿐이었다. 축구 경기가 방송되고 있었지만 관심 있게 시청하는 이는 아무도 없는 듯 보였다.

식당 안에 있던 세 번째 손님은 보르기 경사였다. 그는 칸막이 뒤에 앉아 채소 수프를 먹고 있었다. 그는 빵을 여러 조각으로 잘게 잘라 수프 그릇에 담근 다음 숟가락으로 떠먹으며 계속해서 시계를 들여다보았다.

"음식 맛은 어떠세요?" 여종업원이 다가와 의무감 섞인 말투로 친절히 물었다.

빨간 스카프를 맨 종업원은 유니폼 위에 작은 자수정 십자가를 달고 있었다. 보르기는 시장의 넥타이핀에서 똑같은 장신구를 본 기억이 났다. 아마도 교구 공동체의 상징 같았다.

"수프가 맛있네요." 보르기는 미소를 지으며 대답했다.

"더 드릴까요?"

"이 정도면 됐습니다."

"그럼 계산서 갖다드릴까요?"

"조금 더 기다리는 중입니다. 아무튼 감사합니다."

약속 시각이 멀지 않았기 때문이다.

여종업원은 더 이상 묻지 않고 카운터 뒤로 돌아갔다. 오늘 밤 역시 팁 받기 글렀다는 표정이었다. 보르기는 누군가의 어머니일지도 모를 여종업원을 보며 측은한 감정이 들었다. 그녀의 얼굴에 묻어나는 피곤

기가 고스란히 자신에게 전달되는 느낌이었다. 식당 일만 하는 것 같
지는 않았다. 하지만 또 다른 게 있었다. 그녀는 수시로 목에 걸고 있
는 스카프를 고쳐 맸다. 보르기 경사는 아내를 폭행하는 교구 공동체
신자들을 다른 신자들이 어떻게 여길지 생각해보았다.

캐럴라인에게 전화라도 한 통 했어야 했다. 그날은 문자 메시지만 주
고받았을 뿐이었다. 마침 아내가 처갓집에 가 있던 터라 마음이 놓이
긴 했지만 아내는 계속해서 언제 돌아오느냐고 집요하게 묻고 있었
다. 그 답은 자신도 알 수 없었다. 그리고 사실 당장 돌아가고 싶은 마
음도 들지 않았다. 해야 할 일들이 산더미 같았고 아내의 출산에 맞춰
생활리듬을 통째로 뜯어고쳐야 하기 때문이었다. 지난 몇 달간, 보르
기는 숨 쉴 틈 없이 이것저것 결정하고 해치워야 했다. 큰 집을 임대한
뒤 인테리어 공사를 하고 가구도 채워 넣고, 차도 늘어난 식구들이 편
히 타고 다닐 만한 중고차로 바꿔야 했다. 돈 나갈 데가 한두 군데가
아니었는데 어느 순간이 되자 갑자기 불안해지기까지 했다. 캐럴라인
이 일을 그만두면서 모든 짐을 홀로 짊어져야 했기 때문이다. 그렇다
고 업무 시간이 길다고 투덜거리는 아내한테 조만간 아이가 태어날 텐
데 혼자 벌어서는 안 된다고 말할 자신도 없었다. 보르기는 휴대전화
를 들어 올렸지만 아내에게 전화를 걸지는 않았다. 나중으로 미룰 생
각이었다. 그는 계속해서 손목시계를 들여다보았다. 자신의 예측이 정
확하기만을 바라는 심정이었다.

정각 8시가 되었다. 드디어 약속 시각이었다.

잠시 후 무력감만 감돌던 식당 분위기가 달라졌다. 식당 주인이 TV
채널을 돌리고 볼륨을 키운 다음부터였다. 당구를 치던 사람들은 경
기를 중단했고 자리에 앉아 있던 트럭 운전사들도 TV 쪽으로 고개를

돌렸다. 주방에 있던 직원도 밖으로 나왔다.

전국방송 뉴스는 야외 어딘가를 배경으로 하는 보도로 시작되었다. 보르기는 아베쇼 계곡을 가로지르는 강변임을 알아볼 수 있었다. 그 위를 지나가는 다리에서 촬영한 장면이었다. 하얀 작업복을 입고 하천이 시작되기 직전 지점의 진창에서 이리저리 돌아다니고 있는 경찰들도 보였다. 그들은 아래쪽을 내려다보며 증거를 수집해 비닐봉지에 넣고 봉인하는 것처럼 행동하고 있었다. TV를 보고 있던 보르기 경사 자신이 직접 전달한 지침에 따른 행동이었다.

"실종된 10대 소녀, 애나 루 사건이 예측하지 못한 새 국면으로 접어들었습니다." 화면에는 기자의 모습은 없고 목소리만 흘러나왔다. "경찰은 아직까지 단순실종사건으로 수사 중이라는 공식적인 입장을 내놓고는 있지만 오늘 오후, 과학수사대가 하천 일대를 수색하는 광경이 목격되었습니다."

그를 바라보는 사람은 아무도 없었지만 보르기는 만족감을 드러내지 않으려 애를 쓰고 있었다. 기발한 아이디어가 제대로 적중했다.

"사건에 투입된 과학수사대가 무슨 수색을 했는지 공식 발표된 내용은 없습니다." 다시 기자의 목소리가 이어졌다. "현재까지 알려진 바에 따르면 과학수사대에서 몇 가지 증거를 확보했고 굵직굵직한 강력사건을 해결한 베테랑 수사관 포겔 형사가 별다른 설명 없이 흥미로운 증거라고 말한 점이 전부입니다."

그 말이 끝나자마자 보르기는 자리에서 일어나 카운터로 다가가 계산을 했다. 비록 형사 월급이 넉넉한 편은 아니었지만 그는 여종업원에게 후한 팁까지 건넸다.

스튜디오를 방불케 하는 온갖 방송장비를 갖춘 밴은 시청 앞 주차장
에 서 있었다. 레게머리를 길게 딴 기술자 한 사람이 케이블을 둥글게
되감고 있었다. 바닥에는 방송장비 상자들이 이리저리 널려 있고 등
받이에 '스텔라 호너'라는 이름이 찍힌 접이식 의자가 하나 놓여 있었
다.

　금발에 우아한 자태, 선정적일 만큼 탁월한 미모에 짙은 눈 화장
으로 큰 눈을 더더욱 어둡고 진하게 강조한 스텔라 호너는 편한 자세
로 의자에 앉아 방송 기술자가 장비 설치하는 과정을 지켜보고 있었
다. 그녀는 간간이 멍한 표정을 짓다가도 호기심 어린 표정으로 주변
을 둘러보았다. 그녀는 자신이 일하는 방송사 로고가 붙은 카메라 위
에 발을 올린 자세였다. 길게 뻗은 두 다리는 각선미가 돋보였고 아찔
할 정도로 굽이 높은 하이힐은 겹쳐 올린 두 발을 부각시키고 있었다.
그녀가 나고 자란 작은 시골 마을 고등학교에서는 아마 남학생들에게
그리 좋은 대접을 받을 수 없었을 것이다. 남학생들은 비록 그녀가 다
른 여학생들에 비해 월등히 예뻤음에도 불구하고 거리감을 느꼈을 테

69

니까. 스텔라는 몇 년이 넘도록 그 이유가 궁금했다. 그 이유를 알게된 건 한참 뒤의 일이었다. 자신이 남자들에게 두려움의 대상이었다는 사실을. 그래서 가끔은 무장 해제하고 멍청한 척 능청을 떨기도 했다. 그럴 때마다 남자들은 경계를 풀었다. 그러고 나면 그녀는 언제나 그들의 숨통을 쥐고 흔들어댔다.

그녀의 위장술에 속아 넘어가지 않은 남자는 지금까지 단 한 명이었다.

스텔라는 아침 안개를 가르며 서서히 다가오는 그 단 한 명의 남자를 바라보고 있었다. 캐시미어 코트 주머니에 양손을 찔러 넣고, 입가에 묘한 미소를 띤 그 남자를.

"우리가 여기서 왜 이러고 있어야 하는지 그 의문을 풀어줄 분이 드디어 나타나셨네!" 스텔라는 의기양양한 목소리로 기술자에게 말했다. "이 동네는 내 구두하고 정말 궁합이 안 맞더라고."

"이렇게 먼 데까지 발걸음을 옮기시게 해드려 대단히 죄송합니다, 스텔라 호너 기자님." 포겔은 빈정거리는 투로 인사말을 건넸다. "이번 건보다 훨씬 중요한 일을 하고 계셨을 텐데……. 마지막에 보도한 사건이 뭐였더라……. 아내를 살해한 남편에 관한 사건이었던가? 그래, 그 남편 애인은 찾으셨습니까? 기억이 가물가물해서……. 그 사건이 다 그 사건 같기도 하고……."

스텔라는 그냥 씩 웃어넘겼다. 그녀는 상대의 조롱을 아무렇지 않게 넘기고 그대로 되받아치는 데 익숙한 사람이었다. 그녀는 포겔 수사관이 자신의 코앞으로 다가올 때까지 기다렸다가 그의 어깨너머로 보이는 카메라맨에게 다시 말을 걸었다.

"이봐, 프랭크! 이 형사님이 어떤 분인지 알아? 이 양반은 전 국민을 상대로 괴물이 버젓이 사람들 속에 섞여 돌아다니고 있다고 설득한 대단한 양반이야. 증거 하나 없이 말이야."

포겔은 재미있다는 표정으로 상대의 말을 듣다가 이번에는 자신이 카메라맨을 향해 말했다.

"이거 보라고, 프랭크. 기자들 특기가 그런 거잖아. 진실을 왜곡해서 우리 같은 사람들이 자신들보다 훨씬 더 악독한 인간이라고 포장하는 거. 그런데 여기 계신 스텔라 호너 기자님은 사건현장을 직접 두 발로 뛰어다니며 탐사보도에 가까운 기사를 만드는 아주 대단하신 분이라고. 이 분야에서만큼은 아무도 따라갈 수 없을 정도로 탁월한 전문가지! 그나저나 이렇게 밖에 서 있기에는 좀 춥지 않습니까?" 그는 다시 기자에게 관심을 돌렸다.

"날씨 얘기 한 번 잘 하셨네요. 10대 여자아이가 사라졌다고요? 아니, 툭 까놓고 얘기해봅시다! 내가 이런 날씨에 여기서 오들오들 떨고 있으면 그만큼 오싹오싹한 스토리 하나는 있어야 하는 거 아니에요? 그런데 여기는 어디를 둘러봐도 그럴듯한 스토리가 안 보이잖아요. 그러니 집에 돌아가야지, 뭐."

기술자는 묵묵히 방송장비를 챙기더니 두 사람의 대화에 별 관심이 없다는 듯 둘만 남겨두고 그대로 밴 안으로 들어가버렸다.

스텔라는 그 즉시 직격탄을 날렸다.

"그래, 납치범은 어디 있는 거죠, 포겔 형사님? 솔직히 난 못 믿겠거든."

포겔은 평정심을 잃지 않고 대응했다. 스텔라 호너를 설득하는 게 쉽지 않다는 건 알고 있었다. 하지만 그만큼 대비를 철저히 해둔 터였다.

"계곡으로 드나들 수 있는 도로는 단 하나. 한쪽에는 교통상황 통제 카메라가 있고, 다른 쪽에는 주유기 위에 달린 감시카메라가 있습니다. 화면에 잡힌 차량들을 조회하고 있고 아예 사생활까지 탈탈 털어 버릴 예정입니다만……. 그런데 사실 그래 봐야 소용없다는 건 이미 잘 알고 있습니다."

"소용없다는 걸 잘 알면서 왜 그 고생이신데요?"

포겔은 첫 번째 카드를 펼쳐 보였다.

"내 판단이 옳다는 걸 입증하려고. 실종된 소녀가 절대로 이 마을을 벗어난 적이 없었다는 이론."

스텔라는 즉시 받아치지 않고 말을 멈췄다. 그녀가 흥미를 보인다는 신호였다.

"계속해보세요……."

포겔은 기자가 그곳까지 발걸음한 건 보르기 경사 덕분이라는 걸 잘 알고 있었다. 페인트칠 하는 데 입는 작업복이 성과를 거두었기 때문이다. 두뇌회전이 제법 빠른 친구 같았다. 하지만 이제 고수가 나설 차례였다. 포겔은 허풍이 잔뜩 들어간 목소리로 말을 이어 나갔다.

"이 계곡은 거의 고립된 지역입니다. 그런데 어느 날, 이 산악지방에 희귀한 광물자원이 잔뜩 묻혀 있다는 사실이 발견된 겁니다. 형석이라는 광물이. 평범했던 사람들이 하루아침에 돈방석에 올라앉게 된 거지요. 서로에 대해 모르는 게 없고, 특별한 사건도 거의 없던 그런 동네에 말입니다. 그게 아니면 무슨 일이 있기는 했지만 아무도 그 이야기를 하지 않는 걸 수도 있겠지요. 뭐가 됐든 이야기하는 사람이 없었던 겁니다. 왜냐하면 여기 관습이 그렇거든요. 모든 걸 감추는 거. 자기가 가지고 있는 것까지……. 왜 이런 말도 있지 않습니까. 소규모

72

공동체일수록 커다란 비밀을 숨기고 있다는……."

완벽한 스토리의 전주곡이 따로 없었다. 포겔은 자신의 이야기에 힘을 싣기 위해 코트 주머니에서 실종 소녀의 일기장을 꺼내 기자에게 휙 던졌다. 스텔라 호녀는 자신에게 날아든 일기장을 받았다.

그녀는 상대를 잠시 살펴보다 일기장을 펼쳤다.

"3월 25일." 그녀는 일기장을 소리 내 읽었다. "오늘은 프리실라를 따라 동물병원에 갔다. 프리실라 고양이가 진료를 받아야 했기 때문이다. 수의사 선생님은 예방접종을 해주시고 먹이를 너무 많이 주지 말라고 하셨다……."

스텔라는 여러 장을 휙휙 넘겼다.

"6월 13일. 교구 공동체 청년부 친구들과 예수님의 어린 시절에 대한 노래공연 준비를 했다……. 11월 6일. 진주 팔찌 만드는 법을 배웠는데……."

스텔라는 화풀이하듯 일기장을 퍽 덮더니 생각에 잠긴 표정으로 포겔을 노려보았다.

"고양이하고 팔찌?"

"뭐 다른 거라도 기대했던 겁니까?"

"나라도 우리 엄마가 몰래 내 일기장을 훔쳐보는 걸 알고 있었으면 이런 글, 수백 편은 썼겠어요……."

"그래서요?"

"나랑 장난하자는 거예요? 진짜 일기장은 어디 있어요?"

포겔은 만족스런 표정을 지었다.

"거 봐요. 내 말이 맞지 않습니까. 독실한 신앙을 가진 종교적인 가정과 순수한 10대 소녀라……. 그런데 파다 보니 언제나 그렇듯 무언가가 나오지 않습니까."

"당신 생각에 애나 루 캐스트너가 무언가를 숨기고 있다는 거예요? 자기보다 나이 많은 누군가와 몰래 만나기라도 했다는 건가? 하긴, 상대가 성인 남성이 되지 말라는 법도 없으니까."

"그건 너무 나갔어요, 스텔라!"

"내가 그렇게 생각해주길 바랐으니까 이 일기장을 읽게 한 거 아니에요? 내가 실종된 이 10대 소녀한테 감추고 싶은 비밀이 있었다고 소문내고 다녀도 괜찮다는 거예요, 뭐예요? 뭐, 대중이야 그런 이야기를 더 좋아하겠지만……."

"당신이 그럴 일은 없지." 포겔은 자신 있게 받아쳤다. "이쪽 일에도 철칙이라는 게 있지 않습니까. 피해자는 언제나 신성시한다. 피해자가 화를 '자초했다'고 사람들이 생각하기 시작하면 괴물이 생각만큼 '괴물 같아 보이지' 않거든요. 안 그렇습니까?"

스텔라 호너는 다시 생각에 잠겼다가 자신이 밀릴 것 같은 대화에 균형추를 맞추듯 한 마디를 던졌다.

"난 당신이 손가락 테러리스트 사건 때문에 아직도 나한테 앙심을 품고 있다고 생각했거든요."

사실이었다. 포겔은 자신의 명성과 신뢰를 무너뜨린 그 사건 때문에 스텔라 호너에게 악감정이 있었다. 손가락 테러리스트 사건은 그에게 전략적 대참사였다. 막판에서야 포겔 형사가 그렇게 행동할 수밖에 없었던 정당한 이유가 밝혀지긴 했지만 설명하기도 복잡할 정도로 꼬여버린 사건이라 대중의 이해를 바라는 건 무리였다.

"난 그렇게 속 좁은 사람이 아닙니다." 그는 상대를 안심시켰다. "그럼 이쯤에서 평화협정을 맺는 건 어떻습니까?"

하지만 스텔라 호녀는 그가 휴전을 요청하는 데에는 실질적인 목적이 있다는 사실을 간파하고 있었다.

"날 여기로 끌어들인 건 다른 방송사들이 따라오게 만들기 위해서란 거 다 알아요. 좋아요, 대신 향후 수사 전개에 대한 정보 독점권을 보장해주세요."

포겔은 그녀가 협상에 응할 거란 걸 예상하고 있었다. 그는 대답하기 전에 고개를 절레절레 흔들었다.

"경쟁사보다 25분 우선권은 보장해드릴 수 있습니다."

'예' 또는 '아니요' 외엔 답이 없는 제안이었다.

"25분 가지고 뭘 하라는 거예요?"

"충분히 긴 시간이란 건 잘 아실 겁니다." 포겔은 손목시계를 들여다보며 대꾸했다. "예를 들면 내가 그걸 보고서에 포함해 증거물 보관실로 넘기기 전까지 당신한테는 25분이라는 우선권이 주어지는 거지요."

포겔은 그녀가 손에 들고 있던 일기장을 가리키며 말했다.

스텔라는 반박하고픈 표정이었지만, 머릿속에서는 이미 카운트다운이 시작되고 있었다. 그녀는 휴대전화를 꺼내더니 애나 루 캐스트너의 일기장을 펼쳐 사진을 찍기 시작했다.

11시경, 스텔라 호녀는 이미 아베쇼에서 생방송으로 아침 뉴스에 내보낼 첫 보도기사를 준비하고 있었다. 그녀는 애나 루의 집 근처 적당한 공간을 골라 앞으로 시청자에게 수사의 추이를 전하는 배경으로 삼기로 했다. 반나절 만에 주요 뉴스 부서에서 실시간으로 사건에 대한 정보를 얻어내기 위해 그녀에게 앞다퉈 연락을 취하기 시작했다.

그날 오후, 포겔은 새로운 브리핑을 위해 수사를 담당한 경찰들을 모두 체육관에 불러 모았다.

"이제부터 사건의 양상이 달라질 겁니다." 그는 자신의 이야기를 주의 깊게 듣고 있는 경찰들을 향해 설명을 시작했다. "향후 몇 시간 뒤부터 일어나게 될 변화는 미궁에 빠진 애나 루 실종사건의 해결에 결정적인 시간이 될 겁니다."

보르기 경사는 포겔 수사관이 팀원들에게 적절한 동기를 부여하는 방식을 정확히 꿰뚫고 있다는 점에 주목했다.

"이제 이 사건은 이 지역에 국한된 사건이 아닙니다. 전 국민의 눈이 이곳, 아베쇼와 우리에게 쏠려 있습니다. 우리는 국민들을 실망시킬 수 없습니다."

그는 한 마디 한 마디에 힘을 주며 말하다가 범인을 체포하지 못할 경우 모든 책임이 눈앞에 있는 경찰들에게 돌아갈 거라는 부분을 특히 강조했다.

"아마 여러분 대다수는 미디어가 조성한 여파가 우리에게 어떤 식으로 유리하게 작용할 수 있는지 의아해하고 있을 겁니다. 이렇게 설명을 드리지요. 이제 미끼는 던져진 겁니다. 그리고 우리는 그저 용의자가 덫에 걸려들기만 기다리면 되는 겁니다."

포겔의 설명을 듣고 있던 다른 경찰들처럼 보르기 경사 역시 사건의 양상이 실제로 달라졌다는 사실을 깨달을 수 있었다. 사흘 전까지만 해도 포겔 수사관은 느닷없이 지역 경찰들 사건에 끼어들어 이렇게 해라, 저렇게 해라 잔소리를 하는 불청객에 지나지 않았었다. 자만심이 하늘을 찌르고 자기중심적인 데다 오로지 명성만 치켜세우려는 형사에 불과했다. 그런데 지금은 모두가 그를 길잡이로 바라보고 있었다. 이 악몽에 종지부를 찍어줄 유일한 해결사이자 그 영광을 그들 모두와 함께 나눌 준비가 된 전문가로 여기기 시작한 것이다.

포겔은 자신의 계획을 설명하기 전에 경찰들에게 주의사항을 알렸다.

"모든 사람들은 유명해지고 싶어 합니다. 자신은 그렇지 않다고 주장하는 사람들도 속마음은 똑같습니다. 그런데 묘한 현상이 벌어집니다. 처음에는 유명해질 필요가 없다고 생각하거나, 그런 기회가 없어도 잘 살 수 있다고 자신 있게 말합니다. 그래도 만족스럽게 살 수 있다고 말이지요. 맞는 말입니다. 그런데 어느 순간, 스포트라이트가 우리 자신에게 집중될 때 변화가 일어납니다. 갑자기 자신을 익명 속에 파묻힌 일개 개인에 불과하다고 생각하면서도 동시에 더 이상 그 개인으로 남고 싶지 않아하는 자신을 발견하게 되기 때문입니다. 그리고 그 순간부터 유명세에 맛을 들이게 되는 겁니다. 남들과 달리 나 자신이 '특별하다'고 느끼는 순간, 이런 기분이 영원히 지속되기를 바라게 됩니다."

포겔은 팔짱을 낀 채 여전히 12월 23일 날짜가 적혀 있는 칠판 앞으로 한 발짝 다가갔다. 그는 칠판을 물끄러미 바라보다 모여 있는 경찰들 앞에서 서성거렸다.

"지금 세상 사람들은 저마다 애나 루의 이야기를 하고 있습니다. 빨간 머리에 얼굴에는 주근깨가 나 있고, 현재 어딘지 모를 곳으로 사라져버린 바로 그 소녀의 이야기를요. 그런데 납치범은 이 세상 사람들이 자신에 대해서, 그리고 자신이 한 일에 대해서 이야기하고 있다는 것을 누구보다 잘 알고 있습니다. 납치범은 자신의 작품을 완성한 겁니다. 왜냐고요? 우리는 범인의 정체는커녕 용의자조차 확보하지 못했으니까요. 놈은 자신이 완벽히 일을 완수했다고 자신만만해하고 있을 겁니다. 하지만 딱 거기까지입니다. 지금으로썬 그저 제대로 완수한 일에 불과하다는 겁니다. 놈이 자신의 작품을 걸작으로 끌어올리는 데 빠진 게 뭐겠습니까? 바로 무대입니다. 그렇기 때문에 놈은 지금처럼 어둠 속에 숨어 있지만은 않을 겁니다. 다른 사람이 자신의 주인공 자리를 강탈해가도록 내버려두지 않을 거라는 말입니다. 영광을 누리고 싶기 때문이죠. 사실, 놈이야말로 이 쇼의 진정한 주연배우였으니까요……. 우리가 이 자리에 모이게 된 건 놈이 그렇게 결심했고, 놈이 그렇게 되도록 바랐기 때문입니다. 그렇기 때문에 놈은 지금 자신에게 돌아와야 할 명예를 되찾고 싶어 할 거란 말입니다." 포겔은 잠시 말을 멈췄다 다시 이어 갔다. "놈은 밖에서 유명세라는 그 달콤한 과실을 따 먹고 싶은 마음일 겁니다. 하지만 거기서 그치지 않을 겁니다. 점점 더 많은 걸 원하게 될 테니까……. 우리는 그렇게 놈이 서서히 정체를 드러내게 하는 겁니다."

보르기는 포겔의 새로운 지시가 실종 소녀에 대한 수색을 공식적으로 뒷전으로 밀어냈다는 느낌을 받았다.

이제 급선무는 바로 괴물을 수풀에서 내모는 일이었다.

그러고 나서야 포겔은 구체적인 실행 계획을 설명하기 시작했다. 먼저 경찰 두 명에게 양초 여러 개와 고양이 봉제 인형 열두 개 정도를 구입하라는 명령을 내렸다. 그런 다음 경찰 몇 명에게는 사복 차림으로 그 물건들을 가지고 캐스트너 일가의 집 담벼락 앞에 가져다놓으라는 임무를 부여했다.

이제 기다리는 일만 남았다.

밤 10시 무렵, 전국의 주요 언론사들은 애나 루 집 앞에 모여 있는 특파원들과 긴밀하게 연락을 주고받고 있었다. 바로 스텔라 호너 효과였다. 물론 전적으로 그녀의 '공'만은 아니었다.

저녁 식사 시간 무렵, TV 뉴스를 통해 연민의 손길들이 익명으로 캐스트너 일가의 집 담벼락 앞에 두고 간 위로와 지지의 상징들이 화면을 타자, 적잖은 사람들이 그 대열에 동참하기로 마음먹게 되었다. 그렇게 아베쇼 주민들의 자발적인 행렬이 이어졌고 인근 마을 주민들도 그 행렬에 동참했다. 심지어 지지의 뜻을 알리기 위해 멀리 떨어진 도심지에서 찾아온 사람들도 있었다.

애나 루의 어머니는 이전에 방송을 타고 나간 호소문에서 딸이 무사히 집으로 돌아오면 그토록 원했던 고양이를 사주겠다고 약속했었다. 포겔은 그 마지막 말에 비중을 두었다. 그리고 지금, 애나 루의 집 주변은 봉제 인형에서부터 도자기 인형까지 온갖 종류의 고양이 인형들로 담벼락 전체가 둘러싸인 걸로 모자라 인형 행렬은 주변 도로까지 침범하며 길게 이어졌다. 고양이 인형 사이사이 놓여 있는 양초들은 주변으로 붉은 불빛을 퍼뜨리며 매서운 한겨울 추위 속에서도 따사로운 온기를 발산하고 있었다. 위로와 지지의 메시지를 담은 쪽지들도 보였다. 애나 루에게 직접 전하는 편지를 비롯해 부모에게 보내는 위로의 글귀나 그들을 위해 올리는 기도문 등이 주를 이루었다.

행렬은 줄기차게 이어졌다. 시장은 어쩔 수 없이 주변 도로를 차단해 자동차의 진입을 막아야 했다. 그럼에도 불구하고 인근 지역은 거의 포위되다시피 인파로 둘러싸였다. 사람들은 질서정연하게 움직였다. 그들은 애나 루의 집 앞에 멈춰 서서 잠시 동안 조용히 묵상을 하거나 기도를 하고 돌아갔다.

포겔은 그 행렬 속에 경찰들을 풀어 넣었다. 그들은 사복 차림을 하고 이어셋을 귓속 깊숙이 밀어 넣은 다음 점퍼 깃 사이에 소형 마이크를 장착한 상태로 감시에 나섰다. 기자들이 경찰 통신망을 도청하는 못된 습관이 있다는 것을 잘 알고 있었던 포겔은 도감청이 거의 불가능한 최신형 송신기까지 나누어주었다.

"우리가 찾는 건 남성 용의자라는 점을 유념하기 바랍니다. 혼자 나온 남성들에게 특히 주목하세요." 보르기는 무전으로 다시 한 번 경찰들에게 당부했다.

그 옆에 있던 포겔 특별수사관은 눈앞에 펼쳐진 무대를 유심히 살펴보았다. 두 사람은 일부러 행렬에서 멀찍이 떨어져 있었다.

그들은 그렇게 2시간 넘게 그곳을 찾는 사람들을 감시했다.

그들은 납치범이 성인 남성일 거라 추측했다. 10대 납치사건에서 성인 여성이 범인일 가능성이 희박하다는 범죄학 교본에 따른 결과였다. 통계자료에 근거한 대처였지만 경찰의 동물적 감각도 발동시켰다.

심지어 용의자 프로파일까지 그려낼 정도였다. 용의자는 대다수의 사람들이 일반적으로 생각하는 것과 달리 지능이 떨어지거나 사교성이 부족한 사람이 아니다. 지극히 평범하고 평균 이상의 교육 수준을 지녔으며 타인들과의 상호교류에도 아무런 문제가 없기 때문에 남들 눈에 띄지 않으려 충분히 연기도 할 수 있는 부류에 해당한다. 이들은 자신의 본성을 철저히 비밀에 붙일 뿐만 아니라 교활하고 어느 정도의 예측능력까지 지니고 있다. 그렇기 때문에 정체를 밝히는 게 결코 쉬운 일은 아니다.

경찰 하나가 무전으로 알렸다.

"이쪽은 조용합니다. 지나가겠습니다."

경찰들은 10분 간격으로 보고하라는 명령을 따르고 있었다.

포겔은 경찰들이 긴장상태를 유지하도록 자신이 직접 개입해야 할 필요성을 느꼈다.

"납치범이 진짜로 이 자리에 나타난다면 경찰의 감시는 분명 예측하고 왔을 겁니다. 하지만 그 상황에서도 자신을 쫓는 경찰들 사이를 유유히 활보하고 싶다는 욕망을 억누를 수는 없을 겁니다. 놈이 이 자리에 나타나 이 장면을 놓치고 싶어 하지 않는다는 사실을 유념해주기 바랍니다. 행운의 여신이 우리 편이라면 아마 놈은 지켜보는 것에 만족하지 않을 수도 있습니다. 전리품이 될 만한 무언가를 가져가려 들 겁니다."

포겔은 경찰들에게 무언가를 두고 가는 사람들보다 몰래 무언가를 가져가려는 자가 있는지 주의 깊게 살펴보라고 말했다.

바로 그때, 포겔과 보르기는 군중 사이에서 수상한 움직임을 포착했다. 마치 누군가가 무언의 명령을 내리기라도 한듯 모여 있던 사람들이 일제히 한 방향으로 고개를 돌렸던 것이다. 두 형사 역시 사람들을 따라 고개를 돌렸다. 그들의 시선을 끈 건 현관 문턱으로 나온 애나 루의 부모였다.

남편은 아내의 어깨에 손을 올리고 있었다. 두 사람 주변으로 교구 공동체 신자들이 모여들었다. 자그마한 자수정 십자가를 단 신자들은 부부를 보호하려는 듯 두 사람을 중심으로 반원을 그리며 섰다. 카메라 렌즈들이 일제히 현관 쪽으로 돌아갔다.

비록 괴롭고 고통스러운 표정이 역력했지만 이번에도 자신들의 집 앞에 모여 있는 군중을 향해 입을 연 건 마리아 캐스트너였다.

"남편과 저는 여기 모여주신 여러분께 감사의 말씀을 드리고 싶습니다. 지금 저희 가족은 고난의 시간을 보내고 있습니다. 하지만 여러분의 애정과 관심, 그리고 하느님을 향한 저희 신앙이 많은 위로가 되고 있습니다. 애나 루도 이 모든 걸 기쁘게 생각하고 있을 겁니다." 그녀는 팔을 뻗어 담벼락을 둘러싸고 있는 고양이와 양초를 가리키며 말했다.

"아멘." 교구 공동체 신자들이 합창하듯 아멘을 외쳤다.

군중 사이에서 박수가 쏟아져 나왔다.

모두가 감격한 분위기였지만 포겔은 그런 동정심을 진심으로 생각하지 않았다. 그 자리에 군중이 모여든 이유는 미디어가 '소환'했기 때문이었고 단순한 호기심 그 이상도 이하도 아니었다. 진심으로 저 가족을 위로해줬어야 할 크리스마스 당일, 당신들은 어디에 있었습니까?

보르기 경사의 생각도 마찬가지였다. 포겔만큼 냉소적이지는 않았지만 불과 며칠 사이에 상황이 어떻게 이렇게 판이하게 달라질 수 있는지 두 눈으로 똑똑히 지켜봤기 때문이다. 캐스트너 부부의 집을 방문했던 아침까지만 해도 자칼이 타고 다니는 밴 외에는 아무도 그들 집을 찾지 않았었다. 보르기는 적막감이 감도는 소규모 주거지에 울려 퍼졌던 포겔 수사관의 박수 소리를 떠올렸다. 그는 상관이 왜 그런 행동을 했는지, 그 의미는 또 뭔지 여전히 알 수 없었다. 뿐만 아니라 당시 포겔이 차에 오르자마자 브루노 캐스트너에 대해 언급한 이유 역시 알 수 없었다.

'남편은 우리한테 뭔가를 얘기하고 싶어 안달이 난 상태였지…….'

애나 루의 부모가 교구 공동체 신자들이 지켜보는 가운데 군중의 응원과 지지를 받는 사이 무전을 타고 한 경찰의 목소리가 들렸다.

"포겔 수사관님 우측으로 보이는 길 거의 끝 지점에 서 있는 검은색 후드 티 차림의 소년이 방금 무언가를 가져갔습니다."

포겔과 보르기는 경찰이 설명한 방향으로 고개를 돌렸다. 둘러싸고 있는 사람들 때문에 용의자를 식별하기까지 몇 초가 걸렸다.

소년은 청 점퍼 안에 입은 후드 티 모자를 눌러써서 얼굴을 가리고 있었다. 아마 주위가 산만해진 틈을 노려 무언가를 슬쩍 훔쳐 옷 속에 넣고 황급히 자리를 뜨려는 것 같았다.

"핑크색 봉제 고양이 인형을 가져가는 걸 봤습니다." 경찰이 말했다.

보르기는 소년과 가장 가까운 지점에 있던 경찰에게 신호를 보냈다. 경찰은 그 즉시 휴대전화를 꺼내 재빨리 사진 몇 장을 찍었다.

"용의자 얼굴 사진을 확보했습니다. 체포하겠습니다."

"아니!" 포겔은 단호하게 명령했다. "놈에게 의심을 사지 않았으면 합니다."

그 사이 소년은 스케이트보드 위에 올라 유유히 사라져갔다.

보르기는 믿을 수 없다는 표정으로 상관을 쳐다보았다.

"미행도 안 하는 겁니까?"

포겔은 사라지는 용의자에게 시선을 고정한 채 대답했다.

"여기 있는 기자들 중 하나가 그 정황을 눈치채기라도 하면 어떤 일이 벌어질지 상상해보기 바랍니다……."

맞는 말이었다. 보르기는 그 부분까지는 미처 계산하지 못했다.

"스케이트보드를 타고 다니는 소년입니다." 포겔은 상대를 안심시키듯 말을 이었다. "그 친구가 가봐야 어딜 가겠습니까? 게다가 얼굴도 알고 있으니 찾는 건 어렵지 않을 겁니다."

국도변 식당은 사람들로 붐비고 있었다.

주유기 쪽으로 난 통유리 문에는 여전히 즐거운 연휴를 기원하는 'Happy Holidays'가 적혀 있었다. 식당 주인은 주방과 테이블 사이를 분주히 오가며 손님들이 주문한 음식을 만족스러워하는지 확인하느라 정신이 없었다. 갑자기 손님이 늘어나 직원까지 새로 고용해야 했다. 기자, 방송장비 기술자, 사진기자, 그리고 단순한 구경꾼들이 전국 뉴스 1면을 차지한 이야기의 무대를 가까이서 직접 보기 위해 앞다퉈 아베쇼로 몰려들었기 때문이다.

포겔은 그런 구경꾼을 '호러 관광객'이라 불렀다.

그들 중에는 먼 곳에서 온 가족 단위 관광객들도 적지 않았다. 수많은 아이들 때문인지 식당 안은 나들이 같은 분위기가 지배적이었다. 하루가 끝나갈 무렵이면 아마 그들은 기념사진과 함께 언론의 주목을 받아 수백만 시청자들을 끌어당긴 사건현장을 간접적으로나마 들여다볼 수 있었다는 만족감을 안고 각자의 집으로 돌아갈 터였다. 그곳으로부터 몇 백여 미터 떨어진 곳에서 수색견 부대와 잠수부들이 실종 소녀의 흔적이나 하다못해 실낱같은 단서 하나라도 찾기 위해 애쓰고 있다는 사실을 대수롭지 않게 여기면서……. 포겔은 그런 상황이 전개되리라는 걸 예측했고 그의 예상은 적중했다. 언론이 나서서 아우성을 치자 포겔의 상관들은 한정된 예산을 초과 집행해 사건 해결에 필요한 재원을 그 즉시 투입했다. 여론의 질책을 피할 수 있다면 뭐든 할 태세였다.

포겔은 크리스마스 날, 유일한 손님으로 앉아 있었던 그 테이블에 자리를 잡았다. 그리고 그때와 마찬가지로 식사를 하며 검은색 수첩과 은색 볼펜을 꺼내 무언가를 꼼꼼히 적었다.

그날 아침, 포겔은 회녹색 트위드 정장에 짙은 색 넥타이를 차려입었다. 우아한 분위기는 식당 안에 있던 다른 손님들과 확연히 대조를 이루었다. 하지만 그는 꼭 그 분위기를 유지해야 했다. 그래야 자신을 둘러싸고 있는 소란스럽고 무례한 다수의 대중과 차별되어 보이기 때문이었다. 그들을 바라보면 바라볼수록 한 가지 중요한 사실을 깨달을 수 있었다.

대중은 이미 애나 루를 잊어버렸다는 사실을.

이 모든 이야기의 말없는 여주인공은 벌써 무대 뒤로 사라지고 말았다. 여주인공의 침묵은 온갖 엑스트라들이 신나게 떠들고 여주인공과 여주인공의 짤막한 삶에 대해 아무렇게나 지껄일 구실만 제공해주었다. 언론이 하는 일이 그랬다. 뿐만 아니라 길거리에서, 슈퍼마켓에서, 그리고 바에 모여 앉은 대다수의 소시민들도 마찬가지였다. 모두가 거리낌 없이 행동했다. 포겔은 그 점 역시 정확하게 내다보고 있었다. 그가 예상한 상황이 발생하자 이로 인해 신기한 기계장치가 가동되었고 실제 사건은 일종의 미니시리즈처럼 에피소드별로 펼쳐지기 시작했다.

범죄는 7초 간격으로 일어난다.

그런데 그중에서 신문기사로 활자화되거나 TV 뉴스로 방송을 타거나 또는 사건 전후 관계까지 심층적으로 다룬 토크쇼의 주제가 되는 사건은 극소수에 불과하다. 그런데 이 극소수의 사건에 범죄학자, 심리상담 전문의 등이 투입되고 때로는 심리학자, 더 나아가 철학자가 동원되기도 한다. 또한 막대한 양의 잉크를 쏟아부은 각종 기사가 양산되고 몇 시간에 걸친 각종 TV 프로그램까지 편성되기에 이른다. 그렇게 몇 주, 가끔은 몇 달 동안 관련 소식으로 봇물이 터질 때도 있다. '운'이라도 좋은 사건은 몇 년간 지속되기도 한다.

하지만 사람들이 절대로 입 밖으로 내지 않는 말이 있다. 범죄는 막대한 수익을 거둬들인다는 사실.

제대로 된 스토리로 엮은 범죄는 기록적인 수준으로 시청률을 끌어올리며 각종 스폰서와 광고를 몰아오는 법이다. 특파원, 카메라 장비, 그리고 카메라맨이라는 최소한의 고정 투자로 최대한의 효과를 거둘 수 있다.

작은 마을에서 잔혹한 살인사건이나 미궁에 빠진 실종사건 같은 강력사건이 발생하면 미디어에 노출되는 기간 동안 그 지역을 찾는 외지인들의 수가 늘어나고, 이는 지역경제에 도움이 되는 결과를 가져온다.

범죄사건 하나가 다른 모든 것들을 제치고 최고의 흥밋거리로 부각되는 이유를 논리정연하게 설명할 수 있는 사람은 없다. 하지만 사람들은 규명할 수 없는 일들이 존재한다는 사실에는 이견이 없다.

포겔 형사는 그 방면에 뛰어난 직감과 동물적 감각이 있었고 그 덕에 명성을 쌓아 올렸던 것이다.

손가락 테러리스트 사건을 제외하고는.

쓰라린 실패를 통해 얻은 교훈을 절대 잊어선 안 되나, 애나 루 실종 사건에 쏟아지는 언론의 관심을 다각도로 분석한 포겔은 드디어 과거의 실수를 만회할 기회를 잡았다고 판단했다.

물론 모든 게 그가 머릿속으로 그려낸 시나리오대로 흘러가리라고는 기대할 수 없었다. 캐스트너 부부의 집 앞에서 즉흥적인 위로 행렬이 이어진 이후로 여러 차례 고비가 찾아왔기 때문이다.

처음에는 적극적으로 나섰던 아베쇼 주민들이 돌연 입장을 바꿔 언론과 거리를 두기 시작한 것이다. '과다노출'에 따른 자연스런 결과이긴 했다. 기자들은 점점 주민들의 사생활 영역을 침범했고 그래도 여전히 사건 해결의 실마리가 보이지 않자 미궁에 빠진 실종사건을 해결할 열쇠를 그곳 주민들이 감추고 있다는 듯한 뉘앙스를 풍기는 여론을 조성해나갔다.

정확하게 그들을 겨눈 비난이라고 할 수는 없었지만 그런 오해를 불러일으키기에 충분한 여론몰이였다.

아베쇼 주민들은 예로부터 외지인을 경계해왔는데 자신들이 비난의 대상으로 떠오르자 기자들에 대한 불신을 점점 키워갔다. 특히 교구 공동체 신자들은 언론의 지나친 관심에 대한 불만을 노골적으로 드러냈다.

언론의 관심이 쏟아지던 초기에는 대다수의 주민들이 카메라를 회피했다. 그러다 기자들의 질문에 거칠게 반응하거나 화를 내기에 이르렀다. 폭발 직전의 분노가 지속될 경우 엉뚱한 사람이 피해를 보게 되는 일은 불가피했다.

일자리를 찾아 그곳에 발을 들인 한 청년에게 벌어진 일이 그랬다. 청년이 저지른 유일한 잘못이나 경솔한 행동이라면 무언가를 물어보기 위해 그곳에 거주하는 10대 소녀에게 말을 건 것뿐이었다. 불행히도 바에 앉아 있던 손님 하나가 그 장면을 목격하고 그를 위협하다 결국은 폭력까지 행사하게 되었던 것이다.

점심 식사를 마친 포겔은 겨울 햇살이 얼굴을 내밀고 있는 시간을 이용해 수사본부까지 걸어갔다. 그는 체육관 앞에서 자신을 기다리고 있던 메이어 검사를 발견했다.

표정으로 보아 결코 우호적인 방문은 아닌 것 같았다.

검사는 아스팔트 위에 또각또각 하이힐 소리를 내며 단호한 걸음걸이로 그에게 다가갔다.

"기껏 여기 와서는 주민들 머릿속에 의혹이나 불어넣고 아무 일도 없을 거라고 생각한 겁니까?" 검사는 다짜고짜 그를 질책하고 나섰다.

"그 사람들이 자초한 일입니다." 포겔이 대답했다.

그는 이 산악지방에 도착해 주민들을 접하면서 그들이 두려움보다는 혼란을 느끼고 있다는 인상을 받았다. 산으로 둘러싸인 지역에 살고 있던 주민들은 자신들이 세상의 모든 끔찍한 일들로부터 보호받고 있다고 생각하며 지내왔다. 불안과 의심의 나날을 보낼 준비가 전혀 되어 있지 않았던 것이다. 지금까지도 주민들은 악의 기운은 외부에서 날아든 것이라 여겼다. 하지만 마음 한구석으로는 악의 기운이 언제나 그들 주변에 도사리고 있다고 의심해왔다. 은밀하고 조용히 숨은 채로. 그리고 포겔은 바로 그 사실이 다른 무엇보다 주민들을 충격에 빠뜨렸다는 걸 잘 알고 있었다.

"정확히 제가 우려했던 대로 일이 벌어졌네요." 레베카 메이어 검사는 단정적으로 말했다. "이곳을 무대로 볼거리를 만드셨더군요."

"단순가출사건 중에 이렇게 오래 걸린 경우를 단 한 번이라도 보셨습니까?" 포겔은 맞서듯 받아쳤다. "이제 가출 가능성은 접고 다른 쪽으로 집중해야 할 때라는 거, 검사님도 잘 아시지 않습니까. 이건 그냥 집 나간 10대 청소년에 관한 일이 아니라 이겁니다. 아시겠습니까?"

그가 바랐던 대로 검사는 아직 스케이트보드를 타고 사라진 소년에 대해 전혀 모르고 있었다.

"좋습니다. 하지만 이 사건이 범인과 피해자가 있는 강력사건이라해도 그렇지, 무슨 권리로 그 많은 기자와 사진기자들을 불러들여 아베쇼 주민들까지 이 사건에 끌어들인 겁니까? 아니라고는 하지 마세요. 기자들 불러들인 건 형사님이니까."

포겔은 그런 불평을 듣고 싶지 않았다. 괜찮은 하루의 시작이었고 식당에서 수사본부까지 걸어오며 활력을 되찾던 터였다. 그는 그대로 발걸음을 되돌리려다 생각을 바꿨다.

"비명이 들리지 않았습니다." 그가 말했다.

메이어 검사는 깜짝 놀란 표정으로 무슨 말인지 몰라 그를 쳐다보았다.

"애나 루는 납치 당시 비명을 지르지 않았습니다. 만약, 비명을 질렀다면 이웃사람들 중 누구 하나라도 들었을 겁니다. 손뼉만 쳐도 충분히 주의를 끌 수 있었거든요. 박수 몇 번에 다들 창가 앞으로 모여드는 걸 제가 직접 목격했습니다."

"그러니까 그 말은 애나 루가 누군가를 자발적으로 따라갔다는 뜻입니까?"

포겔은 검사 스스로 생각해보라는 듯 아무런 대꾸도 하지 않았다.

"믿는 사람이고 좋게 생각하는 사람이었다······. 이미 알고 있는 사람이었다면······." 검사는 혼잣말하듯 중얼거렸다.

"면식범이라면 애나 루는 이미 사망했다는 겁니다." 다음 말은 포겔이 대신했다.

검사의 표정이 달라지기 시작했다. 분노가 사라지고 두려움이 자리를 잡아가고 있었다.

"저희가 할 수 있는 일은 무슨 일이 벌어질 때까지 기다리거나 그런 일이 벌어지지 않도록 막는 것밖에 없습니다. 검사님이라면 어떻게 하시겠습니까?"

형사는 그렇게 질문을 던지고는 발걸음을 옮겼다. 검사는 얼마 동안 멍하니 서 있다가 기침 소리를 듣고 고개를 돌렸다.

조금 떨어진 체육관 구석에 스텔라 호너가 서 있는 모습이 보였다. 그녀는 담배를 피우고 있었다. 형사와 검사의 대화 내용을 다 들은 눈치였다.

"대중이 내가 무슨 일을 벌인 건지 아는 날에는 모든 게 끝장날지도 몰라요." 기자는 농담 한 마디를 던지고는 담배꽁초를 땅바닥에 떨어뜨린 다음 신발로 밟아 껐다. "검사 경력을 놓고 보면 여자라는 사실이 시작부터 걸림돌 아니에요? 안 그래요? 저 형사 양반만 봐도 개자식인 건 분명한데 사건의 본질은 또 제대로 꿰고 있으니······. 게다가 여검사 입장에서 이런 기회는 흔치 않을 테고······."

레베카 메이어는 아무런 대꾸도 하지 않고 그저 멀어져가는 기자만 쳐다보았다.

수사본부가 차려진 체육관은 역동적인 분위기로 가득 차 있었다. 경찰의 수가 다섯 배로 늘어났고 학교 선생님들 책상이 제대로 된 사무용 책상으로 교체되었을 뿐만 아니라 컴퓨터도 새로 들여놓고 시종일관 울려대는 전화기도 여러 대로 늘어났다. 낡은 칠판은 화이트스크린과 프로젝터로 교체되었으며 대형 백보드에는 각종 보고서와 사진, 과학수사대 분석자료 등이 꽉 들어차 있었다. 체육관 정중앙에 설치된 계곡지역 모형에는 수색대가 야시경 등의 특수 장비를 동원해 24시간 동안 샅샅이 훑고 다닌 지역이 별도로 표시되어 있었다.

"산악구조대가 방금 북측 크레바스 지역 수색을 마쳤다고 합니다." 넥타이 차림에 외투를 벗은 한 경찰이 수색작업을 감독하는 보르기에게 보고했다.

"좋습니다. 이번에는 동쪽 사면으로 가라고 전하세요." 젊은 경사는 그렇게 말하고는 책상 앞에서 통화하고 있던 다른 경찰에게 물었다. "우리가 요청한 헬기는 어떻게 된 겁니까?"

"오후쯤이면 이곳에 도착한다고 합니다." 통화 중이던 경찰은 잠시 수화기를 막고 대답했다.

"어제도 그렇게 말하지 않았습니까. 다시 연락해서 정확한 시각을 확답해줄 때까지 끊지 마세요."

"네, 알겠습니다."

헬기 수색은 수사의 중요한 부분을 차지했다. 포겔은 그 점을 누차 강조했었다. 수색견을 풀어 여기저기 뒤지고 다니는 것보다 훨씬 효과적이고 계곡의 후미진 지역까지 훑어볼 수 있다는 장점이 있기 때문이다. 뿐만 아니라 카메라맨들도 헬기를 따라 이동할 게 뻔했다. 보르기는 포겔 수사관의 '철학'을 전적으로 믿게 되었다. 하지만 현장 수색대의 위치를 확인하기 위해 계곡지역 모형으로 걸어가던 그는 자신들의 전략과 노력에도 불구하고 지금까지 건진 게 아무것도 없다는 사실을 절감할 수밖에 없었다. 스케이트보드를 타고 다니는 소년을 제외하고는 구체적인 물증이나 단서는 전혀 없는 상황이었다. 애나 루의 흔적은 어디서도 발견되지 않았다.

그는 모형 앞에서 갑자기 발걸음을 멈췄다. 무언가가 그의 시선을 끌었기 때문이다. 그는 지나가던 경찰에게 조용히 손짓해 방화문 쪽으로 불렀다.

"저 사람 언제부터 여기 있었던 겁니까?"

경찰은 고개를 돌리고 편지봉투 한 장을 손에 들고 벽 앞에 서 있던 브루노 캐스트너를 발견했다. 그는 낙심한 표정으로 넋이 나간 채 누군가가 자기를 주목해주기 바라는 사람처럼 두리번거리고 있었다.

"모르겠습니다." 경찰이 대답했다. "얼마 안 된 것 같습니다."

보르기는 그에게 다가갔다.

"안녕하십니까, 캐스트너 씨."

브루노 캐스트너는 대답 대신 고개를 끄덕였다.

"뭐 도와드릴 일이라도……."

거구의 사내는 어떻게 말을 꺼내야 할지 몰라 당황해하고 있었다. 보르기는 대화를 이끌어내기 위해 더 가까이 다가가 그의 어깨에 손을 올렸다.

"무슨 일이라도 있었던 겁니까?"

"그게……. 그러니까, 포겔 수사관님하고 얘기를 하고 싶습니다."

보르기는 상대의 요청이 일종의 구조신호라는 사실을 깨달았다. 그러면서 실종 소녀의 아버지가 자신들에게 무언가를 말하고 싶어 안달이 난 상태라고 지적했던 포겔의 예측을 다시 한 번 떠올렸다.

"그렇게 해드리겠습니다. 이쪽으로 오시죠."

포겔은 자신의 사무실이 꾸려진 탈의실에서 책상에 다리를 올린 채 의자에 앉아 있었다. 그는 입가에 살짝 미소를 띤 채 무언가를 유심히 읽고 있었다.

수사 관련 보고서가 아니라 시청률 결과였다.

그는 애나 루 사건을 다루고 있는 토크쇼나 시사 프로그램, 그리고 뉴스에 대한 평점과 시청률을 제공하는 자료를 비롯해 인터넷 세상의 관심거리에 관한 보고서를 매일같이 받아보았다. 시청률이 2포인트 상승했다. 만족스러웠다. 실종 소녀에 관한 소식이 얼마간 뉴스 1면을 차지할 수 있을 것 같았다. 뿐만 아니라 사회관계망의 최신 화젯거리 역시 애나 루 실종사건이 차지했고 각종 블로그에도 관련 글이 넘쳐났다.

수치로만 따져보면 대중의 관심은 아직 식지 않았다. 하지만 포겔은 지금처럼 언론에만 매달리다 보면 또 다른 원색적인 사건이 발생하는 순간 순식간에 대중의 관심이 그쪽으로 옮겨간다는 사실을 잘 알고 있었다.

대중은 냉혹한 야수와도 같기 때문이다. 언제나 굶주린 야수.

탈의실 문을 두드리는 노크 소리에 포겔은 책상 위에 올렸던 발을 내리고 자료들을 서랍 안에 집어 넣었다.

"들어오세요!"

"피해자 아버지가 찾아오셨는데 잠시 뵙고 싶다고 하십니다. 시간

괜찮으십니까?" 보르기가 물었다.

그는 고개를 끄덕였다. 보르기 경사 뒤로 브루노 캐스트너가 편지봉투 한 장을 들고 안으로 들어왔다.

"어서 오십시오, 캐스트너 씨." 포겔은 자리에서 일어나며 그를 맞이했다.

포겔은 캐비닛 앞에 있는 벤치를 권하며 브루노의 옆에 앉았다. 보르기는 팔짱을 낀 자세로 문 옆에 서 있었다.

"형사님들을 번거롭게 할 마음은 없습니다." 브루노가 말했다.

"저희가 번거로울 건 하나도 없습니다."

"사실 애가 없어진 그날 오후, 전 집에 없었습니다. 다소 거리가 먼 고객의 집에 있었거든요. 아직도 그때 제가 집에만 있었더라도 지금 같은 상황을 피할 수 있었을 거라는 생각이 멈추지 않습니다. 큰 딸아이가 집에 돌아오지 않는다고 아내한테 전화를 받았을 때 마음 한구석에서 무슨 일이 일어났구나 싶었습니다."

"그런 식의 자책은 선생께 아무런 도움도 되지 않습니다." 포겔은 상대를 안심시키려 했다.

대신 그에 대한 알리바이는 이미 확인이 된 터라 용의선상에서 제외했다는 말은 굳이 하지 않았다.

"TV에서 하는 말들을 들었습니다……. 형사님은 정말로 누군가가 애나 루를 납치한 거라고 생각하십니까?"

진심이 담기지는 않았지만 포겔의 시선은 연민의 눈빛으로 그를 바라보다가 은근슬쩍 봉투가 든 손으로 옮겨갔다.

"기자들이 하는 말들을 전부 믿으시면 안 됩니다."

"하지만 형사님들은 범인을 찾아다니시는 거 아닙니까? 그 정도는 말씀해주실 수 있지 않습니까?"

"제 경험상 이런 사건에서 부모님은 수사 전개 과정을 모르고 계시는 게 여러모로 낫다고 생각합니다. 저희가 여러 가능성을 열어두고 어느 부분 하나 소홀히 지나치지 않고 있기는 하지만 오히려 그것 때문에 선생님께서 머리만 더 복잡해질 수 있기 때문입니다."

아니면 헛된 희망만 품게 되거나……. 포겔은 그 말을 덧붙여주고 싶었다.

브루노 캐스트너도 더 이상 고집을 부리지는 않았다. 그는 자신의 손에 들려 있던 편지봉투를 물끄러미 쳐다보다 봉투를 열고 내용물을 꺼냈다. 포겔과 보르기는 의아해하는 눈빛을 주고받았다.

봉투에는 사진이 한 장 담겨 있었다. 10대 소녀가 웃는 얼굴로 가장 친한 친구와 함께 찍은 사진이었다.

브루노 캐스트너가 사진을 건네자 포겔은 영문도 모른 채 일단 사진을 받았다.

"며칠 동안 머리를 쥐어짜고 생각해봤습니다……." 브루노 캐스트너는 손가락 관절 부위가 허옇게 변하도록 커다란 주먹을 있는 힘껏 꽉 쥐었다. "왜 우리 딸이었을까? 사진에서 보시다시피……. 우리 딸아이는……. 그리 예쁜 편이 아닙니다."

보르기는 부모의 입장에서 결코 쉽게 꺼낼 수 있는 말이 아니라고 생각했다. 어떤 아버지가 공주 같은 자신의 딸에 대해 그렇게 단정적으로 말할 수 있겠는가? 그 아버지는 왜라는 질문에 대한 해답을 절망적으로 찾고 있었을 것이다.

사진을 들여다본 포겔도 두 친구 사이에 드러나는 확연한 차이점을 눈여겨보았다. 하나는 여성의 분위기가 물씬 풍기는 반면, 다른 하나는 여전히 앳된 티를 벗지 못했다. 납치범이 선택한 이유는 바로 그 때문이었다. 포겔은 그 말도 해주고 싶었다. 존재감이 거의 없는 소녀, 남들의 의심을 사지 않고 멀리서도 관찰할 수 있는 소녀. 한겨울 어느 저녁 날, 아무도 몰래, 그것도 집 근처에서 손쉽게 납치해갈 수 있는 소녀였기 때문에. 그러나 포겔은 다른 무언가가 있다는 사실을 깨달았다. 떡 벌어진 육중한 남자의 어깨가 항복한 사람처럼 힘이 빠져 축 늘어진 상태였기 때문이다.

"남이 알면 창피할 짓을 했습니다." 남자는 기어들어가는 목소리로 말을 꺼냈다. 고백의 시작이었다. "사진 속 아이 이름은 프리실라입니다……. 언젠가, 딸아이 휴대전화를 뒤져서 프리실라의 전화번호를 알아낸 다음 전화를 건 적이 있습니다. 아이가 받자마자 끊어서 아마 전화를 건 게 저라는 건 몰랐을 겁니다. 저도 왜 제가 그런 행동을 했는지 모르겠습니다."

포겔과 보르기는 걱정스런 눈빛을 교환했다. 최근 며칠간 누적된 피로로 굳어진 표정을 하고 있던 브루노 캐스트너의 눈가에 물방울이 맺히더니 턱으로 흘러내렸다. 거구의 사내는 마치 어린아이처럼 코를 훌쩍이고는 손등으로 쓱 닦았다.

포겔은 결국 그의 팔을 붙잡고 자리에서 일어나도록 도와주었다.

"댁으로 돌아가시는 게 어떻겠습니까? 가셔서 지금 하신 그 얘기들 일단 다 잊고 계십시오. 그나마 조금은 나아지실 겁니다."

포겔은 눈짓으로 보르기에게 그를 배웅해주라는 뜻을 전했다.

젊은 경사가 가까이 다가왔지만 브루노 캐스트너는 할 말이 더 남아 있었다.

"아내는 신앙심이 깊습니다. 그리고 교구 공동체는……. 사실, 이렇게 올곧고 모범적인 아내 앞에서 완벽한 아버지이자 남편이 되는 건 정말 힘든 일입니다. 가끔은 집사람이 부럽기도 했습니다. 제 심정 이해하시겠습니까? 마리아는 결코 흔들리는 법이 없습니다. 의혹을 품지도 않습니다. 이런 일을 겪고 있는 지금도 말입니다. 오히려 저 위에 계신 하느님이 계획하신 게 아닌가 여기는 지경입니다. 저희 가족을 위해서 시련을 주신 거라고……. 아니, 무슨 시련이 이렇습니까? 펑펑 울기라도 해야 하는데 도대체 뭣 때문에 울어야 하는지도 모르겠습니다. 차라리 우리 애나 루가 죽었다고 누가 말이라도 해주면 포기라도 할 텐데……. 전 그저 순진한 한 아버지에 불과합니다. 그렇기 때문에 제 딸을 돌봐줘야 했었는데……. 너무 나약했습니다. 시험에 빠졌던 겁니다."

"제가 보기에 선생은 좋은 아버지십니다." 포겔은 상대가 더 이상 그런 생각을 하지 않도록 설득하려 했다.

만약 언론이 이 사실을 알게 되면 그의 삶은 끝장이었다. 그의 잘못은 아무런 의미 없는 미비한 실수였다. 하지만 모두의 눈에 브루노 캐스트너는 딸아이 같은 여자아이에게 몹쓸 짓을 하는 아버지가 될 수도 있을 것이다. 괴물 같은 인간. 그리고 그런 상황은 포겔이 그들 가족에게 씌워준 완벽하고 무고한 이미지를 완전히 무너뜨릴 위험이 높았다.

"남자아이 하나가 있었습니다." 남자는 출구로 나가려다 불쑥 한마디를 던졌다.

"남자아이라뇨?" 포겔은 갑자기 흥미를 보이며 물었다.

"애 엄마는 애나 루에게 그 녀석하고 절대로 어울리지 말라고 당부를 했었습니다. 교구 공동체 소속이 아니었거든요. 하지만 제가 보기에 제 큰 딸아이는 그 녀석을 좋아했던 것 같았습니다."

"어떤 아이입니까?" 포겔이 재차 물었다.

"정확히 누구인지는 모릅니다. 하지만 저희 집 근처에서 여러 번 본 적은 있습니다. 검은색 후드 티를 입고 항상 스케이트보드를 타고 다니는 아이입니다."

보르기는 새로운 사실에 화들짝 놀랐다. 반면 포겔 수사관은 놀라기보다 화를 내고 있었다.

"아니, 그런 걸 왜 이제야 말씀하시는 겁니까?"

남자는 눈을 들고 그를 바라보았다.

"죄를 짓고 신에게 벌을 받는다고 여기는 상황에서 다른 사람에게 손가락질하는 게 그리 쉬운 일은 아니더군요."

스케이트보드를 타고 다니는 소년의 이름은 마티아였다.

경찰은 이미 지난 며칠 전부터 소년의 신원을 확보해두고 있었다. 브루노 캐스트너가 포겔을 찾아와 속내를 털어놓기 전이었다.

경찰이 신원을 확보한 건 애나 루의 집 앞에 위로 행렬이 줄을 이은 그날 밤이 지나고 정확히 12시간 후였다. 당시 소년은 집 앞에 놓여 있던 물건 하나를 몰래 가지고 갔었다. 핑크색 봉제 고양이 인형.

하지만 포겔은 소년에 관한 정보를 엠바고로 묶어두고 있었다. 소년의 이름은 물론, 그날 밤 있었던 일이 절대로 기자들에게 흘러들어가지 않도록 철저히 단속해야 했다. 자칫 자신의 계획이 돌이킬 수 없는 지경으로 틀어져버릴 수도 있었기 때문에 내린 특단의 조치였다.

포겔은 기자들이 정보를 캐기 위해 금전거래를 제안한다는 사실을 잘 알고 있었다. 그랬기 때문에 지역 경찰들이 13월의 보너스를 바라고 기자들의 유혹에 넘어갈 수도 있다는 점을 우려해서 공포 분위기를 조성했다. 정보가 새어 나갈 경우 이유여하를 막론하고 해고 조치라는 강력한 카드를 내세우는 것만으로도 충분했다.

마티아는 애나 루와 동갑내기인 열여섯이었다. 그리고 평탄치 않은 개인사를 지니고 있었다.

"그 친구를 진료했던 정신과 전문의와 얘기를 해봤습니다." 보르기가 설명을 시작했다. "플로레스 박사라는 의사의 설명에 따르면 마티아는 자신의 어머니와 9개월 전, 아베쇼로 이사 온 후부터 상담을 받았다고 합니다. 최근 몇 년간 적잖게 이사를 다닌 것 같다는데 그 이유는 언제나 마티아의 행동장애 때문이었다고 합니다."

"계속 들어봅시다." 포겔은 흥미롭다는 반응을 보였다.

"마티아는 성격상 남들과 잘 어울리지 못하는 아이입니다." 보르기는 자신이 받아 적은 내용을 읽어나갔다. "사교성이 떨어지고 의사소통에도 문제가 있다고 합니다. 그런데다 분노조절장애 성향까지 다분해서 이사를 다니는 곳마다 매번 문제를 일으켰다고 하네요. 폭행시비는 물론 폭력적인 방식으로 화를 터뜨리곤 했답니다. 공공장소에서도 문제를 일으켰고, 아무 이유 없이 슈퍼에 들어가 난동을 피운 적도 있다고 합니다. 그래서 매번 어머니가 책임을 느끼고 아이를 데리고 이리저리 이사를 다니게 된 거라 합니다."

어머니 입장에서는 아무도 모르는 곳으로 이사를 가는 게 아들을 위한 최선책이라고 생각했을 것이다. 포겔의 추측은 그랬다. 주거지와 생활습관을 통째로 바꿔버리면 상황이 나아질 거라는 판단 때문에. 하지만 현실은 오히려 악화일로로 치달을 뿐이었다. 아마 어머니 입장에서는 그 상황이 수치스러웠기 때문일 수도 있고, 아니면 아버지 없이 자란 아들을 보며 죄책감이 들었기 때문일 수도 있다. 어쨌든 도망치듯 이사를 다니는 게 두 모자에게는 일상이었다.

"그 전에 전문 의료기관에서 치료를 받은 적도 있었다고 합니다."

보르기는 설명을 이어 나갔다. "플로레스 박사 말이 현재 분노조절장애를 다스리는 치료를 받고 있다고 하더군요."

마티아의 굴곡진 과거사를 알고 나니 왠지 미궁에 빠져 있는 애나루 실종사건 해결이 임박한 것 같다는 느낌이 들었다.

그때까지만 해도 마티아에 대한 뒷조사는 특별히 하지 않은 터였다. 어머니는 여러 일용직을 전전했고 지금은 청소용역회사에 고용되어 일을 하고 있었으며 야간에는 아베쇼에서 문을 연 식당 등을 다니며 설거지를 도맡아 했다. 두 모자는 교외의 평범한 주택에서 살고 있었다. 포겔은 몰래 소년에게 미행을 붙여뒀었다.

그런데 마티아가 갑자기 사라진 것이다.

비록 실종된 정황은 서로 달랐지만 애나 루와 마찬가지로 어느 날 갑자기 증발한 듯 흔적도 없이 사라져버렸다.

반면 마티아 어머니의 일상에는 아무런 변화도 없었다. 그녀는 마치 아무 일도 없다는 듯 멀쩡히 일하러 나갔다 저녁이 되면 집으로 돌아왔다. 하지만 실종신고를 하지 않은 건 아들을 보호하기 위해서였을 것이다. 무슨 짓을 벌였다는 걸 알고 있었을 테니까. 하루가 멀다 하고 교실에서 같은 반 아이들과 치고받고 싸우는 일이 아닌, 그보다 심각한 짓을.

지향성 마이크 여러 대가 마티아의 집 주변에 설치되어 있었지만 어머니가 일하러 나간 동안에는 집 안에서 아무런 소리도 감지되지 않았다. 즉, 마티아는 그 집에 없다는 뜻이었다. 포겔은 즉각적으로 수색영장을 청구하지는 않았다. 자칫 자발적으로 마티아의 어머니에게 위험신호를 알려주는 꼴이 될 수도 있기 때문이었다. 대신 그녀가 경찰들을 아들이 있는 곳으로 데려다주기를 바라는 심정으로 미행을 붙였다.

하지만 그런 바람은 이루어지지 않았다.

마치 하루아침에 모자지간의 연을 끊기라도 한 듯 두 사람은 연락조차 하지 않았다. 게다가 마티아의 휴대전화는 계속해서 전원이 꺼진 상태였다.

하지만 어디에 숨어 있든 오래 버티지는 못할 거라는 게 포겔의 생각이었다. 음식도 부족할 테고, 애나 루를 찾고 있는 경찰이 점점 수색영역을 넓혀가고 있었기 때문이다. 그래서 녀석이 스스로 그림자 밖으로 걸어 나올 때까지 기다리는 쪽을 택했다.

잠수부들은 광산 인근에 배수로가 흐르는 수직갱도까지 조사해보았다. 보르기가 시청에서 가지고 온 도면에 따르면 비슷한 용도의 수직갱도가 적어도 서른 개 이상이었고 현재 사용 중인 것도 있지만 아닌 것도 있었다. 게다가 도면 작성 시 조사대상에 포함되지 않은 것들도 있었다. 설상가상으로 다수의 갱도가 복잡한 거미줄을 형성하며 계곡의 지하를 관통하고 있었다.

시신을 유기하기에는 최적의 장소이지만 그곳까지 샅샅이 뒤지려면 시간이 얼마나 걸릴지 전혀 알 수가 없다는 게 문제였다.

우중충한 납빛으로 변해버린 하늘은 사방을 둘러싼 산 사이에 끼어 있는 모양새였는데, 그 분위기가 마치 계곡 전체를 집어삼키고 서서히 입을 닫고 있는 거대한 주둥이 같았다. 잠수부들이 수색작업에 임하고 있는 지점과 몇 미터 떨어진 곳에 세워둔 차에 앉아 있던 보르기는 앞 유리에 내려앉은 서리 장막 너머로 그들의 움직임을 지켜보았다. 실내에 내려앉은 적막감과 미세한 수증기 입자가 만들어낸 특유의 뿌연 분위기가 한데 어우러지자 주변이 마치 동화의 무대로 변해버린 것 같은 기분이 들었다. 오직 끔찍한 결말 외에는 길이 없는 불길하고 음산한 한 편의 동화.

보르기 경사는 별 기대 없이 수색작업을 감독하고 있었다. 잠수부들은 시야도 제대로 확보할 수 없는 탁한 물속으로 들어갔다가 15분 후 수면 위로 올라와 고개를 가로저었다. 그 동작이 마치 단체 안무처럼 끝없이 이어지고 있었다.

보르기가 차를 세운 지점은 사방이 메마른 척박한 공터였다. 게다가 아침 추위가 유난히 매서운 날이었다. 그는 두 손을 입으로 가져가 입김을 불어 손을 덥혔다. 딴생각을 하는 것도 잠시였다. 수사에 착수한 이후 처음으로 비관적인 생각이 들기 시작했다. 마음 한구석에서는 절대로 사건을 해결할 수 없을 거라는 생각마저 들었다. 결국 애나 루가 영구미제실종사건의 주인공으로 남게 되리라는 불길한 예감.

시간이 흐르고 나면 사람들은 그런 아이가 이 세상에 살았었다는 것조차 잊게 될 것이다.

하지만 계속해서 그의 신경을 건드리는 부분이 하나 있었다. 그는 첫 번째 브리핑 당시 포겔 수사관이 마치 은밀한 고백을 하듯 던진 말을 떠올렸다. 애나 루의 휴대전화에 저장된 전화번호는 단지 다섯 개가 전부였다.

엄마, 아빠, 집, 조부모 댁, 그리고 교구 공동체 연락처.

포겔 수사관은 그 다섯 개의 연락처 목록을 열거하면서 실종 소녀가 의심할 여지가 없는 생활을 하고 있었다는 점을 강조했었다. 그 짧은 목록에 포함된 이름과 장소는 곧 소녀의 생활반경을 의미하기 때문이었다. 그 어떤 핑곗거리나 감춰야 할 비밀도 없이 단순하며 쉽게 납득할 수 있었다. 환한 대낮처럼.

엄마, 아빠, 조부모 댁, 교구 공동체.

애나 루의 세상은 이들 사이에 둘러싸인 바로 그 장소에 국한되어 있었다. 물론 학교도 빼놓을 수 없었고 스케이트장도 있었다. 하지만 진짜로 중요한 사실은 바로 그 다섯 개의 번호 속에 숨겨져 있었다. 애나 루가 주기적으로 전화를 걸고 또 필요할 때마다 위안을 찾을 수 있는 그 다섯 개의 전화번호.

그런데 전날, 그들을 찾아왔던 브루노 캐스트너가 그의 머릿속에 의혹의 씨앗을 심었던 것이다. 실종된 소녀의 아버지가 그들에게 건넨 한 장의 사진 때문에.

애나 루가 단짝친구인 프리실라와 함께 찍은 사진.

지금까지 수사관들은 엉뚱한 곳만 뒤지고 다닌 셈이었다. 경찰의 전략은 언론을 끌어들여 필요한 재원을 확보하는 데 중점을 두고 있었다. 그리고 그렇게 마련된 재원으로 강도 높은 수색작전을 펼쳐나갔다. 그 덕에 비록 현재로써는 비밀리에 수사를 진행하고 있지만 스케이트보드를 타고 다니는 10대 용의자의 신원도 확보할 수 있었다. 그런데 지금까지 그 누구도, 심지어 언론조차 실종된 소녀의 단짝친구라는 프리실라에게 사건 해결의 실마리가 되거나 혹은 흥미로운 기삿거리로 쓸 만한 내용을 알고 있는지 확인할 생각 한 번 안 하고 있었던 것이다. 이유는 단순했다. 보르기에게는 이게 단순히 시간만 죽이면 될 일이 아니었다. 그는 자신의 직감을 믿었다.

엄마, 아빠, 조부모 댁, 그리고 교구 공동체.

브루노 캐스트너의 말대로 프리실라가 애나 루의 단짝친구였다면 어째서 그 애의 전화번호가 애나 루의 휴대전화에 저장돼 있지 않았을까?

보르기는 코트 소맷자락으로 앞 유리에 낀 성에를 문질러 닦고 시동을 걸었다. 그 답을 찾으러 가야 할 시간이었다.

아베쇼에서는 간소한 신년행사가 준비 중이었다. 주민들은 각자의 집에서 신년을 보내게 될 터였다. 시장의 권한으로 예정되어 있던 공공행사가 줄줄이 취소되었기 때문이다.

"주민의 일부가 우리와 같이 신년의 기쁨을 누릴 수 없는 이 같은 상황에서 무슨 행사를 하든 즐거울 리 있겠습니까." 시장이 이렇게 말하자 아무도 입을 열지 않았다. 그의 발언은 사람들의 감정선을 제대로 건드린 듯 그 뒤로 무거운 적막감이 내려앉았다.

지난 며칠간 시장은 모든 일에 적극적으로 나섰다. 언론에 비친 산악지방 주민들의 이미지를 긍정적으로 되돌려놓기 위해 애를 썼고 비방과 험담을 잠재우기 위해 자발적으로 수색작업에 동참할 지원자들을 모집하기도 했다. 자원봉사자들은 경찰병력과 협력해 수색을 도왔다.

그리고 그날 아침, 시장은 교구 공동체 신도회관에서 진행된 모임도 주도했다. 애나 루의 무사귀환을 기원하는 기도회였다. 캐스트너 일가도 그 자리에 참석했다.

보르기는 차에 앉아 신도회관에서 나와 집으로 돌아가는 캐스트너 일가를 바라보았다. 여전히 남녀 신자들이 그들을 에워싸고 있었다. 고통스러워하는 표정이나 말 한 마디라도 카메라에 담으려 끈질기게 따라붙는 기자들과 카메라맨들로부터 그들을 보호하기 위해서였다. 하지만 보르기 경사의 관심사는 그들이 아니었다.

그가 기다린 표적이 다른 사람들 뒤로 모습을 드러냈다. 바로 프리실라였다. 초록색 파카에 워커를 신고 머리를 하나로 높이 묶은 프리실라는 흐린 날씨에도 선글라스를 쓰고 있었다. 옷차림이 딱히 눈에 띄는 편은 아니었지만 그럼에도 불구하고 남다른 외모가 눈길을 끌기는 했다. 프리실라의 바로 옆에는 흡사 빼다 박은 듯 너무나 똑같은 외모의 성인 여성이 서 있었다. 아마 어머니일 것이다. 두 모녀는 먼저 나온 신자들을 향하고 있는 카메라와 마이크를 무시하고 그들에게 걸어갔다. 어머니가 다른 신자들과 이야기를 하는 동안 프리실라는 끼고 싶지 않은 사람처럼 뒤로 물러나 있었다. 그러고는 주변을 두리번거리다가 어수선한 틈을 타 어딘가로 발걸음을 돌렸다.

프리실라는 골목길을 돌자마자 그 자리에 서 있던 스포츠카에 올라탔고, 차는 그 즉시 출발했다. 운전대를 잡은 건 젊은 청년이었다.

보르기는 마을 공동묘지 뒤편에 있는 작은 광장에서 프리실라가 탄 차를 발견했다. 그는 두 사람이 타고 있는 차와 대략 100여 미터 정도 떨어진 지점에 차를 세웠다. 그 거리에서도 두 사람이 키스를 하면서 황급히 옷을 벗어던지는 장면을 고스란히 지켜볼 수 있었다. 얼마나 마음이 급했는지 누군가가 지켜볼 수도 있다는 사실은 전혀 신경 쓰지 않는 분위기였다. 기다릴 만큼 기다렸다고 판단한 보르기는 차창을 내리고 지붕에 경광등을 달았다. 그런 다음 경광등을 켜고 짧게 사이렌을 울렸다.

스포츠카에 타고 있던 두 사람은 화들짝 놀라 동작을 멈췄다.

보르기는 천천히 차를 몰며 두 사람이 옷이라도 걸칠 시간을 벌어주었다. 스포츠카 옆에 도착한 그는 차에서 내려 운전석 쪽의 창가로 다가갔다.

"안녕하십니까, 젊은 친구들."

그는 일부러 위협적인 웃음을 지어 보였다.

"안녕하세요, 형사님. 뭐 문제라도 있습니까?" 운전석에 앉은 청년은 당황한 티는 나지만 나름 의연한 척 형사를 보고 물었다.

"허락도 안 받고 아빠 차를 이렇게 가지고 나오신 건가? 내 보기에 이런 차를 몰고 다닐 나이는 아닌 것 같은데, 내 말이 틀렸나?"

전형적인 경찰의 전술이었다. 사실 그는 운전자가 면허증을 소지하고 있다는 것은 알고 있지만 동승객이 미성년자라는 사실을 부각시킬 생각이었다.

"저기요, 저희가 나쁜 짓을 한 건 아니잖아요." 청년은 떨리는 목소리로 자신들의 무고함을 주장하려 했다.

"아, 세게 나오시겠다?"

보르기는 인내심을 잃은 척 연기를 이어 나갔다. 멍청한 남자 친구가 쓸데없는 말을 지껄여 사태를 악화시키는 것만큼은 막겠다고 마음먹은 프리실라가 직접 나섰다.

"제발 엄마한테만은 말하지 말아주세요, 형사님."

보르기는 고려해보겠다는 듯 몇 초간 프리실라의 눈을 뚫어지게 쳐다보았다.

"좋아. 대신 내 차로 집까지 가는 거야."

마을로 돌아오는 길에 보르기는 가까이서 프리실라를 살펴볼 수 있었다. 작은 키였지만 워커 덕분에 조금 커 보였다. 귀에는 세 군데에 각기 다른 색색의 귀고리가 달려 있었다. 눈가에는 진한 아이라이너로 살짝 줄을 그어놓았고 얼굴은 갸름한 편이었다. 초록색 파카 속으로 보이는 검은색 터틀넥 스웨터 위로는 작지만 단단히 자리 잡은 가

107

습 윤곽이 도드라져 보였다. 입고 있던 꽃무늬 레깅스는 넓적다리 부위가 찢겨 있었다. 디오더란트의 매우 과한 딸기향이 땀 냄새, 담배 냄새, 민트 향 껌 냄새와 한데 뒤섞여 전형적인 10대 특유의 체취가 차 안에 가득 찼다.

보르기는 정보가 필요했다. 그래서 프리실라에게 겁을 주었고, 그 결과 10대 소녀는 방어선이 무너진 상태였다. 그는 프리실라가 상황을 더 악화시키지 않으려고 진지하고 협조적으로 나올 거라는 걸 알고 있었다.

"애나 루에 대해서 뭐 해줄 말 같은 거 있니?"

"뭘 알고 싶으신데요?"

"네가 애나 루 단짝친구 아니었어?"

"괜찮은 아이예요."

소녀는 도로를 응시한 채 빨갛게 칠한 손톱을 물어뜯었다.

"괜찮다는 건 무슨 뜻이지?"

"학교에서 애들이 걔 얘기 많이 해요. 남모를 비밀이 있다고 하는 애들도 있기는 한데 애나 루는 그냥 모두한테 친절했고 절대로 먼저 화내는 일이 없었어요."

"남모를 비밀이라면 뭘 말하는 거니?"

"뭐 이런저런 얘기요. 나이 든 남자들하고 같이 잔다는 소문도 있는데 다 개소리예요."

"같이 놀러 다니기도 하고 그랬니? 애나 루는 뭘 좋아했어?"

"걔네 엄마가 저하고만 놀게 했어요. 그런데 아베쇼에서는 딱히 할 게 없어요. 그리고 애나 루를 만날 수 있는 것도 오후가 지나야 했어요. 그때가 돼야 저희 집에 와서 숙제를 했거든요."

"아니, 같은 반도 아니잖아?" 보르기는 그 점을 지적했다.

"아니긴 한데 애나 루가 수학을 아주 잘 하거든요. 그래서 저한테 가르쳐주기도 하고 그랬어요."

"걔한테 남자 친구는 있었니?"

"남자 친구라고요?" 프리실라는 키득거리며 되물었다. "있을 리가요. 그런 거 없었어요."

"좋아하는 사람도 없었어?"

"있어요. 우리 고양이요." 프리실라는 키득거리며 대답하다 다시 진지하게 말을 이었다. "걔는 좀 달랐어요. 남자한테 잘 보이는 거나 친구들하고 놀러 나가는 거에 별 관심이 없었어요."

"그렇다면 너만 만났다는 뜻이구나. 물론 반 친구들도 있겠지만."

"그렇죠."

프리실라는 누구보다 애나 루를 잘 아는 사람처럼 보이려 애쓰고 있었다. 보르기는 그 행동이 괜한 의심을 사고 싶지 않기 때문이라고 판단했다.

"네 생각에는 어떤 일이 벌어진 것 같니?"

"몰라요. 말들이 많잖아요. 가출했다는 소문도 있고. 그런데 전 그렇게 생각 안 해요."

"혹시 무슨 일이 있었는데 너한테 얘기하지 않았을 수도 있잖아."

"그럴 일은 없어요. 무슨 일이 있었으면 분명히 얘기했을 거예요."

보르기는 프리실라가 거짓말하고 있다고 확신했다.

"너희 둘이 싸운 뒤에도?"

"형사님이 그걸 어떻게 아세요?" 프리실라는 깜짝 놀란 표정으로 고개를 돌려 그를 바라보았다.

보르기는 애나 루가 휴대전화에서 친구의 전화번호를 삭제했다는 사실을 알아냈다고 말하지 않았다. 그는 서서히 속력을 줄이다가 차를 세웠다. 그런 다음 시동을 끄고 프리실라의 눈을 똑바로 바라보며 말했다.

"너하고 한 얘기는 이 차 밖으로 새어 나가지 않을 거야. 대신, 이 아저씨는 진실을 알고 싶어."

프리실라는 또다시 손톱을 물어뜯기 시작했다.

"아무한테도 안 한 말이 있어요. 안 그래도 엄마하고 사이가 안 좋거든요." 프리실라는 일단 자기변호로 말을 시작했다. "마지막 새아빠가 집을 나간 뒤로 엄마는 오로지 교구 공동체에만 매달렸어요. 여섯 번째인가 일곱 번째 새아빠인데 그 거지 같은 인간이 엄마를 차버렸거든요. 대부분 찌질하게 가난하지만 운발 하나는 겁나 좋은 인간들이었어요. 엄마는 유기견을 데려오듯 그 남자들을 집으로 데려왔어요. 그렇게 먹이고 입혀놓으면 그 인간들은 고맙다는 말 한 마디 없이 엄마를 버리고 떠나버렸어요. 어쨌든 지금은 만나는 사람마다 교구 공동체가 엄마를 구원했다고 말하고 다녀요. 그리고 이제는 저까지 구원받게 하려고 작정을 했고요. 그래서 예수님이 우리를 사랑하신다고 말을 하는데, 예수님이라고 해도 저한테는 그냥 또 다른 새아빠하고 다를 바 없거든요. 뭐 그냥 엄마 좋으라고 매번 이렇게 따라다니기는 하지만 솔직히 종교는 제 관심사가 아니에요."

"너한테 애나 루는 위장막 같은 거였지, 그렇지? 그 아이랑 친하게 지내는 한 어머니가 잔소리 할 일은 없었을 테니까 말이야. 그런데 너는 어머니한테 애나 루랑 싸웠다고 말씀을 안 드린 거구나. 그랬으면 어머니가 가만히 있지 않으셨을 테니까."

프리실라는 다소 자신만만한 표정으로 말을 이었다.

"전 그렇게 나쁜 년은 아니에요. 애나 루를 정말 좋아했어요. 하지만 애나 루가 사라졌을 때는 사실, 이미 2주 전부터 걔하고 말을 한 마디도 안 하고 지내고 있었어요."

"왜 그랬니?"

"이상한 생각하지 마세요. 대수롭지 않은 일이었으니까요. 그냥 주변에 무슨 일이 벌어지는지 깨닫게 해준 게 전부였어요."

"무슨 일이었는데?"

"어떤 미친놈이 애나 루를 따라다녔어요."

보르기는 그 즉시 마티아를 떠올렸다.

"누군지는 알아?"

"당연히 알죠. 우리 반이니까요. 마티아라는 애였는데 그 자식은 아무하고도 얘기를 안 하고, 또 아무도 걔하고 엮이고 싶어 하지 않아요."

"걔가 왜 애나 루를 따라다닌 건데?"

"저야 모르죠. 뭐, 그냥 마음에 들었겠죠. 아니면 유일하게 자기한테 말 걸어주는 애라서 용기를 낸 걸 수도 있고요. 그래서 애나 루한테 그러지 말라고 말했어요. 절대로 그 자식 여자 친구가 될 수 없을 테니까요. 그런데 그 미친 새끼는 머릿속으로 혼자서 영화라도 찍고 다니는지 항상 애나 루를 졸졸 따라다녔어요."

보르기는 그제야 전체적인 그림이 보이는 것 같았다. 하지만 프리실라가 여전히 무언가를 감추고 있다는 느낌을 지울 수 없었다.

"그래서 너는 애나 루를 조심시켰는데 그 아이가 네 충고를 받아들이지 않았던 거구나. 그런데 그런 건 2주 넘게 말도 안 하고 지낼 만큼

111

싸울 일은 아니잖아."

보르기 경사의 의심은 결국 프리실라가 숨기고 있던 나머지 이야기를 털어놓게 만들었다.

"사실, 다른 일도 있었어요. 어느 날인가 그 자식이 또 따라다니더라고요. 아닌 척하려고 기를 쓰긴 했지만 얼마나 머저리 같은지 아주 미행하는 티를 내면서 따라다니지 뭐예요. 그날은 도저히 못 참겠더라고요. 그래서 다가가서 있는 욕, 없는 욕 다 퍼부어버렸어요. 뭐라고 받아치거나 말싸움이라도 하겠거니 했죠. 그런데 그냥 겁먹은 강아지 새끼처럼 쳐다만 보고 아무 말도 못 하더라고요. 그러더니 갑자기 바지에 오줌을 싸지 뭐예요."

"오줌을 지렸다고?"

"네. 바지에 얼룩이 지더라고요. 정확히 팬티 있는 부위가요. 거기다 운동화 주변으로 웅덩이 같은 게 생겼어요. 눈으로 보면서도 도저히 못 믿겠더라고요. 미친 새끼가 따로 없었다니까요."

보르기는 고개를 절레절레 흔들며 한숨을 내쉬었다. 아, 10대들이란 참……

"그래서 애나 루는 널 원망했겠구나."

"제가 뭘 할 수 있었겠어요? 거기다가 진주 팔찌까지 만들어 그 미친놈한테 주겠다지 뭐예요. 그러면서 저한테 화풀이를 하잖아요. 그 뒤로는 저한테 말 한 마디도 안 붙였어요."

보르기는 자신이 애나 루를 과소평가했다는 사실을 깨달았다. 그저 나약하고 순종적인 10대 소녀라고만 생각했었는데 알고 보니 단호할 뿐만 아니라 정의로운 면도 지닌 아이였다. 아무 의미 없이 가혹한 행동을 한 친구에게 벌까지 내릴 정도였으니…… 보르기는 프리실라에게 애나 루 실종사건에 마티아가 어떤 식으로든 연루되었을 가능성이 있는지 물을 수가 없었다. 프리실라는 마티아를 전혀 의심하지 않는 듯 보였기 때문이다. 게다가 프리실라는 자신이 보는 앞에서 바지에 오줌까지 지린 그 남자아이가 분노조절장애로 인해 과거에 수많은 문제를 일으켰다는 사실을 전혀 모르는 눈치였다. 그래서 우회적으로 질문을 돌렸다.

"너는 무슨 이유로 마티아가 애나 루에게 위험할 수 있다고 생각한 거니? 항상 쫓아다녔다는 건 알겠는데, 그렇다고 해서……."

"그 새끼, 캠코더까지 들고 따라다녔거든요."

오후 8시가 되자 기자들이 전국 각지에서 송고한 연말행사 관련 뉴스가 화면을 장식했다. 하지만 사건 사고 소식 시간이 되자 어둠에 싸인 작은 집 한 채가 화면을 차지했다. 어느 산악지방의 작은 마을에 자리한 그 집에는 딸아이의 생사조차 알 수 없어 괴로워하는 부모가 살고 있었다.

고통과 비탄을 하나로 묶은 조합은 미디어가 가진 강력한 무기에 해당한다. 포겔은 그 사실을 누구보다 잘 알고 있었다.

호텔 방에는 TV가 켜져 있었지만 화면 앞에는 아무도 없었다. 대신 포겔 수사관은 욕실로 흘러들어오는 뉴스 소리에 귀를 기울이고 있었다. 그는 목욕가운 차림으로 거울 앞에 서서 작은 브러시를 이용해 눈썹을 검게 칠하고 있었다. 섬세하고 조심스럽게. 그러는 동안 무의식중에 입을 벌리고 있는 모습을 정작 자기 자신은 의식할 수 없었지만 옆에서 지켜보는 사람이 있었다면 아마 웃음을 참지 못했을 것이다.

침대 옆에 놓인 옷장은 문이 활짝 열려 있고 그 안에는 마치 아베쇼에서 몇 달 넘게 머물 사람처럼 포겔이 잔뜩 챙겨온 우아한 정장들이 나란히 걸려 있었다. 나무 옷걸이에 걸린 각각의 정장은 좀벌레를 방지하고 옷감이 상하지 않도록 낱개로 포장된 라벤더 향 섬유 보호제와 함께 정성스레 비닐에 싸여 있었다. 양모와 실크, 그리고 캐시미어 넥타이들은 옷장 문 안쪽의 넥타이 걸이에 걸려 있었다. 각각의 문양은 달랐지만 포겔은 섬세한 손길로 색조에 따라 순서대로 걸어놓았다. 그리고 아래 칸은 적어도 다섯 켤레에 달하는 구두가 차지하고 있었다. 전부 끈이 달린 영국제 혹은 이탈리아제 수제 구두로 번쩍번쩍 광이 났다. 일렬로 나란히 놓여 있는 구두의 모습이 마치 총살집행 부대의 병사들 같았다.

호텔 방 옷장을 차지하고 있는 의상들은 그가 다년간의 연구와 열정으로 채워 넣은 산물의 일부에 지나지 않았다. 각각의 정장에 전용으로 사용하는 오드콜로뉴가 따로 있었는데 상의 앞주머니에 꽂는 손수건에만 흠뻑 뿌리고 다녔다. 포겔 형사는 의상에 대해서만큼은 지나칠 정도로 까다로운 성향을 지닌 사람이었다. 특히 와이셔츠와 커프스링크에 대한 기호는 거의 집착에 가까웠다.

그는 차림새에 신경을 쓰지 않는 동료들을 경멸했다. 단지 외모지상주의이거나 속물스러운 허영심 때문만은 아니었다. 그에게 의상이라는 것은 과거 기사(騎士)들이 입던 갑옷과도 같았다. 의상은 그가 가진 힘과 원칙, 그리고 자신에 대한 믿음을 표현해주는 소품이었다.

하지만 그날 밤, 수많은 정장들은 옷장 안에 고이 모셔져 있었다. 옷의 주인이 밖에 나갈 일도, 그럴 마음도 없었기 때문이다. 폭우의 조짐이 보이는 터라 그는 따뜻한 호텔 방에 앉아 여느 때처럼 나 홀로 새해를 맞이할 참이었다. 그는 간소한 저녁 식사를 주문한 뒤 아베쇼로 오기 전, 와이너리에서 꺼내 가방에 챙겨온 카베르네 한 병을 땄다.

포겔은 거울 앞에 서서 자신을 기다리는 여유로운 밤을 음미할 준비를 하며 지금까지 진행된 수사 결과를 곱씹어보았다.

애나 루는 납치범을 알고 있었어. 그렇기 때문에 별다른 저항 없이 그를 따라갔던 것이다.

사망했을 가능성이 높아. 단독범에 의한 납치사건의 경우 인질의 운명은 복잡한 변수에 따라 달라진다. 하지만 이번 경우는 분명 납치 직후 살해당한 게 분명하다. 납치 이후 생존시간은 불과 몇 시간에 불과했을 것이다.

애나 루는 엄마에게 보여줄 가짜 일기장을 가지고 있었어. 그러면 진짜 일기장은 어디에 있을까? 무슨 말 못 할 비밀을 감추고 있던 걸까?

순간, 그의 휴대전화가 울리기 시작했다. 한숨이 절로 튀어나왔다. 하지만 지긋지긋한 전화벨은 멈추지 않았다. 포겔은 눈썹 손질을 포기하고 전화를 받았다.

"마티아가 애나 루를 따라다니며 촬영을 했다고 합니다." 보르기는 다짜고짜 용건부터 밝혔다.

"무슨 말입니까?"

"녀석은 애나 루가 어딜 가든 따라다니며 캠코더로 촬영을 했다고 합니다."

"어떻게 알아낸 겁니까?"

"애나 루랑 가장 가까웠던 친구한테 전해 들었습니다. 그래서 뒤져봤더니 몇 가지가 더 나왔습니다. 얼마 전에 순찰을 돌던 경찰들이 공동묘지 뒤편에 숨어 애정행각을 벌이던 커플을 몰래 촬영하는 마티아를 발견한 적이 있었습니다."

포겔은 그 소식을 흥미롭게 받아들였다. 알고 보니 무언가에 집착하는 사람이 자기 혼자가 아니라는 사실이 반가웠기 때문일 수도 있다. 하지만 마티아의 집착은 까다로운 안목으로 세련된 의상을 수집하는 그의 순수함에 비하면 심각할 뿐만 아니라 위험할 정도로 성향이 병적이었다. 포겔은 새로운 단서가 드러남에 따라 마음을 굳혔다.

"대원들이 현재 그 친구 집 주변을 감시하고 있습니까?"

"경찰 두 명이 2인 1조로 4시간 간격으로 교대하며 감시 중입니다. 아직까지 수상한 점은 포착되지 않았습니다."

"그 친구들한테 철수하라고 지시하세요."

"네? 아니, 철수라뇨?" 보르기는 잠시 침묵을 지키다 말을 이었다. "제가 봤을 때 녀석은 오늘 밤 집으로 돌아올 것 같은데요. 신년행사 등으로 거리가 어수선한 틈을 노려 집에 돌아와 필요한 물건들을 챙겨가지 않을까요?"

"그러지 않을 겁니다. 그렇게 멍청한 친구는 아니니까. 녀석은 오늘밤에도 야간근무를 하는 어머니한테 연락을 시도할 겁니다."

"형사님, 죄송합니다만 저로서는 잘 이해가 가지 않습니다. 무슨 계획이라도 있으신 겁니까?"

하지만 포겔은 자신의 전략을 공유할 마음이 전혀 없었다.

"시키는 대로 하세요, 경사." 그는 침착하게 대답했다. "날 믿어요."

"알겠습니다." 보르기는 못마땅하다는 듯 건성으로 대답했다.

자네는 죽었다 깨나도 내 계획을 이해 못 할 거거든. 포겔은 성가신 사람을 잘라내듯 전화를 확 끊으며 생각했다.

116

1월 1일
실종사건 발생
9일 후

자정이 넘어가면서 새해 첫날이 시작된 시점에 포겔은 차를 타고 마을을 지나는 중이었다.

거리에는 뒤늦게 집으로 발걸음을 재촉하는 사람들밖에 보이지 않았다. 지나치는 창가로 집 안에서 서로 부둥켜안거나 입을 맞추며 새해를 자축하는 모습들이 보였다. 웃기지도 않은 미신적 믿음에 불과한 행위. 그가 생각하는 신년맞이는 그랬다. 그의 눈에는 과거를 털어내려는 것이 자신의 실패를 인정하지 않겠다는 뜻과 다를 바 없어 보였다. 그래 봐야 모두가 기뻐하며 환영하는 새해는 앞으로 12개월 뒤에는 또다시 잊어야 할 무의미한 시간이기 때문이다.

포겔은 언론의 생리처럼 세상을 바라보며 생각하는 사람이었다. 오직 지금 이 순간만이 중요할 뿐이라고. 누구는 화려한 불꽃을 만들어내고, 누구는 그 화려함에 도취돼 구경할 뿐이다. 그리고 그는 그런 불꽃을 만들어내는 사람이었다. 왜냐하면 어떤 상황이 발생해도 기필코 성공적으로 마무리하기 때문이다. 후자에 속하는 사람들은 애나루와 마찬가지로 애초에 피해자 역할을 하고 남들의 기쁨을 위해 대

117

신 대가를 치러야 할 운명을 타고 난 사람들이다.

그런 생각을 가진 사람이었기에 포겔은 신년맞이 따위에는 아무런 관심이 없었다. 그에게는 중요한 일이 있었다. 그는 목적을 달성하기 위해 차를 몰고 가면서 휴대전화를 꺼내 머릿속으로 외우고 있는 번호를 눌렀다.

신호음이 세 번 울리자 스텔라 호너가 전화를 받았다.

"용건이 뭐예요." 그녀는 다짜고짜 물었다.

"25분 우선권, 기억나십니까?"

스텔라는 오늘 밤, 특종 건수가 생긴다는 사실을 깨달았다.

포겔은 마티아가 어머니와 살고 있는 집에서 100여 미터 떨어진 곳에 차를 세웠다. 두 모자가 사는 집은 언덕 위에 있는 메마른 잔디밭과 손봐야 할 곳이 한두 군데가 아닌 울타리에 둘러싸여 있었다. 한쪽 창가에 불그스름한 불빛이 희미하게 비치는 것을 제외하고 집 안은 컴컴했다.

포겔은 감시하던 경찰들을 철수시킨 것만으로는 자신의 계획을 실행에 옮기기에 충분하지 않았다. 실내에서 나는 소리를 감지하기 위해 지향성 마이크 여러 대가 설치되어 있었기 때문이다. 그 어느 때보다 신중해야 했다. 그가 이곳을 찾았다는 사실을 아무도 알아서는 안 되었다. 하지만 그 문제를 해결할 방법이 하나 있었다.

포겔은 시간을 확인한 다음 몇 분간 더 기다렸다. 그러자 일기예보대로 비가 쏟아지기 시작했다. 불규칙적으로 들려오는 천둥소리가 지면을 때리고 마티아네 집 안까지 관통한 덕에 나머지 소리들을 덮을 수 있었던 것이다.

포겔은 그제야 차에서 내려 서둘러 진입로로 향했다. 처마 밑에 도착한 포겔은 코트에 묻은 빗물을 털어내고 주머니에서 지문을 남기지 않기 위해 챙겨온 라텍스 장갑과 자물쇠를 따기 위해 준비한 드라이버를 꺼냈다. 문은 쉽게 열렸다. 그는 주변에 보는 사람이 없는지 확인한 다음 재빨리 집 안으로 들어갔다.

첫인상은 지지리도 궁핍한 생활상이었다. 습기와 함께 배어 있는 양배추 냄새. 낡은 가구 위에 내려앉은 먼지. 의자 두 개에 걸어놓고 말리는 빨래와 쌓여 있는 설거지거리. 그리고 추위. 하지만 난장판 속에서도 적응력이 부족한 아들을 위한 어머니의 사랑을 느낄 수 있었다. 형사는 마티아의 어머니가 느꼈을 두려움이 고스란히 전해졌다. 이런 생활에서 벗어날 수 없고, 실패할 것만 같고, 당장에라도 모든 게 무너져 내릴 것 같은데 자신은 무력하게 보고 있을 수밖에 없다는 공포. 자신이 세상에 내놓은 아들이 다른 사람은 물론 아들 자신에게도 위험한 존재라는 걸 알고 있기 때문이었을 것이다. 심리 상담이나 약물 치료 역시 아무 소용없다는 사실을.

낡은 합판으로 이어진 마룻바닥은 포겔이 발걸음을 옮길 때마다 소리를 냈지만 지붕을 때리는 빗소리가 가려주고 있었다. 그는 집 안을 찬찬히 살펴보기 시작했다.

거실 겸 주방 구석에 스토브 하나가 놓여 있었다. 창밖으로 보이던 희미한 불빛의 정체였다. 하지만 집 안 곳곳에 온기를 퍼뜨릴 정도로 성능이 좋지는 않았다. 그는 여기저기 부서진 소파를 돌아 옆방으로 가보았다. 더블 사이즈 침대 위쪽으로 작은 나무 십자가 하나가 걸려 있고 그 옆에는 옷장으로 사용하는 선반들이 놓여 있었다. 나머지 벽은 썰렁하게 비어 있었다. 의자 위에는 수건이 여러 장 쌓여 있고 낡은 슬리퍼들이 곁탁자 주변에 어지럽게 널려 있었다.

세 번째 방은 욕실이었다. 바닥에 깔린 타일은 여기저기 이가 빠진 상태였고 구석에는 신문지가 쌓여 있었다. 변기 수조에서 울컥거리는 물소리가 들리는 걸로 보아 고장 난 게 분명해 보였다. 욕조는 좁은 데다 도처에 물때가 끼어 있었다.

집 안을 둘러본 포겔은 마티아가 어디서 자는지 궁금했다. 아마 거실의 소파에서 자거나 어머니와 같은 침대에서 잘 수도 있을 것이다. 하지만 그럴 것 같지는 않았다. 확인하기 위해 왔던 길로 되돌아 나오던 순간, 복도 벽에서 직사각형 홈을 발견했다. 랑브리(벽에 대리석 등으로 만든 장식—옮긴이) 근처에 난 거의 구분하기 힘든 홈이었다.

바로 문이었다.

포겔은 앞으로 다가가 문을 밀어보았다. 양 벽면을 벽돌로 둘러친 지하공간으로 이어지는 돌계단이 나타났다.

아래쪽은 컴컴했다.

포겔은 휴대전화 화면을 플래시 삼아 조심스레 계단 아래로 내려갔다. 계단은 가장자리가 닳았고 경사도 가팔랐다. 어딘가에서 곰팡내가 풍겼지만 습한 기운은 느껴지지 않았다. 계단 아래로 내려온 포겔은 자신이 어디 있는지 알아보기 위해 주변을 둘러보았다.

그곳은 그냥 단순한 지하창고가 아니라 나름의 가구 등을 갖춰놓은 지하공간이었다. 포겔은 그곳이 마티아의 방이라는 사실을 깨달았다. 아니, 놈의 은신처였던 것이다.

창문도, 환기구도 없었다. 그곳에서는 빗소리도 저 멀리서 누군가가 웅얼거리는 소리처럼 들릴 뿐이었다.

오른쪽 벽에 붙어 있는 야전침대 위에는 이불이 헝클어져 있고, 담요가 여러 겹 쌓여 있었다. 집의 다른 곳들에 비해 훨씬 추웠다. 하지만 사춘기 10대라면 아마 쉽게 적응할 수 있었을 것이다. 어느 정도의 자유와 독립성만 보장된다면.

앞쪽으로 테이블 하나가 보였다. 그리고 그 위에는 사진들이 붙어 있었다. 동영상 화면을 스틸 컷으로 확대한 사진들이었다.

모든 사진에 애나 루의 얼굴이 보였다.

포겔은 사진 앞으로 다가갔다. 근접 촬영한 것처럼 확대한 사진이 대략 30여 장이었다. 사진 속 소녀의 표정은 무의식중에 포착된 것들이었다. 웃는 모습은 거의 보이지 않았다. 하지만 포겔은 애나 루에게도 나름 귀여운 면모가 숨겨져 있다는 사실을 새롭게 깨달았다. 실물로 접했을 때는 눈치챌 수 없는 묘한 매력이 있었다. 마티아도 괴벽에 가까운 사진촬영 과정에서 아마 아무도 주목하지 못한 애나 루의 매력을 발견했을지도 모를 일이다. 심지어 애나 루의 아버지 브루노 캐스트너조차 귀엽지도 않고 예쁘지도 않은 자신의 딸을 납치범이 타깃으로 삼은 이유를 알 수 없다고 했었다.

테이블 위에는 컴퓨터 한 대가 놓여 있고, 그 옆에는 캠코더가 있었다.

포겔은 캠코더를 자세히 살펴보기 위해 손으로 들어 올렸다. 아마 마티아가 황급히 나가는 바람에 분신처럼 지니고 다니는 물건을 두고 나갔으리라 생각했다. 그런 다음 포겔의 시선은 다른 곳으로 옮겨갔다.

진열장 위에 핑크색 봉제 고양이 인형이 보였다. 위로 행렬이 애나 루의 집 앞에 몰려든 날 몰래 훔쳐 온 바로 그 물건이었다. 포겔은 인형을 들고 이리저리 돌려보았다. 마티아는 전리품을 챙겨왔던 것이다.

그것만으로도 언론은 놈을 궁지에 몰아넣을 수 있었다. 바로 그 순간 등골이 오싹한 느낌이 온몸으로 퍼져나갔다. 등 뒤로 무슨 소리가 들려왔던 것이다. 상상이 아닌 현실 속의 소리.

포겔은 고양이 인형을 내려놓고 서서히 몸을 돌렸다. 여러 겹으로 쌓여 있던 담요들이 움직이기 시작하더니 그 안에서 검은 형체가 쓱 하고 튀어나왔다. 머리에 후드 티 모자를 뒤집어쓰고 있어 얼굴은 제대로 보이지 않았다.

소년은 서서히 몸을 펴며 일어났다. 뒷모습만 얼핏 봤던 것에 비해 훨씬 크고 건장해 보였다. 그제야 형사의 머릿속에서 풀리지 않았던 실타래가 빠른 속도로 풀리기 시작했다. 마티아는 어딘가에 숨어 있던 게 아니라 자기 집에 틀어박혀 지내고 있었던 것이다. 집 주변에 설치된 여러 대의 고성능 마이크는 지하공간의 소리까지는 잡아낼 수 없었다. 몇 미터 두께의 흙과 시멘트, 돌 더미로 둘러쳐져 있었기 때문이다.

포겔은 두 손을 모두 사용 중이었다. 한 손에는 캠코더를, 다른 손에는 플래시로 사용하는 휴대전화를. 총을 뽑아 들 손이 없었다. 게다가 소년과의 거리도 너무 가까웠다. 단번에 달려들어 그를 제압하기에 충분한 거리였다. 그래서 포겔은 자신이 가지고 있는 또 다른 무기를 꺼내 들기로 했다. 그 누구보다 능수능란하게 다루는 무기를.

"넌 이런 것들을 좋아했구나?" 포겔은 턱으로 캠코더를 가리키며 이해한다는 듯한 미소를 지어 보였다. "실력이 괜찮아 보이는데."

소년은 아무런 대꾸도 하지 않았다.

포겔은 뒤집어쓰고 있는 후드 때문인지 소년의 눈빛이 강렬하게 느껴졌다.

"난 널 유명하게 만들어줄 수 있어, 그거 아니? 네가 찍은 영상들이 TV로 나가게 될 거야. 그렇게 되면 넌 모든 사람들로부터 네가 원하는 관심을 받게 되는 거야. 내가 아는 기자 친구들이 여럿인데 아마 그 사람들이 거액을 주고 네가 찍은 영상들을 사줄 수도 있어. 모든 사람들이 네 얘기를 하게 될 거고……. 어머니를 한 번 생각해봐. 더 이상 힘들게 일하실 필요도 없게 되는 거라고. 제대로 된 집도 가질 수 있고, 지금까지 엄두조차 낼 수 없었던 일도 하실 수 있게 되는 거야. 그 모든 걸 네가 해드릴 수 있는 거라고……. 방법은 아주 간단해, 마티아. 나와 함께 여기를 나가서 애나 루가 있는 곳까지 나를 데려다주면 되는 거야. 아, 기자들과 같이 가는 것도 괜찮겠네. 넌 영웅이 되는 거고, 이제 아무도 너를 조롱하지 못할 거고 모두가 너를 다른 눈으로 보게 될 거야……."

그는 마티아의 생각을 읽을 수 없었다. 그렇게 시간이 흐르는 동안 아무 일도 벌어지지 않았다. 포겔은 자신의 말이 상대에게 먹혀들기만을 바랐다. 소년은 그에게 한 발짝 가까이 다가왔다. 포겔은 본능적으로 뒤로 한 걸음 물러섰다. 마티아는 그 즉시 걸음을 멈췄다. 그러고 또다시 한 발을 내디뎠다. 포겔은 한 걸음 또 물러서려다 그만 책상 모서리에 부딪혔다. 이번에도 역시 소년은 동작을 멈췄다.

형사는 그제야 그 이유를 알 수 있었다. 상대는 그를 위협하거나 공격할 의도가 없었던 것이다. 단지 앞으로 다가가도 되는지 허락을 구하고 있었던 것이다.

나를 노리는 게 아니었어. 포겔은 소년의 마음을 읽었다. 컴퓨터를 켜려는 거야.

포겔이 옆으로 비켜서자 마티아는 책상 앞으로 다가와 컴퓨터 전원을 켰다. 얼마의 시간이 흘러 부팅이 완료되자 소년은 '그 아이'라는 이름의 폴더를 열었다. 화면에 여러 개의 동영상 아이콘이 떴다. '그 아이'란 바로 애나 루였다.

소년은 마우스로 자신이 보여주고 싶었던 파일을 클릭해 실행시켰다.

포겔은 흥미로워하는 표정으로 소년 뒤에서 화면을 응시했다.

프로그램이 가동되면서 거리에 서 있는 애나 루의 모습이 나왔다. 실종 당시 메고 나간 알록달록한 배낭과 스케이트 가방을 들고 있었다. 화창한 어느 날, 자신이 촬영 대상이라는 사실을 전혀 모른 채 혼자 길을 걷고 있었다. 애나 루는 낡은 하얀색 SUV 차량 옆을 지나쳐 갔다. 장면이 바뀌었다. 포겔은 마티아가 편집한 영상이라는 것을 깨달았다. 이번에는 단짝친구라는 프리실라와 함께 있는 장면이었다. 두 친구는 학교 앞에서 이야기를 주고받고 있었다. 또 다른 화면으로 넘어갔다. 소녀는 교구 공동체 친구들과 함께 신도회관 앞에 마련된 작은 광장에서 과자를 팔고 있었다. 포겔은 마티아가 무슨 연관성을 가지고 영상을 편집한 건지 의아해하다가 맨 첫 화면에서 본 흰색 SUV 차량을 다시 발견했다. 비록 순간적으로 놓치긴 했지만 두 번째 화면에도 똑같은 차량이 등장했었을 것이다.

그다음으로 이어지는 화면을 통해 의혹이 확신으로 바뀌기 시작했다.

애나 루가 가족들과 함께 산으로 놀러 간 장면에서도 문제의 차량은 다른 차들과 함께 주차장에 서 있었다. 애나 루가 쌍둥이 남동생들을 데리고 밖에 나왔을 때는 몇 미터 떨어진 차도에 서 있는 동일 차량이 보였다.

화면이 이어졌다. 포겔은 고개를 돌려 마티아의 반응을 살폈다. 소년은 자신의 얼굴을 밝히고 있는 화면에 집중하고 있었다. 애나 루를 몰래 따라다니며 촬영을 하다가 무언가를 발견했던 것이다.

그렇게 애나 루를 따라다니는 사람이 자신만이 아니었다는 사실을.

촬영된 거리로는 운전자의 얼굴이나 번호판을 식별할 수 없었다. 하지만 포겔은 굳이 그런 과정을 거칠 필요도 없다는 생각이 들었다.

"넌 저게 누군지 알고 있는 거지, 그렇지?"

마티아는 포겔이 방금 전 만져봤던 핑크색 고양이 인형이 놓여 있는 진열장 쪽으로 고개를 돌렸다. 그러고는 눈짓으로 인형을 가리킨 다음 소심하게 고개를 끄덕였다.

누구인지 알고 있었던 것이다.

어둠 앞에서 고개도 못 들 것처럼 순진한 얼굴을 한 새벽안개는 모든 걸 영영 뒤덮어버린 그날 밤, 어둠의 기운을 위협적으로 몰아냈다.

플로레스 박사의 진료실 구석에 놓여 있던 라디에이터는 마치 살아 있는 듯, 사람 목구멍으로 물 넘어가는 소리를 내고 있었다.

포겔은 자신의 이야기를 중단하고 벽에 붙어 있는 사진과 낚시 전리품들 사이의 한 지점을 멍하니 응시하고 있었다.

플로레스 박사는 형사의 시선이 등은 은색이고 몸통에는 핑크빛 줄무늬가 가로로 길게 이어진 물고기 박제에 쏠려 있음을 깨달았다.

"온코린쿠스 미키스라는 종이지요." 박사는 자신이 외우고 있는 학명을 가르쳐주었다. "속칭, 석조송어나 무지개송어라고 부르는 녀석입니다. 원래 중앙아메리카 지역에 서식하는 종인데 태평양 인근 아시아 국가에도 살고 있습니다. 몇 년 전에는 산악지대 호수에서도 잡을 수 있었습니다. 저 녀석들은 산소 함유량이 많은 차가운 물에서 살지요."

정신과 전문의는 본론을 벗어나 의도적으로 이야기를 곁길로 이끌었다. 진술을 강요하고 싶지 않았기 때문이다. 자신은 무엇보다 중간자의 입장에서 환자와 환자가 겪는 갈등을 중재하는 역할에 그쳐야 하기 때문이다. 박사는 본능적 직감에 따라 맞은편에 앉아 있는 형사가 교통사고 직전에 벌어진 사건, 다시 말해 자신의 옷에 타인의 혈흔을 묻힌 정황에 대한 기억을 억누르고 있거나 아니면 자기 자신에게까지 필사적으로 숨기고 있다고 판단했다.

"언론은 배역을 정해줍니다." 포겔은 단도직입적으로 이야기를 꺼냈다. "괴물과 피해자로 양분하지요. 후자는 공격과 비난, 의심으로부터 보호받아야 할 대상이 되는 겁니다. 그렇기 때문에 '순수'해야 하는 거고요. 그렇지 못할 경우, 자칫 악을 행한 이에게 윤리적 알리바이를 제공할 수도 있기 때문입니다. 그런데 간혹, 일부 피해자들은 자신이 겪은 사건에서 특정 역할을 하곤 합니다. 아니라고 부인해봐야 소용없는 일이지요. 엄연한 실수이기도 하고 진정한 도발이기도 하고 그냥 어리석음의 발로이기도 하지만, 이게 시간이 지나면서 특정한 반응을 유발하게 되거든요. 다른 사원들이 보는 앞에서 고의적으로 특정 직원을 공개망신시켰던 어느 회사 팀장 사건이 기억나는군요. 그냥 짓궂은 장난에 불과했지만 그 일 이후, 그 직원은 어느 날 자동권총을 들고 정시에 출근을 했습니다."

"애나 루 캐스트너 사건도 그런 경우였습니까?" 플로레스 박사가 물었다.

"아닙니다."

"포겔 수사관님. 일단 그 사건은 잠시 잊고, 오늘 밤 벌어진 일에 대해 집중해보는 건 어떻겠습니까?"

"아, 제 옷에 묻은 피……. 그 일이 있었군요……." 형사는 기억을 더듬으며 대답했다.

플로레스 박사는 그 혈흔이 누구 것인지 직접 대놓고 물을 수는 없었다. 상담 절차에 따라야 했기 때문이다.

"교통사고를 당하시기 전에 누구와 함께 계셨는지, 이 일이 발생했을 때는 어디로 가고 계셨던 건지, 그걸 아는 게 중요할 것 같습니다."

포겔은 애를 쓰며 기억을 더듬었다.

"캐스트너 씨 댁에 찾아갔었습니다……. 그래요, 맞습니다. 제가 담보처럼 가지고 있던 물건을 돌려드리려 가던 중이었지요."

그는 자신의 팔목에 차고 있던 팔찌를 내려다보았다.

"그런데 왜 이렇게 늦은 시간에 찾아가신 겁니까?"

"이야기를 하고 싶었거든요. 해드릴 말씀이 있어서……."

그의 머릿속 기억장치는 전원이 차단된 듯 보였다.

"무슨 얘기였습니까?"

"그러니까……."

플로레스는 그의 기억이 돌아오기를 기다렸다. 포겔이 천연덕스럽게 연기를 하는 건지는 알 수 없었다. 얼핏 보기에는 무언가가 안에 있는 기억이 밖으로 빠져나오지 못하도록 막고 있는 것 같았다. 캐스트너 부부에게 해야 할 중요한 말이 과연 무엇이었을까? 플로레스 박사는 그 내용이 무엇이든, 2개월 전 사건을 짚고 넘어가야 한다는 생각이 들었다. 그래서 과거의 지점으로 되돌아갔다.

"실제로 애나 루를 찾아다니시긴 한 겁니까? 아니면 애나 루가 이미 사망했다고 간주하고 단순 납치범을 납치살해범으로 몰고 가기 위한 증거라고 할 수 있는 시신이 나타나기만을 기다렸던 건 아닙니까?"

포겔은 머뭇거리다 살짝 웃기만 했다. 일종의 자백과도 같은 반응이었다.

"왜 직접 그렇게 말을 하지 않는 겁니까? 왜 쓸데없는 희망을 키운 겁니까?"

"경찰 수사가 어떤 목적으로 진행되어야 하는지를 묻는 최근 여론 조사 결과를 아십니까?" 포겔은 침묵을 지키다 다시 입을 열었다. "대다수의 응답자들은 '범인 체포'라고 응답했습니다. 극소수만이 경찰 수사의 목적은 '진실 규명'이라 답했습니다. 이게 무슨 뜻인지 아시겠습니까? 진실을 알고 싶어 하는 사람은 아무도 없다는 겁니다."

"형사님은 그 이유를 뭐라고 생각하십니까?"

"왜냐하면 범인을 체포해야 우리가 조금은 더 안전하다고 그나마 '착각'이라도 할 수 있기 때문이지요. 따지고 보면 대중은 그것만으로도 충분하다고 생각합니다. 하지만 모범답안은 따로 있습니다. 그 이유는 말입니다, 진실을 알게 되면 우리도 사건에 연루가 되고 공범이 되기 때문이지요. 언론과 대중, 그러니까 모든 이들이 범죄자를 인간이 아니라고 여긴다는 사실을 아십니까? 범죄자들을 무슨 외계종족이나 남을 해하고 악을 행하는 특별한 능력을 가진 존재로 여긴다는 사실 말입니다. 우리는 부지불식간에 그런 범죄자들을…… 대단한 인물로 만들어버린다는 겁니다." 그는 자신의 생각을 힘주어 말했다. "그 대단한 인물들의 대다수는 창의성도 부족하고 다수의 틀에서 벗어날 수도 없는 지극히 평범한 일개 개인에 불과한데 말입니다……. 그런데 이런 진실을 받아들이게 되면 결국 범죄자들이 우리 자신과 다를 게 하나도 없다는 사실을 인정해야 하는 상황에 직면하게 됩니다."

포겔의 지적은 결코 틀리지 않았다. 플로레스 박사의 시선은 책상 위에 놓인 구겨진 낡은 신문으로 향했다. 정신과 전문의는 그 신문이 언제부터 그 자리에 깔려 있었는지 정확히 기억하고 있었고, 자신이 왜 그 신문을 내다 버리지 않았는지도 잘 알고 있었다.

신문 1면에 등장한 이름.

애나 루 캐스트너 사건의 범인인 괴물의 이름.

며칠, 그리고 몇 주, 그리고 또 몇 달이 흐르면서 다른 서류와 자료들이 그 신문 위에 차곡차곡 쌓여갔다. 뉴스의 운명은 생매장되는 것이나 다름없었다. 결국 우리 모두가 잊고 싶어 할 테니까……. 플로레스 박사는 그렇게 생각했다. 특히 그 자신 역시 마리아 캐스트너의 비통한 절규를 잊고 싶었으니까. 시간이 흐르면서 그 절규조차 결국은 소극적으로 투덜거리는 불평으로 잠잠하게 변해갔으니까. 플로레스 박사는 캐스트너 부부가 고통을 받아들이는 심리치료 과정을 초기부터 직접 담당했다. 묵묵부답 침묵으로 일관했던 브루노 캐스트너와의 상담은 말 그대로 고역이었다. 그래서 마리아가 서서히 무너져 내리지 않도록 각고의 노력을 기해야 했다. 그는 교구 공동체가 허락한 만큼 두 부부의 정신건강 상태가 악화되지 않도록 최선을 다했다. 그리고 서서히 그들과 거리를 둬온 터였다.

"포겔 형사님. 방금 형사님이 오늘 밤 캐스트너 부부를 찾아간 건 할 말이 있었기 때문이라고 말씀하셨는데 그게 무슨 내용이었습니까? 제가 깜빡했습니다."

"네, 찾아갔습니다."

"그러면 지금은 그 집에 아무도 살지 않는다는 것도 기억하실 겁니다."

정신과 전문의의 말에 형사는 정면으로 주먹을 한 대 얻어맞은 것 같은 얼떨떨한 표정을 지어 보였다.

130

"그걸 모르시진 않았을 겁니다." 플로레스 박사는 말을 이어갔다. "도대체 무슨 일이 있었던 겁니까? 그것도 잊으신 겁니까?"

포겔은 잠시 침묵을 지키다 마치 경고하듯 낮은 목소리로 중얼거렸다.

"여긴 음험한 기운이 느껴지는군요……."

플로레스 박사는 그렇게 말하며 자신을 바라보는 상대의 눈빛에 순간 등골이 오싹해졌다.

"사악한 기운이 이곳 사람들 삶에 스며들어 있습니다……." 형사는 다시 말을 이었다. "애나 루는 바로 그 사악한 기운이 통과하는 일종의 관문이었습니다. 아무런 사심이 없는 순수한 10대 소녀……. 완벽한 희생양으로 충분하지요. 하지만 실종사건의 이면에 숨겨진 전체적인 그림은 사건 자체보다 훨씬 더 사악하고 엽기적입니다. 안녕을 바라는 건 이미 늦었습니다. 여기서 느껴지는 그 사악한 무언가는 이제 더 이상 떠날 생각이 없거든요."

그 말이 끝나기 무섭게 들려온 쿵 소리에 두 사람은 동시에 창가로 고개를 돌렸다. 정신과 전문의와 형사는 창문 밖에 아무것도 없다는 사실에 경악을 금치 못했다. 마치 두 사람의 대화가 안개 속에 잠들어 있던 유령이라도 깨운 것 같은 상황, 화가 난 그 유령이 두 사람에게 닥치라고 경고하는 듯한……

플로레스 박사는 자리에서 일어나 창가로 다가가 창문을 열었다. 무슨 일이 있었던 건지 알아보려 주변을 두리번거리는 동안 싸늘한 새벽안개가 그의 얼굴을 감싸 안았다. 순간 홈통 옆으로 검은 형체가 언뜻 보였다.

까마귀 한 마리였다.

녀석은 한밤중에 잠에서 깨 눈밭에 반사된 가로등 불빛을 대낮으로 착각해 하늘로 날아오르려다 방향감각을 상실하고 창문에 부딪힌 것 같았다.

까마귀들은 자욱한 밤안개의 첫 피해자였다. 아마 날이 밝으면 밭이나 길거리에 같은 운명을 겪은 까마귀들을 여럿 보게 될 것 같았다.

플로레스 박사는 여전히 숨이 붙어 있는 까마귀를 물끄러미 쳐다보았다. 녀석은 부리를 부르르 떨고 있었다. 마치 무슨 할 말이라도 있는 듯. 그러다 잠잠해졌다.

정신과 전문의는 창문을 닫고 포겔 쪽으로 고개를 돌렸다. 몇 초간 정적이 두 사람 사이를 갈랐다.

"아까도 말씀드렸지만 그 사건 이후, 다시는 이곳에서 형사님을 뵐 수 없을 거라 생각했었습니다." 플로레스 박사가 다시 말을 이었다.

"저 역시 그렇게 생각했습니다."

"수사 결과는 참극에 가까웠습니다. 안 그렇습니까?"

"맞는 말씀입니다." 포겔도 상대의 지적에 동의했다. "가끔 그런 일이 있긴 합니다."

정신과 전문의 입장에서 수사관이 안개가 자욱한 추운 밤, 굳이 아베쇼로 다시 찾아온 이유를 알아내려면 강제로라도 그를 따라다니는 유령과 대면시켜야 했다.

"실패로 끝나버린 수사에 대해 어떤 책임도 느끼지 않습니까?"

"전, 제가 해야 할 일을 했을 뿐입니다."

"해야 할 일이라니요?"

"제가 해야 할 일은 사건을 지켜보는 사람들을 즐겁게 해주는 일이었습니다." 포겔은 쓴웃음을 지어 보이며 대답했다. 그러고는 다시 진지한 표정과 목소리로 돌아와 말을 이어 나갔다.

"우리 모두에겐 괴물이 필요했었습니다, 선생님. 우리 모두는 다른 누군가보다 자신이 더 낫다고 느껴야 하는 사람들입니다." 그는 낡은 흰색 SUV를 타고 다니는 남자를 특정해 떠올리며 말했다.

"전 그런 사람들이 원하는 먹잇감을 던져줬을 뿐입니다."

12월 22일

실종사건 발생
전날

"위대한 소설가가 되기 위한 제1 원칙은 바로 모방이다. 이 사실을 인정하는 작가는 아무도 없지만 모두들 자신이 쓴 전작이나 다른 작가의 작품에서 영감을 얻는다."

로리스 마티니는 대다수의 학생들이 자신의 수업에 집중하고 있는지 확인하기 위해 교실에 앉아 있는 아이들을 똑바로 바라보았다. 그가 등을 돌리자마자 일부는 냉소적으로 히죽거렸고 또 몇몇은 수군거리며 잡담을 나눴다. 심지어 들킬 거라 생각하지 않고 종이 뭉치를 던지는 아이들도 있었다. 하지만 선생님은 꼿꼿이 선 자세로 아이들의 책상 주변을 돌아다니며 수업을 이어 나가는 방식을 택했다. 그래야 집중할 거라 생각하기 때문이었다.

하지만 그날 아침은 수업시간 내내 지루해하는 분위기가 지배적이었다. 크리스마스 방학 전날 분위기는 언제나 그랬다. 고등학교는 크리스마스를 기해 보름간 일제히 문을 닫고 방학에 들어가기 때문에 학생들은 며칠 전부터 이미 '자체 방학'을 보내고 있었다. 그래서 더더욱 학생들의 수업 참여도를 높이기 위한 아이디어가 절실했다.

"또 하나 추가하자면, 작품의 성공을 좌우하는 건 바로 주인공이 아니라는 거야. 자, 문학은 일단 접어두고 우리 비디오게임을 한번 떠올려보자……. 비디오게임에서 다들 뭐 하는 걸 좋아하지?"

선생님의 질문은 학생들의 관심을 끌었다. 종이 뭉치를 던지던 남학생 하나가 불쑥 한 마디를 내뱉었다.

"때려 부수는 거요!" 남학생의 적극적인 수업 참여는 다른 학생들의 웃음을 자아냈다.

"맞아, 그래." 마티니는 학생을 칭찬했다. "또 다른 건?"

"죽이는 거요." 또 다른 학생이 대답했다.

"좋은 대답이야. 그런데 너희들은 왜 가상세계에서 남을 죽이는 행위를 좋아하는 거지?"

반에서 가장 미모가 뛰어난 프리실라가 손을 번쩍 들었다. 마티니는 프리실라에게 발언권을 주었다.

"왜냐하면 현실세계에서는 금지돼 있으니까요."

"그렇지, 바로 그거야, 프리실라." 선생님은 대답한 여학생을 추켜세워주었다.

여학생은 눈을 내리깔며 부끄러운 듯 씩 웃었다. 남학생 하나가 프리실라의 내숭을 따라 하며 조롱했다. 그 모습에 프리실라도 지지 않고 가운뎃손가락을 들어 올렸다.

마티니는 만족스러웠다. 자신이 원하는 방향으로 수업을 이끄는 데 성공했기 때문이다.

"너희들이 아는지 모르겠지만 '악'이라는 건 모든 이야기의 진정한 원동력이야. 아무런 사건도 없이 물 흐르듯 조용히 흘러가는 소설이나 영화, 비디오게임을 좋아하는 사람은 아무도 없잖아……. 잘 생각해봐. 이야기를 끌어나가는 건 언제나 '악당'의 역할이었어."

"착한 주인공들은 사람들이 별로 안 좋아해요." 루카스가 불쑥 한 마디를 던졌다. 반에서 가장 성적이 형편없었고 무엇보다 수업 태도가 안 좋은 학생이었다. 한쪽 귀 뒤편에서 머리 쪽으로 퍼져나가는 형상의 문신이 특히 불량스러워 보이는 문제아였다.

루카스는 아마 자신의 이야기를 한다고 생각했을 것이다. 그래서 착한 주인공들이 사람들에게 인기가 없다는 사실에 착안해 바닥에 떨어진 인기를 회복할 기회로 삼았다.

로리스 마티니는 교실에서 자신이 원하는 결과를 얻어낼 때마다 묘한 성취감이 들었다. 무언가 보상을 받는 기분이었다. 대수롭지 않아 보이는 목표를 달성하는 게 무엇을 의미하는지 설명하는 건 쉬운 일이 아니다. 하지만 교사에게는, 특히 로리스 마티니에게는 그렇지 않았다. 조금 전 마티니는 학생들의 머릿속에 하나의 개념을 강렬하게 각인시켰다. 그리고 그렇게 각인된 개념은 절대로 사라지지 않을 터였다. 교과서에 나오는 개념들은 아무리 외워도 어느 순간 잊히기 마련인 반면, 즉흥적으로 형성된 개념들은 전혀 다른 운명을 갖게 된다. 이런 개념은 한번 각인된 이후 뇌의 한구석에 깊이 뿌리를 내려 필요할 때마다 언제든 꺼내 쓸 수 있는 상태로 평생을 따라다닌다.

이야기를 끌어나가는 건 언제나 '악당'의 역할이었어.

단지 문학에서만은 아니다. 삶 자체가 그렇다.

동료 교사들은 학생들을 싸구려 저질 '인간 비료'라 부르며 조롱하거나 불평을 늘어놓기 일쑤였다. 엄한 규칙을 강요해도 학생들은 교묘하게 빠져나가기 마련이라는 충고도 아끼지 않았다. 개학이 다가오면서 대다수의 동료 교사들은 로리스 마티니에게 주의사항을 알려주면서 학생들에게 그 어떤 희망도 품지 말라고 당부했다. 무슨 과목이든 수준이 형편없다는 게 그 이유였다. 학기 초만 해도 그 사실을 인정하지 않을 수 없었다. '인간 비료'의 '생산성'이 상상을 초월할 정도로 저조했기 때문이다. 하지만 한 주, 한 주 지나면서 마티니는 아이들의 불신을 뚫고 다가가는 길을 찾아내 조금씩 신뢰를 얻을 수 있었다.

아베쇼를 지배하는 두 개의 중요한 가치관은 신앙과 돈이었다. 비록 대다수 학생들의 가족이 교구 공동체 소속이지만 학생들은 첫 번째 가치관은 무시하고 두 번째 가치관을 숭배했다.

돈은 대화에서 언제나 빠지지 않는 주제였다. 광산회사 덕분에 돈방석에 올라앉게 된 마을 어른들은 고급 중형차를 몰거나 고가의 시계를 차고 다니며 언제나 자신의 유복한 생활을 과시했다. 그리고 아이들은 그런 어른들을 부러움과 존경의 시선으로 바라보았다. 그리고 그런 사치를 부리지 못하는 사람들을 낮잡아 보았다. 자신들의 부모를 포함해서.

아베쇼에 거주하는 두 부류의 계층 수준이 극명한 차이를 드러내는 곳이 바로 고등학교였다. 소위 있는 집 자식들은 최신 유행하는 옷을 입고 최신 스마트폰 등 고가의 제품이나 소품들을 가지고 다녔다. 이런 분위기는 언제나 학교에 긴장감을 조성했다. 그 아이들이 비특권 아이들을 무시한 일로 운동장에서 싸움이 벌어진 게 한두 번이 아니었다. 심지어 절도사건도 있었다.

그랬기 때문에 팔꿈치가 해진 줄무늬 코듀로이 상의와 면바지를 걸친 마티니가 낡아빠진 클락스 구두를 신고 교실에 들어서던 첫날, 학생들은 대놓고 그를 비웃었다. 그때 마티니는 자신이 제대로 된 선생 대접을 받을 수 없다는 걸 깨달았다. 그리고 순식간에 심한 자괴감과 괴리감에 휩싸였다. 마치 자신이 지금까지 엉뚱하고 그릇된 목표를 향해 달려온 것만 같은 기분이 들었다.

"크리스마스 방학 동안에는 숙제가 없다." 마티니의 '선언'에 모두가 만족스러워하며 기쁨의 탄성을 내질렀다. "어차피 내줘도 너희들이 안 해 올 거라는 걸 잘 알거든. 대신, 가게를 돌아다니며 난동을 두 번 정도 피우고, 두어 번 정도 은행을 털었는데도 시간이 남거든 적어도 이 목록에 있는 책은 꼭 한 권씩 읽어봤으면 한다."

그는 종이 한 장을 들고 흔들었다. 그 말에 일제히 불평의 탄식이 터져 나왔다.

딱 한 학생만 아무 말도 하지 않았다.

그 학생은 교실 구석자리에서 고개를 숙인 채 언제나 지니고 다니는 커다란 공책에 무언가를 끼적이거나 그림을 그렸다. 공책과 마찬가지로 분신처럼 가지고 다니는 물건이 하나 더 있었다. 바로 캠코더. 소년이 스스로 갇혀 사는 자신만의 세계는 아무도 들어갈 수 없었다. 심지어 반 친구들조차. 그래서 다른 학생들은 더더욱 그 아이를 따돌렸다. 마티니는 그 아이에게 다가가기 위해 간혹 시도를 했지만 언제나 소득은 없었다.

"마티아, 2주 동안 책 한 권 읽는 건 괜찮겠니?"

그 학생은 종이에서 눈을 떼고 고개를 잠깐 들어 올렸다가 아무런 대답 없이 다시 고개를 숙였다.

바로 그 순간, 수업의 끝을 알리는 종이 울렸다.

마티아는 부리나케 가방을 챙기고 책상 밑에 넣어두었던 스케이트보드를 꺼내 일등으로 교실을 나섰다.

마티니는 마지막으로 학생들을 쳐다보았다.

"다들 메리 크리스마……. 너무 어리석은 행동은 자제들 하고!"

학교 복도는 건물을 벗어나기 위해 이리저리 오가는 학생들로 붐볐다. 앞서 걷고 있던 마티니를 밀치고 뛰어가는 학생들도 있었다. 그는 여느 때처럼 초록색 크로스백을 메고 생각에 잠긴 듯 멍한 표정으로 걷고 있었다.

"마티니 선생님! 선생님!" 누군가 그를 불렀다.

마티니는 소리가 나는 쪽으로 고개를 돌렸다. 프리실라가 환한 미소를 머금고 그를 향해 다가오고 있었다. 카키색 오버사이즈 파카에 조금이라도 커 보이려고 신고 다니는 큼지막한 워커 탓에 선머슴처럼 보이긴 했지만 마티니는 프리실라가 상당히 매력적이고 귀여운 여학생이라고 생각하고 있었다. 그는 학생을 기다리기 위해 발걸음을 멈췄다.

"말씀드리고 싶은 게 있어서요. 전 방학 동안 읽을 책을 벌써 골라 났어요." 여학생은 지나치다 싶을 정도로 흥분한 목소리로 자신 있게 말했다.

"아, 그래? 무슨 책인데?"

"《롤리타》예요."

"왜 그 책을 골랐지?"

마티니는 여주인공이 자신을 닮았기 때문이라는 대답을 예상했다.

"엄마가 절대로 못 읽게 할 그런 책이거든요."

마티니는 여학생의 대답에 미소로 답해주었다. 사실상 반항심에 책을 읽으려던 것이다.

"그렇구나. 그럼 잘 읽어라."

그는 발걸음을 돌리려 했다. 안 그래도 프리실라가 자신에게 남다른 감정을 품고 있다는 사실을 눈치챘기 때문이다. 다른 학생들도 느낄 정도였다. 그래서 가급적이면 남들 앞에서 같이 있는 모습을 보이지 않으려 은근히 피해온 터였다. 학생을 부추기고 있다는 괜한 오해를 받고 싶지 않았다.

　"잠깐만요, 선생님. 또 말씀드릴 게 있어요." 학생은 난처한 표정으로 말을 이었다. "저기, 제가 내일 TV에 나오는 거 알고 계세요? 교구 공동체 자선복권 당첨번호를 추첨하게 됐거든요……. 뭐, 그냥 지역 방송 프로그램일 뿐이지만 그렇게 데뷔해서 시작하는 거잖아요. 그렇지 않나요?"

　프리실라는 이미 여러 차례 유명해지고 싶다는 의사를 표현했었다. 어느 날은 리얼리티 쇼에 출연하고 싶다고 했다가 또 어느 날은 가수가 되고 싶다고도 하는 아이였다. 최근 들어서는 배우가 되고 싶어 고민을 하고 있었다. 하지만 정작 성공가도를 달리기 위해 구체적으로 뭘 해야 하는지에 대해서는 생각한 바도, 아는 것도 전혀 없었다. 어쩌면 이 모든 게 도움을 요청하는 신호였을 수도 있다. 아베쇼를 벗어나고 싶다는 몸부림 같은……. 그래 봐야 몇 년이 지나면 남자를 만나 아이를 갖고 평생 이곳에 눌러앉아 살게 될 테지만. 프리실라 어머니가 거쳐온 과정이 그랬다. 마티니는 프리실라의 어머니를 딱 한 번 만나 이야기를 나눠본 적이 있었다. 학부모, 교사 간담회 자리에서였다. 어머니는 나이만 더 들었을 뿐 딸과 거의 쌍둥이 같아 보였다. 딸과 다른 점이라면 열다섯 살이 더 많고, 눈가에 진한 주름이 내려앉았으며 감출 수 없는 서글픔이 눈빛에 깊이 서려 있다는 것뿐이었다. 그 모습을 보며 마티니는 모두가 집으로 돌아간 불 꺼진 무도회장에서 왕관을 쓰고 왕홀을 손에 든 채 홀로 춤을 추고 있는 여왕을 떠올렸다. 프리실라는 그런 엄마를 무척 닮았다. 그는 프리실라가 학교에서 가장 인기 많은 아이 중 하나라는 사실을 잘 알고 있었다. 모두가 그 아이 이야기를 했다. 남학생 화장실 벽에서 프리실라 모녀에 대한 낙서를 본 게 한두 번이 아니었다.

"연기를 배우고 싶다고 누구한테 말한 적 있었니?"

"엄마가 허락하지 않을 거예요. 교구 공동체 사람들이 연기자나 배우들은 문란하다는 생각을 주입시켰거든요. 하지만 엄마는 젊었을 때 모델이 되고 싶어 했어요. 엄마가 꿈을 이루지 못했다고 해서 제 꿈까지 가로막는 건 불공평하잖아요."

그렇다. 그건 불공평한 일이다.

"연극에 대해서 공부해보는 건 어때? 그러면 어머니 설득도 가능할 수 있잖아."

"왜요? 제 외모가 영화배우로 성공하기에는 부족하다는 말씀이세요?"

마티니는 나무라는 뜻으로 고개를 절레절레 흔들었다.

"선생님은 대학 때 연극부에서 활동했어."

"그러면 선생님이 연기에 대해 가르쳐주시면 되겠네요! 부탁드려요, 제발 좀 가르쳐주세요!"

순간 여학생의 눈빛이 흥분과 기대로 반짝였다. 도저히 안 된다고 거부할 수 없는 상황이었다.

"좋아. 대신 열심히 해야 할 거야. 그렇지 않으면 아까운 시간만 낭비하게 되는 거니까."

프리실라는 가방을 땅에 내려놓았다.

"절대로 후회하시지 않을 거예요!" 여학생은 가방에서 공책 하나를 꺼내 한 장을 뜯어내더니 무언가를 적었다. "여기, 제 휴대전화 번호예요. 전화 주실 거죠?"

마티니는 미소를 지으며 고개를 끄덕였다. 프리실라는 행복에 겨운 표정으로 발걸음을 돌렸다.

"선생님, 메리 크리스마스!"

그는 여학생이 핑크색 볼펜으로 적은 전화번호를 물끄러미 쳐다보았다. 프리실라는 자신의 번호 옆에 작은 하트도 그려 넣었다. 그는 종이를 주머니 속에 넣고 발걸음을 옮겼다.

학교 앞에는 여러 학생들이 스쿠터에 시동을 걸어놓고 잡담을 나누고 있었다. 반항기가 다분한 루카스도 스쿠터를 몰고 다녔다. 마티니가 가방에서 자동차 열쇠를 찾는 동안 루카스가 옆으로 바싹 붙어 지나가며 시비를 걸었다.

"어이, 선생님! 아니, 이런 고철덩어리는 언제까지 끌고 다닐 거예요?"

그 장면을 지켜보던 다른 학생들이 깔깔거리며 웃었다. 하지만 로리스 마티니는 루카스의 도발에는 무대응이 답이라는 걸 몸소 체험한 바 있다. 언쟁을 벌인 적이 있었는데 죽일 듯한 기세로 그를 위협했었기 때문이다.

"로또 1등에 당첨되면 바꾸지."

그는 가방에서 열쇠를 꺼내 차 문을 열고 낡은 흰색 SUV 안으로 들어갔다.

12월 22일은 낮의 길이가 가장 짧은 날 중 하루였기에, 마티니가 집에 도착할 무렵에는 이미 해가 저물고 있었다.

그는 문턱을 넘어 들어오다가 창가 옆에 놓아둔 등나무 의자에 앉아 있는 그녀를 발견했다. 다리 위에 담요 하나를 덮고 손에 책을 든채 잠이 들어 있었다.

석양빛에 물든 클리어의 모습이 얼마나 아름다운지 가슴이 두근거렸다.

밤색 머리는 불빛에 반사된 듯 붉게 보였고 마치 칠이라도 해놓은 듯 그림자가 그녀의 얼굴 반을 덮고 있었다. 마티니는 곁으로 다가가 살짝 벌어진 그녀의 입술에 입을 맞추고 싶었으나, 곤히 자는 아내를 굳이 깨우고 싶지는 않았다.

그는 마룻바닥에 가방을 내려놓고 2층으로 올라가는 계단 첫 칸에 조용히 앉았다. 그러고는 두 손을 모아 턱을 괴고 아내를 물끄러미 바라보았다. 대학에서 처음 만나 결혼하고 함께 살아온 지 어언 20년이었다. 그녀는 법학을 전공했고, 그는 문학을 전공했다.

"보통 변호사나 판사가 될 사람들은 문학이 세상을 논하는 유일한 방법이라고 여기는 사람들은 상대도 안 하거든요." 첫 만남에서 그녀가 한 말이었다.

당시 그녀는 굵고 묵직한 검은 테 시력교정용 안경을 쓰고 있었는데 얼굴에 비해 지나치게 커 보였다. 그리고 데님 오버롤에 대학 로고가 찍힌 핑크색 티셔츠, 낡은 흰색 컨버스 운동화 차림이었다. 여러 권의 법전을 가슴팍에 끌어안고 있던 그녀의 이마에는 머리 한 가닥이 끈질기게 반항하듯 흘러내려왔는데 그녀는 수시로 입으로 바람을 불어 위로 들어 올렸다. 두 사람은 햇살이 찬란한 봄날, 캠퍼스를 둘러싸고 있는 공원에서 만났다. 로리스는 낡은 잿빛 트레이닝복 차림이었다. 게다가 목요일 아침 농구 연습을 마치고 나온 터라 땀에 흠뻑 젖은 상태였다. 로리스는 자신의 방으로 돌아가고 있던 클리어를 발견하자마자 멀리서부터 손짓을 했고, 그녀가 여학생 기숙사 안으로 들어가기 바로 직전에 그녀 앞에 도착했다. 머리가 헝클어질 정도로 정신없이 뛰어온 그는 손으로 건물 벽을 짚고 섰다. 하지만 클리어는 자신보다 훨씬 키가 큰 그를 올려다보면서도 위협적으로 느껴지지는 않았다. 그녀는 자신의 의견을 스스럼없이 밝혀도 거리낄 게 없다는 듯 당당한 눈빛으로 그를 쳐다보고 있었다. 그리고 진지했다.

보통 변호사나 판사가 될 사람들은 문학이 세상을 논하는 유일한 방법이라고 여기는 사람들은 상대도 안 하거든요……. 처음에는 그 말이 앙탈 비슷한 일종의 변덕처럼 들렸다.

"맞는 말이네요. 그렇다고 해서 변호사나 판사가 되실 분들이 하루 세끼도 안 드시고 살 수는 없는 법이지 않습니까." 그는 웃으며 대답했다.

클리어는 의혹의 눈초리로 그를 쏘아보았다. 그녀의 눈빛에는 경고의 뜻이 담겨 있었다. 나랑 자는 게 그렇게 쉬울 거라 생각했어요? 로리스는 자존심이 삐걱거리는 소리와 함께 처량하게 무너져 내리는 기분이 들었다.

"고맙지만 하루 세끼는 혼자서도 잘 먹거든요." 클리어는 그렇게 대답하며 등을 돌리고는 빠른 걸음으로 계단을 올라갔다.

그는 실망감을 떠안은 채 멍하니 서 있었다. 자기가 뭐라고 저렇게 오만하게 구는 거지? 두 사람이 알게 된 건 며칠 전 자연과학대 학생들이 술과 형편없는 샌드위치를 차려놓고 주최한 조촐한 파티 자리에서였다. 그는 검은색 스웨터에 올린 머리를 하고 나타난 그녀를 눈여겨보고는 접근할 핑곗거리를 찾았다. 로리스는 이름이 맥스인지 알렉스인지 기억은 나지 않지만 안면은 있는 남학생과 그녀가 이야기하는 장면을 기회로 삼았다. 그리고 맥스인지 알렉스인지 하는 남학생에게 인사를 건넨다는 핑계로 두 사람의 대화에 끼어들었다. 내심 그가 자신이 점찍은 그녀를 소개해주기를 바라는 마음이었다. 하지만 맥스인지 알렉스인지는 자기 얘기를 하느라 정신이 없었다. 그 친구 역시 그녀를 마음에 두고 있는 것 같았다. 결국 대화에 끼어들긴 했지만 목석처럼 침묵을 지키고 있기 민망했던 그는 주도적으로 나섰다.

"로리스라고 합니다." 그는 손을 내밀며 인사를 건넸다.

"클리어예요."

그녀는 이맛살을 찌푸렸다. 훗날 세월이 흐르며 익숙해진 반응이었는데 그것은 의심과 호기심이 뒤섞인 감정의 표현이었다. 동물원 구경거리가 된 영장류의 기분이 아마 그랬을 것이다. 하지만 로리스는 그런 그녀의 모습이 귀엽고 사랑스러웠다.

그는 시간을 낭비하지 않고 본심을 드러냈다. 두 사람은 대화를 이어나가기 위해 기본적인 정보를 주고받았다. 전공이 뭐냐, 어디 출신이냐, 졸업하고 계획은 뭐냐. 그러는 사이 로리스는 자신과 그녀의 공통 관심사를 탐색해나갔다. 둘 사이의 관계를 튼튼히 엮어줄 정교한 끈이 필요했기 때문이다. 그는 그녀의 반응에서 몇 가지 특징을 눈여겨보았다. 화려한 미모를 갖추고 있지만 외모를 무기로 삼지 않을 만큼 자신만만하고 총명한 데다 이해심이 많았다. 그리고 무엇보다 오만하게 느껴질 정도로 독립심이 강했다.

그래서 대화를 통해 깨달은 모든 정보를 종합한 결과, 그녀와 자신 사이의 공통 관심사는 농구라는 결론을 내렸다.

로리스는 전문가 못지않게 농구경기 대진표와 선수들에 대한 이야기를 장황하게 늘어놓았고, 클리어는 해당 경기의 점수는 물론 경기 기록까지 훤히 꿰고 있었다. 대학 선수권 대회에 대해서도 모르는 게 없을 정도였다.

두 사람은 저녁 내내 앉아서 이야기를 주고받았고 로리스는 두 번인가, 세 번 정도 그녀를 웃게 만들기도 했다. 단둘이 장소를 옮기자고 해도 문제없을 것 같다는 확신이 들었지만 당장 운을 시험해보고 싶지는 않았다. 다음 기회에……. 클리어 같은 여자와의 관계에서는 서둘러서 좋을 게 하나도 없다고 판단했기 때문이다.

하지만 오전에 기숙사 앞에서 보여준 그녀의 행동은 전혀 예상하지 못한 반응이었다. 그녀는 매몰차게 인사만 건네고 기숙사 안으로 들어가버렸다. 성가신 상대를 대하듯. 아니, 분명히 그렇게 대했다. 물론 그녀가 자신을 기숙사 안으로 데리고 들어가줄 거라는 기대는 하지 않았지만…….

그럼에도 불구하고 그런 식의 거절은 쉽게 받아들일 수 없었다. 그 뒤로 며칠 내내 그 일을 계속해서 곱씹어보았다. 그 상황이 어처구니가 없어 쓴웃음을 지으며 고개를 절레절레 흔들기도 했지만 생각할수록 화가 치밀었다. 자신도 모르는 사이 기생충 하나가 그의 정신세계로 파고들어 자꾸만 공허한 공간을 만들어내고 있었다.

그날의 수모는 도저히 씻어낼 수 없었다.

그래서 결심했다. 미쳐도 아주 단단히 미쳐보기로. 그길로 백화점으로 향해 진한 파란 정장과 하얀 와이셔츠를 구입하고 별로 어울릴 것 같지 않은 작은 빨간색 넥타이도 하나 골랐다. 그런 다음 반항적으로 흘러내린 앞머리 한 가닥을 뒤로 빗어 넘긴 다음, 그의 재정 상태로는 감당하기 힘든 거액을 투자해 장미꽃 한 다발까지 사서 오전 9시, 비교법 강의가 진행되는 교실 앞으로 찾아갔다. 그리고 기다렸다. 복도에서 학생들이 물밀 듯이 쏟아져 나오는 동안에도 그는 밀리지 않고 꼿꼿이 선 자세로 한 사람의 시선이 자신에게 쏠리기만을 기다렸다. 그를 발견한 클리어는 그가 자신을 만나러 왔다는 사실을 깨달았다. 그래서 주저하지 않고 그에게 다가갔다.

로리스는 진지한 표정으로 그녀에게 꽃다발을 건넸다.

"저녁 식사에 초대할 기회를 주시겠습니까?"

그녀는 꽃다발을 받아 들고 이맛살을 찌푸리며 그를 뜯어보았다. 첫 번째 데이트 신청 때는 농구 연습 후 땀에 젖은 트레이닝복 차림이었다. 그러면서도 상대로부터 긍정적인 대답을 들을 거라 확신에 찬 표정이었다. 하지만 이번에는 자신이 얼마나 상대를 존중하며, 또 얼마나 데이트를 하고 싶은지를 드러내기 위해 의상과 소품에 각별한 신경까지 썼다. 우스운 꼴을 당해도 두렵지 않다는 각오였다. 클리어의 얼굴이 환하게 밝아졌다.

"기꺼이요." 그녀의 대답이었다.

로리스 마티니는 저물어가는 겨울 햇살이 잠든 아내의 얼굴을 어루만져주는 광경을 물끄러미 바라보면서 당시의 일을 회상했다. 문득 그렇게 환히 웃던 아내를 본 게 언제인지 기억도 나지 않을 만큼 오래되었다는 사실을 깨달았다. 마음 한구석이 쓰렸다.

그들이 산악지방으로 이사를 온 건 6개월 전이었다. 이사를 가자고 한 건 아내였다. 그리고 그가 아베쇼에 있는 학교에서 교사 자리를 찾자마자 뒤도 안 돌아보고 이곳에 자리를 잡았다. 마티니는 산악지방의 작은 마을이 새 출발 할 장소로 적합한지 의문이었지만 클리어는 단호했고 떠나겠다는 그녀의 의지 또한 확고했다. 하지만 그랬던 아내가 지금은 행복해 보이지 않은 것 같았다. 그는 계단에 앉아 아내의 얼굴을 찬찬히 뜯어보며 어디서 문제가 비롯된 것인지 알아낼 수 있기를 바랐다. 모든 게 너무 성급히 진행된 탓일까. 어쩌면 끝내 도망치기에만 급급했기 때문일 수도…….

그 일 때문에. 그런 생각이 들었다. 그렇다. 모든 게 다 그 일 때문이었다.

클리어가 서서히 잠에서 깼다. 그녀는 눈꺼풀을 살짝 들어 올린 다음, 손에 있는 책을 내려놓고 팔을 뻗어 기지개를 켰다. 그러다 남편을 발견하고는 동작을 멈췄다.

"어……. 당신 왔어?" 그녀는 어렴풋한 미소로 말을 건넸다.

"어, 왔어." 그는 계단에 앉은 채 대답했다.

"언제부터 거기 있었던 거야?"

"방금 왔어." 그는 거짓말을 했다. "방해하고 싶지 않아서."

클리어는 담요를 걷어내고 시계를 들여다보았다.

"어머, 좀 오래 잤네. 그런데 집 안이 좀 춥지 않아?" 그렇게 물으며 두 팔로 자신의 몸을 감쌌다.

"난방기가 아직 안 돌아가나봐."

사실 마티니가 그날 아침 난방 가동시간을 2시간 정도 늦춰놓았었다. 지난달 사용료가 만만치 않았기 때문이다.

"내가 가서 확인하고 올려놓을게." 그는 계단에서 일어나며 말했다. "모니카는 나갔어?"

"방에 있을 거야." 클리어는 걱정스러운 표정으로 대답했다. "저 나이 때는 저렇게 혼자 있는 게 좋은 건 아닌데……."

"당신은 그 나이 때 어땠는데?" 그는 상황을 심각하게 몰고 가지 않으려고 아내에게 질문을 던졌다.

"난 친구들이 많았지."

"난 여드름투성이 얼굴을 하고 하루 종일 기타만 뚱땅거렸는데……. 기타라도 잘 치면 다른 애들이 좋게 봐줄 거라 생각했거든."

하지만 그런 말에 웃고 넘길 클리어가 아니었다. 딸아이에 대한 걱정은 심각한 수준이었다. 모니카의 행동은 모든 면에서 건전하지 못했다.

"당신 생각은 어때? 우리한테 뭘 숨기는 거 같지 않아?"

"그럴 거야. 그런데 딱히 문제될 건 아니라고 생각해." 마티니는 자신 있게 대답했다. "열여섯이면 비밀이 있는 것도 정상이잖아."

149

12월 23일
실종사건 발생
당일

오전 6시에도 사방은 여전히 어두웠다.

마티니는 아침 일찍 일어났다. 아내와 딸은 여전히 잠들어 있었다. 그는 부엌으로 가 커피를 준비한 다음 식탁에 기대선 채로 커피를 마셨다. 식탁 위에 달린 전등이 만들어놓은 노란 조명 속에서 커피가 전해주는 온기를 음미하며 서서히 생각 속으로 빠져들었다. 이미 등산복과 등산화를 챙겨 입은 상태였다. 전날 밤, 아내에게 산에 올라갔다 오겠다고 말은 해둔 터였다.

그는 7시에 집에서 나왔다. 날씨는 싸늘했지만 제법 상쾌했다. 숲 향기가 차가운 공기를 타고 계곡 아래까지 쓸려내려 오면서 잠시나마 광산에서 풍기는 역겨운 악취를 몰아내주었다. 등산 가방을 차 안에 던져 넣을 때 누군가가 그를 불렀다.

"어이, 마티니 씨!"

길 건너편에 사는 이웃이 팔을 들어 그에게 손짓하고 있었다. 로리스도 손을 들어 인사를 했다. 오드비스 가족은 그들이 처음 이사 왔을 때부터 친절하게 대해준 이웃이었다. 오드비스 부부는 그들과 동

150

갑이었지만 자녀들은 모니카에 비해 많이 어린 편이었다. 마티니는 오드비스가 건물 임대수입으로 생활한다는 것은 알고 있었지만 나중에 들은 바로는 광산회사에 땅을 팔아 번 돈으로 건물을 사들였다고 한다. 그는 남의 일에 다소 참견을 많이 하는 편이었지만 그렇다고 해를 끼치거나 피곤하게 굴지는 않았다. 그의 아내는 언제나 흠잡을 데 없이 말끔하게 차려입고 다녔는데, 마치 50년대 광고 속에서 방금 튀어나온 주부의 모습 같았다.

"이렇게 이른 시간에 어딜 가십니까?" 오드비스가 물었다.

"등산하러 갑니다. 오늘은 동쪽 사면을 한 번 타볼까 해서요. 거기는 한 번도 가본 적이 없거든요."

"다음에는 저도 따라가야겠습니다. 여기 붙은 이 살들을 얼른 떼어내야 해서 말입니다." 그는 불룩 튀어나온 배를 툭툭 두드리며 웃었다. "전 저 녀석이나 산책시켜야겠습니다." 그는 그렇게 말하며 문 열린 차고를 가리켰다. 그 안에는 파란색 포르쉐가 세워져 있었다.

그가 최근에 구입한 새 장난감이었다. 오드비스는 돈을 쓰고 과시하는 게 취미인 사람이었다.

"다음에는 제가 선생을 따라가야겠군요." 마티니는 상대의 자랑에 장단을 맞춰주었다.

"그나저나 크리스마스 날은 괜찮은 겁니까?"

"물론입니다."

"이번 크리스마스에는 저희가 꼭 모시고 싶습니다."

클리어는 남편에게 묻지도 않고 그들의 초대에 응해버렸다. 하지만 마티니는 아내를 탓하지 않았다. 아내는 하루 종일 집에서 시간을 보내는 사람이었으니 이웃사람들과 친하게 지내고 싶어 하는 것도 충분히 이해할 만했다. 게다가 오드비스 부부 역시 친구 같은 이웃을 찾고 있는 듯 보였다. 언뜻 드는 느낌으로는 최근에 달라진 생활수준 때문에 과거 알고 지내왔던 인맥들과는 소원해진 것 같았다.

"알겠습니다. 그럼 잘 다녀오십쇼." 그는 그렇게 말하고는 자신의 포르쉐를 향해 걸어갔다.

마티니도 작별인사를 하고 자신의 낡은 흰색 SUV에 올라탔다. 주행거리가 어마어마하게 누적된 데다 소음과 진동은 물론 시커먼 배기가스까지 낡은 차의 면모를 고루 갖춘 차였다. 그가 시동을 걸고 산을 향해 달려가는 동안 어둠이 점점 걷히고 있었다.

집에 돌아왔을 때는 이미 어둠이 내려앉은 밤이었다. 현관문을 열자 수프와 구운 고기 냄새가 그의 코를 자극했다. 거의 8시에 가까운 시각이었지만 식욕을 자극하는 음식 냄새는 지치고 힘든 하루 끝에 주어지는 맛있는 보상의 전주곡 역할을 톡톡히 했다.

"나 왔어!" 그는 큰 소리로 말했다.

하지만 되돌아오는 대답은 없었다. 통로로 들어와보니 부엌에만 조명이 켜진 상태였고 시끄럽게 돌아가는 환풍기가 그의 소리를 차단해 클리어가 못 들은 것 같았다. 마티니는 바닥을 더럽히지 않으려고 가방을 내려놓고 신발도 벗었다. 등산화는 진흙투성이인 데다 왼손에는 붕대 같은 걸 감았음에도 불구하고 계속해서 피가 흐르고 있었다. 그는 등 뒤로 왼손을 숨긴 채 맨발로 부엌으로 걸어갔다.

그의 예상대로 클리어는 오븐을 들여다보느라 정신이 팔려 있었다. 그러면서 선반 위에 놓여 있던 작은 TV 화면으로 종종 시선을 돌렸다.

"나 왔어." 마티니는 다른 데 정신이 팔린 아내를 놀라게 하지 않으려고 애쓰며 자신이 왔음을 알렸다.

"어, 왔어?" 아내는 그를 향해 고개를 돌리고는 또다시 TV 화면 쪽으로 시선을 주었다. "늦었네."

나무라는 기색이 없는 무심한 말투였다. 사실 그녀의 관심은 다른 곳에 쏠려 있었다.

"오후 내내 전화 여러 번 했는데 안 받더라고." 그녀가 말을 이었다.

마티니는 주머니를 뒤적여 휴대전화를 꺼냈다. 전원이 꺼져 있었다.

"배터리가 방전됐었나봐. 전혀 모르고 있었어. 미안해."

클리어는 그의 말에 귀 기울이고 있지 않았다. 그렇다. 그녀의 목소리가 달라진 게 느껴졌다. 마티니는 그 즉시, 아내가 무언가를 걱정하고 있다는 사실을 직감했다. 그는 아내에게 몸을 밀착하고 목덜미에 입을 맞추었다. 클리어는 손을 뻗어 그의 얼굴을 어루만지면서도 TV 화면에서 눈을 떼지 못했다.

"아베쇼에 사는 여자애 하나가 실종됐나봐." 그녀는 TV 뉴스 화면을 가리키며 말했다.

환풍기 돌아가는 소리가 뉴스 소리를 덮어버려서 무슨 내용인지는 확인할 수 없었다.

마티니는 화면을 더 자세히 들여다보기 위해 아내의 어깨너머로 고개를 숙였다.

"언제 그랬다는 건데?"

"몇 시간 전에. 초저녁 때쯤인가봐."

"그 정도면 실종됐다고 단정 짓기엔 좀 이른 것 같은데." 그는 아내를 안심시키려고 그렇게 말했다.

클리어는 걱정스런 표정으로 그를 향해 고개를 돌렸다.

"벌써부터 수색에 나섰대."

"아마 가출사건일 거야. 부모하고 싸웠거나 그랬겠지."

"아닌 것 같던데……"

"사춘기 애들 중에 가출하는 애들이 어디 한둘인가. 내가 잘 알아. 매일 그런 애들을 보면서 지내잖아. 두고 보라고. 돈 떨어지면 바로 집으로 돌아올 테니까. 당신은 매사를 너무 예민하게 받아들여."

"우리 딸하고 동갑내기라잖아."

마티니는 그제야 아내가 왜 이렇게 안절부절못하고 있는지 그 이유를 알 수 있었다. 그는 아내의 허리를 붙잡고 자신 쪽으로 끌어당기더니 마치 자신만이 아내를 달랠 수 있다는 듯 자신 있게 부드러운 말로 속삭였다.

"여보, 이건 지역방송 뉴스잖아. 진짜 심각한 사건이었으면 전국방송에서 난리가 났을 거라고."

"맞는 말이긴 하네." 아내도 동의했다. "어쨌든 당신 학교 학생이더라고."

그 말과 동시에 주근깨로 얼굴이 뒤덮인 10대 소녀 사진이 TV 화면을 장식했다. 마티니는 화면을 자세히 들여다보다가 고개를 가로저었다.

"내가 가르치는 학생은 아니야."

"그건 왜 그런 거야?"

마티니는 애초에 붕대 감은 손을 숨기려 했다는 사실을 깜빡했다.

"아, 별거 아니야." 그는 대수롭지 않게 대답했다.

아내는 그의 손바닥에 난 상처를 살펴보았다.

"피가 많이 나잖아."

"경사로에서 미끄러졌는데 넘어지지 않으려고 나뭇가지를 붙잡다가 베인 거야. 살갗에 살짝 상처만 난 거라고."

"응급실이라도 가보지 그랬어? 꿰매야 할지도 모르는데……."

"그 정도는 아니라니까." 마티니는 아내가 살피고 있는 손을 빼며 말했다. "별것도 아닌데 그럴 필요 있나. 가서 소독 좀 하고 붕대도 갈고 하면 며칠 안에 싹 나을 거야. 두고 보라고."

클리어는 기가 막히다는 듯 양팔을 벌렸다.

"남이 이렇게 하라고 하면 그냥 좀 하면 되지, 왜 매번 그렇게 고집을 부리나 몰라."

"그거 알아? 당신, 그렇게 화내면 훨씬 더 예뻐 보인다는 거?"

클리어는 고개를 절레절레 흔들면서도 입가에 번지는 미소는 어쩔 수가 없었다.

"쓸데없는 소리 그만하고 얼른 가서 씻어. 땀 냄새가 아주 진동을 하네."

마티니는 다친 손을 이마에 얹고 군인처럼 경례를 했다.

"실시!"

"서둘러! 저녁준비 거의 다 됐으니까." 클리어는 통로로 나가는 남편을 향해 으름장을 놓듯 말했다.

거실 식탁에 마주 앉은 부부는 음식이 식어가는 동안 아무런 말없이 서로를 쳐다보고 있었다.

"내가 올라가봐야겠어. 그래야 말을 들을 것 같아." 클리어는 험상궂은 표정으로 말했다.

마티니는 팔을 뻗어 아내의 손을 잡고 쓰다듬었다.

"내버려둬. 곧 내려올 거야."

"내려오라고 부른 게 20분 전이라고. 게다가 당신이 올라가서 노크까지 했잖아. 이렇게 기다리는 것도 지친다고."

마티니는 그렇게 하면 상황이 더 악화될 뿐이라고 지적해주고 싶었지만 엄마와 딸 사이에 조성된 팽팽한 역학관계에 괜한 간섭을 하는 게 아닌가 걱정스러워 입조심을 했다. 클리어와 모니카의 의사소통 방식은 다소 유별난 면이 있었다. 대화를 시작하면 번번이 충돌사태가 빚어진다는 뜻이었다. 때로는 진짜 별것도 아닌 일로 갈등을 빚곤 했다. 하지만 두 사람은 대부분의 경우 암묵적인 합의에 따른 휴전상태를 유지했다. 엄마나 딸이나, 두 사람 모두 자존심이 대단했지만 어쩔 수 없이 한 지붕 아래 같이 살아야 했기 때문이다.

부부는 방문이 열렸다 닫히는 소리를 들었다. 그리고 계단 내려오는 소리가 이어졌다. 모니카는 걸치고 있는 풍성한 사이즈의 베스트부터 시작해 원래는 온화한 눈빛을 음험하게 바꿔버린 검은색 아이라이너까지 온몸을 검은색으로 휘감은 차림으로 거실에 나타났다. 그 모습을 보며 마티니는 그래서 이렇게 시간이 오래 걸린 건가 생각했다. 그는 아내에게 딸아이가 요즘 어둠의 시기를 보내는 거라고 대변해주었지만 아내는 어제오늘 일이 아니라고 받아쳤다.

"남편 잃은 과부도 아니고 옷차림이 도대체 저게 뭐야, 저게." 클리어는 잔소리를 했다.

사실, 모녀는 서로 닮은꼴이었다. 비단 외모뿐만이 아니었다. 마티니는 딸아이의 행동에서 아내의 젊은 시절을 다시 보는 기분이 들었다. 모녀가 세상에 다가가는 방식도 닮은꼴이었다.

156

모니카는 부모와 눈조차 마주치지 않고 그대로 식탁에 앉았다. 그렇게 앉아 고개까지 푹 숙이자 앞머리가 마치 보호막처럼 얼굴을 가려버렸다. 모니카의 침묵은 반항에 가까웠다.

마티니는 고기를 썰어서 각자의 접시에 한 조각씩 덜어준 다음 마지막으로 자신의 접시를 채웠다. 그는 아내에게 괜한 잔소리를 하지 말라는 뜻을 전하려고 눈짓을 보냈지만 아내의 표정은 이미 폭발하기 직전이었다.

"그래, 오늘은 어떻게 보냈니?" 그는 설전이 벌어지기 전에 먼저 치고 들어갔다.

"그날이 그날이죠."

"듣기로, 수학 쪽지시험 봤다고 하던데……."

"네."

모니카는 포크를 놀리며 접시 위에 놓인 음식을 이리저리 뒤적거리고는 있었지만 정작 입으로 가져가 먹는 건 눈곱만큼이었다.

"너도 시험 봤지?"

"네."

"몇 점이나 받았니?"

"6점이요." 모니카는 침묵의 반항에 맞먹는 강도로 강하고 도발적으로 대꾸했다.

마티니는 딸아이를 나무라고 싶지 않았다. 따지고 보면 아베쇼로 이사를 결정하는 과정에서 딸아이의 의견은 전혀 반영되지 않았기 때문이다. 뿐만 아니라 이사를 가야 하는 이유도 모호하게 설명하고 넘어갔기에 모니카로서는 부당하고 이해할 수 없는 부모의 결정을 따르는 것 외에 다른 대안이 없었다. 하지만 모니카는 자신까지 '도주'의

대가를 치러야 하는 이유를 모를 정도로 순진한 10대는 아니었다.

그 일 때문에. 마티니는 또다시 그 일을 떠올렸다.

"너도 뭔가 할 일을 찾아야 하는 거 아니니, 모니카." 클리어가 선공을 날렸다. "오후 내내 방구석에 틀어박혀 있는 게 말이 되는 거야?"

마티니는 딸아이가 무시전략으로 맞서고 있음을 알 수 있었다. 하지만 엄마는 결코 물러설 생각이 없었다.

"뭐라도 좀 해봐. 뭐가 됐든. 스케이트를 타러 다니든지, 헬스클럽에 등록을 하든지, 아니면 악기라도 하나 배우거나."

"그럼 돈은 누가 대요?"

그때까지 고개를 숙이고 있던 모니카가 눈을 들어 올리고 엄마를 빤히 노려보았다. 하지만 마티니는 그 말이 자신을 향한 말이라는 사실을 잘 알고 있었다.

"방법은 엄마 아빠가 찾아보면 되잖아. 안 그래, 여보?"

"그럼, 물론이지."

하지만 그렇게 대답한다고 상황이 나아질 리 없었다. 모니카의 지적은 예리했다. 현실적으로 그의 수입만으로는 불가능한 일이었다.

"학교 갔다 와서 하루 종일 혼자 지낸다는 게 말이 되니?"

"교구 공동체라도 가면 되잖아요. 돈도 안 드는데."

"엄마 말은 그냥 너도 친구가 필요하다는 걸 지적하고 싶었던 거야."

그 말에 모니카는 주먹으로 식탁을 내리쳤고 식기들이 부딪히며 큰 소리를 냈다.

"있었잖아요, 내 친구들. 그런데 어떻게 됐어요? 그 친구들을 다 버리고 와야 했잖아요!"

"여기서도 다른 친구들 얼마든 사귈 수 있는 거야." 클리어는 나름

딸을 달래려 했다.

마티니는 아내의 전략에서 빈틈을 발견했다. 아내는 어떻게 대응해야 하나 몰라 쩔쩔매다 해선 안 될 말을 해버렸던 것이다.

"난 돌아가고 싶다고요. 내가 살던 집으로 돌아가고 싶단 말이에요!" 딸은 언성을 높이며 항변했다.

"네가 원하든 아니든 이제 여기가 우리 집이야."

이번에도 역시 강경한 입장을 고수했지만 결국은 빈약한 논리라는 자신의 약점만 고스란히 드러낸 것에 지나지 않았다.

그러자 모니카는 자리에서 벌떡 일어나더니 계단으로 뛰어올라 다시 자기 방으로 들어갔다. 거칠게 문 닫히는 소리가 들리고 사방이 고요해졌다.

"밥도 제대로 안 먹었는데……." 클리어는 딸아이의 접시를 보며 말했다.

"조금 이따가 내가 올라가볼게. 뭐 좀 챙겨서 갖다 주면 될 거야."

"도대체 어쩌다가 애가 이렇게 적대적으로 변했는지 모르겠어."

말은 그렇게 했지만 클리어는 그 이유를 잘 알고 있을 것이다. 마티니는 그렇다고 믿고 있었다. 뿐만 아니라 자신이 먹을 걸 챙겨 방에 갖다 주더라도 모니카는 반항심 때문에 거부할 게 뻔했다. 전에는 모든 게 달랐다. 그는 엄마와 딸 사이에서 중재자 역할을 했었다. 그는 자신을 두 모녀와 함께 살면서 다리털을 제모하는 대신 얼굴에 난 수염을 면도하고, 매달 일주일간 마법에 걸려 불같이 화를 내지도 않으며, 이따금 자신의 의견을 피력하는 우스꽝스럽고 어설픈 남자라고 여기며 지냈다. 그 덕에 모니카에게는 과묵하지만 이해심 많은 아버지의 역할을 하는 데 아무런 문제가 없었다. 그런데 그렇게 지내오던 어느 날,

가족이라는 울타리 어딘가에 균열이 생겼던 것이다.

하지만 상황을 바로잡을 수 있다는 확신이 있었다.

클리어는 울먹이고 있었다. 화가 나서 터뜨리는 울음이 어떤지는 남편인 그도 잘 알고 있었다. 그러나 이번은 달랐다. 그녀의 눈물은 괴로움과 아픔의 눈물이었다.

실종됐다는 그 아이 때문이야. 마티니는 그렇게 생각했다. 우리 딸한테도 벌어질 수 있는 일이라고 생각해서 그래. 내 아이가 어떤 아이가 돼가는지 알 수 없어서 그런 거야.

마티니는 죄책감이 들었다. 일개 고등학교 교사에 불과하기 때문에, 얄팍한 월급봉투만 가져오기 때문에, 이 세상 그 무엇보다 사랑하는 두 '여인'에게 지금과는 다른 삶을 선물해줄 수 없기 때문에, 그리고 사랑하는 그 가족을 사방이 산으로 둘러싸인 아베쇼라는 마을 속에 가둬버렸기 때문에.

클리어는 먹다 만 음식을 다시 집어 먹고 있었지만 뺨 위로는 하염없이 눈물이 흘러내렸다. 마티니는 그런 아내의 모습을 보고 있을 수 없었다.

반드시 바로잡겠다. 기필코 질서를 회복하리라. 그는 스스로에게 다짐했다.

12월 25일
실종사건 발생
2일 후

크리스마스 아침, 아베쇼 시내 중심가는 사람들로 붐볐다. 마지막 순간이 돼서야 선물을 사야겠다고 마음먹은 사람들이 동시에 몰려나오기라도 한 분위기였다.

마티니는 크리스마스 휴가 때 읽을 책을 고르기 위해 서점의 서가를 돌아다니며 책 뒤표지에 적힌 소개 글을 대충 훑어보았다. 채점해야 할 답안지도 밀려 있고 첫 학기 성적표도 입력하지 않은 상태였지만, 얼마 안 되는 자신만의 시간을 포기하고 싶지는 않았다. 사실 그 외에도 해야 할 집안일이 한두 가지가 아니었다. 지금까지 이 핑계, 저 핑계로 미뤄오긴 했지만 조만간 클리어의 성화에 시달리게 될 게 뻔했다. 정원에 있는 창고가 그랬다. 두 사람이 지금 살고 있는 집을 선택한 이유는 클리어가 집 뒷마당에 조성된 작은 정원에 매료되었기 때문이었다. 그녀는 정원을 채마밭으로 꾸미고 장미도 심을 계획을 세웠다. 하지만 정원에 있던 창고가 너무 낡은 터라 로리스는 아예 온실로 꾸며버리는 게 어떻겠느냐는 제안을 했었다. 아이디어를 낸 그에게는 불행스럽게도 클리어는 그의 제안을 '지나치게' 긍정적으로 받아들였

161

다. 그리고 남편이 여름 전까지 방치하지 않을 거라는 믿음을 가지고 겨울부터 작업에 들어갈 거라 기대했다. 추위에 벌벌 떨며 몇 시간씩 중노동에 시달려야 할 일이었다. 하지만 아내가 고마워하며 미소 짓는 모습을 볼 수만 있다면 그럴 가치가 있다고 생각했다.

그런 생각을 하는 동안 클리어가 서점 안으로 들어와 두리번거리며 그를 찾고 있었다. 마티니는 아내를 향해 손을 흔들었다. 반짝이는 눈빛으로 그를 쳐다보는 클리어의 손에는 리본으로 입구를 묶은 봉투 하나가 들려 있었다.

"그래, 찾은 거야?" 그는 아내가 자신의 곁으로 다가오자 물었다.

"어. 애가 원하는 바로 그거야." 아내는 고개를 끄덕이며 대답했다.

"잘 했네. 이제 우리를 조금 덜 미워하겠지……. 적어도 한동안은 말이야."

두 사람은 함께 웃었다.

"당신은 뭐가 갖고 싶어?"

"나? 난 이미 선물 받았잖아." 그녀는 남편의 허리를 감싸며 말했다.

"그러지 말고 말해봐. 뭔가 원하는 게 있잖아."

"나는 당신에게 이미 받았거나, 당신에게 받을 수 있는 즐거움 외에는 그 어떤 쾌락에 사로잡히거나 쫓아다니지 않으리." 그녀는 무언가의 한 구절을 읊었다.

"엉뚱한 데다 셰익스피어 소네트를 찍어 붙이지 말고 원하는 걸 말해봐."

하지만 그는 클리어의 입가를 장식하고 있던 미소가 사라지는 걸 발견했다. 아내의 시선은 그의 뒤에 있는 무언가를 향하고 있었다. 마티니는 뒤로 돌았다.

두 사람과 멀리 떨어지지 않은 거리에 있던 주인이 카운터 뒤에 실종된 소녀의 얼굴이 인쇄된 전단지를 붙이고 있었다.

"캐스트너 부부가 어떻게 지내고 있을지 상상도 못 하겠어요." 서점 주인은 옆에 있던 고객에게 그렇게 말했다. "딸아이 생사도 모르고 이 시간을 어떻게 견디고 있는지……."

"그러게요, 이런 비극이 또 어디 있겠어요." 손님도 측은한 감정을 드러내며 대답했다.

마티니는 조심스레 아내의 턱을 잡고 다른 방향으로 시선을 돌리게 했다.

"그만 나갈까?"

클리어는 입술 안쪽을 살짝 깨물며 고개만 끄덕였다.

얼마 후, 마티니는 슈퍼마켓 앞에 서서 식료품으로 가득한 쇼핑카트를 옆에 둔 채 클리어를 기다리고 있었다. 크리스마스 특별세일을 이용해 한 달 치 장을 본 다음이었다. 클리어는 남편의 강요에 못 이겨, 결국 옷가게에 들어가 자신의 선물이 될 만한 게 있는지 구경해보기로 했다. 마티니는 아내가 무언가를 사가지고 나오기를 바라며 자신의 왼손을 쳐다보았다. 밤새도록 통증에 시달리다 결국 진통제까지 먹었지만 편히 잠을 이룰 순 없었다. 아침에 다시 붕대를 갈았지만 상처 부위에 감염 우려가 있어 항생제가 필요할 것 같았다.

하지만 멀리 떨어진 지점에서 낯익은 얼굴을 발견하며 자연스레 손에 대한 생각을 잊었다.

프리실라가 친구 여러 명과 함께 핫도그 가판대 옆에 놓인 벤치 등받이에 올라앉아 있었다. 아이들은 자기들끼리 농담을 주고받으며 시시덕대고 있었지만 지루해하는 눈치였다. 마티니는 무리 중에서 가장

튀는 여학생을 한참 동안 물끄러미 바라보았다. 프리실라는 껌을 씹으면서 이따금 손톱을 물어뜯었다. 남학생 하나가 귓속말로 중얼거리자 프리실라는 장난기 어린 미소를 지었다.

"아까 그 가게에서 내 마음에 드는 물건을 고르느라 상상력을 총동원해야 했어." 어느새 클리어가 빨간 선물상자 하나를 들고 남편 앞에 나타났다. "짜잔!"

"그게 뭐야?"

"아크릴 재질로 된 얇은 스카프야."

마티니는 아내에게 입을 맞췄다.

"당신은 스스로 자기 선물을 골라놓고도 싫은 소리 할 사람이잖아."

그의 손을 잡고 카트를 미는 아내의 모습이 행복해 보였다.

"항상 하는 말이지만 비즈니스에서는 기회를 잡을 줄 알아야 합니다."

오드비스는 이따금 큼지막한 석제 벽난로 앞에서 꺼져가는 불씨를 되살리며 자기 자랑을 늘어놓았다.

로리스와 클리어는 거실에 놓인 흰 소파 위에 나란히 앉아 있었다. 발밑에는 똑같은 색의 러그가 깔려 있고 옆에는 크리스털 곁탁자가 놓여 있었다. 그들 뒤로 보이는 식탁에는 크리스마스 점심 식사 이후 남은 음식들과 서서히 타들어가는 장식초가 있었다. 각종 장식들이 달린 크리스마스트리도 있었는데 거의 천장에 닿을 듯 크기가 어마어마했다. 그 집에 있는 모든 가구와 장식들은 호화로우면서 동시에 다소 천박한 분위기를 풍겼다.

"제 자랑은 아니지만 전 항상 돈이 어디로 흘러가는지를 파악하고 있었습니다." 마티니 부부의 이웃은 방금 전까지 자신이 떠벌린 이론을 뒷받침하기 위해 힘주어 강조했다. "이건 본능의 문제입니다. 그런 본능을 지닌 사람도 있지만 없는 사람도 있거든요."

마티니와 아내는 딱히 뭐라고 할 말이 없어 고개만 끄덕였다.

"여기 커피 드세요." 항상 해맑게 웃는 오드비스의 아내가 여러 개의 잔이 담긴 은쟁반을 들고 왔다.

그녀가 목에 건 목걸이가 마티니의 눈에 들어왔다. 다이아몬드가 박힌 금 목걸이. 남편이 크리스마스 선물로 사준 목걸이를 여전히 차고 돌아다니고 있었다. 노골적으로 드러내놓고 과시할 상황이나 분위기기가 아니었음에도 불구하고……. 그들은 점심 식사를 하기 전, 마티니 일가족이 보는 앞에서 선물상자를 개봉했었다. 그런 행동이 손님에겐 언짢은 일이 될 수도 있다는 사실은 전혀 개의치 않는 눈치였다. 그저 자신들의 부를 과시하는 것 외에는 아무런 생각이 없는 것 같았다. 마티니는 화가 치밀었지만 클리어는 아직까지 자리를 털고 일어나자는 사인조차 보내지 않았다. 왜 그러고 앉아 있는 건지 알 수 없었다. 어쩌면 아내에게는 이 상스럽고 저속한 부자들과 친분을 유지하는 게 중요한 일일 수도 있었다.

어른들이 이런저런 이야기를 나누는 동안 열 살에서 열두 살 정도된 오드비스의 아들과 딸은 거실에 설치된 대형 TV 앞에 앉아 비디오게임을 즐기고 있었다. 실제상황에 버금갈 정도로 큰 소리로 총성이 난무하는 게임을 하는데도 누구 하나 볼륨을 줄이라고 말하는 부모는 없었다. 한편 모니카는 새로 산 워커가 잘 드러나 보이도록 1인용 소파 팔걸이에 다리를 걸친 자세로 앉아 있었다. 하지만 부모의 크리스마스 선물은 굳게 닫힌 딸아이 마음의 문을 열지는 못했다. 모니카는 3시간 전부터 입을 꾹 닫은 채 스마트폰만 들여다보고 있었다.

"광산 개발 때문에 이 지역 경제가 다 죽었다고 우기는 사람들이 있는데 그건 터무니없는 주장입니다!" 오드비스는 말을 이었다. "그 사람들은 위기를 기회로 활용할 만큼 현명하지 못했던 겁니다. 그나저나, 클리어 씨. 제가 듣기로는 아베쇼로 오시기 전에 변호사로 일하셨다고 하던데……."

"네, 그랬지요." 클리어는 힘겹게 대답했다. "도시에 있는 로펌에서 파트너로 일했어요."

"여기서 개업하실 생각은 안 해보셨습니까?"

클리어는 일부러 남편의 시선을 피했다.

"여기처럼 서로가 서로를 잘 알고 지내는 지역에서는 변호사 일이 좀 힘들죠."

사실은 개업비용을 감당할 능력이 없기 때문이었을 것이다.

"그래서 제가 한 가지 제안을 드리려고 합니다." 오드비스는 얼른 말해보라고 부추기는 자신의 아내를 바라보며 씩 웃었다. "저랑 같이 일해보시는 건 어떻습니까? 사실 법적인 문제를 처리해줄 사람이 필요했었거든요. 클리어 씨 정도 경력이면 비서로서는 아주 완벽할 것 같아 드리는 말씀입니다."

클리어는 아무런 대꾸도 하지 않았다. 그 자리에 앉아 있는 것 자체가 곤혹스러웠기 때문이다. 사실 다시 일을 시작하는 문제로 이미 남편과 여러 차례 심한 언쟁을 벌인 터였다. 마티니는 자신의 아내가 가게 점원 자리라도 만족할 수 있다는 생각이 못마땅했다. 비서라고 해서 크게 나은 것도 아니었다.

"그런 제안을 해주신 건 감사드립니다." 클리어가 드디어 입을 열었다. 억지로 웃음까지 지어 보였다. "그런데 지금으로썬 집안일에 좀 더 집중하고 싶네요. 아직 정리해야 할 게 많아서요. 아직까지도 이사를 하고 있는 기분이 들 정도라……."

그 순간, 마티니는 모니카의 관심사가 스마트폰에서 다른 곳으로 옮겨갔음을 깨달았다. 그의 딸은 어이없다는 듯 눈을 치켜떴다가 힐난이 담긴 눈빛으로 아빠를 노려보고 있었다.

일자리 제안과 거절로 거북한 상황이 만들어지던 찰나, '하늘이 내려주신' 전화벨이 집 안에 울려 퍼지며 어색한 분위기를 반전시켰다. 오드비스는 전화를 받으러 가서는 누군지 모를 상대와 몇 마디 말을 나누다가 전화를 끊고 다시 돌아와 TV 리모컨을 집어 들었다.

"시장님 전화였습니다. TV를 틀어보라고 하시네요."

그렇게 말하고는 한창 비디오게임을 즐기고 있던 아이들의 원성에도 불구하고 오드비스는 채널을 돌렸다.

비탄과 실의에 빠진 마리아, 브루노 캐스트너 부부의 얼굴이 화면을 가득 메우고 있었다.

실종된 소녀의 아버지는 카메라를 향해 흰색 제의와 나무 십자가 목걸이를 하고 있는 소녀의 사진을 내밀었다. 소녀의 어머니는 카메라 렌즈를 정면으로 바라보고 있었다.

"우리 애나 루는 착한 아이입니다. 그 아이를 아시는 분들은 애나 루가 얼마나 마음이 넓은 아이인지 잘 알고 계십니다. 우리 딸은 고양이를 좋아하고 사람들을 잘 믿는 아이입니다. 그 아이가 태어나서 16년간 어떻게 살아왔는지 모르시는 분들을 위해 이렇게 간곡히 부탁드립니다. 그 아이가 집으로 돌아올 수 있게 도와주세요."

오드비스의 집을 비롯해 아베쇼 시민들의 집에서 벌어지던 축제 분위기는 거기까지였다. 마티니는 아내 쪽으로 슬쩍 고개를 돌렸다. 그녀는 잔뜩 겁을 집어먹은 채 두 눈을 휘둥그렇게 뜨고 마치 거울 속의 자신을 들여다보듯 TV 화면 속에 나온 여성을 지켜보고 있었다.

마리아 캐스트너가 자신의 딸에게 직접 전하는 메시지가 전파를 타고 흘러나오던 순간 이를 지켜보던 모든 사람들의 마음속에는 크리스마스의 훈훈한 분위기가 사라지고 싸늘하고 불길한 예감만이 감돌았다.

"엄마, 아빠, 그리고 네 동생들은 너를 정말로 사랑한단다. 네가 어디 있든 우리 목소리, 우리 사랑을 듣고 느꼈으면 좋겠구나. 무사히 집으로 돌아오면 네가 그토록 원했던 아기 고양이도 키우게 해줄게, 애나 루야. 엄마가 이렇게 약속할게⋯⋯. 하느님이 널 보호해주실 거란다, 사랑하는 우리 딸."

오드비스는 TV를 꺼버리고 위스키를 한 잔 따라 마셨다.

"시장님 말씀이, 경찰 고위 간부 한 사람이 벌써 아베쇼에 와서 수사에 착수했다고 합니다. TV에 많이 나왔던 양반이라고 하네요."

"적어도 경찰들이 움직이기는 하겠네요." 그의 아내가 말했다. "지금까지 여기 경찰들이 수색 같은 거라도 할 생각은 있는지 의심스러웠거든요."

"하긴 뭘 해, 그저 범칙금 고지서 발부나 하는 것들이!"

오드비스는 그곳 경찰들의 생리를 잘 알고 있었다. 포르쉐를 타고 다니면서 수시로 과속단속에 걸렸기 때문이다.

마티니는 아무런 말없이 커피를 마시며 그들의 말을 듣기만 했다.

"어쨌든 다들 착한 애가 어쩌니 하면서 떠들고 다니는데 전 그 말

믿지 않습니다." 오드비스는 개인적인 생각을 늘어놓기 시작했다. "제 생각에 애나 루에게는 분명 감추고 싶은 비밀이 있을 겁니다."

"어떻게 그런 말을 하실 수 있어요?" 클리어는 발끈해서 치고 나왔다.

"이런 일은 항상 그랬거든요. 아마 어떤 놈이 임신을 시켜서 같이 가출했을 겁니다. 저 나이 때는 그런 일이 있지 않습니까. 같이 자버리긴 했는데 후회하기는 너무 늦어버렸고……."

"그럼 가출해서 지금 어디 있다고 생각하시는데요?"

"그거야 저도 모르지요! 그러나 돌아올 겁니다. 그러고 나면 저 애 부모를 비롯해서 교구 공동체 사람 전체가 일어나 이번 일을 덮어버리려고 기를 쓸 겁니다."

클리어는 남편의 손을 잡았다. 붕대를 감고 있는 바로 그 손을. 그러고는 상처가 있다는 사실을 까맣게 잊은 듯 꽉 쥐었다. 마티니는 꾹 참았다. 그는 아내가 남들과 언쟁을 벌이지 않기를 바랐다. 사실 오드비스 같은 한계가 뻔히 보이는 인간들에게도 많은 것을 배울 수 있다. 아니나 다를까, 그는 자신의 논리에 정점을 찍어줄 폭탄발언을 이어갔다.

"개인적으로는 이따금 우리 회사로 찾아와 일자리를 달라고 하는 외국인들 중 하나의 소행이 아닐까 생각합니다. 이거 하나만큼은 분명히 밝히고 싶은데 전 결코 인종차별주의자가 아닙니다. 하지만 섹스가 금지된 나라에서 들어오는 외국인에 대해서만큼은 출입을 제한해야 한다는 게 제 의견입니다. 이 인간들은 우리나라 젊은 여성들을 상대로 자기 욕구를 채우는 인간들이기 때문이죠."

상대의 말에 마티니는 문득, 인종차별주의자들은 왜 하나같이 무슨 말을 할 때마다 자신은 결코 인종차별주의자가 아니라고 강조하는지 그 이유가 궁금해졌다. 하지만 클리어는 폭발하기 일보직전이었다. 다행히 오드비스는 마티니에게 관심을 돌렸다.

"선생은 어떻게 생각하십니까?"

고등학교 교사인 그는 대답하기 전에 일단 뜸을 들였다.

"며칠 전, 아내와 이번 사건에 대한 이야기를 하면서 전 애나 루가 아마 가출을 했을 거고, 조만간 모든 게 정상으로 돌아올 거라고 말했습니다. 그런데 지금은 그런 기대를 하기에는 시간이 많이 흐른 게 아닌가 싶네요……. 아이가 무슨 변을 당했을 가능성도 배제할 수는 없을 것 같습니다."

"맞습니다. 그런데 무슨 변을 당했겠습니까?" 오드비스는 집요하게 물고 늘어졌다.

마티니는 자신이 지금 하려는 말을 입 밖으로 내뱉는 순간 클리어의 불안감을 키울 수 있다는 사실을 잘 알고 있었다.

"저도 아이를 가진 부모입니다. 아마 실낱같은 희망이라도 있으면 필사적으로 붙잡고 싶은 게 절망에 빠진 부모 마음일 겁니다. 하지만…… 캐스트너 부부는 이제부터 최악의 상황을 준비해야 할 겁니다."

단정적인 그의 발언에 모두가 입을 열지 못했다. 그가 내뱉은 단어의 의미도 그렇지만 어조가 충격적이었기 때문이다. 일말의 의심이 없는 확신에 찬 그 말투 때문에…….

"내년에도 이렇게 자리를 마련하면 어떻겠습니까?" 이웃 남자는 화려하지만 천박한 현관 문턱에 서서 아내의 어깨에 손을 올리며 내년을 기약했다.

"물론입니다." 마티니는 건성으로 대답했다.

모니카는 이미 집으로 돌아간 뒤였다. 그는 아내와 함께 두 부부에게 작별인사를 건넸다.

"그럼, 그렇게 하시는 겁니다!" 오드비스는 신이 나서 말했다.

마티니는 아내와 꼭 달라붙어 자신들의 집으로 걸어갔다. 등 뒤로 이웃집 현관문 닫히는 소리가 들리자마자 클리어가 다소 과격한 동작으로 남편에게게서 떨어졌다.

"왜 그래? 내가 뭘 잘못했다고?"

"저 인간이 나한테 비서직을 제안해서 그런 거잖아. 안 그래?" 아내는 버럭 화를 냈다.

"뭐라고? 도대체 그게 무슨……."

"애나 루 가족에 대해 했던 말. 캐스트너 부부가 최악의 상황을 준비해야 한다고 한 그 말……."

"그게 뭐? 그렇게 생각해서 한 말이야."

"아니, 당신, 일부러 그렇게 말한 거잖아. 저 사람이 제안한 일자리를 단호하게 거부하지 않았다고 일부러 나한테 복수한 거잖아."

"여보, 이러지 말자고. 제발 부탁이야."

"진정하라는 말은 꺼내지도 마! 당신, 이번 사건이 나한테 얼마나 무서운 일인지 잘 알잖아. 아니면 당신 집에도 열여섯 살 먹은 딸이 있다는 사실을 잊어버린 거야 뭐야? 그 열여섯 살짜리 애의 뜻을 무시하고 우리가 이사를 결정한 곳에서 이런 사건이 벌어졌다는 사실을 벌써 잊은 거냐고?"

클리어는 팔짱을 낀 자세로 부들부들 떨고 있었다. 단지 추위 때문만은 아니었다.

"알았어, 알았다고. 당신 말이 옳아. 그렇게 말하지 말았어야 했는데 미안해."

아내는 남편의 눈을 똑바로 바라보면서 그가 진심으로 미안해하고 있다는 것을 깨달았다. 그녀는 그의 가슴에 머리를 파묻었다. 마티니는 그녀를 따뜻하게 감싸 안아주었다. 그러자 클리어가 고개를 들고 남편을 올려다보았다.

"부탁이야. 아까 당신이 한 말, 진심이 아니었다고 말해줘."

"그런 생각 안 해." 그는 거짓말을 했다.

단체로 오는 사람들도 있었고 홀로 찾아오는 사람들도 있었다. 더러 가족 단위로 온 이들도 보였다. 오가는 행렬은 지속적으로 이어졌지만 질서정연한 분위기였다. 그들은 집 가까운 바닥에 종이나 도자기, 천 등으로 만든 작은 고양이 인형을 내려놓고 돌아갔다. 사람들의 얼굴은 손에 들린 양초 불빛에 반사되어 밝게 빛나고 있었다. 사람들은 어둠이 내리고 추위가 찾아온 가운데도 불빛과 온기의 '오아시스'에 모여 묵상을 하고 위안을 찾았다.

클리어는 TV를 통해 캐스트너의 집 앞에 모여드는 위로 행렬을 보고 남편에게 같이 가자고 말했다. 모니카는 집에 남아 있는 대신 실종된 소녀를 위해 자신이 아끼는 봉제 인형 하나를 엄마에게 건넸다.

핑크색 고양이 인형.

클리어와 모니카는 관계를 회복하고 많이 가까워졌다. 타인의 불행이 가져온 힘이 이런 걸까……. 마티니는 그런 생각을 했다. 남의 불행은 그 불행과 관련 없는 다른 이들의 삶을 치유하는 연고 역할을 한다. 그리고 그렇게 치유된 사람들은 진정한 가치를 깨닫게 된다. 새롭게 깨달은 그 가치를 영원히 잃게 될지 모른다는 두려움 때문에 사람들은 그 가치를 보듬고 사랑하기 위해 최선을 다하려 한다. 누군가가 혹은 무언가가 소중한 것들을 빼앗아가기 전에……. 그런데 캐스트너 가족에게는 그럴 시간이 없었다. 그들은 이런 연쇄반응의 시발점이 되어 다른 사람들에게 메시지를 전해야 하는 보람도 없고 불쾌하기 짝이 없는 역할을 도맡아야 했다.

마티니는 애나 루의 집에서 100여 미터 정도 떨어진 지점에 차를 세웠다. 경찰 제지선이 차량 진입을 막고 있었기 때문이다. 사람들은 걸어서 목적지로 향했다. 클리어는 행렬을 따라 발걸음을 옮긴 반면, 마티니는 차에서 아내를 기다리는 쪽을 택했다.

그는 붕대 감은 왼손을 핸들에 올리고 앞 유리를 통해 눈앞에 펼쳐진 광경을 관찰했다.

TV 방송사에서 나온 차량들이 늘어서 있고 각 방송사 기자들은 소형 반사경 불빛을 받으며 저마다 미래를 예측할 수 없는 사건의 과거와 현재를 전하고 있었다. 사건과 관련된 이야기에 비밀스러운 부분을 부각시키는 것은 시청률을 끌어올리는 확실한 전략이다. 리포터, 사진기자, 기자들은 피 냄새보다 훨씬 진하고 자극적인 고통의 냄새를 맡고 서로 앞다퉈 몰려들었다. 사실, 아직까지 아베쇼에 유혈상황이 발생한 정황은 확인되지 않았다. 반면 타인의 고통은 희한할 정도로 강렬하고 예리하면서도 매혹적으로 퍼져나갔다.

대중도 모여들었다. 단순한 호기심에 이끌려 찾아온 사람들도 많았지만 대부분 애나 루가 무사히 돌아오기를 기원하며 발걸음한 사람들이었다. 로리스 마티니는 평생 신앙심과 거리를 두고 지낸 사람이었다. 그랬기에 힘든 순간이 찾아오면 사람들이 얼마나 맹목적으로 신에게 매달리는지 확인하자 놀라움을 금할 수 없었다. 열여섯, 10대 소녀가 실종되고 그 가족이 며칠 전부터 슬픔과 절망 속에서 몸부림치고 있었다. 신이라는 존재가 진정 선을 위한 존재라면 결코 허용할 리 없는 상황이지만 그런 일은 벌어지고 말았다. 일을 이 지경까지 끌고 온 장본인이 바로 신인데 무슨 이유로 지금 이 상황을 바로잡고 되돌리겠는가? 신이 세상에 존재한다 한들 그렇게 하지는 않을 것이다. 그냥 자연스럽게 흘러가도록 내버려둘 게 뻔하다. 창조는 파괴를 선행하고 동시에 그 파괴를 뒤따르는 것이 자연의 법칙이기 때문이다. 그렇기 때문에 신의 눈에는 애나 루 캐스트너를 희생의 제물로 삼아도 이상할 게 없는 것이다. 어쩌면 이 사태의 핵심은 희생이었을지도 모른다. 희생이 없으면 신앙도, 순교도 없기 때문이다. 그래서일까? 인간 세상에서는 벌써부터 애나 루를 신성화하려는 움직임이 일기 시작했다.

그런 생각에 빠져 있는 동안 그가 가르치는 학생들 여러 명이 그의 SUV 앞을 지나가고 있었다. 마티니는 무리 중에 끼어 있는 프리실라를 발견했다. 초록색 파카 주머니에 손을 찔러 넣고 몸을 잔뜩 움츠린 채 다른 아이들을 따라가고 있었다. 슬퍼 보이는 표정으로.

마티니는 순간 망설이다가 바지 뒷주머니에 있는 지갑을 꺼냈다. 그는 지갑을 열고 방학이 시작되기 직전, 프리실라가 그에게 건넨 작은 쪽지를 꺼내 보았다. 연기수업을 받고 싶다며 자신의 전화번호를 적어 건넨 쪽지였다. 마티니는 휴대전화를 들고 메시지를 작성해 전송한 다음 프리실라를 보며 기다렸다.

친구와 대화를 나누던 프리실라의 관심이 다른 곳에 쏠렸다. 메시지 수신음 아니면 진동을 느꼈던 것이다. 마티니는 파카 주머니에 손을 넣어 휴대전화를 꺼내더니 한참 동안 들여다보는 프리실라를 지켜보았다. 메시지를 다 읽은 소녀의 얼굴에 놀라움이 일더니 이내 난처한 표정으로 변했다. 그러다 결국 친구들에게는 아무 말도 안 하고 휴대전화를 다시 주머니 속에 집어 넣었다. 혼란스러워하는 게 분명했다.

조수석 창문으로 다가오는 클리어가 보였다. 마티니가 팔을 뻗어 차문을 열어주자 아내가 올라탔다.

"마음이 찢어지는 것 같아." 그녀가 말했다. "애 엄마, 아빠가 나와서 찾아온 사람들한테 고맙다고 인사를 하는데 다들 가슴 뭉클해하더라고. 당신도 같이 왔으면 좋았을 텐데."

"별로 그러고 싶지 않았어."

"하긴, 당신 성격하고는 안 맞는 일이니까……. 어쨌든 당신도 도울 일이 있을 거야."

마티니는 아내의 눈빛에서 무언가 간청하는 듯한 분위기를 읽었다.

"무슨 뜻이야?"

"수색작전에 참여할 사람들을 모집하더라고. 당신, 여기 와서 6개월 동안 이 산, 저 산 누비고 다녔잖아. 안 그래? 그러니까 당신도……."

"그렇게 할게." 그는 미소와 함께 아내의 말이 끝나기도 전에 대답했다.

클리어는 그의 목을 끌어안고 뺨에 진한 입맞춤을 했다.

"그래줄 거라고 생각했어. 당신은 좋은 사람이니까."

마티니는 시동을 걸었다. 그는 주차장을 벗어나면서 아내 몰래 마지막으로 프리실라 쪽으로 슬쩍 시선을 돌렸다.

소녀는 아무 일도 없었다는 듯 다시 친구들과 잡담을 나누고 있었다.

그가 보낸 메시지에는 답장할 마음이 없는 듯.

12월 31일
실종사건 발생
8일 후

수색대는 특별한 방법을 동원해 움직였다.

수색작전에 지원한 자원봉사자들은 한 조에 최대 20명씩 팀을 이뤄 서로 3미터 간격을 두고 일렬횡대로 늘어서서 천천히 바닥을 훑어나갔다. 눈사태가 발생했을 때 실종자를 찾아다니는 구조대의 방식이었다. 그러나 자원봉사자들은 트레킹 폴 대신 육안으로 자신에게 주어진 반경 3미터의 사각형 공간을 샅샅이 뒤지며 다녔다.

수색의 목적은 단지 유기된 시신을 찾는 것만은 아니었다. 그런 일은 탐지견의 몫이었다. 수색대가 해야 할 일은 무엇보다 실종된 소녀의 현 위치를 알아내는 데 도움이 될 흔적이나 단서를 찾아내는 일이었다.

마티니는 다른 사람들과 숲 한가운데를 가로지르는 언덕을 걸어 올라가며 애나 루가 아직은 공식적인 피해자 신분으로 전환되지 않았다는 사실을 떠올렸다. 하지만 수색 종료 지역이 점점 넓어짐에 따라 현장에서 바로 피해자 신분으로 '승격'되었다. 시간이 흐르면서 사람들은 이 사건이 결코 해피엔딩으로 끝나지 않을 거라는 비관론 쪽으로 기울어졌다. 더 나아가 다소 냉소적이라 할 수도 있지만 모두가 그런 비극적 결말을 기대하기 시작했다. 그들이 품고 있는 격정적인 감정을 토해낼 기회를 바라고 있었기 때문이다.

로리스 마티니가 수색에 참여한 지도 벌써 며칠째였다. 수색대 활동에는 언제나 경찰 대원 한 명이 동행했다. 집중도를 유지하기 위해 수색대에 참여하는 사람들은 30분 간격으로 교대했고, 총 4시간에 걸쳐 일대를 샅샅이 뒤지고 다녔다.

1년의 마지막 날, 마티니는 오후가 시작될 무렵 수색대에 투입되었다. 활동이 가장 짧은 시간대였다. 오후 3시가 되면 산등성이 너머로 지는 해가 야시경 같은 특수 장비를 갖추지 않은 자원봉사자들의 수색활동 종료를 알리기 때문이었다.

처음 몇 차례의 수색활동은 적막감 속에서 진행되었다. 사람들은 쥐새끼 하나 놓치지 않겠다는 각오로 주변을 샅샅이 훑어보았다. 그러다가 며칠이 지나면서 사람들 사이에 동지애가 싹트기 시작했다. 이는 곧 수색활동에 방해요소로 작용했다. 일부는 잡담을 주고받고, 심지어 나들이라도 나온 듯 음식이나 맥주까지 챙겨오는 사람들도 생겨났다. 그럼에도 불구하고 수색을 멈추려는 사람은 아무도 없었다.

하지만 애나 루의 흔적은 어디에도 보이지 않았다. 유령 같은 납치범의 흔적 역시.

아내에게 한 약속을 지키고 자신의 의무에 최선을 다하기 위해 마티니는 다른 참가자들과 어울리거나 친분을 쌓지 않고 거리를 두었다. 입만 열면 험담을 늘어놓거나 이상한 소문을 퍼뜨리는 사람들과 일절 말을 섞지 않고 묵묵히 자기 일에만 집중했다.

그런데 그날만큼은 분위기가 남달랐다. 모두가 자기 일처럼 적극적으로 매달리고 있었다. 브루노 캐스트너가 바로 그 자리에 있었기 때문이다. 실종된 소녀의 아버지 역시 여러 차례 수색에 참여했었지만 마티니가 그와 마주친 건 처음이었다. 브루노 캐스트너는 교구 공동체 신도회관에서 회의를 마치고 그가 속한 수색대에 합류했던 것이다. 마티니는 극도의 긴장 속에서 하루하루를 보내면서도 놀랄 정도로 잘 버티고 있는 그의 강인한 모습에 주목했다. 그는 딸을 찾겠다는 희망에 종지부를 찍을 흔적을 발견할 수도 있는 일에 거침없이 나섰다. 어쩌면 일종의 해방감 때문이었을지도 모른다. 마티니는 만약 자신이 그의 입장이었다면 어떻게 반응했을지 떠올려보았다. 답은 어디에도 없었다. 가슴이 찢어지는 상실의 아픔은 직접 겪어봐야 비로소 알 수 있는 것이다.

수색이 끝나갈 무렵, 자원봉사자들은 출발점으로 되돌아왔다. 각 수색팀의 팀장들은 평평한 지역에 설치해놓은 천막으로 걸어가 각자 수색 결과를 보고했다. 수색이 종료된 지역은 커다란 지도에 별도로 표시를 했다. 접근이 까다로운 일부 지역의 경우, 추가 수색의 필요성이 제기되기도 했다. 결과 보고가 끝나면 사람들은 다음 날 일정에 대한 계획을 세웠다.

자원봉사자들은 멀지 않은 곳에 세워둔 자신들의 차에 올라타 각자 집으로 돌아갈 준비를 했다. 마티니는 자신의 SUV 트렁크 앞에서 진흙투성이가 된 등산화를 벗었다.

"모두 주목해주시기 바랍니다." 수색팀 팀장을 맡고 있던 남자가 큰 소리로 외쳤다. 흩어져 있던 사람들은 그 즉시 팀장 주변으로 모여들었다. "계곡에 있는 상황실 관계자와 이야기를 나눠봤는데 기상상태가 매우 안 좋아지고 있다고 합니다. 오늘 밤부터 최소 48시간 동안 많은 비가 내린다는 예보에 따라 1월 2일까지 수색을 중단해야 할 것 같습니다."

달갑지 않은 소식이었다. 자원봉사자들 중에는 가족을 뒤로하고 자비까지 들여가며 먼 길을 온 사람들도 더러 있었다.

팀장은 불평하는 사람들을 달래기 위해 애썼다.

"물론 악천후가 여러분들께는 큰 문제가 되지 않는다는 점, 저도 잘 알고 있습니다. 하지만 이런 기상조건에서는 제대로 수색에 임할 수가 없습니다. 아무런 성과 없이 헛고생만 하는 셈입니다."

팀장은 불평하는 자원봉사자들을 가까스로 설득했다. 마티니는 슬픈 표정으로 차에 올라타는 사람들을 바라보았다. 하지만 소규모 인원들이 다시 수색에 나설 준비를 하고 있었다.

그 가운데에는 브루노 캐스트너도 있었다.

사람들은 그와 악수를 하거나 아무런 말없이 어깨를 두드려주었다. 로리스 마티니도 대열에 합류해 고통을 겪고 있는 한 아버지에게 연대감을 보여줄 수도 있었다. 하지만 그는 그러지 않았다. 그는 잠시 자신의 SUV 옆에 서 있었다. 그러다가 누가 자신에게 관심을 가질세라 부리나케 차에 올라타 자리를 떴다.

목욕가운과 슬리퍼 차림으로 통로에 서서 계속해서 욕실문을 두드린 지 벌써 10여 분이 넘었다. 안에서는 커다란 록 음악만 흘러나올 뿐, 아무런 대답도 들리지 않았다. 마티니의 인내심에 점점 한계가 오고 있었다.

"언제 끝낼 거니?"

클리어가 깨끗한 내의와 속옷들을 한아름 안고 올라왔다.

"벌써 1시간째 여기서 이러고 있어. 도대체 뭐 하는 거야?"

"뭘 하긴 뭘 해, 꽃단장하는 거지, 멍청하긴!" 아내는 그렇게 말하고는 목소리를 낮추며 한 마디 덧붙였다. "오늘 밤, 파티에 초대받았대!"

"누가 초대했는데?"

"그게 무슨 상관이야. 좋은 징조 아니야? 드디어 친구를 사귀기 시작한 거잖아."

"다시 말하면, 새해 전야를 우리 둘이서 보낼 수 있다는 소리야?"

"무슨 좋은 아이디어라도 있어요, 선생님?" 아내는 윙크를 하며 물었다.

"이번에도 피자에 와인, 어때?"

그는 아내가 옆으로 지나갈 때 양팔을 다 사용하고 있어 무방비 상태라는 점을 노리고 엉덩이를 살짝 꼬집었다.

모니카는 밤 8시경에 집을 나갔다. 여전히 머리부터 발끝까지 검은색 옷이었지만 적어도 치마는 입고 있었다. 로리스 마티니는 그런 딸아이를 보면서 점점 여성스러워지고 있다는 사실을 깨달았다. 그런 날은 예고도 없이 갑자기 찾아올 터였다. 폭우가 치는 날이면 그의 팔에 안겨 얼굴을 파묻던 꼬마가 더 이상 아빠의 보호를 필요로 하지 않을 날이. 하지만 아빠는 딸이 언제나 아빠의 도움을 필요로 한다는 것을 잘 알고 있었다. 그렇기 때문에 딸이 눈치채지 못하게 딸의 뒤를 봐줄 방법을 찾으면 그만이었다.

클리어가 샤워를 하는 동안 마티니는 동네 인근에 있는 피자 전문점으로 달려가 카프리초자 두 판을 포장 주문했다. 집으로 돌아와보니 아내는 보드라운 플란넬 파자마 차림으로 다리에 담요를 얹은 채

소파에 앉아 있었다.

"뜨거운 밤을 예상했는데 미지근한 밤이었던 거야?" 그는 불평하듯 말했다.

클리어는 파자마를 슬쩍 떨어뜨리며 그 안에 입은 검은색 레이스 속옷을 드러냈다.

"겉모습만 보고 판단하면 안 되잖아?"

마티니는 그녀에게 다가가 곁탁자 위에 피자를 내려놓고 두 손으로 아내의 얼굴을 감싸 안으며 입을 맞췄다. 긴 시간 동안 서로의 입술과 온기를 나누고 나자 클리어는 아무 말 없이 그를 데리고 침실이 있는 2층으로 올라갔다.

이렇게 감미로운 분위기에서 사랑을 나눠본 게 과연 언제였을까? 마티니는 아내의 곁에 누워 천장을 바라보며 그런 생각을 했다. 두 사람은 알몸 상태였다. 물론 그 일을 겪은 후에도 여러 차례 잠자리를 갖기는 했다. 하지만 관계를 갖는 동안 그 일을 떠올리지 않은 건 처음이었다. 사실 두 사람은 잠자리를 갖기 위한 공감대를 형성하는 데 애를 먹거나 그런 욕구를 불러일으키는 것 자체를 힘겨워했었다. 처음에는 분노에 찬 상태로 마치 복수하듯 섹스를 했다. 그리고 그런 방식은 언쟁을 벌일 일 없이 서로를 탓하는 방식이 되어버렸다. 그래서 매번 끝에 가서는 진이 빠질 정도로 지치기만 했다.

하지만 오늘 밤은 달랐다.

"우리 딸은 행복할까?" 클리어가 다짜고짜 물었다.

"모니카는 10대 청소년이야. 10대들은 언제나 압박감에 시달려."

"그런 농담 같은 대답 말고 진지하게 대답해봐. 아까 애 나갈 때 봤지? 얼마나 즐거워하는지……."

아내의 말은 사실이었다. 흥겹고 신나는 분위기가 다시 집 안에 퍼지고 있었다. 정말로 오래간만에.

"애나 루라는 아이 사건에서 한 가지 깨달은 게 있어."

클리어는 남편의 말에 귀를 기울였다.

"자기 자식들에 대해 알아갈 시간이 항상 부족하다는 거야. 지금쯤 캐스트너 부부는 아마 자신들이 무슨 실수를 했는지, 어떤 잘못으로 지금 이런 고통을 받고 있는 건지, 삶의 어느 순간이 어긋나 지금이 지경에 이르게 됐는지 스스로에게 묻고 있을지도 몰라……. 그런데 진실을 따지고 보면 우리는 자식들이 행복한지에 대해서는 진지하게 생각해보지 않는다는 거야. 자식들을 위하는 우리 자신은 행복한지, 우리가 저지른 잘못으로 아이들이 피해를 보는 건 아닌지, 그런 생각은 안 하고 지낸다는 거지."

클리어는 자신의 얘기를 듣는 기분이 들었지만 티는 내지 않았다. 그녀는 남편에게 다시 키스를 하면서 그렇게 생각해준 걸 고마워했다.

두 사람은 부엌으로 내려와 식은 피자를 먹으며 학교 선생님이 이런 경우를 대비해 비축해둔 레드와인을 따 서로 짝이 다른 잔에 따라 마셨다. 로리스 마티니는 아내를 웃기기 위해 동료 교사나 학생들에 얽힌 일화를 들려주었다. 그런 이야기를 하는 동안 마치 대학 때로 돌아간 기분이 들었다. 월말에 돈이 떨어져서 같이 살던 원룸에서 참치캔 하나를 나눠 먹으면서도 웃던 그 시절.

그는 아내를 무척이나 사랑했다. 아내를 위해서라면 무슨 일이든 할 수 있었다. 무슨 일이든.

그날 밤, 두 사람은 한 몸이 된 것처럼 교감을 느끼고 있던 터라 자정이 지나 이미 새해가 밝았다는 사실조차 몰랐다. 두 사람을 현실 속으로 끌어낸 건 억수같이 쏟아지는 빗소리였다.

"모니카한테 전화해봐야겠어." 클리어는 벌떡 일어나 자신의 휴대전화를 가지러 갔다. "이 정도 비면 아무래도 당신이 가서 데려와야 할 것 같아."

20대 풋풋한 대학생은 일순간, 아내이자 어머니로 되돌아와 있었다. 지난 10여 년간 그랬던 것처럼. 마티니는 그렇게 아내의 '변신 과정'을 지켜보았다. 클리어는 딸이 전화를 받을 때까지 묵묵히 기다렸다. 그러다 항상 집에서 입고 다니는 카디건의 앞섶을 꽉 쥐어 여몄다. 추위로 인한 반사작용이 아니었다. 두려움 때문이었다.

"전화를 계속 안 받네."

"이제 막 자정이 지난 시각이야. 다들 전화기 붙들고 여기저기 새해 인사를 하느라 통신망이 장애를 일으켰을 수도 있어. 당연한 거잖아."

그러나 클리어는 남편의 말을 무시하고 계속해서 딸에게 전화를 걸었다. 하지만 연결이 되지 않았다.

"무슨 일 난 거 아니야?"

"강박증 환자처럼 왜 그래."

"파티 장소에 전화해봐야겠어."

마티니는 굳이 말리지 않았다. 클리어는 번호를 찾자마자 바로 전화를 걸었다.

"안 왔다고? 거기 안 왔다고?"

찢는 듯 날카로운 목소리로 한 마디를 뱉어낸 그녀의 머릿속에는 최악의 시나리오 여러 편이 동시에 떠올랐다. 뿐만 아니라 부정적인 감정의 크레셴도에 따라 빠른 속도로 표정이 일그러지고 있었다. 전화를 끊었을 때는 불안감이 이미 공포로 진화한 뒤였다.

"애가 아예 거길 안 왔대."

"우선 침착하게 생각해보자. 애가 갔으면 어딜 갔을 것 같아?" 마티니가 물었다.

하지만 그가 아내 곁으로 가까이 다가가려 하자 그녀는 단호히 그를 밀어내며 말했다.

"가서 찾아와, 로리스. 제발 모니카를 찾아서 여기로 데려와준다고 약속해."

딱히 어디를 가봐야 할지 알 수는 없었지만 마티니는 일단 차를 타고 아베쇼 거리를 돌아다녔다. 폭우 때문에 거리를 돌아다니는 사람들은 거의 없었다. 게다가 빗물 때문에 앞도 잘 보이지 않았다. 와이퍼를 최고 속도로 올렸지만 유리를 강타하는 빗물을 걷어내기에는 역부족이었다.

그는 클리어에게서 시작된 공포가 자신에게도 전염된 것을 느꼈다. 자신마저 모니카와 애나 루 사이에 음울한 평행선을 긋고 있었다.

아니야, 그럴 리 없어. 마티니는 나쁜 생각을 떨쳐내려 애썼다.

집에서 나온 지 고작 20분밖에 되지 않았지만 한없이 길게만 느껴졌다. 당장에라도 아내가 전화를 걸어 어떻게 됐느냐고 다그쳐 물을 것만 같았다. 하지만 해줄 말이 없었다.

감쪽같이 사라진 모니카. 실종경보를 발령하는 경찰. 매일같이 소식을 전하는 TV 뉴스. 숲속을 돌아다니는 수색대.

아니, 그런 일은 없을 것이다. 모니카에게는.

하지만 세상은 괴물들로 가득 차 있다. 예상 밖의 괴물들로.

그는 애나 루의 아버지를 떠올렸다. 위로의 뜻으로 어깨를 두드려주

185

는 사람들에게 둘러싸인 그의 모습이 눈에 선했다. 체념한 그의 눈빛도. 비록 결코 인정할 수 없지만 부모는 언제나 진실을 알고 있을 테니까……. 그날 아침, 마티니는 브루노 캐스트너의 심정을 느껴보려 애썼지만 감정이입이 되지 않았었다. 하지만 지금이라면?

찾아야 해. 난 약속을 했어. 클리어를 잃을 순 없어. 또다시 그럴 수는 없었다.

냉철하게 생각하고 판단해야 했지만 불가능했다.

그러다 원점으로 되돌아가야 한다는 생각에 이르렀다. 파티 장소.

5분 후, 그는 어느 작은 주택의 현관 앞에 서 있었다. 안에서는 강렬하고 빠른 음악이 둔탁한 소리가 되어 흘러나오고 있었다. 벨을 누르고 문을 두드리며 누군가 안에서 열어주기를 기다렸다. 기다리는 동안 빗물에 머리며 옷이 흠뻑 젖어버렸다. 안에 있던 누군가가 밖에 손님이 찾아왔다는 사실을 뒤늦게 알아차리고 문을 열자 그는 격분한 채 안으로 들어갔다.

거실에는 대략 60여 명의 청소년들이 모여 있었다. 일부는 춤을 추고 있었고 몇몇은 소파 위에 널브러져 있었다. 음악이 너무 커 의사소통이 불가능한 데다 하나같이 술에 취한 상태라 상황파악이 전혀 되지 않는 분위기였다. 게다가 어두운 조명과 자욱한 담배연기 때문에 아는 얼굴을 찾는 것도 쉽지 않았다.

그러다 자기 반 학생 두세 명을 발견했다. 그중 하나가 머리에 문신을 한 반항아 루카스였다.

"선생님, 해피 뉴 이어!" 아이는 잔뜩 술에 취한 채 자신을 향해 다가오는 선생님에게 새해 인사를 건넸다.

"여기서 내 딸 봤니?"

선생님의 질문에 학생은 무언가 생각하는 표정을 지었다.

"글쎄요……. 어떻게 생긴 애예요? 설명을 해주셔야죠."

마티니는 지갑에서 모니카의 사진을 꺼냈다.

"이 아이야. 알아? 본 적 있어?"

"오, 귀여운데!" 루카스는 선생님을 자극하려 도발적인 말을 던졌다. "오늘 밤에 여기 왔었을 수도 있겠네요."

마티니는 농담할 기분이 전혀 아니었다. 그는 땀으로 젖은 학생의 티셔츠를 붙잡고 강하게 잡아당겨 바로 옆에 있는 벽에 밀어붙였다. 단 한 번도 남들이 보는 앞에서 그렇게 과격한 행동을 보인 적 없는 그였다. 몇몇 아이들이 두 사람 쪽으로 고개를 돌렸다.

"얘들아, 싸움이다!" 누군가가 소리쳤다.

몇몇 아이들이 그들 주변으로 몰려들었다. 하지만 선생의 눈은 루카스에게 고정되어 있었다.

"그래서 봤어, 못 봤어?"

반항아는 그런 거친 '대접'이 생소했지만 되받아쳐주겠다는 의지를 드러내 보였다.

"이런 식으로 행동하시면 고소할 수도 있습니다." 학생은 위협적으로 웃으며 한 마디를 툭 던졌다.

"마지막으로 묻는다. 봤어, 못 봤어."

루카스는 단호한 동작으로 선생의 손을 밀어냈다.

"봤어요. 어디 있는지도 알고요." 학생은 그렇게 말하면서 의기양양한 표정으로 한 마디를 덧붙였다. "하지만 모르시는 게 나을 수도 있을 텐데……."

마티니가 어느 집 앞에 도착했을 때는 비가 그친 뒤였다. 집은 온통 깜깜했다. 초인종 소리가 적막감을 가르며 온 집 안에 울려 퍼지는 것 같았다. 잠시 후, 누군가 통로에 놓인 스탠드의 불을 켰다.

마티니는 현관문에 달린 반투명 유리창 안을 유심히 들여다보고 있었다. 그 느낌이 꼭 신기루 같기도 하고 악몽 같기도 했다.

매끈한 살갗이 다 드러나도록 상반신에 아무것도 걸치지 않은 청년이 문을 열고 나왔다. 맨발에 트레이닝복 바지 차림이었다. 그 청년 뒤로, 방 안에서 얼굴만 빠끔히 내민 모니카가 보였다. 옷은 입고 있었지만 헝클어진 머리가 많은 걸 말해주고 있었다.

집으로 돌아오는 길에 두 부녀는 아무런 말도 하지 않았다. 마티니는 아내에게 전화를 걸어 아무 문제도 없었고, 집으로 가는 중이라는 말만 하고 구차한 설명은 덧붙이지 않았다.

"파티 수준이 형편없어서 다른 데 간 거예요." 딸은 항변하듯 자기 변명을 했다.

아빠는 아무런 대꾸도 하지 않았다.

"깜빡 잠이 들었는데 시간이 이렇게 흘렀는지는 몰랐던 거고요. 죄송해요."

마티니는 다친 손의 통증에도 불구하고 있는 힘껏 핸들을 꼭 쥐었다.

"너도 피운 거니?" 그는 엄한 목소리로 물었다.

"뭘요?"

"뭘 말하는 건지 잘 알잖아. 그거 대마초였어?"

딸은 고개를 가로젓다가 거짓말이 통하지 않는다는 사실을 깨달은 듯 체념조로 대답했다.

"처음에는 뭔지 몰랐어요. 그리고 맹세하는데 그 외에는 아무 일도 없었어요."

마티니는 이성을 잃지 않으려고 애썼다.

"무슨 일이 있었든 없었든, 가서 엄마하고 얘기해."

그의 흰색 SUV가 집 앞 도로에 도착했을 때 클리어는 이미 카디건을 꽉 여민 채 현관 앞에서 기다리고 있었다. 모니카는 먼저 차에서 내렸다. 아빠는 집을 향해 뛰어가는 딸아이를 물끄러미 바라보았다. 엄마는 두 팔을 벌려 딸을 꼭 끌어안았다. 면죄의 뜻이 담긴 포옹이었다. 마티니는 우두커니 차에 앉아 앞 유리를 통해 그 모습을 묵묵히 지켜보기만 했다. 자신의 등장으로 두 모녀를 방해할 엄두가 나지 않았기 때문이다. 그는 불과 6개월 전에 자신의 가족이 겪은 그 일을 다시 떠올렸다. 모든 것을 다 잃을 뻔했던 바로 그 순간을.

그 일.

아니, 다시 그런 일은 없을 것이다. 절대로.

1월 3일
실종사건 발생
11일 후

일기예보는 정확했다. 새해 꼭두새벽부터 내린 비는 정확히 이틀간 쉬지 않고 이어졌다.

하지만 새해의 세 번째 날이 되자 희뿌연 구름 사이로 햇살이 다소곳이 얼굴을 내밀었다.

마티니는 정원에 있는 낡은 창고 문제를 해결하기로 마음먹었다. 하지만 내심 온통 실종사건에 정신이 팔려 있는 클리어의 관심사를 다른 곳으로 돌리는 게 목적이었다. 게다가 기상조건까지 채마밭을 꾸미고 온실을 만들기 딱 좋은 날이었다. 아내는 하는 일 없이 하루 종일 애나 루 캐스트너 사건 특집 프로그램에서 눈을 떼지 못했다. 공식적으로 확인된 사실 하나 없는 마당에 모두가 정신없이 각자의 의견을 쏟아냈다. 발언권을 얻은 건 비단 관련 전문가들뿐만이 아니었다. 신인 여배우는 물론 각종 연예인들까지 프로그램 패널로 등장했다. 긍정적인 이야기는 없고, 너나할 것 없이 터무니없고 판타지에 가까운 가설들을 내놓을 뿐만 아니라 애나 루의 사생활에서 전혀 대수롭지 않은 부분들을 골라 편집하고 분석한 다음 토론의 주제로 삼아 마치 그 부분만 들이파면 미궁에 빠진 사건을 해결할 수 있을 것 같은 분위기가 조성되어갔다.

가만히 지켜보고 있으면 이런 무의미한 잡담이 무한반복되고 영영 끝나지 않을 것만 같았다.

로리스 마티니의 집에서도 TV 화면이 아예 배경화면처럼 자리를 잡아가고 있었다. 그래서 마티니는 그날 아침, 철물점으로 향했다. 그는 캔버스 천 한 롤과 은박지 한 롤, 그리고 볼트, 너트 세트, 케이블 절단기 등등을 구매했다. 물건들을 차 트렁크 안에 차곡차곡 챙겨 넣다가 이상한 소리에 잠시 관심이 쏠렸다.

아스팔트를 가르는 스케이트보드 바퀴 소리였다.

고개를 돌리자 몇 미터 옆에서 땀을 뻘뻘 흘리며 스케이트보드를 타고 지나가는 마티아가 보였다.

"마티아!" 그는 인사를 하기 위해 손을 들어 올렸다.

학생은 그를 보지 못했다. 하지만 뒤늦게 선생님을 발견한 학생은 이상한 반응을 보였다. 처음에는 속력을 줄이는 것 같더니 이내 더 빠른 속도로 멀어져갔다.

마티니는 한숨을 내쉬었다. 도대체 머릿속에 무슨 생각이 들어 있는지 알 수 없는 아이였다. 그는 차에 올라 집으로 향했다.

그는 평소에 시내를 관통하지 않고 우회로를 타고 다녔다. 교통 흐름이 원활하기 때문이다. 그런데 그날따라 길이 밀렸다. 사고라도 난 것 같았다. 위쪽에 있는 사거리에서 간혹 그런 일이 있었다. 게다가 경찰차 경광등 불빛도 보이는 것 같았다. 하지만 앞으로 가도 사고 차량은 보이지 않았다.

정체현상의 원인은 교통사고가 아니었다. 임시검문소가 설치되어 있었던 것이다.

아베쇼에서 발생한 10대 소녀 실종사건으로 인해 최근 들어 자주 접하게 되는 상황이었다. 효과라고 해봐야 주민을 불편하게 하는 게 전부인 검문을 도대체 왜 하는지 그는 도무지 이해할 수 없었다. 소 잃고 외양간 고친다는 말이 딱 어울렸다. 날이 갈수록 미궁 속으로 빠 져드는 사건에 언론의 관심이 점점 높아지자 여론을 향한 보여주기 식의 전형적인 전시행정이 아닌가 의심스러웠다.

운전자들은 검문소를 피해 갈 수 없었다. 이면도로도 없을 뿐만 아 니라 행여 차를 돌렸다가는 괜한 의심을 살 수도 있기 때문이다. 마티 니는 체념하는 심정으로 자신의 차례를 기다렸다. 하지만 앞으로 가 면 갈수록 왠지 모를 두려움이 그의 몸을 감싸기 시작했다. 손가락 끝 이 따끔거리고, 뱃속이 텅 빈 느낌이 들었다.

"안녕하십니까. 면허증과 자동차 등록증 좀 보여주시겠습니까?" 제 복 경찰이 창문으로 허리를 숙이고 물었다.

마티니는 미리 챙겨둔 관련서류를 경찰에게 건넸다.

"감사합니다." 경찰은 그렇게 말한 후 순찰차로 돌아갔다.

마티니는 그 장면을 지켜보고 있었다. 검문을 담당한 경찰은 두 명 이었다. 나머지 한 명은 길 한복판에 서서 차들을 향해 지시봉을 흔 들며 정지 신호를 보내고 있었다. 면허증과 등록증을 가져간 경찰은 순찰차에 올라타더니 무전을 쳤다. 마티니는 뒷거울로 모든 상황을 지켜볼 수 있었다. 어느 정도 시간이 흐르자 마티니는 왜 이렇게 오래 걸리는 건지 의아하다는 생각이 들었다. 기분 탓일 수도 있었다. 검문 을 받는 모든 차량 운전자가 동일하게 거치는 과정일 수도 있었다. 하 지만 어딘가 이상하다는 의혹이 점점 커지기 시작했다.

그제야 경찰이 순찰차에서 내려 그에게 다가왔다.

"마티니 씨, 잠시 저희와 동행해주시겠습니까?"

"무슨 일입니까?" 그가 걱정스런 목소리로 물었다.

"아, 그저 형식적인 일입니다. 몇 분 안 걸릴 겁니다." 경찰은 친절하게 대답했다.

두 경찰은 그를 대동하고 아베쇼 경찰서로 향했다. 그리고 문서보관실 비슷한 곳으로 그를 안내했다. 파일과 서류 등이 즐비하게 들어찬 책장 옆으로 각종 잡동사니가 쌓여 있었다. 사용하지 않는 낡은 컴퓨터 두 대, 스탠드, 사무용 집기 등이 놓여 있었다. 심지어 박제해놓은 독수리도 보였다.

중앙에는 테이블 하나와 의자 두 개가 보였다. 마티니는 맞은편에 놓인 빈 의자를 쳐다보며 과연 누가 앉게 될지 궁금해했다. 그렇게 기다린 지 벌써 40분이 넘었는데 아무도 오지 않았다. 적막감과 먼지 냄새가 그를 성가시게 자극했다.

그때 불쑥 문이 열리더니 대략 30대로 보이는 남성 하나가 들어왔다. 정장에 넥타이 차림이었다. 그의 손에는 마티니의 흰색 SUV 차량 등록증과 면허증이 들려 있었다. 그는 온화한 표정으로 미소를 지어 보이며 입을 열었다.

"오래 기다리시게 해서 정말 죄송합니다. 저는 보르기 경사라고 합니다."

마티니는 보르기 경사와 악수를 나누었다. 그러고 나니 긴장이 다소 풀리는 것 같았다.

"뭐, 괜찮습니다."

보르기 경사는 맞은편에 놓인 빈 의자에 앉아 테이블 위에 마티니의 서류를 내려놓으면서 마치 처음 들여다보는 것처럼 쓱 훑어보았다.

"그러니까, 성함이……. 아, 마티니 씨군요." 그는 면허증에 적힌 상대의 이름을 읽었다.

마티니는 상대의 행동을 보며 자신을 안심시키려는 일종의 트릭은 아닌가 의아해했다. 이제 당신 이름을 우리도 알고 있으니 걱정할 것 없다…….

"네, 접니다." 로리스 마티니가 대답했다.

"아마 왜 저희가 선생님을 여기까지 모시고 왔는지 궁금해하고 계실 거라 생각합니다. 통상적으로 행하는 불심검문일 뿐이니 몇 분 안 걸릴 겁니다."

"실종된 그 여학생 때문인가 보군요……."

"아는 사이십니까?" 보르기는 단도직입적으로 툭 질문을 던졌다.

"제 딸아이와 동갑이고 제가 근무하고 있는 고등학교 학생입니다만, 솔직히 본 기억은 없습니다."

경사는 잠시 뜸을 들였다. 마티니는 상대가 자신의 반응을 탐색하고 있다는 인상을 받았다.

"지금부터 제가 다소 경찰스러운 질문을 좀 하겠습니다." 그는 그렇게 설명하고는 씩 웃었다. "지난 12월 23일 17시경에 어디 계셨습니까?"

"등산을 하고 있었습니다. 몇 시간 동안 산을 타고 돌아다녔거든요. 저녁 먹을 때쯤 집에 돌아왔습니다."

"등반 같은 걸 하십니까?"

"아닙니다. 가벼운 트레킹을 즐기는 편입니다."

보르기는 알겠다는 듯 고개를 끄덕이면서도 살짝 인상을 찡그렸다.

"그렇군요. 그럼 어느 지역에서 트레킹을 하셨습니까?"

"동쪽 비탈지역을 걸어 올라가서 한 바퀴 정도 돌았습니다."

"혹시 동행하신 분은 있습니까? 친구분이나 아시는 분이나……"

"없었습니다. 혼자 걷는 걸 좋아해서요."

"그렇다면 산행 중에 혹시 만나신 분은 있습니까? 다른 등산객이나, 버섯 따러 나온 사람이나……. 선생께서 그곳을 지나갔다는 사실을 확인해줄 다른 사람 말입니다."

"누굴 마주친 기억은 전혀 없습니다." 마티니는 잠시 기억을 더듬다 대답했다.

"손은 왜 그러신 겁니까?"

마티니는 까맣게 잊고 있었다는 표정으로 왼손에 감긴 붕대를 쳐다보았다.

"아, 그날 나갔다가 넘어졌습니다. 발을 헛디뎠는데 미끄러지지 않으려고 나뭇가지를 붙잡다 베었습니다. 잘 낫지 않네요."

보르기 경사는 다시 한 번 그를 쳐다보았다. 마티니는 갑자기 불안해졌다. 경사는 다시 그를 보며 웃었다.

"알겠습니다. 이제 다 끝났습니다." 경사는 그에게 등록증과 면허증을 돌려주며 말했다.

"다 된 겁니까?"

"몇 분 안 걸린다고 말씀드리지 않았습니까."

보르기 경사가 자리에서 일어나자 마티니도 따라 일어났다. 두 사람은 악수를 나누었다.

"시간 내주셔서 감사합니다, 선생님."

저녁 식사 메뉴로 클리어가 준비한 음식은 구운 닭고기와 감자튀김 이었다. 가족이 가장 좋아하는 요리였다. 일이 잘 풀리지 않거나 격려 또는 위로가 필요할 때마다 마티니 일가는 닭고기를 두고 식탁에 모여 앉았었다.

아내가 무슨 이유로 구운 닭고기를 식탁에 올렸는지는 알 수 없었다. 평화무드가 조성된 모녀지간을 자축하는 자리일 수도 있었다. 그는 새해 첫날 벌어졌던 해프닝의 뒷이야기는 아내에게 전하지 않았다. 딸이 직접 해주기를 바랐기 때문이다. 하지만 딸은 솔직히 털어놓을 엄두를 내지 못했고, 그로 인한 죄책감 때문에 오히려 엄마에게 더 가까이 다가가게 되었다.

온 가족은 기분전환을 위해 즐거운 분위기에서 식사를 했다. 주로 가벼운 이야기들이 오갔다. 그러다 이웃집 사람들에 대한 이야기로 넘어갔다. 오드비스 가족은 조롱의 대상이었다. 클리어와 모니카는 그들 일가를 마음껏 비웃어주었다. 두 모녀는 쉬지 않고 험담을 이어 나갔다. 마티니에게는 다행스런 일이었다. 그 덕에 그가 유난히 말이 없다는 사실을 눈치챈 사람은 아무도 없었기 때문이다.

경찰서에서 나와 집으로 오는 동안에는 안도감에 마음이 놓였다. 그런데 시간이 흐를수록 머릿속에서 묘한 궁금증이 꼬리에 꼬리를 물기 시작했다. 왜 이렇게 빨리 풀어줬을까? 보르기 경사라는 사람이 보여준 친절한 매너는 진심이었을까? 12월 23일의 행적에 대해 알리바이를 확인해줄 증인이 없다는 사실이 경찰들에게 의혹을 키우고 있는 건 아닐까?

저녁 식사를 마치고 학생들 시험지를 채점하려 했지만 정신이 산만 했다. 그는 밤 11시경에 잠자리에 들기는 했지만 쉽게 잠을 이룰 수는 없을 것 같았다.

다 괜찮아질 거야. 그는 이불 속으로 들어가며 그렇게 생각했다. 물론이지, 다 괜찮아질 거야.

"등반 같은 걸 하십니까?"

"아닙니다. 가벼운 트레킹을 즐기는 편입니다."

보르기는 알겠다는 듯 고개를 끄덕이면서도 살짝 인상을 찡그렸다.

"그렇군요. 그럼 어느 지역에서 트레킹을 하셨습니까?"

"동쪽 비탈지역을 걸어 올라가서 한 바퀴 정도 돌았습니다."

"혹시 동행하신 분은 있습니까? 친구분이나 아시는 분이나……."

"없었습니다. 혼자 걷는 걸 좋아해서요."

"그렇다면 산행 중에 혹시 만나신 분은 있습니까? 다른 등산객이나, 버섯 따러 나온 사람이나……. 선생께서 그곳을 지나갔다는 사실을 확인해줄 다른 사람 말입니다."

"누굴 마주친 기억은 전혀 없습니다." 마티니는 잠시 기억을 더듬다 대답했다.

"손은 왜 그러신 겁니까?"

포겔은 심문영상을 멈췄다. 클로즈업 된 고등학교 교사의 얼굴이 화면을 장식하고 있었다. 그는 보르기 경사와 메이어 검사 쪽으로 고개를 돌렸다.

"알리바이도 없고 손에 상처까지 입은 친구입니다." 그는 확신에 찬

197

얼굴로 자신 있게 말했다.

"그런데 깨끗하지 않습니까? 이런 잔인한 행동을 할 수 있는 사람이라고 의심할 만한 전과도 없고 말입니다." 검사는 반대 의견으로 맞섰다.

마티아가 촬영한 모든 영상을 직접 확인한 포겔은 자신들이 찾던 단서라는 확신을 하게 되었다. 소년은 결정적 증인에 해당했다. 그래서 마티아 모자(母子)에 대한 신변보호조치가 이루어졌다.

경찰은 교사의 뒤를 밟았다. 지난 72시간 동안 시야에서 한 번도 놓치지 않고 철저히 감시했다. 거리를 두고 미행하며 그를 관찰하고 몰래 촬영하는 식으로 그의 일거수일투족을 기록했다. 특별히 수상한 점은 발견하지 못했지만 어차피 포겔은 그를 체포할 결정적 증거를 찾아낼 수 있을 거라고 기대하지는 않았다. 그리고 이런 경우에는 손을 써서 '운명'을 도와줄 필요가 있었다. 그날 아침, 임시검문소를 설치했던 건 의도적인 계획이었다. 하지만 그 전에 포겔은 보호하고 있던 마티아를 데려와 길에서 해당 교사를 보거든 어떻게 해야 하는지를 자세히 설명해주었다. 공식적인 용의자 식별과정을 거쳐야 했기 때문이다.

철물점 앞에서, 마티니가 자신을 보고서 이상한 행동을 하고 도망가는 마티아를 바라보며 의아해하는 동안 포겔은 차에 앉아 로리스 마티니의 표정 변화를 철저히 분석했다.

그를 아베쇼 경찰서로 데려와 먼지가 풀풀 날리는 문서보관실에서 40분 넘게 기다리게 했던 것 역시 그를 압박하기 위해서였다. 보르기 경사도 정중히 상대의 답변을 들어주는 것으로 그치며 맡은 바 역할을 완벽히 수행해주었다. 대신 그가 던진 질문들은 조사대상자가 반박할 내용을 담기보다 스스로에게 의혹을 품도록 의도적으로 고안되었다.

이제 시간이 지나면 자연히 성과를 거둘 것이었다. 포겔은 그렇게 확신했다.

하지만 메이어 검사는 다소 회의적이었다.

"요 며칠간 비공식적으로 심문한 사람들 중에서 지난 12월 23일에 믿을 만한 알리바이가 없는 사람이 몇이나 되는지 압니까? 열두 명입니다. 그리고 그중 네 명이 전과가 있단 말입니다."

포겔은 검사가 회의적인 반응을 보일 것이라 예상하고 있었다. 반면, 그에게는 로리스 마티니가 용의자 프로파일에 완벽히 부합하는 인물이었다.

"눈에 띄지 않는 것도 일종의 재능입니다." 그는 단정적으로 설명을 시작했다. "그런 재능을 갖추기 위해서는 자기 통제력과 절제력은 물론 고도의 훈련이 필요합니다. 전, 마티니 선생이 머릿속으로는 이미 말로 설명할 수조차 없는 수많은 범죄를 저질렀을 거라고 생각합니다. 그러면서 머릿속에 그린 범죄를 과연 자신이 실행에 옮길 수 있을까 스스로에게 수없이 물었을 겁니다. 괴물은 태어날 때부터 괴물로 태어나는 게 아닙니다. 사랑과 같다고 할까요? 즉 적격자가 될 대상이 있어야 하는 겁니다. 마티니 선생은 애나 루를 알게 되면서 드디어 자신의 본성을 깨닫게 되었던 겁니다. 자신에게 희생될 피해자를 자신의 방식으로 '사랑'하게 됐던 거죠……."

보르기 경사는 중간에 끼어들지 않고 두 사람의 대화를 묵묵히 듣기만 했다. 하지만 누군가 자신의 직감을 물었다면 조사에 응하는 로리스 마티니의 반응이 너무나 침착하고 태연했다고 대답했을 것이다.

"처음에는 애나 루가 납치범을 알고 있었을 거라고 하지 않았습니까? 그래서 별다른 반항을 하지 않고 따라갔을 거라고요." 메이어 검사도 당당히 받아쳤다. "그런데 지금 이 두 사람이 서로 알고 지낸 사이라고 단정 지을 단서도 없지 않습니까."

"로리스 마티니는 애나 루가 다니던 학교의 교사입니다. 자기 학교 선생님이라는 건 알고 있었을 겁니다."

"그러니까 애나 루가 그냥 얼굴만 아는 사람을 믿었다, 이 말입니까? 어두운 밤중에, 아무런 의심도 받지 않고 10대 소녀를 자신의 차에 올라타게 하려면 얼굴만 아는 그런 피상적인 관계 이상의 무언가가 필요합니다. 특히 그 10대 소녀가 자신이 속한 교구 공동체 신자 이외의 타인들과는 교류를 피하라는 교육을 받았을 때는요……. 그런데 마티니 선생은 그쪽 소속이 아닌 걸로 알고 있는데……."

"그렇다면 검사님은 마티아가 찍은 영상을 어떻게 보고 계십니까?"

"이 영상물이 증거요건을 갖추지 않다는 건 형사님이 더 잘 아실 텐데요."

조만간 그 요건을 갖추게 될 겁니다. 포겔은 그렇게 생각했다. 그러고는 다시 화면 속 남자의 얼굴을 쳐다보았다.

다시 봐도 마티니 선생은 완벽한 용의자임에 틀림없었다.

노란 석양빛이 산을 둘러싸면서 푸르스름한 후광을 만들어냈다.

마티니는 국도를 달리고 있었다. 옆자리에는 아내가 앉아 있다. 라디에이터는 털털거리는 소리를 내긴 했지만 SUV 실내를 훈훈하게 데워줄 정도의 온기는 만들어낼 수 있었다. 몇 분 전부터 클리어는 침묵을 지키고 있었다. 평온한 분위기를 만끽하고 싶었기 때문이다. 마티니는 잠깐잠깐 고개를 돌려 아내를 바라보았고, 클리어는 미소로 그의 시선을 받아주었다.

"당신, 아이디어 아주 좋았던 것 같아." 그녀가 말했다. "정말 간만이었잖아."

"지난여름이었지, 아마? 그런데 난 겨울 호수가 더 아름다운 것 같아."

"내 생각도 그래."

두 사람은 고산지대에 있는 호수에서 하루를 보냈다. 걸어서 2시간을 올라야 하는 곳이었다. 그래도 혼자 다니는 길에 비하면 어려운 코스는 아니었다. 아내가 산행을 자주 하는 편이 아니라 일부러 쉬운 길

201

을 택했다. 숲길은 여러 지점에서 개울과 교차하는데 등산객들이 길을 잃지 않고 목적지까지 갈 수 있도록 주기적으로 관리가 이루어졌다. 계절에 비해 이상할 정도로 강설량이 적은 탓에 오르는 길이 훨씬 수월했다. 힘겹게 정상에 오르자 거대한 빙하와 가까이 맞닿아 있고 암벽으로 둘러싸인 작은 계곡을 감상할 수 있는 보상이 주어졌다. 그 아래 서면 거울같이 맑고 깨끗한 수면 위에 비친 형상들이 황금빛 줄무늬가 되어 잔잔히 퍼져나가는 호수를 접할 수 있고, 여름이면 붉은 꽃이 만개하는 진달래 숲이 그 주변을 감쌌다. 호수 옆에 있는 산장에 가면 전식, 주요리, 디저트로 구성된 지역 특산 요리도 맛볼 수 있었다. 마티니와 클리어가 그곳을 찾는 가장 큰 이유는 무엇보다 말린 채소로 만든 수프와 호밀 빵 때문이었다. 시간이 얼마나 빨리 지나갔는지 차로 돌아왔을 때는 밤이 다 돼가고 있었다.

"무슨 생각해?" 클리어가 남편에게 물었다.

"아무 생각 안 했어."

진심이었다. 전날 밤까지 집요하게 그를 괴롭혔던 의문들이 사라지면서 마음의 평안을 되찾아가고 있던 터였다. 그는 며칠 전, 불심검문을 받았고 경찰서에 가서 심문 비슷한 조사를 받은 사실에 대해서는 이야기하지 않았다.

"당신, 머리 좀 잘라야겠어." 아내는 그의 밤색 곱슬머리를 손으로 쓸어올리며 말했다.

마티니는 아내가 자신에게 보이는 자잘한 관심이 좋았다. 여전히 자신을 챙겨준다는 생각에 힘을 얻기 때문이다.

"그러게……. 내일 가서 자를게."

산행을 마친 터라 몸은 힘들었지만 두 사람은 행복했다. 그리고 집

에 돌아가면 뜨끈하게 샤워를 할 수 있다는 생각에 더없이 만족스러
웠다. 순간 마티니는 계기판에 뜬 경고등을 발견했다.

"주유소에 들러야 할 것 같아."

"내일 하면 안 될까?" 한시라도 빨리 집으로 돌아가고 싶었던 클리
어가 물었다.

"나도 그러고 싶은데 그건 좀 힘들 것 같네."

10여 킬로미터를 더 가자 휴게소 겸 주유소가 나왔다. 두 사람은 차
를 세우려다 캠핑카를 비롯해 많은 차량들이 주차장에 가득 차 있다
는 것을 깨달았다. 평소 그렇게 사람이 몰려든 적이 단 한 번도 없던
터라 의아할 뿐이었다. 실종사건 때문이야……. 마티니는 생각했다.
호기심에 여기까지 직접 찾아온 거야.

마치 축제 같았다. 어른 아이 할 것 없이 여기저기서 떠드는 소리가
참기 힘들 정도였다. 차례가 되자 마티니는 차에 기름을 가득 넣고 계
산을 하러 계산대 앞에 줄을 섰다. 활기 넘치는 젊은 여종업원이 신속
하게 움직이며 줄을 줄여나가려 애쓰고 있었다. 천장 구석에 달린 찬
장 위에는 TV 한 대가 놓여 있었다. 떠드는 소리에 묻혀 무슨 이야기
를 하고 있는지 알아들을 수는 없었지만 화면만으로도 애나 루 캐스
트너에 관한 특집 프로그램이 끝없이 이어지고 있음을 알 수 있었다.
마티니는 한숨을 쉬고는 관심을 돌렸다.

드디어 그의 차례가 왔다.

"8번 주유기, 가득이오." 그는 직원에게 자신이 사용한 주유기 번호
를 알려주었다.

"이 동네 사시나 봐요." 여종업원은 모니터를 통해 가격을 확인하며
물었다. 쉴 새 없이 일하느라 짜증이 난 표정이었다.

"어떻게 알았어요?"

"아까 한숨 쉬시는 거 봤거든요." 그녀는 그렇게 말하고는 목소리를 낮춰 덧붙였다. "사장님은 쇄도하는 손님 덕에 아주 비명을 지르고 계신데, 전 발에 불이 난 상태로 집에 가야 할 처지예요. 골이 지끈거린다는 건 말씀 안 드려도 아실 거예요."

마티니는 잘 알겠다는 듯 미소를 지었다.

"이 상태가 오래가진 않을 겁니다."

"그러길 바라야죠. 그런데 오늘은 좀 분위기가 달라요. 아까부터 TV에서 같은 장면을 계속해서 보여주더라고요."

"무슨 장면인데요?"

그런데 정신없이 계산해야 할 여직원의 정신이 순간 다른 곳에 팔려 있었다. 줄은 순식간에 길어졌다.

"저기, 8번 주유기라고 하셨어요?"

"네, 맞습니다."

여직원은 창가로 고개를 돌렸다. 그 자리에는 흰색 SUV 차량이 서 있었다. 그녀는 어안이 벙벙한 표정으로 다시 마티니를 쳐다보았다.

"뭐가 잘못됐습니까?"

여직원은 눈을 들어 TV 쪽을 가리켰다. 마티니의 시선도 따라 움직였다.

화면에는 민간인 제보자가 촬영한 것으로 보이는 영상이 흘러나오고 있었다. 애나 루를 촬영한 다수의 영상이었다. 알록달록한 배낭을 메고 스케이트 가방을 들고 거리를 걷고 있는 모습, 친구와 같이 걷고 있는 모습(마티니는 그 친구가 프리실라임을 알아보았다), 쌍둥이 남동생들과 집에서 나오는 모습이 이어졌다. 그리고 화면이 멈추면서 매

영상마다 몇 미터 뒤에 마치 배경화면처럼 서 있던 흰색 SUV 차량이 줌인으로 확대되었다.

그제야 '오늘은 좀 분위기가 달라요'라고 했던 여직원의 말이 무슨 뜻인지 알 것 같았다. 난데없이 아베쇼에 외지인들이 몰려든 이유이기도 했다. 드디어 실종사건의 단서가 나타났기 때문이었다. 그 단서에 해당하는 흰색 SUV 차량은 자신이 모는 차와 비슷한 모델이었다.

아니, 단지 비슷한 차가 아니라 바로 자신의 차였다.

유명 기자 스텔라 호너가 전하는 특종 뉴스라는 해설에 이어 굵은 글씨로 '충격 보도: 소녀를 미행하는 용의자'라는 자막이 지나갔다.

마티니는 50유로 지폐를 계산대 위에 내려놓았다. 지불해야 할 액수는 그보다 훨씬 적었다. 그러고는 황당한 표정을 짓고 있는 여직원을 뒤로하고 황급히 발걸음을 돌렸다. 하지만 그가 문밖으로 채 빠져나오기도 전에 밖에서 누군가가 큰 소리로 외쳤다.

"어, 저 차가 그 차잖아!"

그 소리를 듣고 사람들이 우르르 모여들었다. 그들은 자동차의 번호판을 확인했다. 다행히 클리어는 문자 메시지를 주고받느라 바깥상황이 어떻게 돌아가고 있는지 전혀 모르고 있었다. 마티니가 발걸음을 재촉하는 동안 주변에 있던 사람들의 시선이 그에게 쏠리기 시작했다.

"무슨 일이야? 왜 그래?" 클리어는 동요하는 표정을 짓고 있는 남편을 보며 물었다.

"나중에 설명할게."

마티니는 촌각을 다투는 사람처럼 미친 듯이 열쇠를 꽂아 넣었다. 하지만 시동이 제대로 걸리지 않았다. 손이 부들부들 떨리고 있었기 때문이다. 사람들이 점점 차 주변을 에워싸기 시작했다. 마티니는 자신에게 고정된 남자와 여자 그리고 아이들의 시선 속에서 놀라움과 두려움이 뒤섞여 있던 계산대 여종업원의 눈빛을 읽을 수 있었다. 누구 하나라도 돌발행동을 하는 순간, 모두가 따라할지 몰라. 마티니는 겁에 질렸다. 가까스로 시동이 걸리자 그는 가속페달을 밟고 그대로 달려 나갔다. 그는 국도를 타자마자 곁눈질로 뒷거울을 들여다보았다. 사람들은 여전히 그 자리에 서서 위협적인 시선으로 차를 노려보고 있었다.

"이게 다 무슨 일이야? 설명 좀 해봐!" 클리어는 걱정스런 눈빛으로 남편의 해명을 요구했다.

그는 아내의 눈을 쳐다볼 자신이 없었다.

"일단 집으로 가자."

집으로 돌아오는 내내 그는 아내의 질문공세에 시달려야 했다. 어떻게든 해명해보려 애를 썼지만 막상 따지고 보니 자신조차 이해할 수 없는 상황이었다.

"그게 무슨 소리야? 당신을 경찰서로 데려갔다고?"

"이틀 전이었어. 불심검문이 있었거든."

"왜 얘기 안 했어?"

"대수롭지 않은 거라고 생각했으니까. 나만 그랬던 게 아니라 여러 사람들도 다 경찰서에 갔었어. 내가 아는 사람들도 있었다고." 그는 거짓말을 했다.

마티니는 집 앞에 경찰차들이 대기하고 있을 거라 예상했다. 하지만 이상할 정도로 고요했다. 돌아다니는 사람조차 없었다.

"가자. 일단 들어가서 얘기해, 얼른." 그는 다그치며 말했다.

현관문을 열자마자 두 사람은 거실에 서 있는 딸아이를 발견했다. 모니카는 TV 화면을 들여다보고 있었다.

"엄마, 무슨 일이 벌어진 거야?" 딸은 질겁한 얼굴로 물었다. "TV에서 실종된 그 애……. 누가 그 애를 따라다녔다는데……. 그러면서 무슨 차를 보여주는데, 우리 차랑 너무 똑같아."

클리어는 무슨 말을 해야 할지 몰라 두 팔로 모니카를 감싸 안은 다음 남편을 쳐다보며 무슨 말이라도 해주기를 기다렸다. 하지만 마티니는 통로에서 한 발짝도 움직일 수 없었다.

"나도 모르겠어. 이해가 안 간다고. 분명 뭐가 잘못된 걸 거야."

흰색 SUV 차량이 화면에 나왔다.

"세상에, 저건 우리 차잖아!" 클리어는 믿을 수 없다는 듯 당황한 표정으로 소리쳤다.

"그러게. 어이가 없어."

모니카는 울기 시작했다.

"아까도 말했잖아. 경찰서에 갔더니 몇 가지 물어보고 그냥 집으로 돌려보내줬다고. 그래서 아무 문제도 없는 거라 생각했었어."

"그렇게 생각했었다고?"

클리어의 목소리가 힐난조로 바뀌고 있었다.

마티니는 점점 더 불안해졌다.

"그렇다니까. 나보고 그 아이가 실종되던 날 어디 갔었냐고 물었어. 그 사건에 관련된 몇 가지하고……."

클리어는 잠시 뜸을 들였다. 기억을 더듬는 것처럼.

"당신 그날 산에 올라갔었어. 그리고 저녁때 집에 왔고." 그녀는 침착하게 당시 일을 떠올리며 말을 이었다.

하지만 이미 마음속으로는 남편에게 확실한 알리바이가 없다는 사실을 깨닫고 있었다.

"그러게, 뭔가 잘못 알고 있는 거야." 클리어는 다시 단호하게 말을 이었다. 다른 가능성은 상상할 수도 없었기 때문이다. "지금 당장 경찰에 전화해서 다 해명해."

하지만 그녀의 단호함 속에는 남편에 대한 불신이 묻어났다.

마티니는 그제야 거실로 걸어 들어가 전화기를 들고 번호를 눌렀다.

"저는 로리스 마티니라는 사람입니다. 며칠 전에 만났던 형사님과 통화를 했으면 하는데, 그분 성함이 아마 보르기 씨인 걸로 기억합니다."

담당 형사가 전화를 받을 때까지 기다리는 동안 마티니는 아내와 딸을 번갈아 쳐다보았다. 두 사람은 혼란스러운 표정으로 두려움에 떨고 있었다. 그런 모녀를 보고 있자니 심장이 덜컥 내려앉은 것 같았다. 하지만 더더욱 참담했던 건, 그렇게 서로를 끌어안고 있는 아내와 딸이 자신의 시선을 피하고 있다는 사실이었다. 이미 자신과 거리를 두고 있는 것처럼…….

몇 분이 지나고서야 수화기 너머로 목소리가 들려왔다.

"네, 보르기 경사입니다."

"지금 이게 무슨 일인지 해명 좀 해주시겠습니까? 아니, 제 차가 왜 계속해서 TV 뉴스에 나오는 겁니까?" 마티니는 버럭 화를 내며 물었다.

"죄송하게 됐습니다, 선생님. 어디선가 정보가 새어 나간 것 같습니다. 그래선 안 될 일이었는데 말입니다."

"새어 나갔다니요? 지금 제가 무슨 혐의라도 받고 있다는 겁니까?"

"더 이상은 말씀드릴 수 없습니다. 조만간 다시 연락드리겠습니다. 그런데 충고 한 마디 해드리자면, 변호사를 선임해두시는 게 신상에 이로우실 겁니다. 그럼 안녕히 계십시오."

상대는 이미 매정하게 전화를 끊어버린 뒤였지만 마티니는 수화기를 귀에 댄 채로 멍하니 서 있었다. 클리어와 모니카가 뭐가 어떻게 된 거냐고 물었지만 자신조차 뭘 어떻게 해야 하는 건지 도무지 알 수 없었다.

바로 그 순간, 번개가 일었다. 눈부신 빛 한 줄기가 일순간 거실을 가로질렀다.

환영을 본 건 아니었다. 세 가족은 영문도 모른 채 서로를 쳐다보았다. 또다시 번개가 일더니, 몇 초가 지나 다시 한 번 번개가 이어졌다. 마치 폭우가 쏟아지기 일보직전의 전조 같았다. 하지만 짝을 이뤄야 할 천둥소리는 어디서도 들리지 않았다.

마티니는 창가로 다가가 바깥을 내다보았다. 아내는 바로 그의 뒤에 서 있었다.

밝은 빛은 도로에서 비쳐오고 있었다. 그림자 같은 어두운 형체가 집 주변을 둘러싸기 시작하더니 여기저기서 번개 같은 밝은 불빛이 지속적으로 터져 나왔다. 위협적인 동시에 호기심까지 다분한 화성인이 내려온 것 같았다.

그건 바로 사진기자들이 터뜨리는 플래시 세례였다.

밤사이 방송 차량들이 마티니 일가의 집 앞 도로를 점거해갔다. 먼저 온 방송팀은 하루 24시간 내내 TV 화면을 장식하고 있는 아담한 주택을 가장 가까이서 촬영할 수 있는 명당자리를 차지했다.

기자들 외에도 호기심에 이끌려 나온 군중이 모여 있었는데 그들은 안전 확보 차원에서 경찰이 설치해놓은 경찰제지선을 넘어서면서까지 마티니 일가가 거주하는 주택을 지켜보았다. 오전 9시 무렵, 조심스레 창가에 숨어 그들을 바라보던 마티니는 만에 하나 군중이 엄격한 사법절차를 무시하고 속전속결식 '약식재판' 기준을 들이대기로 마음먹는다면 경찰제지선 따위의 안전조치가 과연 자신과 가족의 안전을 보장해줄 수 있을지 심히 의심스러웠다.

힘든 밤을 보내고 난 뒤였다. 눈이라도 제대로 붙인 사람은 아무도 없었다. 모니카는 새벽이 밝아올 무렵 결국 지쳐 쓰러져 잠이 들었고 클리어는 얼마나 괴로웠는지 입을 굳게 걸어 잠근 상태로 밤을 꼬박 지새웠다. 마티니는 자신에게 벌어진 이 모든 상황을 도저히 견딜 수 없었다. 뭐라도 해야 했다.

"보르기 형사란 사람이 경찰 쪽에서 연락을 한다고 하긴 했지만 이렇게 앉아서 기다릴 일이 아닌 것 같아." 그는 결심한 듯 아내에게 말했다. "난 아무 죄도 없고 경찰도 그게 아니라고 반박할 증거가 없는 거야. 그게 아니면 잡아가도 벌써 잡아갔을 거 아니야. 안 그래?"

클리어는 남편의 지적에 대해 곰곰이 생각해보더니 그의 말이 일리가 있다고 믿는 눈치였다.

"맞는 말이야. 당신이 직접 가서 만나봐. 가서 상황을 분명하게 밝혀."

마티니는 면도를 하고 가진 것 중 가장 말쑥한 정장을 차려입은 다음 넥타이까지 매고 집 밖으로 나가, 자신은 자신을 알고 지내던 사람들이 알고 있는 사람과 전혀 다르지 않은, 평범한 가장이라는 사실을 직접 보여주겠노라 결심했다. 하지만 현관문을 나서자마자 그를 향해 플래시 세례가 쏟아졌다. 융단폭격이라는 말이 실감 날 정도로 도처에서 쉴 새 없이 불빛이 번쩍거렸다. 그는 행여 눈이라도 멀까 한 손을 들어 얼굴을 가렸다. 그러고는 자신의 SUV를 향해 걸어가려다 생각을 바꿨다. 문제의 차량과 자신을 연관 지을 수 있는 상황은 피해야 할 것 같았기 때문이다. 게다가 모여 있는 군중을 뚫고 차까지 가기도 쉽지 않을 것 같았다. 그는 잠시 고민을 하다 걸어가기로 했다.

경찰 하나가 그를 보며 고함을 질렀다.

"마티니 씨, 집으로 돌아가 계시는 게 안전하실 겁니다!"

경찰로서의 명령이 아니라 군중 앞에 모습을 드러내지 말라는 조언이었다. 위험한 상황이 초래될 수도 있기 때문이었다.

마티니는 경찰의 말을 무시하고 계속해서 발걸음을 옮겼다. 그리고 경찰제지선을 넘어갔다. 그 순간, 카메라맨들과 기자들이 그에게 달려

211

들어 마이크를 들이밀었다.

"마티니 씨 차가 실종된 소녀가 다니는 길목에서 여러 차례 목격된 이유가 뭡니까?"

"애나 루와 잘 아는 사이입니까? 애나 루를 따라다녔습니까?"

"경찰로부터 소환조사를 받은 적 있습니까?"

"소녀가 살해됐다고 생각하십니까?"

마티니는 아무런 대꾸도 하지 않고 묵묵히 걸어가려 했지만 앞을 막고 있는 기자들 때문에 걸음이 느려졌다. 그와 동시에, 모여 있던 군중의 목소리가 점점 커지기 시작했다. 마티니는 그들이 자신에게 무슨 욕설을 퍼붓고 있는지는 정확히 알 수 없었지만 거친 목소리만으로도 상당히 화가 난 상태라는 사실은 알 수 있었다. 아직까지 그에게 가까이 다가오지는 않았지만 그들의 의도는 분명했다. 누군가가 처음으로 그를 향해 무언가를 집어 던졌다. 마티니는 그 물건의 정체를 알 수 없었다. 그것은 몇 미터 옆의 아스팔트 길 위에 떨어지며 퍽 소리를 냈다. 그 즉시 맥주 캔이나 동전 같은 물건들이 그를 향해 날아들었다. 기자들은 행여 날아오는 물건에 맞을까 몇 걸음 옆으로 물러섰는데, 로리스 마티니 주변에 빈 공간이 생기는 바람에 마티니는 졸지에 손쉬운 표적이 되어버렸다.

마티니는 두 팔을 들어 자신을 보호하려 했지만 소용없었다. 경찰도 군중의 분노를 누그러뜨려주지 못했다. 바로 그때 아스팔트를 찢는 타이어 소리가 울려 퍼졌다. 마티니는 날아오는 물건들을 피하기 위해 몸을 숙였다가 다시 일어나면서 간신히 자신의 몇 미터 앞에 멈춰선 차 한 대를 발견했다. 모든 창문을 검게 선팅한 벤츠였다. 차문이 열리면서 우아한 줄무늬 정장 차림의 남자가 손을 내밀었다.

"빨리 타요!" 남자는 소리를 질렀다.

마티니는 상대가 누군지 전혀 알 수 없었지만 제안을 거절할 처지가 아니었다. 마티니가 올라타자마자 차는 전속력으로 달려 자칫 집단폭행에 휘말릴 수도 있었던 그를 위기에서 구해주었다.

우아한 정장 차림의 남성은 마티니에게 각티슈 상자부터 건넸다.

"그거나 먼저 닦으시죠, 선생님."

그러고는 기사에게 말했다.

"어디 조용히 얘기할 수 있는 곳으로 가지."

마티니는 자신이 누런 물체를 뒤집어쓴 상태임을 깨달았고 냄새를 통해 그게 겨자일 거라 추측했다.

"폭탄세례가 따로 없네요!"

"그런 식으로 대중 앞에 서선 안 됩니다. 그건 도발입니다. 아시겠습니까?"

"그럼 어떻게 해야 합니까?"

"예를 들자면, 일단 나를 믿는 겁니다." 남자는 씩 웃더니 손을 내밀었다. "조르조 레비라고 합니다. 변호사지요."

"이 지역 분이 아니시군요." 마티니는 의혹에 찬 시선으로 그를 관찰하며 물었다.

"아닙니다. 당연히 아니지요!"

변호사는 그렇게 말하며 다시 웃었다. 그것은 속에서 우러난 솔직한 웃음이었다.

"지역사회에서 의심이 퍼져나가는 방식은 전염병과 똑같습니다. 별대수롭지 않은 불씨 하나만으로도 통제가 불가능해지거든요. 사람들은 정의가 실현되는 것 따위에는 관심도 없습니다. 그들은 오직 용의자를 원할 뿐입니다. 자신들이 느끼는 두려움에 구체적인 이름을 붙여서 안전하다는 생각을 하고 싶기 때문입니다. 계속해서 모든 게 다 괜찮다고, 언제나 해결책이 있다고 믿어야 하거든요. 그게 사람 마음입니다."

"언론과 경찰을 상대로 고소라도 해야겠습니다."

"안 그러시는 게 좋을 겁니다."

"그럼 제가 뭘 할 수 있습니까?"

"아무것도 없습니다." 변호사는 매몰차게 대답했다.

"아무런 조치도 취하지 않고 이렇게 망가져야 한다는 말씀입니까?" 마티니는 믿을 수 없다는 듯 화를 내며 되물었다.

"계속 가봐야 어차피 지는 싸움입니다. 맞붙어봐야 소용없습니다. 그 사실을 빨리 깨달을수록 선생에게 이로울 겁니다. 대신 우리는 선생의 이미지를 회복하는 데 전력을 다해야 할 겁니다. 정직한 사람, 자상한 남편, 올바른 가장의 이미지를 회복하는 게 급선무입니다."

"하지만 TV에서는 제가 실종사건 한 달 전부터 계속해서 그 소녀를 따라다녔다고 연일 보도하고 있지 않습니까. 이런 터무니없는 일이 어디 있습니까!"

"엄밀히 말하면 선생이 미행을 한 건 아니지요." 변호사가 말했다. "소녀를 따라다닌 건 선생의 차였습니다……. 자, 지금부터 한 마디, 한 마디에 신경을 쓰셔야 합니다, 선생님. 뉴스에서 내보내는 화면 속 주인공은 선생이 아니라 바로 선생 소유의 SUV 차량입니다."

"기자들 말에 따르면 그 영상을 촬영한 게 제가 가르치던 학생 중 한 명이었다고 하더군요."

214

"마티아라는 아이입니다." 변호사는 제보자의 이름을 알려주었다.

마티니는 놀라지 않을 수 없었다.

"선생의 차량이 영상마다 등장한 게 믿을 수 없는 우연의 일치라고 쳐봅시다." 변호사는 설명을 이어갔다. "그런데 선생과 애나 루는 같은 동네 사람 아닙니까. 그러니 일단은 그럴 수도 있다는 설명이 가능합니다. 그리고 조심하셔야 할 게 한 가지 더 있습니다."

그들이 타고 있던 벤츠가 멈춰 섰다. 마티니는 주변을 둘러보다가 자신들이 아베쇼 공동묘지 뒤에 와 있음을 깨달았다. 젊은 남녀가 찾아와 몰래 애정행각을 벌이거나 마리화나를 피우는 등 탈선의 무대가 되는 곳이었다.

"선생을 수사하고 있는 담당 형사는 포겔이라는 사람입니다." 변호사는 걱정스런 목소리로 설명을 이어갔다. "추리력이 뛰어난 최고의 형사라고 설명할 수도 없고, 그렇다고 수사 감각이 탁월한 형사도 아니지요. 범죄학적인 지식이나 능력도 별로 없고, DNA 같은 과학수사에는 관심도 없습니다. 그런데 그 인간이 자신의 목적을 달성하기 위해 이용하는 무기는 바로 미디어입니다."

"그게 무슨 말씀이신지……."

"포겔 형사는 선생의 차량을 찍은 영상물들이 범죄를 입증할 증거로서의 요건을 갖추지 못한다는 사실을 그 누구보다 잘 알고 있습니다. 게다가 영상을 찍은 제보자는 실종된 애나 루에게 상당히 집착성향을 보였고 분노조절장애증상을 겪고 있을 뿐만 아니라 플로레스 박사라는 정신과 전문의에게 상담 및 약물치료를 받고 있는 동갑내기 남학생입니다. 다시 말해, 제보자의 전력으로 인해 신뢰할 만한 증인이 될 수가 없다는 겁니다. 그래서 포겔 형사도 전적으로 이 증거를 활용하지 못하는 겁니다. 그리고 그 덕에 선생이 여전히 자유의 몸인 거고요."

"저를 도주의 우려가 있는 용의자로도 안 본다는 뜻입니까?"

"어디로 도주를 하시겠습니까?" 변호사는 웃으며 되물었다. "선생은 전국방송 TV 뉴스를 장식한 인물입니다. 전 국민이 다 알아보는 유명인사란 말입니다."

마티니는 그제야 변호사라는 사람을 찬찬히 뜯어보기 시작했다. 자신보다 연배는 높은 듯 했지만 나이에 비해 젊어 보였다. 여전히 풍성한 머리숱과 남다른 머리색 덕분인 것 같았다. 아마 여성들 눈에는 매력적인 남자로 보일 것이다. 은은한 오드콜로뉴 향 때문이기도 했겠지만 무엇보다 침착하고 카리스마 넘치는 분위기가 신뢰를 더하고 있었기 때문이다.

"그렇다면 무슨 이유로 여기까지 오신 겁니까?"

"당연히 선생을 변호하러 왔지요!"

"수임료는 어떻게 되는 겁니까? 제가 만약 변호사님을 선임한다면요?"

"수임료는 한 푼도 들지 않습니다. 사건과 관련된 광고로 벌어들이는 수익으로 수임료는 충분합니다. 다만 별도의 비용이 들어갑니다. 우선 경찰과 똑같이 수사를 진행할 사립탐정을 고용하셔야 합니다. 그리고 소송으로 이어질 경우 각 분야의 전문가나 자문위원 등 법률상의 조사를 맡아줄 인력들도 필요합니다."

마티니는 대강의 비용을 추산해보았다.

"아내하고 얘기부터 해봐야겠습니다."

"당연히 그러셔야죠."

변호사는 발밑에 있던 가죽 가방에서 흰 상자 하나를 꺼냈다. 포장도 뜯지 않은 최신형 휴대전화였다.

"지금부터 저한테 연락하실 땐 이 전화기를 쓰시기 바랍니다. 선생 전화는 아마 도청당하고 있을 겁니다. 그리고 안전을 확보할 수 없는 상황에서는 일체 집 밖으로 나가지 마시기 바랍니다."

포겔은 호텔 방 거울 앞에서 넥타이를 고쳐 맸다. 아베쇼로 출장 오기 전, 언제 어떤 자리에 매고 나가야 할지 그 순간을 미리부터 만끽하며 고른 물건이었다.

호텔 아래층에는 기자들이 모여 그를 기다리고 있었다. 기자들을 다시 자기 마음대로 요리할 생각에 그는 흥분을 감출 수 없었다. 사실 몇 달 전까지만 해도 그는 그 기자들에 의해 체면이 깎이고 위상이 실추돼 바닥까지 주저앉은 상태였다.

손가락 테러리스트 사건 때문이었다.

사건의 결과에 따른 대가는 이미 치를 만큼 치렀다. 그리고 지금, 그 빌어먹을 기자들은 결코 채워지지 않을 그들의 욕망을 조금이나마 해소해줄 정보를 '뜯어내기' 위해 또다시 그의 발밑에 달라붙어 따라다닐 터였다. 적어도 얼마 동안은.

손가락 테러리스트 사건은 분명히 실수였다. 그도 인정해야 할 부분이다. 그러나 다시는 똑같은 실수를 되풀이하지 않으리라 다짐한 그였다. 오래지 않아 예전의 명성을 회복하고 미디어의 우상으로 다시 일어서리라. 그리고 지금, 그때 그 힘을 회복할 절호의 기회를 눈앞에 두고 있다. 때문에 그 어느 때보다 신중하게 행동해야 했다.

스텔라 호너는 마티아의 영상을 아주 교묘하게 잘 활용해주었다.

교사의 SUV 차량을 줌으로 확대해 편집한 영상은 미디어적 걸작이었다. 게다가 보르기 경사도 기대 이상으로 지원군 역할을 톡톡히 해주었다. 몇 번만 더 같이 사건을 맡아 자신에게 훈련받으면 촉망받는 장래가 보장될 가능성이 보였다. 문제는 메이어 검사였다. 오만방자한 빌어먹을 년. 이상주의 성향이 짙은 여자 검사만큼 성가신 존재도 없을 것이다. 하지만 그는 그런 여검사를 길들이는 방법을 잘 알고 있었다. 비위를 맞춰주고 자존심을 추켜세워주면서 강렬한 스포트라이트 중심에 섰을 때 어떤 기분이 드는지를 몸소 느끼게 해주는 것이다. 그 강렬한 빛을 포기할 수 있는 사람은 거의 없을 테니까. 자기 몸이 타들어갈 위험을 무릅쓰고라도.

손가락 테러리스트 사건 당시, 그는 바로 그 위험을 무릅썼다. 하지만 그를 기다렸던 건 최악의 상황이었다.

누군가가 문을 두드렸다.

"이제 내려오셔야겠습니다. 더 이상은 붙잡아둘 수 없을 것 같습니다." 보르기 경사였다.

잠시 후, 포겔은 뭐라도 알아내기 위해 초조한 심정으로 호텔 식당에 모여 웅성거리고 있던 기자단 앞에 섰다. 빈자리가 없어 서 있는 기자들도 여럿이었다. 식당 끝에는 여러 대의 카메라가 우뚝 선 채로 그를 향하고 있었다.

"현재로썬 불행히도 딱히 드릴 말씀이 별로 없습니다." 그는 수십 개의 마이크를 향해 입을 열었다. "기자회견 시간도 몇 분이면 충분할 것 같습니다."

기자들의 항의가 쏟아졌지만 포겔은 다수를 상대로 하는 기자회견을 자신이 원하는 방향으로 끌고 가는 데에는 전문가였다. 그래서 전적으로 자신에게 유리한 부분만 언급할 생각이었다.

"왜 지금 당장 마티니 선생을 체포하지 않는 겁니까?" 신문사에서 나온 기자 하나가 질문을 던졌다.

"왜냐하면 무죄추정의 원칙에 따라 그분에게도 최대한의 법적 권리를 보장해드려야 하기 때문입니다. 지금으로썬 단지 용의선상에 올랐다는 게 전부이지 않습니까."

"흰색 SUV 차량 소유주라는 것 외에 실종된 애나 루 캐스트너와 직접적인 관련이 있는 부분은 확인한 상태입니까?" 하늘색 원피스 차림의 기자가 물었다.

"그 부분은 수사상 기밀이라 말씀드릴 수 없습니다." 포겔이 대답했다.

수사상 기밀이라는 말은 그가 가장 좋아하는 표현이었다. 하지만 기밀사항도 아니었고, 그렇다고 질문을 반박하는 답변도 아니었다. 그가 원하는 건 모든 사람들이 경찰의 손에 에이스가 들려 있다고 믿게 하는 기대효과였다.

"로리스 마티니라는 교사가 가족과 함께 이 산악지역으로 이사 온 게 불과 몇 달 전이라고 알고 있습니다." 스텔라 호너가 치고 들어왔다. "변호사였던 아내는 일을 그만두고 아베쇼까지 남편을 따라왔다고 하는데, 혹시 수사관께서는 그들 일가가 무언가를 피해 이곳으로 왔을 가능성은 확인해보셨습니까?"

포겔은 그녀의 질문에 박수를 보내고 싶었다. 스텔라는 사건을 대할 때, 언제나 남들이 생각해내지 못한 부분을 공략하는 능력이 있었다.

"당연히 용의자의 과거에 대해서도 수사를 진행하고 있습니다만 지금으로썬 별다른 전력이 없다는 사실밖에 드릴 말씀이 없습니다."

마티니에 대한 옹호 발언은 철저히 계산된 발언이었다. 대중을 분개시키는 자극요소로 활용하기 위해서였다. 대중은 이미 선택을 끝냈다. 그리고 자신들의 선택에 반대되는 의견을 결코 좋아하지 않는다.

"하지만 사실상, 이런 식으로 정보를 흘려 해당 교사의 이미지를 실추시킨 당사자는 언론인 여러분들이 아닙니까." 그는 뻔뻔할 정도로 당당히 말했다. "더는 드릴 말씀이 없습니다."

"아니, 이럴 거면 기자회견은 왜 연 겁니까?" 한 기자가 투덜거리며 말했다.

"여러분에게 경각심을 심어드리기 위해서였습니다." 포겔은 목소리에 힘을 주어 말했다. "경찰은 언론인 여러분들이 뉴스를 전하는 업무를 방해할 권한이 전혀 없습니다. 하지만 경찰과 사전합의 없이 정보를 공개하는 행위는 오히려 경찰 수사를 방해할 수 있다는 점을 꼭 유념해주시기 바랍니다. 이는 애나 루 캐스트너에게도 아주 위험할 수 있기 때문입니다. 지금 현재, 이 자리에 없다고 해서 애나 루 캐스트너의 안전을 무시할 수 있다는 뜻은 아니기 때문입니다."

포겔은 특히, 마지막 문장을 말할 때는 자신을 향하고 있는 카메라를 정면으로 응시했다. 그러고는 마이크에서 뒤로 한발 물러나 출입구 쪽으로 발걸음을 옮겼다. 그는 빗발치는 질문에는 귀를 기울이지 않았다. 이미 그의 관심은 다른 곳으로 향해 있었기 때문이다. 그의 휴대전화가 진동과 함께 메시지가 왔음을 알렸다. 그는 화면에 나온 문자 메시지를 확인해보았다.

'긴히 할 이야기가 있습니다. 이 번호로 전화 주시기 바랍니다.'

메시지를 본 포겔은 특종을 노리는 어느 기자의 메시지일 거라 일

축하고 그대로 지워버렸다.

"사실, 뭐 그렇게 친한 사이도 아니었습니다. 그 와이프나 딸은 그래도 호의적이었던 것 같은데, 그 인간은 마음에 드는 구석이 하나도 없었어요." 마티니의 부엌 TV 화면을 꽉 채우고 있는 오드비스는 카메라를 향해 그렇게 말하고 있었다. "솔직한 말로, 수상쩍은 행동을 눈여겨본 게 한두 번이 아니었습니다. 예를 들어 가엾은 애나 루가 실종됐다는 그날 아침, 그 인간이 집을 나서던 순간 우연히 마주쳤는데 인사를 건넸더니 쳐다보지도 않더라고요. 배낭 하나를 낡은 SUV 트렁크에 쑤셔 넣는 모습이……. 맞아요, 분명히 서두르는 모습이었습니다. 무언가를 감추려는 사람처럼 말입니다."

이웃 남자가 말도 안 되는 거짓말을 천연덕스럽게 늘어놓는 장면을 TV로 보고 있던 마티니는 부엌 찬장을 향해 주먹을 날릴 뻔했다. 하지만 올라가려던 손을 그 즉시 멈췄다. 손에 감겨 있는 붕대 때문이었다.

식탁에 앉아 있던 클리어가 TV를 꺼버렸다.

"상처가 아물지를 않네. 내가 병원에 가보라고 했었잖아." 그녀는 모든 걸 체념한 사람처럼 차분하게 말했다.

"빌어먹을 개자식!" 마티니는 여전히 분을 삭이지 못했다.

"왜? 뭘 기대한 건데?"

마티니는 자제력을 잃지 않으려 애썼다. 그는 아내 옆으로 다가가 앉았다. 밤 11시를 넘긴 시각이었고 집 안은 고요했다. 천장에 달린 등이 불을 밝혀주고 있던 부엌 식탁은 어둠 속에서 빛이 숨어 있을 수 있는 유일한 은신처 같았다. 두 부부 앞에는 각종 청구서와 영수증들

221

이 마지막 급여 명세서와 같이 펼쳐져 있었다. 클리어는 계산기로 적어도 열 번 이상 같은 계산을 해보았다. 결과는 똑같았다.

"그 변호사가 말했던 비용을 대기엔 돈이 부족해." 마티니는 침통한 표정으로 현실을 인정했다.

"몇 달 정도 집세를 안 낼 수도 있잖아."

"가능은 하지! 그런데 쫓겨나면 어디로 갈 생각인데?"

"그건 그때 가서 생각해야지…… 그동안 친정 부모님한테 빌려달라고 할 수는 있어."

마티니는 고개를 절레절레 흔들며 자신들의 상황과 일의 진행 속도를 강조했다.

"아무래도 레비 변호사가 제안했던 건 없던 일로 해야겠어. 아무리 생각해도 방법이 없어."

"먹을 것도 전혀 없어."

"그게 무슨 말이야?"

"아까 슈퍼에 갔었어. 그런데 누군가 날 알아보더라고. 무슨 일이 일어날지 몰라 무서워서 아무것도 못 사고 그냥 와버렸어."

남편의 얼굴에 다시 분노의 기운이 퍼지는 모습을 본 클리어는 그의 손을 잡고 목소리를 낮게 깔며 속삭였다.

"모니카가 인터넷 공간에서 심하게 욕을 먹었나봐. 페이스북 계정도 거의 반강제로 삭제해야 했대."

"제대로 할 줄 아는 것도 없는 얼간이들이 그저 관심 한 번 끌어보려는 수작이지. 그건 걱정할 것도 아니야."

"맞아, 나도 알아…… 그런데 며칠 있으면 애도 학교에 가야 하잖아……"

맞는 말이었다. 그 점은 전혀 생각해보지 못했다.

"이렇게 속수무책으로 얻어맞고 있을 수만은 없는 노릇이잖아. 당신한테 쏟아지는 비난은 결국 우리한테도 영향을 끼쳐."

"알았어. 일단 그 변호사한테 계속 해보자고 말은 해둘게."

그때 누군가 벨을 눌렀다. 두 부부는 아무 말도 못 하고 서로 얼굴만 쳐다보고 있었다. 찾아올 사람이 누가 있는지 당최 떠오르지 않았다. 그것도 이 늦은 시각에. 남편이 먼저 일어나 현관으로 걸어갔다.

"안녕하십니까, 마티니 선생님." 문 앞에 보르기 경사가 서 있었다.

그의 뒤로 경광등을 켠 경찰차 대여섯 대를 비롯해 커다란 경찰 밴과 견인차가 서 있었다. 그리고 방송차량들까지.

"여기 법원에서 발부한 압수수색영장과 체포영장을 가져왔습니다." 보르기 경사는 그에게 서류를 내밀며 말했다.

남편의 뒤를 따라 나오던 클리어는 무리 지어 서 있는 경찰병력을 보자마자 걸음을 멈췄다.

"그리고 지문과 모근, 타액 등 DNA 샘플 채취에도 응해주셔야겠습니다." 형사가 말을 이었다. "지금 여기서 하시겠습니까, 아니면 관련 전문기관으로 가서 하시겠습니까?"

"아니, 합시다. 지금 여기서요." 마티니는 황망한 표정으로 대꾸했다.

보르기는 뒤로 돌아 기다리고 있던 경찰들에게 들어오라고 손짓했다.

로리스 마티니는 거실 한복판에 앉아 있었다. 흰 작업복과 라텍스 장갑을 착용한 과학수사대 요원 세 명이 그의 주변에 장비를 펼쳤다.

한 사람은 면봉으로 그의 타액을 채취했고, 다른 한 사람은 애나 루의 DNA가 남아 있는지 확인하기 위해 특수 도구로 그의 오른손 손톱 아래를 긁어냈다. 세 번째 요원은 그의 왼손을 담당했다. 그는 붕대를 풀고 아직 아물지 않은 상처 부위의 표피를 살짝 벗겨내 수거한 다음 초 근접 촬영이 가능한 고성능 카메라로 상처 부위 사진을 찍었다.

마티니는 얼빠진 사람처럼 아무런 반항도 하지 않고 순순히 응했다.

집 안으로 들어온 다른 경찰들은 온갖 물건들을 뒤지고 마티니 일가의 추억들을 건드렸다. 그들은 끝없이 집 안팎을 오가며 의심스러워 보이는 물건들을 지퍼 백에 담아 가지고 나갔다. 부엌칼을 비롯해 정원 손질용 도구 등이 그에 해당했다. 집 앞 도로에 서 있던 견인차는 한밤의 소동에 잠에서 깬 이웃들이 보는 앞에서 마티니의 SUV를 견인해 갔다. 잠옷 위에 겨울 점퍼를 걸치고 밖으로 나온 이웃들은 역겹다는 표정으로 그 과정을 바라보며 수군거렸다.

클리어는 깜짝 놀라 잠에서 깬 딸아이를 꼭 끌어안은 채 거실 구석에 서서 남편을 쳐다보고 있었다. 모녀는 충격에 휩싸인 표정이었다. 로리스 마티니는 한없는 죄책감이 들었다.

경찰은 마티니가 타고 다니던 SUV 조사에 과학수사대 최고의 요원을 투입했다.

제법 나이가 지긋하고 남다른 외모를 지닌 중년의 베테랑 요원이었다. 머리는 거의 벗어진 상태였지만 남은 머리를 뒤로 묶어 말총머리를 만들어 다녔다. 게다가 흰 작업복 밖으로 삐져나온 살갗은 온통 문신투성이다. 사람들은 그를 크롭이라고 불렀다.

"가능한 검사는 다 해봤습니다. 그래서 이렇게 시간이 오래 걸렸던 겁니다." 크롭은 포겔 형사와 레베카 메이어 검사 앞에서 작업이 늦어진 이유를 해명했다.

경찰은 과학수사대 요원들에게 최상의 환경을 조성해주기 위해 아베쇼에 있는 한 카센터를 통째로 빌려서 정밀감식에 들어갔다. 카센터 전체에 방수포를 씌우고 바닥에도 비닐을 깔았다. 조사대상 차량은 작업대 위에 올려놓은 상태였다. 요원들은 자동차를 하나씩 분해해 여러 팀으로 나뉘어 정교한 기계부품들을 샅샅이 훑어보았다.

"그래서 뭐 새로운 소식이라도 있는 겁니까, 없는 겁니까?" 포겔은 안달이 나서 상대를 재촉했다.

하지만 크롭은 그다지 급할 게 없어 보였다. 그는 침착하게 대답했다.

"가장 먼저, 최근에 세차한 흔적이 발견됐습니다. 그런데 외부가 아니라 실내에만 세차가 이루어졌습니다."

포겔 입장에서는 반가울 수밖에 없는 소식이었다.

"각종 세제 잔류물이 검출된 걸로 미루어보아 차 주인이 실내에 남아 있던 흔적을 지우려 했을 가능성도 배제할 수는 없습니다." 요원이 설명을 이어 나갔다.

"만약 숨길 게 아무것도 없었다면 굳이 실내만 청소할 이유가 있겠습니까?" 포겔은 검사를 쳐다보며 그 점을 강조했다.

"혈흔이나 체액 같은 거는요?" 이번에는 검사가 크롭에게 물었다. 그것만으로는 성에 차지 않았기 때문이다.

크롭은 등 뒤로 보이는 말총머리가 이리저리 흔들리도록 크게 고개를 가로저었다.

"한 마디로 애나 루가 문제의 차량에 탑승한 적이 있었음을 증명해 주는 건 아무것도 없는 셈이네요."

"아니 정말로 혈흔 같은 게 발견될 거라 기대라도 하셨던 겁니까?" 포겔이 치고 들어왔다.

그는 검사를 향해 고집스러운 그 순진함은 도대체 어디서 솟아나는 거냐고 묻고 싶었다. 진지하게 그렇게 묻는 건지, 자신의 성질을 긁는 게 목적인지 알 수 없었다.

"아무것도 발견하지 못했다는 게 우리에게는 좋은 소식이라는 걸 아직도 모르시겠습니까?"

"어째서 그렇죠?"

"단서라는 게 항상 그렇게 확실한 것만은 아닙니다. 그런데 아무것도 발견되지 않은 정황 역시 단서가 될 수 있습니다. 다시 말하면 자동차 안에는 무언가가 있었는데 사라졌다는 것을 의미할 수도 있기 때문입니다. 따라서 마티니 선생한테 실내 세차만 한 이유를 추궁하면 되는 겁니다."

"이거 보세요, 포겔 수사관님. 그건 사실이 아니라 의견인 거잖아요. 더 자세히 말하면 수사관님 개인적인 의견이고요. 상식이 있는 사람이라면 추운 겨울에 세차하지 말아야 할 이유를 아마 수천 개도 넘게 댈 수 있을 겁니다. 산악지방에 살면서 산에 자주 오르는 사람은 더더욱 그렇고요. 진흙이나 눈, 비 때문에 며칠도 못 가 다시 더러워질 텐데 굳이 세차해야 할 이유가 있을까요? 반대로 차 안을 깨끗하게 유지하는 건 당연한 거잖아요. 가족들을 태우고 다녀야 하니 말이에요."

레베카 메이어 검사는 상대를 짜증 나게 하려고 기를 쓰고 있었다. 하지만 포겔은 내심 상대의 완고한 성격만큼은 높이 샀다. 다만 그가 이해할 수 없었던 건, 증거가 될 만한 부분이 발견되는 족족 걷어차버리는 검사의 의도였다. 전혀 득을 볼 게 없는 상황에서도 그녀의 고집은 한결같았다. 그들이 손에 쥐고 있는 건 사실상 평범한 교사라는 용의자 하나가 전부였다. 수사에 막대한 세금을 쏟아부은 터라 조만간 윗사람들이 '청구서'를 들이밀며 실적을 내놓으라 닦달할 게 불 보듯 뻔한 상황이었다.

"기계는 가동시켜놓은 셈이니 머지않아 결과가 산출될 겁니다." 포겔은 차분하게 설명하려 노력했다. "우리는 지금 용의자를 법정에 세

227

우기 위해 기소에 필요한 충분한 증거를 수집해야 하는 입장입니다. 검사님도 이 점은 인정하셔야 하지 않습니까. 우리가 해야 할 일은 판사와 배심원들에게 보여줄 증거나 단서를 찾아내는 거지, 그 신빙성을 따지는 게 아니란 말입니다."

"맞는 말입니다. 우리 의무는 증거의 신빙성을 따지는 게 아니지요." 메이어 검사는 단호한 표정으로 상대의 말을 따라 했다. "우리 의무는 그 증거를 찾아내는 겁니다. 그래서 다시 한 번 말씀드리는데 우리한테 필요한 건 DNA 정보란 말입니다."

그때까지 아무런 관심도 없이 두 사람을 지켜보던 크롭이 결심을 굳힌 듯 대화에 끼어들었다.

"그런데 DNA가 나오긴 했습니다."

그 말에 형사와 검사가 동시에 요원 쪽으로 고개를 돌리며 왜 이제야 그 말을 하는 건지 의아하다는 표정을 지었다.

"뭐가 나오긴 했는데, 그게 좀 이상하긴 합니다." 크롭이 설명을 이어나갔다. "고양이 DNA였거든요. 엄밀히 말하면 고양이 털이라고 해야겠네요."

"고양이 털이라고요?" 포겔은 믿을 수 없다는 듯 되물었다.

"빨간색과 밤색의 얼룩무늬 종에 해당합니다. 뒷자리와 발 매트에서 다량이 검출됐습니다."

"마티니 가족은 고양이를 안 키우잖아요." 검사가 말했다.

하지만 애나 루는 고양이를 좋아했다. 포겔은 그 말을 덧붙이고 싶었다. 하지만 그 순간, 카센터로 들어오는 보르기 경사를 보자 아무런 말도 하지 않았다. 젊은 경사는 전화통화를 하면서 눈으로는 포겔 형사를 찾았다. 매우 걱정스런 표정이었다.

"잠시 실례하겠습니다." 포겔은 다른 사람들에게 양해를 구하고 보르기를 향해 걸어갔다.

그 사이 보르기는 전화를 끊었다.

"문제가 발생했습니다." 그는 목소리를 낮춰 말했다.

애나 루의 어머니는 맨발에 나이트가운 차림으로 밖에 나와 며칠 전까지 사람들이 집 앞에 두고 간 고양이 인형들 사이에서 메모지를 골라 줍고 마른 꽃들을 걷어내고 있었다. 그렇게 이어지던 위로 행렬은 용의자가 나타났다는 소식이 전파를 타고 퍼진 뒤 뚝 끊겼다. 애도의 감정은 어느새 병적인 호기심에 밀려났다. 더 이상 실종된 10대 소녀의 생사 여부에 관심을 갖는 사람은 없었다. 심지어 언론조차 그들에게 등을 돌릴 정도였다. 포겔과 보르기가 차를 타고 캐스트너 가족의 집에 도착했을 때는 몇몇 사진기자들만이 남아서 그 광경을 찍을 뿐이었다.

"저 친구들 다 돌려보내세요." 포겔은 부하 직원에게 명령했다. "안녕하십니까, 전 포겔 수사관입니다. 기억하시지요?"

마리아 캐스트너는 뒤로 돌더니 당황한 표정으로 그를 쳐다보았다. 가랑비가 하늘하늘한 나이트가운을 적셔 그 안에 알몸이 고스란히 드러나는 민망한 장면이 연출되고 있었다. 포겔은 부리나케 자신의 코트를 벗어 그녀의 어깨에 걸쳐주었다.

"날이 춥습니다. 안으로 들어가시는 게 어떻겠습니까?"

"청소를 끝내야 해요." 그녀는 그것이 지구상에서 가장 중요한 일인 것처럼 말했다.

그래서 포겔은 소매를 걷어 올리고 애나 루가 만든 진주 팔찌를 그녀에게 보여주었다. 처음으로 그들을 찾아갔던 크리스마스 날, 그녀가 직접 팔목에 걸어준 바로 그 팔찌였다.

"이걸 주시면서 저한테 어떤 약속을 해달라고 말씀하셨던 거 기억하십니까? 그래서 한 가지 소식을 가지고 다시 찾아온 겁니다……. 일단 집 안으로 들어가서 얘기하시는 건 어떻겠습니까?"

마리아 캐스트너는 무언가를 생각하는 듯한 표정으로 아무런 반응도 하지 않았다.

"그 사람, 그 교사라는 사람요……. 정말 그 사람 짓이라고 생각하세요? 아니, 제가 보기에는 그럴 사람으로 안 보여서 말이에요……. 왜냐하면 그 사람이 애나 루를 정말로 데리고 있었으면 경찰들이 벌써 우리 딸이 어디 있는지 찾아냈을 거 아니에요. 안 그래요?"

포겔은 뭐라고 대답해야 하나 망설였다. 마리아 캐스트너는 눈앞의 현실을 완강히 거부하고 있는 게 틀림없었다.

"그 사람을 저희가 감시하고 있습니다." 그는 상대를 안심시켰다.

"벌써 며칠이 지났는데, 우리 애나 루가 배가 많이 고플 텐데……. 그 선생이라는 남자가 감시를 당하면 누가 우리 딸한테 먹을 걸 갖다 주죠?"

형사 생활을 하면서 이 순간만큼 말문이 막힌 건 처음이었다. 바로 그때 포겔의 '구세주'가 나타났다. 아내에 관한 소식을 듣고 부리나케 달려온 브루노 캐스트너였다.

"죄송합니다. 일하던 중이라……." 그는 해명하듯 말하고는 그 즉시 아내를 감싸 안고 현관으로 향했다. "정신과 전문의가 처방해준 수면제 때문에 이러는 것 같습니다."

"캐스트너 씨. 아내분께서 최대한 온전한 정신 상태로 지내실 수 있도록 신경 써주셨으면 합니다. 아무래도 수면제 복용량을 조절하셔야 겠습니다."

포겔은 언론이 다소 비정상적인 행동을 보이는 마리아 캐스트너를 포착하는 즉시 근거 없는 헛소문을 양산해 퍼뜨릴 거라는 점을 염두에 두고 조언했다.

"플로레스 박사님하고 얘기해보겠습니다." 브루노 캐스트너는 포겔에게 등을 돌리며 대답했다.

포겔은 자상하게 아내를 돌보는 남편을 쳐다보았다. 그러다 다시 자신의 손목에 걸려 있는 팔찌를 내려다보았다.

스텔라 호너는 소박하지만 나름 위엄 있는 분위기가 풍기는 어느 주택의 거실에 와 있었다. 그녀가 앉아 있는 소파는 이미 사용한 흔적이 있는 시트커버로 덮여 있었다. 원래 있던 천이 낡아서 덧씌웠거나 마모를 방지하기 위한 용도로 보였다. 잿빛 투피스에 핑크색 실크 스카프를 목에 걸친 기자는 여느 때처럼 빈틈없이 완벽한 분위기를 풍겼다.

카메라가 뒤로 멀어지며 시야가 넓어지자 이번에는 그녀의 옆에 앉아 있는 집주인이 화면에 잡혔다.

평소처럼 반항적이고 도발적인 분위기가 온데간데없이 사라진 옷차림을 하고 앉아 있는 프리실라. 찢어진 구멍 하나 없이 말쑥하게 다린 청바지에 흰 블라우스를 입은 여고생의 모습은 그 어느 때보다 수수해 보였다. 주렁주렁 달고 다니던 귀고리도 빼고 강렬한 인상을 풍겼던 아이라이너도 싹 지운 프리실라의 얼굴은 청순한 여느 10대 여고생과 다를 바 없었다. 소녀는 두 손으로 손수건 하나를 꽉 쥐고 있었다.

"그래, 프리실라. 무슨 일이 있었는지 우리에게 말해줄 수 있겠니?"
스텔라 호너가 조심스레 물었다.

소녀는 용기를 내겠다는 표정으로 고개를 끄덕였다.

"저녁에 애나 루 집 앞에 갔었어요. 종이로 만든 작은 고양이 인형을 하나 들고요. 친구들하고 같이 갔었어요. 다들 충격이 컸거든요. 그런데 갑자기 문자 메시지가 하나 왔는데……. 마티니 선생님이 보낸 메시지였어요."

소녀는 갑자기 말을 멈췄다. 더는 말을 이어 나갈 엄두가 나지 않는 것처럼.

"그 메시지를 받고 놀란 이유가 있는 거니?"

"저……. 저는 마티니 선생님을 존경했어요. 좋은 분이라고 생각했거든요……. 그런데 그 메시지를 받은 뒤로……"

스텔라 호너는 소녀가 말끝을 흐린 뒤에도 계속해서 그 분위기를 이어 나갔다. 그다음 무슨 말이 이어질지 시청자들의 상상을 유도하는 일종의 연출이었다. 스텔라는 긴장을 최고조로 이끄는 기술을 누구보다 잘 활용하는 기자였다.

"그 메시지는 무슨 내용이었니?"

생방송 전, 철저하게 사전에 지시를 받은 대로 프리실라는 청바지 주머니에서 휴대전화를 꺼내 메시지 내용을 그대로 읽었다. 떨리는 목소리로 손까지 부르르 떨어가며.

"내일 오후쯤, 우리 집에 오는 건 어떨까?"

또다시 긴장감이 감도는 침묵이 흘렀다. 스텔라 호너가 의도한 바로 그런 분위기였다. 이번에는 소녀의 왼쪽 뺨을 타고 눈물이 흘러내렸다. 그녀는 소녀가 우는 모습은 보여주고 싶지 않았다. 아직까지는. 그래서 감정을 추스를 시간을 준 다음 프리실라의 손에서 휴대전화를 건네받아 카메라 앞에 액정화면을 들이댔다.

"언론이 부분적인 진실만 고의적으로 편집해 대중에게 왜곡된 사실을 전한다는 비난이 쏟아지는 시대입니다. 하지만 이 메시지는 저희가 전혀 손을 댄 적 없는 있는 그대로의 내용입니다. 시청자 여러분이 직접 보시기 바랍니다. 실제로 이런 메시지가 수신되었습니다."

스텔라는 시청자들이 TV 화면을 통해 휴대전화 액정화면에 적혀 있는 메시지를 끝까지 읽을 수 있도록 충분한 시간을 할애했다.

"메시지를 받고 무슨 생각을 했니, 프리실라?"

"처음에는 아무 생각도 안 했어요. 그냥 이상하다고만 생각했어요. 그러다 뉴스를 통해 경찰이 선생님을 용의자로 보고 있다는 소식을 듣고 애나 루를 떠올렸어요. 그리고 애나 루 다음이 내가 될 수도 있었구나……. 그런 생각이……"

스텔라 호녀는 무거운 표정으로 고개를 끄덕이며 프리실라의 손을 슬며시 잡아주었다. 기자의 예상대로 그 동작은 기대했던 반응을 촉발시켰다. 프리실라가 울기 시작했던 것이다. 스텔라는 소녀에게 더 이상 아무것도 묻지 않고 은근슬쩍 카메라에 신호를 보내 소녀의 얼굴이 화면을 가득 채우도록 클로즈업 샷으로 넘겼다.

"TV에 한 번 나와 보고 싶어 안달 난 철부지 10대가 늘어놓는 거짓말이라고."

하지만 마티니의 목소리는 이미 절망적이었다.

그리고 그의 아내는 무엇보다 화가 나 있었다.

"어쨌든 그 철부지 10대 때문에 당신 직장이 날아간 거잖아! 이제 앞으로 어떻게 할 거야? 어디 말 좀 해봐."

개학을 이틀 앞둔 오늘, 교장이 그에게 전화를 걸어 수업 정지 조치 사실을 알려왔다. 더 심각한 것은 급여도 지불 정지된다는 소식이었 다.

"변호사가 말했던 비용은 무슨 수로 감당할 생각이야? 이미 빚더미 에 올라앉은 상태인데 여학생하고 그런 짓거리를 해? 당신 말대로 철 부지 10대하고?"

"프리실라는 내가 아는 학생이야. 저런 표정이며 옷차림, 저거 다 연 출된 거라고!"

포겔은 학교 체육관 탈의실에 마련된 그의 임시 사무실 책상 앞에 편하게 앉아 대화 내용을 엿듣는 중이었다. 헤드폰을 쓰고 두 다리는 책상에 올린 채 의자에 앉아 깍지 낀 두 손을 무릎 위에 올리고 앞뒤 로 몸을 흔들고 있었다. 사실 압수수색 당시, 마티니 집에 초소형 도 청장치를 몰래 설치한다는 기발한 아이디어를 생각해냈지만 그때 까지 아무런 소득도 없던 터였다. 그런데 상황이 뒤바뀌고 있는 것 같 았다. 포겔은 부부 간의 언쟁을 즐기고 있었다. 뿐만 아니라 스텔라 호 너가 프리실라를 상대로 생방송 인터뷰를 진행하는 동안 학부형들의 항의전화가 빗발치기 전에 학교 교장을 설득해 그런 조치를 취하게 했 던 장본인도 바로 포겔 특별수사관이었다. 학부형들의 항의가 당연히 그에게도 쏟아질 테니까. 무기력한 고위 관료였던 교장은 손쉽게 그의 설득에 넘어갔다.

"그런 메시지는 도대체 왜 보낸 거야?" 클리어가 물었다.

"연극 개인지도를 해달라고 부탁했었어. 정말 미안해. 그런데 생각 해봐. 내가 그 학생한테 나쁜 의도가 있었다면 멍청하게 약속 장소를 우리 집으로 잡았겠어? 안 그래?"

클리어 마티니는 아무런 대답도 하지 않았다. 그녀는 흔들리고 있었다. 하지만 이내 다시 짜증 난 목소리로 말을 이었다.

"당신을 알고 지내온 게 하루 이틀도 아니고, 난 당신이 괜찮은 남자라는 거 잘 알아……. 하지만 솔직히 당신이 얼마나 결백한지는 잘 모르겠어."

그 말에 이은 짧은 침묵은 그에게 폭탄발언이나 다를 바 없었다.

클리어는 다시 말을 이었다.

"당신도 내가 말한 그 두 가지 사이에 어떤 차이점이 있는지 모르지는 않을 거야. 좋은 사람도 실수는 하는 법이니까……. 집 밖에만 나가도 모두가 적대적인 눈빛으로 나를 쳐다봐. 게다가 당신이 무슨 해를 입지는 않을까, 우리 가족이 무슨 변을 당하지는 않을까, 하루 종일 두려움에 떨어야 해. 모니카는 아예 집 밖에 나가지도 않아. 그나마 몇 없는 친구들마저 다 등을 돌렸어. 애는 더 이상 이런 긴장 상태를 버틸 힘도 없다고."

포겔은 앞으로 어떤 일이 벌어질지 잘 알고 있었다. 그가 원한 일이었고, 또 그가 계획한 일이기도 했다.

"당신 실수가 크든 작든, 난 평생 당신 곁에 머물 거야." 아내는 계속해서 말을 이어 나갔다. "그렇게 약속하고, 또 그 약속을 지킬 거야. 그런데 당신 딸은 그런 서약을 한 관계가 아니잖아……. 그래서 하는 말인데, 난 애를 데리고 여기서 떠날 생각이야."

포겔은 쾌재를 부르려다 가까스로 자제했다.

"나한테서 떠나겠다는 말이겠지."

질문이 아니라 쓰디쓴 현실 인식이었다.

아내는 아무런 대꾸도 하지 않았다. 잠시 후, 문이 열렸다가 다시 닫히는 소리가 들렸다. 포겔은 책상에 올렸던 다리를 내리고 몸을 숙였다. 그러고는 손을 올려 헤드폰을 꽉 눌러 귀에 밀착시키며 아무 소리도 들리지 않는 정적에 온 신경을 집중했다.

마티니는 여전히 그 자리에 있었다. 미약하지만 규칙적으로 숨소리가 들려왔다. 쫓기고 있는 한 남자의 숨소리. 아직은 교도소로 보낼 수 없는 남자. 하지만 이미 그 존재 자체로 갇혀 사는 한 남자. 그 운명을 벗어날 수 없는 한 남자의 숨소리였다.

포겔은 그를 외톨이로 만들어버렸다. 이제 아내와 딸마저 그를 버린 셈이었다. 그는 무너지기 직전이었다. 그의 운명도 이제 끝이었다.

그런데 바로 그 순간, 포겔이 전혀 예상치 못한 돌발 상황이 발생했다. 의미를 알 수도 없고, 이해할 수도 없는 그런 일이었다.

로리스 마티니가 노래를 부르기 시작했던 것이다.

나긋나긋하고 낮은 목소리로. 방금 전까지 그를 짓누르던 분위기와는 전혀 어울리지 않는 밝고 명랑한 노래였다. 포겔은 혼란스러운 마음으로 노랫말에 집중했다. 아이들이 놀이를 할 때 술래를 정하기 위해 부르는 짤막한 노래 같았다. 알아들은 가사는 몇 마디 되지 않았다.

소녀와 작은 고양이라는 단어……

레비 변호사는 처음 만난 날 그에게 건넨 보안 휴대전화로 전화를 걸어 만나자는 약속을 했다. 그런 다음 그의 집으로 기사를 보냈다. 기자들은 로리스 마티니가 탄 벤츠를 뒤쫓았지만 그가 사유지임을 의미하는 울타리로 둘러싸인 빌라 앞에서 내리자 추격을 포기해야 했다.

가까운 곳에서 사건을 파악하고 분석하기 위해 변호사가 임대한 장소였다.

빌라 안으로 들어간 마티니는 전혀 예상치 못한 뜻밖의 장면과 마주쳤다. 사무실로 개조된 거실에서 여러 명의 직원들이 분주히 무언가를 하고 있었던 것이다. 몇몇은 법전과 서류를 분석하고 있고 몇몇은 전화통화를 하거나 변호 전략에 대한 회의를 하고 있었다. 뿐만 아니라 사건과 관련된 정보나 결과를 기록하는 차트까지 작성돼 있었다. 얼마나 정신없이 업무에 임하고 있었는지 자신들이 변호해야 할 '고객'이 등장한 사실도 몰랐다.

레비는 단둘이 면담을 하기 위해 부엌에서 기다리고 있었다.

"여기 모인 친구들은 보셨습니까? 오로지 선생을 위해서 일하는 친

237

구들입니다." 변호사는 거드름을 피우며 말했다.

마티니는 고스란히 자신에게 돌아올 비용을 떠올렸다. 이제 직장마저 잃은 처지인데……

"솔직히 말씀드리면 점점 희망이 안 보이는 것 같습니다."

"그러시면 안 됩니다." 레비는 그에게 앉으라고 손짓을 하면서도 자신은 그대로 서 있었다. "아내분과 따님이 어제 어딘가로 떠나셨다고 들었습니다."

"처갓집으로 갔습니다."

"사실 차라리 잘된 일입니다. 내 장담하지요. 지금 상황이 급박하게 돌아가고 있습니다. 앞으로 몇 주 동안은 상황이 점점 더 험악해질 겁니다."

"그런데도 희망을 잃지 말라고 말씀하시는 겁니까?" 마티니는 쓴웃음을 지으며 한 마디 쏘아붙였다.

"당연하지요. 어차피 예상한 일이니까요."

"그 포겔이라는 형사 때문이지요? 배후에서 일을 꾸미고 있다는 그 형사……"

"그렇습니다. 하지만 그렇게 일을 꾸미기 때문에 오히려 어떻게 나올지 예측이 가능한 겁니다. 이 친구, 평소에 하던 대로 시나리오에 충실하거든요. 도대체 창의력이라는 게 없어요."

"하지만 모든 사람들이 그 인간 말에 귀를 기울이지 않습니까."

변호사는 냉장고로 다가가더니 생수병 하나를 꺼냈다. 그런 다음 뚜껑을 열어 그에게 건넸다.

"지금 선생 목숨을 구할 수 있는 유일한 방법은 맑은 정신으로 지내면서 침착하게 대응하는 길뿐입니다. 그러니 흥분은 자제하시고, 나한테 다 맡기십시오."

"그 형사가 제 삶을 망가뜨리고 있습니다."

"그런데 선생은 결백하지 않습니까? 아닙니까?"

마티니는 생수병을 쳐다보았다.

"가끔은 저 자신도 그 사실이 의심스러울 정도네요."

마티니가 농담조로 한 말이 아님에도 불구하고 레비는 피식 웃었다.
그러고는 그의 어깨에 손을 올렸다.

"포겔 형사 역시 약점이 있습니다. 그리고 우리는 그 부분을 공략할
겁니다. 그 친구, 아주 아플 겁니다. 쓰라릴 정도로요."

마티니는 희망에 가득 찬 눈빛으로 레비 변호사를 바라보았다.

"더그 사건이라고 들어보신 적 있습니까?" 변호사가 물었다.

"글쎄요."

"대략 1년 전쯤, 언론의 관심이 집중적으로 쏟아졌던 사건이었습니
다. 아마 신문에서 붙여준 이름은 들어보셨을 겁니다. 손가락 테러리
스트 사건."

"아……. 네, 들어본 적은 있습니다만……. 워낙 사건 사고 관련 뉴
스에는 관심이 없어서……."

"경찰은 오랫동안 일종의 연쇄테러범 하나를 추격하고 있었습니다.
슈퍼에서 구입한 제품에 소형 폭발물을 설치한 다음 다시 슈퍼에 갖
다 놓는 게 범행수법이었습니다. 시리얼 상자, 마요네즈, 통조림 같은
생필품에다가요. 폭발물은 여러 사람을 다치게 했습니다. 손가락 전
체, 혹은 관절을 날려버리는 식이었지요. 한 번은 손을 통째로 날려버
린 적도 있습니다."

"세상에! 죽은 사람은 아무도 없었습니까?"

"없었습니다. 다만 시간문제였지요. 아마 동일한 범행이 지겨워지면 깜짝 쇼라도 했을 테니까요. 사실 다들 그런 일이 벌어질 거라 예상하고 있었습니다. 모두가 공포에 벌벌 떨고 있었으니까요. 그런데 사망 사건이 발생하기 전, 포겔 형사가 용의자 하나를 몰고 나왔습니다. 조립식 모형과 전자제품에 열성적인 취미를 가지고 있던 어느 무고한 회계사였습니다. 그 사람이 바로 더그 씨였어요. 운명의 장난인지 우연의 장난인지 더그 씨는 어린 시절 오른손 검지를 잃었습니다. 어렸을 당시는 가정에서 발생한 사고였다고 신고되었지만 사실은, 그의 어머니가 버릇을 고쳐놓겠다고 고기 써는 가위를 가져다 잘라버렸던 겁니다. 정신질환을 겪던 어머니가 아들을 고문했던 거지요."

"세상에 어떻게……."

"자, 선생 역시 다른 사람들과 정확히 같은 생각을 하고 있습니다. 더그 씨가 완벽한 용의자라고 말입니다."

"그렇긴 합니다." 마티니는 상대의 지적을 인정했다. "어렸을 때의 경험이 성인이 된 후 폭력적으로 표출되었다는 설명이 가능하니까요."

"그런 식으로 괴물을 만들 수 있는 겁니다. 그런데 중요한 건 그게 아닙니다. 더그 씨 사건의 경우 물증은 없고 단서만 있었습니다. 그리고 포겔은 그 단서만 가지고 언론을 동원해 쇼를 벌이면서 검사를 부추겨 더그 씨를 기소하도록 설득했습니다. 그런데 재판 끝에, 회계사는 증거 부족으로 무죄를 선고받았습니다."

"어떻게 그게 가능했습니까?"

"손가락 테러리스트가 사용한 폭발물은 상당히 조악했습니다. 관심이 있는 사람이라면 철물점에서 구할 수 있는 평범한 재료만으로도 충분히 만들 수 있었으니까요. 그런데 범인에게는 결정적 단점이 있었습니다. 자신이 만든 폭발물에 화학적 흔적을 남겼던 거지요. 반면, 더그 씨에게서는 그런 흔적이 발견되지 않았던 겁니다……."

"그런 사실만으로도 무죄가 될 수 있단 말입니까?"

"당연히 아니지요. 이게 진짜 이유입니다. 더그 씨의 유죄혐의를 입증할 결정적 단서는 경찰의 가택압수수색에서 발견되었습니다. 범인이 폭발물을 설치해둔 과자상자와 동일한 제품이 더그 씨의 집에서도 발견됐는데 범행대상이 되었던 바로 그 매장에서 구매한 제품임을 증명해주는 일련번호까지 일치했던 겁니다. 그런데도 더그 씨는 그 매장에 가서 해당 제품을 구입한 사실을 부인했습니다."

"그럼 어떻게……."

"그 대목이 바로 치명타였던 겁니다. 더그 씨 집에 과자상자를 몰래 갖다 둬서 기소까지 가능하게 했던 장본인이 과자의 제조일자를 확인하지 않았던 거지요. 결정적 증거로 제출된 과자상자는 더그 씨가 구치소에 구금된 상태로 재판을 기다리던 시기에 제조된 제품이었던 겁니다. 그러니 당연히 본인이 직접 가서 살 수는 없었던 거죠. 그래서 어떻게 됐느냐? 무죄로 석방된 겁니다."

"그럼 포겔 형사는요?"

"포겔 형사는 부하 직원에게 책임을 전가하고 자기는 빠져나갔습니다. 그 일로 젊은 형사 하나가 옷을 벗어야 했습니다. 그 인간 수법이 항상 이런 식입니다. 만만한 희생양을 미리 골라놓고 필요할 경우 가차 없이 희생시키는 식이지요……. 그래서 더그 씨 사건 이후, 언론은 그 인간이 흘리는 정보에 신뢰성이 없다고 판단하고 점점 등을 돌리게 됐던 겁니다."

"지금까지는 그랬겠지요." 마티니가 끼어들었다. "제가 바로 그 인간에게는 재기의 발판을 마련해주는 셈일 테니까요."

"만약 그런 상황이 발생할 경우, 우리는 바로 그 인간의 실체를 드러낼 겁니다. 증거를 조작하는 사기꾼이라고 말입니다."

마티니는 자신감과 믿음이 생기는 것 같았다.

"저도 그렇게 이 상황을 벗어날 수 있겠군요."

"그렇습니다. 다만 어디까지 할 수 있느냐가 관건입니다. 더그 씨는 재판이 끝날 때까지 4년간 철창신세를 져야 했습니다. 그 기간 동안 뇌출혈을 겪었고 직장을 잃었을 뿐만 아니라 친구와 가족까지 모두 잃었습니다."

마티니는 변호사의 말 속에 명확한 의도가 있음을 깨달았다.

"그런 상황을 피하려면 제가 뭘 해야 하는 겁니까?"

"자신이 결백하다는 사실 자체를 잊으시기 바랍니다."

마티니는 그게 무슨 말인지 이해할 수 없었다. 하지만 변호사는 더 이상의 설명도 없이 손을 내밀고 악수를 청하며 작별인사를 건넸다.

"조만간 다시 전화드리지요."

전날 밤, 보르기 경사는 좀처럼 잠을 이룰 수 없었다. 침대에 누워 뒤척이면서 계속해서 캐스트너 부부의 집 앞에서 봤던 장면을 떠올렸다. 충격에 사로잡혀 완전히 얼빠진 표정으로 나이트가운만 걸친 채 자신의 딸아이를 위해 사람들이 두고 간 고양이 인형 사이를 오가던 마리아 캐스트너의 모습을. 그녀는 자신이 겪고 있는 아픔과 고통에 어떤 의미를 부여하고 싶어 하는 사람 같았다.

고양이가 답이었어. 보르기는 순간, 고양이를 떠올렸다.

붉은색과 밤색 얼룩무늬 고양이 털이 로리스 마티니의 SUV 차량 뒷좌석에서 발견되었다. 하지만 아무런 의미도 없는 증거였다. 그 사실을 알게 되었을 때 보르기는 포겔과는 전혀 다른 각도로 그 상황을 바라보았다.

마티니 가족은 고양이를 키우지 않는다. 애나 루는 항상 고양이를 키우고 싶어 했다.

보르기는 불면의 시간이 이어지는 동안 수수께끼를 푸는 열쇠가 다름 아닌 실종된 소녀라는 결론을 내렸다. 사람들은 더 이상 소녀의 행방이나 생사 여부에 대해서는 알려고 들지도 않았다. 언론과 대중, 심지어 경찰조차 다른 문제에만 집중하고 있었던 것이다. 교사는 여학생을 어떻게 살해했을까? 살인 전에 강간을 했을까? 사람들은 이미 소녀가 살해당한 게 확실하다고 믿고 그저 자신들의 병적이고 노골적인 호기심을 채우는 일에만 몰두하고 있었다.

그 누구도 왜 여학생을 살해한 건지 그 동기나 이유는 궁금해하지 않았다.

도대체 왜, 산악지방의 작은 마을에서 겉보기에는 선해 보이는 한 교사가 교내에서 존재감조차 없었던 애나 루를 살해하기에 이르렀는지 그 이유에 대해서는 아무도 언급하지 않았다. 하지만 그건 아주 결정적인 부분이었다.

그는 왜 소녀를 살해했을까?

여명이 밝아올 무렵, 보르기는 애나 루 캐스트너라는 인물을 원점에 두고 다시 거슬러 올라가야 한다는 사실을 깨달았다. 실종된 소녀에 대해 뭘 알고 있었을까? 단지 부모와 주변 사람들의 진술이 전부였다. 하지만 그것만으로 충분했을까? 경찰학교를 다니던 시절 한 가지

배운 게 있었다.

희생자들도 이야기를 한다는 사실.

희생자들이 자신의 입장에서 사건에 관한 진술을 할 수 없다는 사실 때문에 이 부분은 수사 초기부터 무시되곤 한다. 하지만 희생자들에게도 목소리가 있다. 그들의 과거가 대신 이야기를 들려주기 때문이다. 단지 누군가가 귀를 기울여주면 될 뿐이다.

그래서 애나 루와 로리스 마티니가 서로 마주칠 수 있었던 장소인 고등학교에 낙서나 기물파손 등을 방지하기 위해 감시카메라가 설치되어 있다는 사실을 알아내자마자 낡은 VCR 여러 대가 쌓여 있는 골방 비슷한 방송실에 틀어박혀 몇 시간이 넘도록 애나 루가 등장하는 영상을 확보하기 위해 눈이 빠져라 모니터를 들여다보게 되었던 것이다. 애나 루의 천진난만한 일상을 가감 없이 보여주는 영상을. 교실에는 감시카메라가 설치되어 있지 않았지만 식당, 체육관을 비롯해 복도 등에서 포착된 애나 루의 모습은 한결같았다. 소심하고 소극적이지만 누가 말을 걸면 항상 미소를 짓는 얼굴. 애나 루의 행동에서는 전혀 이상한 점을 발견할 수 없었다.

녹화된 영상의 보존기간은 보름이었다. 녹화된 영상들은 보름이 지나면 자동적으로 삭제돼 테이프가 재사용되었다. 다행히 크리스마스 방학이 걸쳐 있어 실종사건이 발생하기 전 마지막 15일분의 영상은 고스란히 남아 있었다.

그럼에도 불구하고 봐야 할 분량은 어마어마했다. 보르기는 임의로 시간대를 골라 소녀가 화면에 나오는지 집중해서 살폈다. 접이식 의자에 앉아 이미 오래전에 식어버린 커피가 든 보온병을 옆에 끼고 테이프를 계속해서 바꿔가며 흑백 모니터 화면을 들여다보았다. 하지만 문제의 선생과 한자리에 있는 애나 루는 찾아볼 수 없었다. 크리스마스 방학 바로 하루 전, 다시 말해 실종사건 발생 바로 전날의 영상을 보고 있을 때 휴대전화가 울렸다.

"어젯밤에 왜 전화 안 했어?" 캐럴라인이 다짜고짜 짜증 난 목소리로 따지고 들었다.

"미안해, 당신 말대로 전화 못 했네. 일 때문에 정신이 없었어."

"지금 당신 일이 임신한 아내보다 더 중요하다는 거야, 뭐야?"

질문이 아니라 질책이었다.

"당연히 아니지. 변명 안 할게. 사실은 사실이니까. 업무 중에는 인간적으로 전화를 할 수가 없어. 하지만 항상 당신 생각만 하고 있어."

수화기 건너편에서 캐럴라인의 한숨 소리가 들려왔다. 아마도 호르몬 분비에 별문제가 없는 '좋은 날'인 듯했다. 그러나 보르기는 아내에게 그렇게 물어볼 수는 없었다. 화를 낼 게 뻔하니까.

"내가 보내준 건 받았어?"

"어, 고마워. 안 그래도 갈아입을 옷이 진짜 필요했거든."

"어제저녁에 아빠가 TV에서 당신 봤다고 하시더라고."

보르기는 아내의 얼굴에 핀 웃음꽃이 보이는 듯했다. 그래서 더 이상 화를 내지 않았던 것이다. 아내는 남편을 자랑스럽게 생각하고 있었다.

"아 그래? 어떻게, 잘 나왔어?"

"우리 딸만큼은 날 닮았으면 하는 생각이 들더라고." 캐럴라인은 깔깔거리며 웃었다. "엄마가 애 낳고 산후조리는 여기서 하기를 바라서."

이미 여러 차례 논의한 문제였다. 캐럴라인은 친정엄마가 출산 직후 얼마 동안 도와줄 수 있을 거라 주장했다. 하지만 그 말은 그 역시 처갓집으로 들어가야 한다는 걸 뜻했다. 물론 장인, 장모님과 사이가 나쁜 건 아니지만 그렇다고 처가살이가 마냥 반갑지만은 않았다. 그러다 눌러앉게 되지는 않을까 두려웠기 때문이다.

"일 끝나고 돌아가면 다시 얘기해, 알았지? 아직 애 태어나려면 몇 달 남았잖아."

캐럴라인은 남편의 말을 귀담아듣지 않는 눈치였다.

"아빠가 이미 통로 끝에 우리 방을 꾸며놓으셨어. 남동생 독립해서 나가기 전까지 쓰던 방 있잖아. 떨어져 있어서 사생활도 보장받을 수 있다고."

말투로 미루어보아 캐럴라인은 이미 결정을 내린 뒤였다. 보르기는 뭐라고 대답을 하려다 화들짝 놀라 의자에서 벌떡 일어났다. 화면에서 무언가를 발견했기 때문이다.

"미안해, 여보. 다시 전화할게."

"얘기 좀 하나 싶으면 꼭 이렇게 확 끊는다니까, 진짜!"

"나도 알아, 미안해."

그는 아내의 대답을 기다리지도 않고 끊어버린 다음 영상에 집중했다.

처음으로 애나 루와 로리스 마티니가 한 화면에 잡히는 순간이었다.

학교 복도는 텅 비어 있었다. 애나 루 혼자 손에 책을 들고 복도를 걸어가고 있었다. 그리고 반대편에서 마티니가 걸어오고 있었다.

두 사람은 거의 스치듯 서로를 지나쳐갔다.

보르기는 그 장면을 다시 보기 위해 화면을 뒤로 돌렸다. 사소한 무언가가 그의 시선을 확 끌어당겼다. 만약 언론이 이 영상을 확보한다면 상황이 완전히 뒤집힐 게 뻔했다. 포겔에게 당장 알려야 했다.

밤 11시, 마티니는 어둠에 삼긴 거실 소파에 앉아 있었다. 집 앞 길바닥에서 사람들이 수군거리는 소리가 들려왔다. 뭐라고 하는지는 알아들을 수 없었지만 이따금 웃는 소리도 들렸다.

내 삶은 멈춰버렸는데, 남들의 삶은 계속 지속되는 이 이상한 기분. 마티니는 그런 묘한 기분이 들었다. 자신의 삶 어딘가가 꽉 막힌 것만 같았다.

그는 바깥에 서 있는 구경꾼들이 창문으로 괴물이 무슨 짓을 하나 엿보지 못하도록 거실 불을 다 꺼놓았다. 하지만 또 다른 이유도 있었다. 어딜 가나 따라다니는 클리어와 모니카의 시선을 피하고 싶었기 때문이다. 집 안 곳곳에 놓인 액자에서 자신을 쳐다보는 처자식의 눈빛. 두 사람은 이미 그에게서 멀리 떠나버렸지만 그 두 사람이 보내는 가상의 눈빛 역시 피하고 싶었다. 화가 치밀었다. 두 사람의 입장을 충분히 이해할 수 있었기 때문이다. 사실 모든 게 아내와 딸을 위한 결정이었으니까.

그런 생각에 잠겨 있을 때 진동 소리가 그를 현실로 데려왔다. 동시에 찬장에서 작은 불빛이 반짝였다. 마티니는 소파에서 일어나 휴대전화를 확인하기 위해 찬장으로 다가갔다. 레비 변호사가 건넨 휴대전화의 액정화면이 메시지 하나가 수신되었음을 알리고 있었다.

'30분 후, 공동묘지.'

마티니는 변호사가 본부로 사용하기 위해 임대한 빌라가 아니라 공동묘지처럼 부적절한 장소에서 만나자고 하는 이유가 의아할 따름이었다. 그러다 그가 바로 그날 아침에 했던 말을 떠올렸다.

'자신이 결백하다는 사실 자체를 잊으시기 바랍니다.'

어쩌면 그에 대한 답을 찾을 수도 있겠다 싶은 생각에 약속 장소에 나가보기로 마음먹었다. 남들의 이목을 끌지 않고 집 밖으로 나가기 위해서는 철저한 계획이 필요했다. 그는 2층으로 올라가 낡은 점퍼와 모자를 꺼냈다. 신분을 숨기고 방해받지 않고 거리를 돌아다니기 위해 필요한 소품이었다. 그리고 기자들을 따돌리기 위해 뒷마당으로 나가 담장을 넘었다.

공동묘지까지는 30분이 더 걸렸다. 누가 따라오지 않는지 확실히 해두고 싶었기 때문이다. 묘지로 들어가는 철문은 잠겨 있지 않았다. 그는 문을 열고 무덤 사이로 걸어 들어갔다.

잿빛 보름달이 뜬 밤이었다. 마티니는 조만간 변호사가 나타나리라는 생각에 주변을 배회했다. 그런데 멀리서 불규칙적으로 반짝이는 빨간 불빛이 눈에 들어왔다. 그는 불빛을 길잡이 삼아 그 방향으로 걸어갔다. 가까이 다가가서야 그 불빛의 정체가 담뱃불이었음을 깨달았다. 스텔라 호너라는 기자가 담배를 빨아들일 때마다 불빛이 빨갛게 달아올랐다가 약해지고 있었던 것이다.

"안심해요. 친구 자격으로 온 거니까." 기자는 흥미를 보이며 말했다.

그녀는 마치 거실에 있는 듯 묘석 위에 다리를 꼬고 앉아 있었다.

"원하는 게 뭡니까?" 그는 퉁명스럽게 한 마디를 던졌다.

"당신을 돕는 거요."

마치 비밀이라도 털어놓는 듯한 목소리와 말투에 화가 치밀었다.

"당신 도움 따위는 필요 없습니다."

"내가 친구 자격으로 왔다는 말을 증명이라도 해줄까요? 좋아요……. 6개월 전까지만 해도 당신 아내는 다른 남자를 만나 당신을 떠날 생각이었어요. 그래서 이곳으로 이사를 온 거고요. 원점에서부터 다시 시작하기 위해서요."

그 일. 마티니는 순간 과거를 거슬러 올라갔다. 기자는 어떻게 그 사실을 알고 있는 걸까?

"이제 알겠어요? 우린 친구가 될 수 있다니까요." 스텔라 호너는 마티니가 화를 내기보다는 어안이 벙벙한 표정을 짓는 모습을 보며 말을 이었다.

관련 정보를 흘려준 포겔 형사는 상대가 그런 반응을 보일 거라는 사실을 미리 예측하고 있었다.

"이 사실을 언론에 퍼뜨릴 수도 있었는데 그러지 않았어요……. 아내분이 딸을 데리고 떠난 것도 알아요. 두 사람이 다시 돌아오기를 바란다면 머리를 잘 쓰는 게 이로울 거예요."

"내 상황이 명확해지면 둘 다 돌아올 겁니다. 그리고 전처럼 다시 시작할 수 있을 거고요."

"아, 이런 순진한 양반이 또 어디 있나……. 정말 그렇게 될 수 있다고 생각하는 거예요?" 스텔라 호너는 고개를 옆으로 툭 떨어뜨리며 말했다.

"난 죄가 없습니다."

"여전히 뭘 모르시는군그래. 당신이 결백한지 아닌지는 사람들 관심사가 아니라고요. 대중은 이미 한쪽으로 결론을 내린 상태고, 경찰도 결코 당신을 가만 내버려두지 않을 거예요. 왜냐고요? 이번 사건 해결을 위해 막대한 돈을 쏟아부었거든요. 또 다른 수사에 착수할 여력이 남아 있지 않다는 말이에요. 그리고 무엇보다 또 다른 용의자를 원치도 않고요."

마티니는 침을 꿀꺽 삼켰다. 하지만 태연해 보이려고 기를 썼다.

"그러니까 내가 아니면 그 누구도 될 수 없다……."

"바로 그거예요. 당신이 지금까지 자유로운 이유는 아직 시신을 찾아내지 못했기 때문이에요. 시신이 없으면 당신에게 살인죄를 적용할수 없으니까. 하지만 조만간 시신은 찾아내겠죠. 언제나 그랬으니까."

"어차피 그렇게 끝장날 운명이면 굳이 당신 도움이 필요할 이유가 있겠습니까?"

마티니는 남의 일인 양 거리감을 유지하기 위해 단호한 태도를 잃지 않았다.

기자는 잠시 말을 멈췄다가 미소를 지었다. 짙은 눈동자가 달빛에 비쳐 반짝였다.

"지금 이 상황을 최대한 유리하게 끌고 가려면 내 도움이 필요할 거예요. 언론으로부터 많은 걸 얻어낼 수 있을 테니까. 정확히 말하면 오늘까지 당신한테 적대적이었던 그 언론으로부터요. 왜냐하면 로리스 마티니라는 사람과의 독점 인터뷰는 지금 거의 금값이거든요. 그래서 하는 말인데 난 그 대가를 지불할 용의가 충분히 있어요. 물론 당신이 자유의 몸일 때만 유효하다는 전제가 따르는 제안이긴 해요……. 철창신세가 되면 아무 의미 없으니까."

"이 자리를 주선한 게 레비 변호사입니까? 그렇다면 그 양반이 아침에 했던 말이……."

마티니는 역겹다는 듯 표정을 일그러뜨렸다.

"당신 변호사는 계산이 상당히 빠른 양반이에요. 당신이 지금 이 상황을 벗어나고 싶다면 전문가 집단과 사립탐정 등을 동원해 철저한 재조사에 착수할 자금을 확보해야 할 거예요."

"그 얘긴 변호사한테 이미 들었습니다."

"자, 그럼 그 돈은 어떻게 마련할 건데요? 당신이 교도소에 가게 되면 가족들한테 무슨 일이 벌어질지 생각은 해봤어요? 남은 두 사람이 어떻게 지내게 될지에 대해서는요?"

버럭 화를 내야 할 상황인데 마티니는 웃음을 터뜨렸다. 상대의 반응에 기자도 적잖이 놀랐다. 하지만 마티니는 웃음을 멈출 수 없었다.

"희한하네요……. 모든 사람들은 아무런 증거도 없이 날 괴물 취급하더군요. 심지어 아내마저 날 의심하고 있습니다. 그런데 이거 아십니까?" 마티니는 다시 진지한 표정으로 돌아와 말을 이었다. "자신 있게 말씀드리는데, 난 내가 어떤 사람인지 정확히 알고 있습니다. 그렇기 때문에 단지 나 살자고, 그리고 내 아내나 딸아이 체면을 구하기 위해 실종된 소녀와 그 소녀의 가족이 겪는 고통을 이용할 생각은 털끝만큼도 없습니다. 변호사 양반한테 꼭 그렇게 전해주십쇼."

마티니는 발걸음을 돌렸다.

"당신이 얼마나 멍청한 사람인지 알기나 해요?" 스텔라 호너는 몇 초간 망설이다 한 마디를 내뱉었다.

하지만 그녀에게 돌아온 대답은 등을 돌리고 멀어져가는 로리스 마티니의 뒷모습뿐이었다.

그날 밤, 포겔은 호텔 방에서 가벼운 저녁 식사를 하고 잠을 청하기 전에 검은색 수첩을 꺼내 무언가를 적었다. 그는 잠옷 차림으로 스툴에 앉아 혼자 씩 웃고 있었다. 늙은 족제비 같은 레비 변호사가 이미 체스 판의 졸들을 움직이기 시작했다는 확신이 들었다.

골치 아픈 변호사가 그곳까지 찾아왔다는 소식에 포겔은 그리 놀라지 않았다. 레비는 이미 오래전부터 맡는 사건마다 번번이 마주쳤던

골칫거리였다. 이번에도 역시 예외는 아니라 굳이 놀랄 것도 없었다. 그는 깜짝 쇼를 전매특허로 활용하는 변호사였다. 대중을 놀라게 하는 마술사나, 사자가 조련사를 잡아먹는 동안 관중들의 관심을 분산시키기 위해 투입되는 광대가 됐을 수도 있는 인물이었다. 이번 사건에서는 아마 스텔라 호너를 시켜 용의자가 된 교사에게 스스로 사나운 맹수들의 먹잇감을 자청하라고 설득하게 했을 것이다.

로리스 마티니는 그 제안을 받아들일 것이다. 다들 결국은 받아들였으니까. 더그조차 한동안 괴물 가면을 뒤집어쓰고 지냈다. 얼마간의 돈을 챙겨 다시 자신의 결백을 주장하기에 충분한 기간 동안.

만약 로리스 마티니가 TV에 등장하면 포겔에게는 모든 게 간단히 풀리는 셈이었다. 멍청한 인간은 분명, 대중의 공감을 얻어내려 기를 쓰겠지만 그게 오히려 성난 대중의 분노를 부채질할 게 뻔했다. 그렇게 되면 모두가 한목소리로 그의 처벌을 주장하고 나설 것이다. 대중은 물론 경찰 고위 관료들, 심지어 장관까지도. 메이어 검사도 자기 소신대로 판단할 수 없게 되는 것이다.

휴대전화 진동음에 액정화면을 들여다본 포겔은 자신의 눈을 의심하지 않을 수 없었다. 나흘 전, 기자회견 끝 무렵에 그에게 문자를 보냈던 의문의 번호임을 알아보았기 때문이다.

'긴히 할 이야기가 있습니다. 이 번호로 전화 주시기 바랍니다.'

그게 누구든 이번에도 역시 무시하기로 마음먹고 메시지를 지웠다. 바로 그 순간, 누군가 방문을 두드렸다. 포겔은 문자 메시지와 노크 사이에 무슨 연관관계가 있는 건 아닌지 생각했다. 그러고는 드디어 의문의 훼방꾼을 만나게 된다는 확신으로 화풀이하듯 거칠게 문을 열어젖혔다.

문 앞에는 두 눈이 푹 꺼진 상태로 초췌한 얼굴을 한 보르기 경사가 서 있었다. 그의 손에는 가방 하나와 노트북이 들려 있었다.

"드릴 말씀이 있습니다. 잠시 시간 좀 내주실 수 있습니까?"

"내일 하면 안 되겠습니까? 막 잠자리에 들려던 터라……."

"뭘 하나 보여드리고 싶은데, 형사님께서도 당장 보셔야 할 것 같습니다." 경사는 노트북을 보여주며 자신 있게 말했다.

방 안으로 들어온 경사는 포겔의 침대 위에 노트북을 내려놓고 전원을 켰다. 두 형사는 노트북 앞에 섰다.

"학교에 설치된 감시카메라 녹화 영상에서 찾아낸 겁니다." 보르기가 말했다. "무슨 일이 일어나는지 한 번 보십쇼……."

젊은 형사는 그곳으로 찾아오기 전에 이미 스무 번도 넘게 본 장면이었지만 포겔은 처음이었다. 텅 빈 학교 복도를 차분히 걷고 있는 애나 루의 모습이 나타났다. 그리고 잠시 뒤 반대편에서 선생 하나가 걸어오고 있었다. 선생과 학생은 거의 몸이 닿을 듯 스쳐지나가더니 각자의 방향으로 사라져갔다.

보르기는 영상을 멈췄다.

"저거 보셨습니까?"

"뭘 봤냐는 말입니까?" 포겔은 짜증을 내며 되물었다.

"두 사람이 서로 쳐다보지도 않고 지나가는 거 말입니다……. 다시 돌려서 보여드리겠습니다."

그러나 포겔은 그의 팔목을 붙잡으며 말했다.

"그럴 필요 없습니다."

"그럴 필요가 없다니요? 교사를 기소한 근거 중 하나가 납치범이 애나 루와 아는 사이였다는 가설이었다는 거 기억하시지 않습니까? 애나 루가 납치범을 믿고 있었기 때문에 납치 당시 이웃들조차 아무것도 눈치채지 못한 거라고 말씀하신 게 바로 형사님 아니셨습니까?"

포겔은 젊은 형사의 순진함에 그냥 씩 웃기만 했다.

"그러니까 지금 이 장면을 근거로, 애나 루가 로리스 마티니와 아는 사이가 아니었다, 이 말을 하려는 겁니까?"

보르기는 잠시 생각하다 고개를 끄덕였다.

"그런 셈이죠……."

"원래는 아는 사이지만 워낙 소심한 성격 탓에 쳐다보지도 않고 지나쳤을 가능성도 충분합니다."

그러나 보르기는 그런 해명으로는 성이 차지 않았다.

"그래도 위험요소는 여전히 남아 있습니다."

"누구한테요? 우리한테? 혹시 언론이 이 영상을 확보하면 해당 교사를 다른 각도로 바라볼까 그게 두려운 겁니까?"

당연히 그런 위험을 말하는 건 아니었다. 하지만 보르기는 그제야 상황이 어떻게 돌아가고 있는지 깨달았다. 모든 게 이미 결정된 후라는 걸. 극적인 반전이 일어나지 않는 한 마티니에 대한 혐의를 거둬들일 사람은 아무도 없다는 것을. 이유는 단순했다. 더 이상 그들의 관심사가 아니기 때문에.

"이거 찾느라고 하루 종일 안 보였던 겁니까? 하긴, 나도 그동안 샅샅이 뒤져본 영상이 있긴 하군요."

"다른 영상이라뇨? 무슨 영상을 말씀하시는 겁니까?" 보르기는 당혹감을 감추지 못했다.

"캐스트너 부부의 이웃집에 설치된 감시카메라 영상입니다."

"하지만 그 부분에 대해서는 카메라가 도로가 아니라 집 안마당을 향해 있어서 별 의미가 없다고 하시지 않았습니까?"

각자 자기 재산 지키는 일에만 충실한 개인주의 성향……. 첫 번째 브리핑 당시, 포겔은 그런 말을 했었다. 도대체 지금은 뭘 숨기고 있는 걸까?

그러나 포겔은 자신이 알아낸 정보를 보르기 경사와는 공유할 마음이 전혀 없었다. 그는 후배 형사의 어깨에 손을 올리고 문으로 데려갔다.

"이제 좀 쉬어야겠습니다, 보르기 경사. 내 일은 내가 알아서 하겠습니다."

"체포영장은 받아다드릴 수 없습니다."

레베카 메이어 검사의 말에는 단호한 의지가 담겨 있었다. 포겔은 다시 한 번 완강한 검사의 고집에 부딪혔다.

"검사님은 지금 이 사건에 관한 수사를 통째로 날려버리겠다는 말씀을 하시는 겁니다." 그가 받아쳤다. "지금 당장 그 교사를 체포하지 않으면 언론에서 우리가 무고한 시민을 이유도 없이 학대한다고 주장하기 시작할 겁니다."

"이미 그러고 있었던 거 아니에요?"

포겔은 검사에게 결정적인 단서를 가지고 간 터였다. 캐스트너 부부의 이웃집 감시카메라에서 확보한 영상을 확대해 출력한 여러 장의 사진이었다. 그 정도면 완강했던 검사의 입장을 돌려놓기에 충분할 거라 기대했었다. 하지만 그의 예상은 보기 좋게 빗나갔다.

"확실한 증거가 필요하다고요. 다른 말로 다시 설명해드려야 하는 겁니까?"

"구형을 할 때는 말씀하신 확실한 증거가 필요하지만 단서만 있으면 체포는 가능합니다." 포겔은 계속해서 맞받아쳤다. "일단 체포해서 구속시키면 수사에 협조할 가능성이 아주 높습니다."

"자백을 강요하시겠다, 이건가요?"

포겔의 임시 사무실인 탈의실에서 팽팽한 설전은 20여 분간 이어졌다.

"궁지에 몰리다 결국 자신이 이길 수 없다는 사실을 깨닫게 되면 마티니는 양심의 짐을 덜어내기 위해서라도 다 털어놓을 겁니다."

검사와 형사는 로커를 사이에 두고 서 있었다. 레베카 메이어 검사는 신경질적으로 하이힐 굽을 바닥에 찍으며 소리를 냈다.

"포겔 형사님이 무슨 판을 벌이고 있는지는 아주 잘 알고 있어요. 내가 그렇게 멍청한 사람은 아니거든요. 지금 벼랑 끝으로 날 몰아세워서 내가 결코 용납할 수 없는 결심을 내리게 하고 싶은 거 아니에요? 나더러 여론 앞에서 웃음거리가 되라고 협박하는 거잖아요."

"원하는 바를 얻어내려고 굳이 검사님까지 협박할 일은 없습니다." 그는 점잖게 경고했다. "제 가설에 신빙성을 더하려면 제가 가진 인맥과 경험만으로도 충분합니다."

"아, 손가락 테러리스트 사건 때처럼 말입니까?"

포겔은 검사가 왜 진작부터 그 카드를 꺼내 들지 않았는지 의아하던 터였다. 그래서 씩 웃었다.

"검사님은 그 사건에 대해 아시는 게 전혀 없을 겁니다. 다 안다고 믿고 계시겠지만 아시는 건 아무것도 없습니다."

"더 알아야 할 것도 있었어요? 철저하게 조작된 혐의로 한 남자가 철창신세를 져야 했어요. 그것도 4년 동안이나 독방에 갇혀서요. 그 사이 모든 걸 다 잃었고요. 건강은 물론 가족과 친구들까지도. 뇌출혈로 죽을 고비까지 넘겼어요. 그 이유요? 누군가 증거를 조작해 수사를 자신이 원하는 방향으로 끌고 갔기 때문이지요." 검사는 경멸스런 표정으로 상대의 과거를 건드렸다. "이런 일이 또 반복되지 않을 거라고 누가 장담할 수 있겠어요?"

포겔은 굳이 해명하려 들지 않았다. 그는 테이블 위에 펼쳐놓았던 사진들을 차곡차곡 모았다. 회심의 카드라고 생각했던 단서였다. 그러고는 지체 없이 사무실 밖으로 나갈 기세로 문을 향해 발걸음을 옮겼다.

"완전히 신뢰를 잃었던 그날을 기억하세요, 포겔 수사관님?"

그는 문턱에서 멈춰 섰다. 무언가가 그의 발을 붙잡고 있었다. 그는 다시 검사 쪽으로 몸을 돌리고 도전적인 눈빛으로 그녀를 노려보았다.

"더그는 법정에서 무죄를 선고받았습니다. 국가를 상대로 억울한 옥살이에 대한 보상도 받아냈고요……. 그런데 말입니다. 그 친구가 진범이 아니었다면 어째서 그 시점부터 테러사건이 갑자기 멈췄을까요?"

포겔은 질문만 던지고 상대의 대답을 기다리지 않고 그대로 나가버렸다.

수사본부가 차려진 체육관 내에는 적막감이 감돌고 있었다. 안에서 벌어진 설전을 고스란히 다 들었을 경찰들은 자신들이 지난 20여 일간 고생해 쌓아 올린 탑이 이렇게 허무하게 무너지는 건가 하는 눈빛으로 그를 바라보았다.

포겔은 보르기 경사를 보며 말했다.

"이제 그 선생 양반을 직접 만나러 갈 시간입니다."

1월이라고 하기에는 이상할 정도로 햇살이 따뜻한 아침이었다. 겨울 날씨라고는 도저히 믿을 수 없을 정도였다. 로리스 마티니는 아침 일찍 일어났다. 아니, 그를 옥죄고 불안하게 만드는 여러 생각들에 이끌려 잠에서 깼다.

때가 다가오고 있어. 조만간 체포하러 올 거야.

하지만 그런 생각에 끌려다니느라 이런 좋은 날을 망치고 싶지는 않았다. 아내에게 한 약속이 있었고 그 약속을 꼭 지키고 싶었다. 그래서 공구상자를 들고 정원으로 나갔다. 기자들이나 구경꾼들이 침범할 수 없는 영역이었다. 그는 정원 울타리의 보호막 안에서 쓰러져가는 창고를 온실로 꾸미는 작업에 착수했다.

망치로 못을 박아 넣으며 목덜미로 쏟아지는 햇살을 느꼈다. 어느덧 땀방울이 이마를 타고 흘러내리고 근육이 지치고 피곤해졌다. 하지만 정작 지치고 힘든 건 몸이 아니라 마음이었다. 병이 다시 도진 것이다. 슬픔은 이따금 찾아오는 단골손님이었다. 묵묵히 그 자리에 서서 어쩌다 이 지경이 되었는지, 왜 모든 걸 잃어야 했는지를 그에게 일깨워주곤 했다.

모든 것은 아베쇼로 이사 오기 전에 시작되었다. 사방이 산으로 둘러싸인 아베쇼는 새 삶을 시작하기에 최적의 장소인 것 같았다. 하지만 추악한 이야기의 결말에 지나지 않았다.

그 일. 스텔라 호너도 그 일을 알고 있었다.

마티니는 그 기자가 어떻게 그 일을 알아냈는지 궁금했다. 처음에는 너무나 뻔한 답을 떠올리지 못했다. 순진한 남자들에게는 흔히 벌어지는 일을…… 특히, 다른 남자에게 아내를 빼앗겼다는 사실도 모르고 지내는 남자들이 겪는 그 일을.

분명 클리어의 내연남이 정보를 팔았을 것이다. 너무나 뻔한 일이다.

그때까지도 마티니는 그 남자가 나름 괜찮은 사람이라고 여기고 있었던 것이다. 어쩌면 클리어가 선택한 남자였기 때문에 그렇게 생각했을 것이다. 언제나 아내의 판단을 믿었기 때문에. 말도 안 되는 생각이라는 건 그 누구보다 자신이 더 잘 알고 있었다. 하지만 자신의 기준에 맞게 아내를 끌어올리는 또 다른 시각이기도 했다. 다른 사람도 아닌 자신의 아내 클리어가 그 정도로 경박한 사람이라고는 절대로 인정할 수 없었기 때문이다.

인간은 자기 자신이 살기 위해 남을 구하는 존재들이니까. 마티니는 그런 생각을 했다. 사려 깊은 남편 역할이 진실과 마주 대하는 상황을 피하는 데 도움이 되었을 것이다.

클리어가 외도를 했던 건 그의 잘못이기도 했다.

아득해진 지난 6월 초의 그날 아침, 어느 학생의 멍청하고 짓궂은 장난 하나로 인해 이른 오전 시간에 학교 수업이 중단되었다. 학교에 폭발물을 설치했다는 익명의 협박전화는 학기말에 이르러 낙제 위기에 몰린 학생들이 기말고사 일정을 뒤로 미루기 위해 벌이는 전형적인 공갈협박이었다. 실제로 폭발물이 설치되어 있다고 믿는 사람은 아무도 없었지만 법적인 보안절차에 따라 학교 건물을 비울 수밖에 없었다. 그래서 그날 아침, 모두가 평소에 비해 이른 시각에 집으로 돌아가야만 했다.

집에 들어왔을 때 그를 반겨준 건 예상 밖의 적막감이었다. 평소에는 퇴근해서 집에 돌아와보면 클리어와 모니카가 먼저 집에 와 있었다. TV 소리나 음악이 들리거나 아니면 두 모녀 특유의 냄새가 느껴졌다. 클리어의 은방울꽃 향수 냄새 혹은 모니카의 딸기 풍선껌 냄새. 그런데 그날 아침은 적막감 외에는 아무것도 그를 반겨주지 않았다.

집으로 향하는 버스 안에서 마티니는 덤으로 주어진 여유시간을 어떻게 보낼까 생각했다. 처음에는 기말고사 시험문제를 준비할 계획 이었다. 그러나 막상 집에 들어오고 보니 그럴 마음이 싹 사라졌다. 그 는 먼저 냉장고로 다가가 치즈와 살라미를 넣은 샌드위치를 만든 다 음 의자에 앉아 TV를 틀고 소리를 줄였다. 마침 농구 경기 재방송을 하고 있었다. 잠시나마 혼자만의 시간을 즐길 수 있다는 생각에 기분 이 좋아졌다.

정확히 언제였는지 기억은 나지 않았다. 샌드위치를 다 먹은 다음인 지, 경기 점수가 몇 점이었는지도……. 하지만 경기 해설가의 목소리 와 농구공 튕기는 소리 사이에 분명히 뭔지 모를 소리를 들었던 건 확 실히 기억하고 있다.

무언가가 날갯짓을 하는 것도 같았고, 무언가를 문지르고 비비는 소리 같기도 했다.

처음에는 어디서 나는 소리인지 알아내기 위해 고개를 돌렸다. 그 러다 본능에 이끌려 자리에서 일어났다. 소리는 멈췄지만 그는 통로를 향해 발걸음을 옮겼다. 왼쪽과 오른쪽으로 각각 두 개씩 자리 잡고 있 는 방문은 모두 닫혀 있었다. 그는 침실로 향했다. 그리고 소리가 나지 않게 조심스레 열고 안을 들여다보았다.

그들은 그의 존재를 알아채지 못했다. 그 역시 처음에는 그들의 존 재를 눈치채지 못했다. 작은 아파트 안에서, 두 사람은 아무 생각 없 이 한참 동안 서로의 '경계'를 넘나들고 있었다. 아마 '우연찮은 계기' 로 이런 만남의 자리가 '주선'되지 않았더라면 그 두 사람은 계속해서

261

서로의 경계를 넘나들었을 것이다.

클리어는 알몸 상태였고 허리 아래로는 이불을 덮고 있었다. 두 눈을 감은 채 익숙한 자세로 누워 있었다. 로리스는 아내의 위에 있는 남자에게 온 신경을 집중했다. 자신의 모습일 거라 생각하면서. 하지만 그가 아닌 다른 남자였다. 그런 은밀한 장면에 등장하지 말아야 할 불청객.

그 이상은 아무것도 기억나지 않았다.

클리어는 자신의 위에 있던 상대에게 현관문 소리를 들은 것 같다고 말했다. 그제야 무슨 일이 벌어졌는지 깨달았던 것이다.

몇 시간이 흐른 뒤 마티니가 다시 집에 돌아왔을 때 아내는 펑퍼짐한 흰색 스웨터에 오버사이즈 트레이닝복 바지를 입고 있었다. 아마도 자신의 맨살을 감추고 싶었기 때문이었을 것이다. 자신의 육체와 더불어 자신의 죄까지도. 그리고 그가 아까 집에 들어왔을 때 TV를 봤던 바로 그 의자에 앉아 있었다. 무릎을 끌어당겨 두 팔로 감싼 채 의자를 앞뒤로 흔들면서. 그녀는 멍한 눈빛으로 남편을 바라보았다. 머리는 헝클어지고 창백한 낯빛으로. 굳이 변명을 하려 들지도 않았다.

"우리 떠나자." 그녀가 말했다. "당장, 내일."

정처 없이 이리저리 시내를 떠돌면서 아내에게 뭐라고 말을 해야 하나 머리를 쥐어짰던 그는 결국 그럴싸한 말 한 마디 못 해보고 그저 이렇게 대답했다.

"그래."

그 일 이후, 두 사람은 두 번 다시 그때 일을 입 밖으로 꺼내지 않았다. 그 일 이후, 불과 보름 만에 아베쇼로 터전을 옮겼다. 클리어는 남편의 묵인과 용서를 얻어내기 위해 그토록 좋아했던 직장을 비롯해 모든 것을 다 포기했다. 로리스 마티니는 그때 깨달았다. 아내가 자신을 잃을까 두려워한다는 것을. 그 심정만큼은 자신이 오히려 더 절박하다는 사실을 아내가 알아주면 좋으련만……

더 참담했던 건 아내의 내연남이 누구인지 알아냈을 때의 심정이었다. 아내처럼 변호사인 그 남자는 남편인 자신이 만들어놓은 엿 같은 삶에서 그녀를 빼내줄 수 있는 능력과 재력을 겸비한 사람이었다.

마티니는 현실을 직시하고 가슴 찢어지는 진실을 받아들여야만 했다. 클리어는 지금보다는 나은 삶을 살 자격이 있다고……

그래서 두 부부는 더 이상 그 문제를 떠올리지 않으려고 이름도 생소한 산악지방으로 도망치듯 이사를 오게 되었다. 그럼에도 불구하고 불륜에 따른 강(强)산성 찌꺼기는 두 사람 사이에 남아 있던 사랑을 야금야금 갉아먹었다. 마티니는 그 사실을 느끼고 있었지만 무력감 앞에서는 속수무책이었다.

그래서 약속하고 다짐했었다. 절대로, 다시는 생각하지 않겠다고.

그런데 지금, 1월의 아침에 전혀 걸맞지 않은 햇살 아래서 그는 다시 한 번 그 일을 떠올리고 있었다. 이번이 정말로 마지막이 되기를 간절히 바라는 마음으로. 그때 집에서 전화벨이 울렸다. 그는 건조한 겨울 날씨에 말라버린 잔디 위에 망치를 내려놓고 전화를 받으러 부엌으로 뛰어갔다.

"좋습니다. 나가겠습니다."

전화를 끊은 그는 말라비틀어진 사과 한 알과 맥주 네 병밖에 없는 냉장고 문을 열었다. 그리고 맥주를 하나 들고 다시 정원으로 돌아왔다. 드라이버로 병뚜껑을 딴 그는 말라 죽은 풀 위에 앉아 창고 기둥에 등을 기댔다. 그러고는 눈을 감고 호박색 액체를 홀짝였다.

맥주 한 병을 비운 마티니는 애나 루 캐스트너가 실종됐다는 날 다친 자신의 손을 물끄러미 바라보았다. 그러다가 붕대를 풀고 상처를 살펴보았다. 거의 나아가고 있었다.

그는 병뚜껑을 땄던 드라이버를 들고 상처를 벌려보았다. 그러다가 뾰족한 끝부분으로 상처를 꾹 누르고 헤집었다. 신음 한 번 내뱉지 않았다. 과거의 나는 비겁했다. 그러니까 이런 고통은 꾹 참고 달게 받아야 한다.

피가 솟구치며 옷을 적시고 서서히 마른 땅으로 흘러내렸다.

따사로운 한낮의 햇살은 이미 옛 추억이 돼버렸다. 어둠이 내리자 짙은 먹구름이 계곡 위에 드리우더니 억수같이 비를 퍼붓기 시작했다.

국도변 식당의 통유리 문 위에는 여전히 즐거운 연휴를 기원하는 현수막이 걸려 있었다. 크리스마스는 물론 새해가 밝은 지도 벌써 며칠이 지났지만 미처 떼어낼 틈이 없었다. 최근 며칠 동안 손님들이 집중적으로 몰려든 탓이었다.

그러나 그날 밤 10시경, 식당 안은 텅 비어 있었다.

포겔이 나이 든 주인에게 특별한 약속이 있으니 식당을 비워달라고 부탁해두었기 때문이다. 지난 몇 주간 갑자기 손님이 불어난 게 자신의 덕이라고 주장하지는 않았지만 식당 주인은 그에게 빚진 셈이라는 걸 잘 알고 있었다.

유리문이 열리면서 짤랑거리는 벨소리가 울려 퍼졌다. 로리스 마티니는 발로 바닥을 차 점퍼에 묻은 빗물을 털어낸 다음 모자를 벗고 주변을 둘러보았다.

식당 안은 어두웠다. 벽 쪽에 붙어 있는 칸막이 자리에만 불이 밝혀져 있었다. 포겔이 먼저 와서 기다리고 있었다. 마티니는 그를 향해 걸어갔다. 비에 젖은 그의 클락스 구두가 리놀륨 바닥에 닿을 때마다 소리를 냈다. 그는 밝은 파란색 포마이카 테이블 반대편에 앉았다. 먼저 자리를 차지하고 있던 남자의 정면을 향해서.

포겔은 여느 때와 같이 우아하게 차려입고 나왔다. 캐시미어 코트는 벗지 않은 채였다. 그는 자신의 앞에 내려놓은 얇은 서류를 손가락으로 툭툭 치고 있었다.

두 사람의 첫 대면이었다.

"격언 같은 걸 믿습니까?" 포겔은 인사를 생략하고 다짜고짜 질문부터 날렸다.

"어떤 의미로 하는 말입니까?"

"전 올바른 것과 그렇지 않은 것을 구분하는 이 기본적인 방식에 언제나 매력을 느껴왔습니다. 그런데 이 법이라는 건 말입니다, 뭐랄까요……. 얼마나 복잡한지 격언 같이 꼭 어디에 적어놔야 하더군요."

"그 말은, 선과 악이 그렇게 간단히 구분할 수 있다는 말입니까?"

"아니지요. 하지만 그게 가능하다고 믿는 사람들이 있어서 마음이 좀 놓이기는 합니다."

"전 진실이란 결코 간단하지 않다고 생각하는 사람입니다."

"그럴 수도 있겠지요."

마티니는 테이블 위에 두 팔을 얹었다. 침착한 모습이었다.

"왜 여기서 만나자고 하셨습니까?"

"한 번 정도는 카메라나 마이크 없이, 성가신 기자들도 없이, 꼼수도 없이, 선생과 단둘이 만나야 한다는 생각이었으니까요……. 선생한테 기회를 드리고 싶었습니다. 제 생각이 틀렸다고 설득할 수 있는 기회 말입니다. 선생이 이번 사건에 휘말린 건 정말 말도 안 되는 우연일 뿐이라는 걸 증명할 기회요."

"좋습니다." 마티니는 자신감을 드러내려 애쓰며 대답했다. "어디서부터 시작할까요?"

"선생은 실종사건 발생 당일에 대한 알리바이가 없습니다. 게다가 왼쪽 손에 상처를 입으셨습니다." 포겔은 피가 배어 있는 붕대를 가리키며 말했다. "그런데 그 상처가 쉽게 낫지 않는 것 같군요. 꿰매기라도 했어야 하는 거 아닌지 모르겠습니다."

"아내도 그렇게 생각하더군요." 마티니는 상대의 전략에 말려들지 않겠다는 의지를 보이며 대답했다. "이 상처는 사고 때문이었습니다. 산을 타다 미끄러졌고 넘어지지 않으려고 나뭇가지를 붙잡아서 베인 상처입니다."

포겔은 앞에 내려놓았던 서류 쪽으로 시선을 돌렸다. 하지만 펼치지는 않았다.

"그런데 그게 좀 이상하더군요. 의사하고 얘기를 해보니 선생 손에 난 그 상처는 형태가 뭐더라……. 아, 그래. 예리한 날에 베인 형태와 너무나 흡사하다고 하더군요."

마티니는 더 이상의 답변을 하지 않았고 포겔 역시 더 이상 캐묻지 않았다.

"선생의 차량이 등장하는 마티아의 영상물로 넘어가보죠. 이것도 우연이라고 하실 생각이겠지만요. 뭐 어쨌든 누가 운전을 했는지는 확인이 불가능하니 말입니다. 엄밀히 말하면 그 SUV 차량은 가족 소유던데……. 그러면 아내분도 면허증을 소지하고 계십니까?"

"운전은 제가 했습니다. 아내는 끌어들이지 맙시다."

마티니는 레비 변호사의 지침을 따르지 않았다. 하지만 그런 것 따위는 중요하지 않았다. 설사, 자신에게 유리하게 작용할 일이 있더라도 클리어만큼은 사건에 끌어들이고 싶지 않았다.

"자동차 실내를 수색해보긴 했는데, 애나 루의 DNA는 발견되지 않았습니다. 그런데 희한하게 고양이 털이 나오더군요."

"저희는 고양이를 키우지 않습니다." 마티니는 순진하게 자기변론을 했다.

포겔은 몸을 숙여 상대에게 가까이 다가가 나긋나긋한 목소리로 말을 이었다.

"그렇다면 말입니다, 이 고양이를 통해 제가 선생을 실종사건에 연루시킬 수 있다면 뭐라고 하시겠습니까?"

마티니는 상대의 질문을 제대로 이해 못 한 눈치였지만 물음표가 떠 있던 그의 눈빛에 두려움이 번지고 있었다.

"처음부터 걸리던 게 한 가지 있었습니다." 포겔은 설명을 이어 나갔다. "애나 루는 납치되는 상황에서 왜 반항을 하지 않았을까? 왜 비명도 지르지 않았을까? 이상한 소리를 들은 이웃조차 없었습니다. 그래서 애나 루가 납치범을 순순히 따라갔을 거라는 결론에 이르게 됐던 겁니다. 상대를 믿었으니까⋯⋯."

"상대를 믿을 만큼 잘 아는 관계였다면 전 배제돼야겠군요. 그 아이가 제가 근무하는 학교의 학생인 건 맞습니다만 제가 그 여학생과 친분이 있다거나 같이 대화하는 모습을 봤다고 확인해줄 사람은 아무도 없을 테니까요."

"그런데 말입니다, 애나 루는 납치범과는 모르는 사이였습니다⋯⋯. 대신 그자가 데리고 있던 고양이를 알고 있었던 거죠."

포겔은 그제야 서류를 펼치며 마티니에게 확대사진을 들이밀었다. 그날 아침, 로리스 마티니를 체포하기 위한 단서로 쓰기 위해 레베카 메이어 검사에게 들이밀었던 사진이었다.

"실종된 여학생 이웃집에 설치되어 있던 감시카메라를 확인해봤습니다. 불행히도 도로로 향해 있던 카메라는 한 대도 없더군요. 뭐라더라, 각자 자기 재산 지키는 일에만 충실한 개인주의 성향 때문이라고 해야 하나? 어쨌든 그 덕에 여학생이 실종되기 며칠 전부터 길 잃은 고양이 한 마리가 동네를 배회하고 다니는 장면을 확인할 수 있었습니다."

마티니는 사진을 들여다보았다. 빨간색과 밤색 털이 어우러진 커다란 얼룩무늬 고양이 한 마리가 영국식 잔디 위를 돌아다니고 있었다.

"저 녀석 목에 걸린 게 보이십니까?" 포겔이 물었다.

마티니는 사진을 유심히 살펴보았다. 고양이 목에는 알록달록한 작은 진주 팔찌가 걸려 있었다.

포겔은 자신의 손목에서 마리아 캐스트너에게 받은 팔찌를 빼 사진 옆에 내려놓았다.

"애나 루는 이런 팔찌를 만들어서 자신이 좋아하는 사람들에게 선물로 줬습니다."

마티니는 아무런 반응도 하지 못할 정도로 뻣뻣하게 굳어버렸다.

포겔은 회심의 카드를 내보일 순간이라고 판단했다.

"납치범은 고양이를 미끼로 이용했던 겁니다. 범행에 나서기 며칠 전, 고양이 한 마리를 풀어 동네를 배회하게 만들었던 거죠. 고양이를 좋아하지만 직접 키울 수는 없었던 애나 루가 분명히 눈여겨볼 거라는 확신을 하고 말입니다. 그런데 애나 루는 그 고양이를 눈여겨봤을 뿐만 아니라 직접 키우고 싶어 자신이 가지고 있던 팔찌를 목에 걸어 줬던 겁니다. 자, 선생님, 이렇게 말씀드리지요. 오늘부터는 선생을 따라다니지 않겠습니다. 이 사진 속 고양이만 찾아내면 선생은 이대로 끝장이 날 테니까요."

그 말을 끝으로 몇 분간 침묵이 이어졌다. 포겔은 자신이 상대의 허를 찔렀다고 판단했다. 포겔은 상대의 반응을 기다리며 그를 노려보았다. 자신의 짐작이 틀리지 않았다는 사실을 입증해줄 상대의 반응을. 하지만 로리스 마티니는 아무런 말도 하지 않았다. 그는 자리에서 일어나더니 침착하게 출구를 향해 걸어갔다. 그러고는 문을 열고 나가기 직전에 걸음을 멈추고 마지막으로 뒤를 돌아보았다.

"아까 격언에 대해 말씀하셨지요……." 그는 차분하게 말을 이어 나갔다. "예전에 누가 그러더군요. 악마가 저지른 가장 멍청한 실수는 자만심이라고 말입니다."

그러더니 식당 밖으로 나갔다. 짤랑거리는 종소리를 남겨놓고.

포겔은 차분하게 그 순간을 즐기는 눈치였다. 정곡을 찔렀다는 확신이 들었기 때문이다. 하지만 레베카 메이어 검사가 여전히 골칫거리였다. 검사를 무장해제시킬 방법이 필요했다.

악마가 저지른 가장 멍청한 실수는 자만심이라고 말입니다…….

포겔은 마티니가 무슨 의도로 한 말인지 곰곰이 생각해보았다. 언뜻 욕처럼 들리기도 했다. 그러나 포겔은 그런 말에 상처받는 예민한 부류는 아니었다. 사람이 얻어맞으면 맞은 만큼 되돌려주는 법이다. 그리고 로리스 마티니에게는 이제 카운트다운이 시작되었다.

포겔은 그런 생각 끝에 그만 자리를 털고 일어나기로 했다. 가져왔던 물건을 챙기던 그는 갑자기 동작을 멈췄다. 테이블 위에 있는 무언가를 발견했기 때문이다. 그는 자세히 들여다보기 위해 몸을 숙였다.

파란색 포마이카 테이블 위, 그러니까 로리스 마티니가 앉아 붕대 감은 손을 올려두었던 부분에 아직 마르지 않은 피가 묻어 있었다.

1월 16일
실종사건 발생
24일 후

꼬마 리오 블랑이 흔적도 없이 사라진 날은 다섯 살 생일을 지내고 정확히 일주일 뒤였다.

당시는 지금처럼 대규모 병력과 장비를 투입해서 수색을 펼칠 수 있는 고도의 수사기법이 갖춰지지 않았던 시기였다. 그저 사람들이 돌아다니며 땅을 뒤지고 쑤시는 게 전부였다. 사건은 해당지역은 물론 그곳 주민들까지 속속들이 알고 있어 충분한 정보를 수집할 수 있고 사건현장이나 DNA 분석 같은 과학수사대의 도움도 필요 없는 노련한 경찰들이 담당하게 되었다. 매일같이 강도 높은 수사가 이어졌지만 진척 상황은 더뎠고 결과도 미약할 뿐이었다. 형사들이 가진 최대의 무기는 끈기와 인내심이었다.

그런데 미디어의 출현과 함께 그런 인내심이 점차 줄어들기 시작했다. 대중은 당장에 답을 내놓으라고 닦달했고, 원하는 답을 얻지 못하면 가차 없이 채널을 돌려버렸다. 그 결과, 방송사들이 나서서 수사관들을 압박했고 뒤돌아볼 틈도 없이 쫓기는 수사관들은 허둥지둥 엉성한 수사를 진행해야 하는 처지에 몰리게 되었다. 이런 상황에서 돌이킬 수 없는 실수가 발생하는 건 시간문제일 뿐이었다. 하지만 중요한 건 이렇게 시작된 쇼를 멈출 수 없다는 것이었다.

다섯 살 소년 리오 블랑은 자신의 의도와는 전혀 상관없이 비극적인 짧은 생을 마감하며 이전과 이후를 가르는 명확한 경계선을 남긴 피해자가 되었다.

교통사고로 아이 아버지인 남편을 잃은 스물다섯 살 미망인 로라 블랑은 어느 날 아침, 자신이 거주하고 있는 평야지대의 작은 마을 경찰서에 나타났다. 그녀는 세상이 무너진 듯 절망적인 표정으로 누군가가 자신의 집으로 들어와 아들 리오를 납치해갔다고 주장했다.

당시 포겔은 갓 경찰학교를 졸업한 일개 경사에 불과했다. 그에게 주어진 업무는 보고서를 보관하거나 타자기 앞에 앉아 민원신고 내용을 서류로 작성하는 기초적이고 사무적인 일이었다. 나머지 시간에는 선배 경찰들이 일하는 모습을 유심히 지켜보기만 해야 했다. 물론 배우는 것도 있었다. 그런데 그날 로라 블랑의 진술을 받은 건 바로 포겔 경사였다.

로라 블랑은 그날 아침, 전날 저녁에 사뒀던 우유팩을 차에 두고 온 사실을 뒤늦게 깨달았다고 했다. 그래서 아들이 일어나서 밥을 달라고 성화를 부리기 전에 우유를 가지러 차로 갔다. 사실 차를 세워둔 곳은 집과 50여 미터 떨어진 지점이었다. 딴 데 정신이 팔렸던 건지, 아니면 어차피 동네사람들끼리 서로 다 알고 지내는 터라 심지어 밤에도 열쇠로 문을 잠그고 다니지 않는 버릇 때문이었는지, 어쨌든 그날 아침 로라는 문을 잠그지 않고 나갔다. 그녀는 그렇게 행동했던 자신을 용서할 수 없다고 진술했다. 포겔은 절차에 따라 바로 자신과 같이 근무를 서고 있던 경찰에게 관련 사실을 알렸다. 그들은 그 즉시 로라 블랑의 집으로 향했다. 강제로 문을 열고 들어간 흔적은 발견할 수 없었지만 다섯 살 꼬마 리오의 방은 뒤죽박죽이 돼 있었다. 현장을 본 두 경찰은 아이가 잠에서 깨어 괴한을 발견하고 겁을 집어먹어 납치범에게 반항을 한 결과일 거라 추측했다. 하지만 범인은 결국 순식간에 아이를 제압하고 데려가버렸다.

로라 블랑은 공황상태에 가까울 정도로 충격을 받은 상황에서도 사건이 발생하기 직전까지의 일들을 비교적 정확히 재구성해 설명했다. 그녀가 집에서 나갔다가 다시 돌아오기까지의 공백 시간은 불과 8분여에 지나지 않았다. 그 8분여 동안 로라 블랑은 이웃 여성과 몇 마디 말을 나누었을 뿐이었다. 하지만 납치범에게는 몰래 집으로 숨어들어 아이를 납치해가기에 충분한 시간이었다.

범인에 대한 추격이 시작되었다. 하지만 당시, 인근 늪지대에 서식하는 철새들에 관한 소식을 취재하기 위해 찾아왔던 방송사 뉴스팀이 없었다면 결과는 사뭇 달랐을 것이다. 경사 하나가 아이디어를 냈다. 그는 아이 엄마의 호소에 따라 기자들에게 실종된 아이를 본 사람들에 대한 증언을 수집해달라고 부탁했다.

관련 소식이 전파를 타자 대중의 반응이 도화선처럼 번져나갔다.

경찰서로 제보전화가 이어졌고 대다수의 제보자들은 리오를 분명히 봤다며 언제, 어디서 목격했는지를 설명했다. 아이스크림을 사주는 성인 남성을 따라가는 걸 봤다는 사람도 있었고, 어느 커플과 함께 기차에 타고 있는 걸 봤다는 사람, 심지어 아이를 데리고 있는 사람의 이름까지 알고 있다고 주장하는 제보자들도 있었다. 하지만 신고된 내용은 거의 대부분 근거가 없거나 확인이 불가능했다. 오히려 집중포화같이 빗발친 제보전화로 인해 수사는 난관에 봉착하고 말았다.

그런데 더 놀라웠던 사실은 단지 수사 진척 상황을 알아보기 위해 경찰에 전화를 건 사람들의 수였다. 게다가 그만큼 많은 수의 전화가 방송사로도 날아들었고, 결국 방송사는 납치사건을 소위 '커버스토리'로 다루기로 작정하고 현장으로 팀을 급파하기에 이르렀다.

포겔은 순식간에 모든 양상이 달라지는 과정을 고스란히 지켜보았다. 경험이 전무한 신참이었던 그는 눈앞에서 펼쳐지는 혁명적인 변화의 진가를 알아보지 못했다. 모든 게 그저 비현실적으로만 느껴졌다. 심지어 진실마저 언론의 필터를 거치고 나면 달라 보일 정도였다. 아들을 잃어버린 로라 블랑은 어느새 슬픔에 잠긴 여주인공이 돼 있었다. 포겔이 그녀를 처음 만났을 때만 해도 그리 예쁜 편은 아니었지만 진실 돼 보이는 젊은 여성 같아 보이긴 했었다. 그런데 어느 순간 그녀의 외모가 확 달라지기 시작했다. 분장과 조명의 힘으로 방송에 나간 뒤로 보호해주겠다는 사람들로부터 '팬레터'까지 받을 정도였다. 그녀의 어린 아들 리오는 전국의 어머니들이 가슴으로 입양한 아들이 되었다. 다섯 살 꼬마는 시대의 아이콘이 되었고 사람들은 아이의 사진을 집에 장식했을 뿐만 아니라 적잖은 초보 엄마, 아빠들은 아이에게 리오라는 이름을 붙여주기까지 했다.

영구미제사건으로 전락할 가능성이 점점 농후해지던 터에, 수십 번도 넘게 진행된 로라 블랑의 가택수색에서 기적적으로 용의자 지문 하나가 검출되었다. 그리고 일치하는 지문의 주인을 찾기 위해 2주가 넘게 기록을 대조한 끝에 결국 용의자를 특정해냈다.

그는 토머스 버닌스키라는 인물이었다. 40대의 막노동꾼으로 아동 성추행 전과가 있었을 뿐만 아니라 납치사건 발생 당시 인근 지역에서 공장창고를 건설하는 회사에 고용되어 일하고 있었다.

추격은 그리 오래 걸리지 않았다. 그는 체포되었고 그의 소지품 중에서 피 묻은 리오의 잠옷이 발견되었다. 소아성애자이자 살인범은 이미 오래전부터 리오를 눈여겨봐왔다고 자백한 후 시신을 암매장한 장소로 수사관들을 데려갔다.

참혹한 결말이 드러나자 대중은 심한 충격에 휩싸였다. 하지만 그 과정에서 일부 경찰 고위 관료들은 수사 환경에 변화가 찾아왔음을 직감했으며 다시는 되돌릴 수 없다는 사실도 깨달았다.

새 시대가 열린 것이다.

재판은 더 이상 법원에서만 이루어지지 않는다. 이제 재판은 예외 없는 모두의 관심사가 돼버렸다. 새 시대는 정보가 힘이었다. 정보의 가치는 무엇과도 비교할 수 없었다.

무고한 한 어린아이의 죽음 뒤로 돈이 되는 사업이 태어났다.

이상주의적 성향이 강했던 젊은 형사 포겔은 자신이 그 변태적인 시스템 속으로 들어가 타인을 끌어내리고 그 위에 자신의 빛나는 명성을 쌓아 올리게 되리라고는 감히 상상한 적도 없었다. 그런데 그는 전혀 예상하지 못한 뜻밖의 결론에 도달하게 되었다…… 로라 블랑은 문을 열어두고 집을 나선 이유에 대해 전날 사둔 우유를 차에 두고 왔기 때문이라고 진술했었다. 그리고 버닝스키의 지문이 발견될 때까지 그녀의 집에 대한 수색이 수십 차례 이어졌었다.

그런데 왜 정작 그녀가 찾으러 나갔다던 우유팩은 끝까지 발견되지 않았던 걸까?

다년간의 경험을 쌓은 지금까지도 포겔은 그 이유를 궁금해했다. 그리고 설명이 가능한 답을 떠올릴 때마다 아직도 등골이 오싹해졌다. 로라 블랑은 오래지 않아, 이미 사건 전부터 알고 지내던 남자와 새 삶을 꾸렸다. 그런데 그 남자는 다른 남자의 아들을 대신 키울 마음이 없었을 것이다. 아이의 생모가 추악한 버닌스키의 의도를 철저히 계산한 뒤 그가 범행에 나서도록 부추기고 방치했다는 사실은 언론조차 쉽게 믿어주지 않았을 것이다. 로라 블랑은 그날 고의적으로 문을 열어두고 집 밖으로 나갔을 것이다. 포겔은 그렇게 확신했다. 하지만 그는 결코 들춰선 안 되는 비밀도 있다고 믿는 사람이었다. 그래서 아무에게도 자신이 의심하는 내용을 털어놓지 않았다. 하지만 수사과정에서 상황이 진척될 때마다 매번 과거의 그 사건을 떠올렸다.

그날, 새벽녘에도 보르기 경사가 모는 차를 타고 가는 동안 꼬마 리오 사건이 머릿속에 떠올랐다. 경사는 다급하게 호텔로 그를 데리러 왔었다.

잠수부들이 배수로에서 알록달록한 배낭 하나를 찾아냈는데, 아무래도 그 가방이 애나 루 캐스트너의 것으로 추정된다는 의견이었다.

가끔은 자기 집에 있을 때마저 폐소공포증이 느껴질 때가 있다. 그럴 때는 집 밖으로 나가야만 했다. 마티니는 집 앞에 장사진을 치고 기다리는 기자들을 따돌리고 외출하는 기술을 터득하게 되었다. 예를 들어 방송팀이 오전 첫 뉴스를 내보내기 위해 준비하는 시각이 새벽 5시에서 7시 사이라는 사실을 알게 된 후로 그 순간을 노려 정원을 통해 밖으로 나가면 기자들의 눈을 피할 수 있었다.

미로 같은 '안전한' 길을 따라가다 보면 아베쇼를 벗어날 수 있었다. 그런 다음 곧장 숲으로 들어가 자연의 고독 속에 자신을 내맡겼다. 조만간 이런 자유조차 빼앗길 수도 있다는 사실을 깨닫고 있었기 때문이다. 식당에서 포겔 형사를 만난 지 닷새가 지났다. 얼룩무늬 고양이를 찾아다니는 형사를 떠올리니 웃음밖에 나오지 않았다. 사실 로리스 마티니는 자신에게 무슨 일이 벌어지든 전혀 두렵지 않았다. 허술한 겉모습만 보면 아무런 대책도 없을 것 같은 분위기를 풍기고 있었지만 결코 무너지지 않겠다는 각오로 정신을 다져왔다. 무성하게 자란 턱수염과 몸에서 나는 퀴퀴한 냄새는 그에게 일종의 보호막과도 같았다. 그 덕에 다른 이들이 다가오지 못하게 거리를 둘 수 있을 것만 같았다. 클리어가 봤다면 결코 가만두지 않았을 것이다. 그녀는 언제나 세심한 관찰력으로 그를 지켜보며 옷차림과 인상에 대한 조언을 아끼지 않았다. 대학 시절, 감청색 정장에 우스꽝스러운 넥타이 차림으로 나타나 저녁 식사 자리에 초대한 그날부터 그랬다. 그의 아내에게는 겉모습과 남에게 풍기는 인상이 매우 중요한 부분이었다.

클리어와 모니카가 보고 싶었지만 그는 그 두 사람을 위해서라도 자신이 강해져야 한다는 걸 잘 알고 있었다. 두 사람은 떠난 뒤로 연락 한 번, 전화 한 통 없었다. 사실 자신조차 먼저 연락을 하지 않았다. 두 사람을 보호하고 싶었기 때문이다. 자신으로부터.

아침 안개가 이슬이 되어 서서히 나뭇잎 속으로 스며들고 있었다. 마티니는 이슬을 머금은 잎사귀를 만지며 손바닥에 전해지는 촉촉하고 신선한 느낌을 좋아했다. 그래서 두 팔을 펼치고 눈을 감은 채 앞으로 걸으며 나름 가벼운 황홀경에 빠져들었다. 심호흡을 하며 숲 향기를 폐 속으로 깊숙이 밀어 넣었다. 머릿속이 녹음으로 우거지는 느낌과 동시에 어둠이 물러나고 아침 햇살이 그 자리를 대신하기 시작했다. 숲속의 동물들이 하나둘 잠에서 깨어나 모습을 드러냈고 새들이 지저귀기 시작했다. 다들 어둠에서 빠져나와 행복해하는 분위기였다.

손목에 차고 있던 쿼츠 시계가 지속적으로 단발성 알림음을 내기 시작했다. 마티니는 2시간의 자유가 끝난 걸 깨달았다. 그래서 여느 때처럼 그날도 집을 향해 발걸음을 돌렸는데 아베쇼로 이어지는 길에 접어들자 반대편에서 걸어오는 그림자 하나를 발견했다. 아무도 마주치고 싶지 않았지만 벌판으로 둘러싸여 있어 딱히 피해 갈 다른 길도 없었다. 그는 고개를 숙이고 모자의 챙이 얼굴을 거의 다 가릴 정도로 푹 눌러 쓴 다음 앞으로 걸어갔다. 주머니에 손을 찔러 넣고 등을 굽힌 자세로 상상의 선을 정해 그 선만 따라가겠다는 생각으로 똑바로 걸었다. 하지만 지나가는 사람이 누구인지 곁눈질로 슬쩍 엿보고 싶은 호기심을 억누를 수 없었다. 그런데 상대가 누구인지를 확인하자마자 숨이 멎는 줄 알았다.

브루노 캐스트너는 몇 초가 지나서야 다가오는 상대가 누구인지를 알아보았다. 그 역시 갑자기 뭔지 모를 느낌이 들어 발걸음을 늦췄다.

두 사람은 각자의 방향으로 가던 발걸음을 거의 멈추기 직전이었다. 마치 상대가 먼저 반응하기를 기다리는 사람들 같았다. 실종된 소녀의 아버지는 속마음을 전혀 알 수 없는 표정을 짓고 있었지만 위엄만큼은 느껴졌다. 마티니는 상대가 어떻게 나올지, 자신의 딸을 납치해 간 장본인으로 의심받는 남자에게 어떤 반응을 보일지 생각해보지 않았다. 오히려 이상하게도 자신이 상대의 입장이었다면 어떻게 반응했을지부터 떠올랐다. 생각만으로도 두려웠다.

두 사람이 동시에 아스팔트를 밟고 지나가는 탓에 서로의 발소리가 상대의 발소리를 가려주었다. 두 사람 사이의 거리는 좀처럼 줄어들 기미가 보이지 않는 것 같았다. 그런데 순식간에 1미터 앞까지 가까워졌다. 하지만 두 사람은 서로 고개조차 돌리지 않았다. 마티니는 순간적으로 걸음을 멈추고 기다렸다.

하지만 상대는 걸음을 멈추지 않고 오히려 걸음을 재촉하며 그의 시야에서 멀어지고 있었다.

마티니는 발을 뗄 수 없었다. 가슴속에서 두근거리며 뛰는 자신의 심장 소리밖에 들리지 않았다. 등 뒤로는 여전히 브루노 캐스트너의 존재가 느껴졌다. 잠시나마 차라리 그가 발걸음을 되돌려 자신에게 시비라도 걸어주었으면 하는 심정이 들었다. 하지만 그런 일은 벌어지지 않았다. 마티니가 등을 돌렸을 때, 거구의 사내는 이미 숲 주변부로 사라져가는 작은 점처럼 멀어진 뒤였다.

마티니는 순간의 경험을 결코 잊을 수 없을 것 같았다. 그리고 바로 그 순간, 결심했다.

애나 루 캐스트너가 실종 당일 메고 나갔던 알록달록한 배낭은 부검대 위에 놓여 있었다. 시신의 역할을 대신하는 셈이었다. 하지만 포겔은 주근깨가 난 빨간 머리 10대 소녀가 누워 있다는 느낌이 들었다. 알몸의 상태로, 움직일 수도 없는 싸늘히 식은 시신처럼 누워 온 주변을 어둠 속에 몰아넣는 수술용 조명을 받으면서……

가끔은 운 좋은 날도 있는 법이니까. 포겔은 그렇게 생각했다. 소녀의 가방을 수직갱도에 버린 범인은 가방에 들어 있던 소지품들을 싹 비우고 무거운 돌멩이를 채워서 버렸던 것이다. 하지만 그것만으로는 충분하지 않았다. 이 정도로 신중을 기울였다는 건 단호한 범행의지를 뜻했다. 이제 괴물의 존재는 단순한 수사관의 가설이 아니라 현실이 되었다.

그 순간만큼 부검대에 놓인 배낭은 단순한 가방이 아니라 바로 애나 루 캐스트너였다. 마치 소녀가 눈을 뜨고 그를 향해 고개를 돌리고 있는 기분이 들었다. 적어도 30여 분 전부터 홀로 그 자리에 서서 배 닝의 발견이 앞으로 수사에 어떤 영향을 미치게 될지를 계산하던 그를 향해. 빨간 머리 한 가닥이 이마 위로 흘러내리며 입술을 움직여 소리 없는 한 마디를 내뱉는 것 같았다.

저 아직 여기 있어요.

포겔은 처음으로 캐스트너 부부의 집에 찾아갔던 지난 크리스마스를 떠올렸다. 장식된 크리스마스트리가 눈에 선했다. 마리아 캐스트너가 했던 말도 기억났다. 딸아이가 돌아올 때까지 불을 밝혀둘 거라고⋯⋯. 어두운 밤을 밝혀주는 길잡이가 돼주길 바라며⋯⋯. 빨간 리본을 단 채 주인이 열어주기를 기다리는 선물상자도 기억났다. 이제 그 선물상자 대신 하얀 관이 놓일 차례였다.

"영영 너를 찾아내지 못할 수도 있겠구나." 포겔은 나직이 중얼거렸다.

그런 확신이 뿌리 깊이 박혔다.

악마가 저지른 가장 멍청한 실수는 자만심이라고⋯⋯.

이제 이런 일이 다시는 반복되지 않도록 행동에 나설 시간이 왔다.

오전 9시경, 로리스 마티니는 샤워 부스 안으로 들어갔다. 뜨거운 물로 누적된 피로감을 날려버렸다. 그는 알몸으로 거울 앞에 서서 지난 며칠간 애써 피했던 자신의 얼굴을 들여다보았다. 그러고는 면도를 했다.

옷장 문을 열고 그나마 얼마 되지도 않는 옷 중에서 현재 자신의 심경을 대변해줄 수 있는 의상을 꺼냈다. 줄무늬가 들어간 베이지색 벨벳 재킷, 짙은 색 면바지, 파란색과 밤색 체크무늬 와이셔츠, 그리고 연회색 넥타이. 옷을 다 챙겨 입은 그는 클락스 구두의 끈을 맨 다음 점퍼를 걸치고 크로스백을 둘러멨다. 준비를 마친 로리스 마티니는 집 밖으로 나갔다.

현관문을 열고 나오는 그를 발견한 카메라맨과 기자들은 허를 찔린 사람들처럼 당황한 채 허둥거렸다. 그러나 카메라 렌즈는 일제히 그를 향했다. 태연한 표정으로 인파로 둘러싸인 장벽을 뚫고 차분히 아베 쇼를 활보하는 로리스 마티니에게로.

그는 대로에 다다랐다. 사람들이 걸음을 멈추고 믿을 수 없다는 듯 손가락으로 자신을 가리켰다. 가게 안에 있던 손님들은 그 광경을 보러 밖으로 나왔다. 하지만 어떤 행동을 하거나, 소리 내어 뭐라고 비난하는 사람은 아무도 없었다. 마티니는 자신을 쳐다보는 사람들의 시선은 외면했지만 그 눈빛에서 전해지는 중압감만큼은 고스란히 느낄 수 있었다.

학교 건물이 가까워지자 그의 주변으로 몇몇 사람들이 몰려들었다. 수사본부로 사용되는 체육관을 제외하고는 아무것도 달라지지 않았다.

그는 등 뒤에서 따라오는 자칼들이 학교라는 경계선은 넘어오지 못할 거라는 확신을 하고 건물 현관으로 이어지는 계단을 올라갔다. 건물 안으로 들어오자 익숙한 종소리가 울려 퍼지고 있었다. 시간표에 따르면 10시가 문학수업이었다. 그는 얼빠진 표정으로 자신을 바라보는 동료 교사들과 학생들의 시선을 받으며 교실로 향했다.

과목이 바뀔 때마다 교실 분위기는 어수선해졌다. 곧 교장 선생님이 지정한 임시 담임 선생님이 도착할 시간이었다. 하지만 학생들은 짧은 방학 동안 못 나눈 이야기와 농담을 주고받으며 깔깔거리고 있었다.

프리실라는 다시 예전 차림으로 돌아와 있었다. 진한 화장까지.

"리얼리티 쇼에 나가볼 생각이야." 프리실라는 잔뜩 기대에 부푼 채 친구들에게 자신의 계획을 설명하고 있었다.

"엄마가 괜찮대? 아무 말도 안 해?" 한 친구가 물었다.

"무슨 상관이야. 이제 나갈 방향이 생긴 건데 엄마도 포기해야지 별 수 있겠어?" 프리실라는 대수롭지 않다는 듯 어깻짓을 하며 대답했다. "에이전트를 찾아봐야 할까봐."

머리에 문신을 한 문제아 루카스는 교실 구석에 있던 학생에게 소리쳤다.

"어이, 거기 왕따! 너한테는 뭐 떨어진 거 없나?"

그 말에 교실이 웃음바다가 됐지만 마티아는 그 말을 못 들은 척, 계속해서 공책에 무언가를 휘갈겨 쓰고 있었다.

교실 문이 열렸다. 모두가 문 쪽으로 고개를 돌리지는 않았다. 하지만 문으로 시선을 돌린 일부 여학생들은 말문을 잇지 못했다. 그리고 로리스 마티니 선생님이 교실 안으로 들어와 책상에 가방을 내려놓을 때는 적막감마저 감돌았다.

"방학은 잘들 보냈니?" 그는 미소와 함께 학생들에게 인사를 했다.

대답하는 학생은 아무도 없었다. 하나같이 아연실색한 표정이었다. 심지어 마티아는 공포에 질린 얼굴이었다. 선생님은 그대로 서서 몇 초간 아이들을 하나하나 살펴보았다. 그리고는 아무 일도 없었다는 듯 수업을 시작했다.

"지난 시간에 소설의 서술기법에 관한 예를 들었었지? 작가들도 남이 먼저 쓴 이야기에서 영감을 얻는다고 설명했던 거, 다들 기억날 거야. 위대한 작가들도 마찬가지라고 했었지. 따라서 위대한 작가가 되기 위한 제1 원칙은 모방이라고 했던 것도 다들 기억나니?"

아무런 대답도 없었다. 더 잘 된 거야. 마티니는 그렇게 생각했다. 정적이 느껴질 정도로 아이들이 조용히 앉아 있었던 적은 일찍이 없었다.

또다시 교실 문이 열렸다. 이번에는 모두가 일제히 고개를 돌렸다. 교실 안으로 들어선 포겔 형사는 수업 중이라는 사실을 깨닫고는 별일 아니라고, 신경 쓰지 말라는 뜻으로 손을 들어 올렸다. 나름 사과의 뜻도 담겨 있었다. 그러고는 빈 책상에 앉더니 교사에게 계속 수업을 진행하라는 눈빛으로 그를 쳐다보았다.

"서사를 끌어가는 진정한 원동력은 악당들이라고 말했을 거야." 마티니는 침착하게 하던 말을 이어 나갔다. "주인공이나 피해자들은 사실 이야기를 전개하는 도구에 지나지 않아. 왜냐하면 이야기를 읽게 될 독자들은 평범한 일상 따위에는 관심이 없거든. 이미 자신들의 일상이라는 게 있으니까. 독자들은 갈등이나 대립을 원해. 자신의 초라한 일상에서 잠시라도 벗어나게 해주는 그런 싸움 말이야." 마티니는 그렇게 말하고는 의도적으로 포겔을 노려보며 설명을 이어갔다. "잘 생각해봐. 그런 초라한 일상을 그나마 견디게 해주는 게 바로 악당들이야. 서사를 이끌고 만들어내는 게 바로 그 악당들이라고."

포겔은 대뜸 박수를 쳤다. 확신에 찬 표정으로 있는 힘껏 박수를 치며 만족스럽다는 듯 고개까지 끄덕였다. 그러고는 다들 칭찬을 아끼지 말고 자신을 따라 하라는 의도로 학생들을 쳐다보았다. 학생들은 어쩔 줄 몰라 그저 서로 얼굴만 쳐다볼 뿐이었다. 그러다 몇몇 학생들이 조심스레 포겔의 행동을 따라 했다. 황당한 상황이 펼쳐졌다. 포겔은 자리에서 일어나 계속 박수를 치며 교탁으로 걸어갔다. 그러고는 마티니의 얼굴 몇 센티미터 앞까지 가서야 걸음을 멈췄다.

"좋은 내용입니다." 그는 그렇게 말하고는 귓속말로 속삭였다. "애나 루 배낭이 발견됐습니다. 시신은 아직 못 찾았지만 이제 그럴 필요가 없게 됐습니다……. 배낭에서 선생의 혈흔이 검출됐거든요."

마티니는 입을 굳게 걸어 잠그고 아무런 대답도 하지 않았다.

포겔은 캐시미어 코트를 걸어 올리며 수갑을 꺼냈다.

"이제 같이 가시죠."

모든 걸 영원히 뒤바꾼 밤, 플로레스 박사 진료실 창문 밖으로 보이는 거라곤 아베쇼의 채광장이 전부였다. 환기탑 위에 달린 빨간 등이 간헐적으로 깜빡이는 모습이 마치 안개 속을 꿰뚫어보는 파수꾼의 두 눈처럼 보였다.

"가족이 있으십니까, 수사관님?"

포겔은 자신의 오른손 손톱을 내려다보았다. 얼마 전부터 다시 침묵을 지키고 있던 터였다. 그래서 정신과 전문의의 질문이 무슨 뜻인지 이해하는 데 시간이 걸렸다.

"가족이오? 만들 시간이 없었습니다."

"난 결혼 생활이 40년째입니다." 플로레스는 상대가 아무것도 묻지 않았지만 스스로 자신의 이야기를 털어놓았다. "아내 소피아는 자식 셋을 훌륭하게 키워냈고 지금은 손자, 손녀들을 돌봐주고 있습니다. 대단한 여성이지요. 아내 없이는 아마 살 수 없을 겁니다."

"정신과 전문의가 아베쇼에서 할 일이 있습니까?" 포겔은 호기심이 발동했다. "솔직한 말로 이런 오지에서 정신과 전문의로 일하는 사람을 만날 거라고는 상상도 못 했습니다."

"자살 문제지요." 플로레스 박사는 진지하게 대답했다. "이 지역은 전국에서 자살률이 가장 높은 곳입니다. 자살이 가족력이라 해도 과언이 아닐 정도로 지역주민 중에서 자살로 아버지, 어머니, 형제, 자매 등을 잃지 않은 가정이 거의 없을 겁니다. 심지어 자살자 중에는 어린 아이까지 포함되어 있습니다."

"자살 동기가 뭡니까?"

"딱히 없습니다. 이곳을 찾는 외지인들은 이곳 주민들을 부러워합니다. 아베쇼처럼 산으로 둘러싸여 안전하고 평화로운 곳에 살면 삶도 덩달아 평온할 거라고 생각하거든요. 그런데 여기 사람들의 문제는 그 평온함이 너무 지나치다는 데 있습니다. 그런 평온함만으로는 행복할 수가 없었던 겁니다. 오히려 그 평온함이 감옥이 돼버린 셈이지요. 그 감옥에서 벗어나기 위해 사람들은 결국 스스로 목숨을 끊기에 이릅니다. 그것도 언제나 잔혹한 방법으로 말입니다. 약을 먹거나 손목을 자해하는 수준을 넘어서지요. 마치 벌이라도 내리려는 듯 스스로에게 가혹한 행위를 합니다."

"그래서 그 사람들을 많이 살리셨습니까?"

"내 환자들은 약물치료보다는 그들의 감정을 드러내고 털어놓을 수 있는 누군가를 필요로 하는 사람들입니다."

"선생께선 아마 그럴싸한 말로 환자들의 입을 열게 하실 수 있는 그런 분일 겁니다. 장담하지요. 왜냐하면 환자라고 하지만 이미 오래전부터 알고 지내온 사이셨으니까 말입니다. 환자들도 선생께만큼은 거리낌 없이 속마음을 털어놓았을 겁니다."

형사의 지적은 예리했다. 플로레스 박사는 뛰어난 관찰력으로 환자

286

들의 심리 상태를 파악했다. 아마 이야기를 경청하며 절대 강요하지 않는 기술을 터득했기 때문일 것이다. 인내심을 잃거나 언성을 높이는 일도 없었고, 심지어 자식들과 언쟁을 벌일 때조차 화내는 법이 없었다. 그는 사람들이 자신을 균형 잡힌 사람으로 여겨주기를 바랐고 스스로를 산에서 도를 닦는 치유사로 여겼다. 사람들의 영혼을 달래주며 그들을 불행으로부터 치유해주는 산사람처럼.

"이곳 사람들은 단순히 불행한 게 아닐 수도 있습니다. 넘치는 평온함이 아마 죽음에 대한 두려움까지 밀어냈을 수도 있습니다. 그런 생각은 한 번도 안 해보셨습니까?"

"그럴 수도 있겠군요." 의사도 그 점을 인정했다. "죽음이 두렵다고 생각해보신 적은 있습니까, 포겔 형사님?"

질문 속에는 은근한 도발이 함축되어 있었다. 그는 상대를 피 묻은 옷과 이렇게 자신과 대화를 나누고 있는 현실 속으로 끌어내기 위해 자극적인 질문을 던졌다.

"다른 사람들의 죽음에 둘러싸여 사는 사람은 정작 자기 죽음에 대해서는 생각해볼 겨를이 없는 법입니다." 포겔은 쓸쓸한 표정을 지어 보이며 대답했다. "선생은 죽음이 두렵다는 생각을 많이 해보셨습니까?"

"지난 30년간 매일 하고 살았습니다." 그는 자신의 흉부를 가리키며 말했다. "혈관을 세 군데나 뚫어야 했습니다."

"심근경색이라고요? 그렇게 젊으셨을 때부터요?"

"이미 한 가정의 가장이었습니다. 솔직히 큰 의미는 없겠지만 막중한 책임감을 지고 있을 때는 젊다는 게 그렇게 중요하지는 않더군요. 하늘의 도움으로 12시간에 달하는 위험한 수술을 받고 이렇게 살아

남아서 지금은 약 먹어야 할 시간을 기억하고, 때마다 건강검진을 받으며 지내고 있습니다."

플로레스 박사는 언제나 긴박했던 과거의 순간을 대수롭지 않게 설명하곤 했다. 아마도 당시의 일이 자신에게 돌이킬 수 없는 영향을 미쳤다는 사실을 인정하고 싶지 않았기 때문이었을 것이다. 하지만 모든게 영원히 뒤바뀐 바로 그날 밤, 그에게는 자신의 지난 삶 따위는 그리 중요하지 않았다. 심지어 자신의 삶을 송두리째 뒤바꾼 그 수술에 관한 이야기조차.

누군가 문을 두드렸다. 정신과 전문의는 들어오라는 말 대신 직접 일어나 문으로 향했다. 사전에 약속된 신호였다. 그러나 포겔은 전혀 신경 쓰지 않는 눈치였다.

복도에 서 있던 레베카 메이어 검사는 초조한 듯 이리저리 서성이고 있었다.

"어때요?"

"정신이 온전한 것 같다가도 어느 순간 멍한 것도 같고, 도통 알 수가 없습니다." 의사가 말했다.

"연기하는 건 아니고요?"

"그게 그리 간단히 구분할 수 있는 일이 아닙니다. 애나 루 캐스트너 사건에 대해 먼저 장황히 늘어놓더군요. 그래서 내버려두었습니다. 그러다 보면 아마 오늘 밤 사고에 대한 이야기에 이르게 될 테니까요."

단순히 이야기를 늘어놓는 게 아니라 일종의 자백과도 같았다. 하지만 정신과 전문의는 그 부분에 대해서는 일단 자신만 알기로 했다.

"각별히 조심하세요. 포겔이란 저 형사, 사람 가지고 노는 능력이 남다른 사람입니다."

"진실을 말하는 거라면 굳이 나를 가지고 놀 필요는 없을 겁니다. 그리고 지금까지는 딱히 거짓말을 지어내는 것처럼 보이지는 않았습니다."

"혹시 포겔이 마리아 캐스트너가 3일 전에 자살했다는 사실을 알고 있습니까?"

"그런 언급은 없었습니다. 알고 있는지는 나도 모르지요."

"그 사실을 저 인간한테 말씀하셔야 합니다. 어쨌든 저 인간 잘못이니까요."

플로레스는 마리아가 충격을 감당하지 못할 거란 사실을 직감했었다. 하지만 어떻게 손을 쓸 수가 없었다. 교구 공동체의 허락이 없었기 때문이다. 마리아가 자살하자 교구 공동체는 결코 용서받을 수 없는 불경스런 죄를 지었다는 이유로 그들 가족과 거리를 두었고 심지어 종교적 장례 절차까지 거부했다.

"그게 사건 해결에 도움이 될지 모르겠습니다. 오히려 방해만 될 것 같다는 생각입니다."

검사는 정신과 전문의에게 얼굴을 바짝 들이밀며 그의 눈을 똑바로 바라보았다.

"절대로 저 인간에게 끌려다니지 마세요. 선생님만이라도요. 이렇게 부탁드립니다. 전 이미 그런 실수를 저질렀습니다. 그 실수는 저 자신도 결코 용서할 수 없을 겁니다."

"안심하세요. 저 친구가 연기를 하면 다 알게 될 테니까요."

김이 모락모락 올라오는 커피 두 잔을 들고 다시 진료실로 돌아왔을 때 포겔은 창가 앞에 놓여 있던 의자에서 자리를 옮겼다. 그는 박제로 만든 무지개송어 앞에 서서 유심히 관찰하고 있었다. 처음부터 그의 호기심을 끌었던 물건이었다.

"자, 정신이 들도록 커피나 한 잔씩 합시다." 플로레스는 테이블 위에 커피 잔을 내려놓으며 말했다.

포겔은 뒤도 돌아보지 않고 말했다.

"사람들이 왜 피해자의 이름은 전혀 기억 못 하는지 그 이유를 아십니까?"

"네? 그게 무슨 말입니까?" 질문을 이해하지 못한 플로레스가 물었다.

"테드 번디, 제프리 다머, 안드레이 치칼리토……. 사람들은 이런 괴물 같은 연쇄살인마들의 이름은 줄줄이 외우면서도 그들에게 희생된 피해자들에 대해서는 아무것도 모릅니다. 혹시 왜 그런지 그 이유가 궁금했던 적이 있으십니까? 원래는 그 반대가 되어야 할 텐데 말입니다……. 사람들은 피해자에게 애도의 감정을 갖고 동정을 하지만 그다음에는 까맣게 잊어버립니다."

"형사 양반은 그 이유를 아십니까?"

"사실, 사람들은 언론에 그 책임을 돌리고 있습니다. 괴물의 이름을 비롯한 온갖 정보를 마치 융단폭격하듯 쏟아내는 행태 때문이라고 말입니다. 미디어가 그렇게 사악한 존재라는 사실을 알고 계십니까?" 포겔은 냉소적인 말투로 물었다. "그런데 따지고 보면 미디어는 그렇게 위험한 존재가 아닙니다. 언제든 원하기만 하면 리모컨 버튼 하나로 무장해제시킬 수 있으니까요……. 그런데 그 버튼을 누르는 사람이 아무도 없다는 겁니다. 너도나도 호기심을 채우기 바쁘거든요."

"사람들이 그렇게 관심을 갖는 이유는 괴물 같은 살인범들에 대해서가 아니라 정의를 구현하고자 하는 심리 때문이 아닐까요."

"그럴 리가요." 포겔은 그따위 순진한 생각은 집어치우라는 듯 손을 한 번 휘둘렀다. "정의 따위는 시청률에 도움이 되지 않습니다. 정의 따윈 아무도 관심 없습니다."

"형사님도 마찬가지입니까?"

포겔은 상대의 질문에 허를 찔린 듯 잠시 말을 멈췄다.

"전 그 교사가 범인이라는 걸 알고 있었습니다……. 구체적으로 설명할 수는 없지만 형사들에게는 '촉'이라는 게 있습니다. 본능적인 감이라고 할까요?"

"그래서 그 사람을 그렇게 못살게 굴고 일상생활까지 불가능하게 만들었던 겁니까?" 플로레스 박사는 대화가 다른 방향으로 흐르고 있다는 것을 알면서도 질문을 던졌다.

"부검대 위에 올라와 있는 애나 루의 배낭을 보면서 제 내면에서 어떤 변화가 일어났던 겁니다……. 메이어 검사는 기소를 포기할 생각이었지만 전 절대로 그 일만큼은 용납할 수 없었습니다."

"무슨 말을 하고 싶으신 겁니까, 포겔 형사님?"

"더그 사건은 두 번 다시 반복되어선 안 될 사건이었습니다. 손가락 테러리스트는 무죄를 선고받고 빠져나갔습니다. 심지어 국가를 상대로 억울한 옥살이에 대한 보상까지 받았습니다."

플로레스는 순간 온몸이 마비된 느낌이 들 정도로 깜짝 놀랐다. 하지만 상대의 말을 자르고 싶지는 않았다.

"국도변 식당에서 처음 만난 그날 밤, 마티니는 손에 붕대를 감고 있었습니다. 그 멍청한 인간은 상처를 꿰매지 않고 내버려둬서 며칠이 지나서도 계속 피를 질질 흘리고 있었습니다."

포겔은 그 순간을 정확히 기억하고 있었다. 상대에게 보여줬던 사진을 정리하던 중 파란색 포마이카 테이블 위에 묻어 있는 붉은 혈흔을 발견한 그 순간을……

"배낭에서 발견되었다는 그 혈흔이 그럼……." 플로레스 박사는 자신의 귀를 의심할 수밖에 없었다. "그럼 그게……. 형사님이 증거를 조작했다는 게 사실이군요……."

자정이 넘어가면서 짙은 색 승용차 한 대가 교도소 보안 문을 통과했다. 차는 마치 우물 속에 들어온 것처럼 사방이 높은 잿빛 담장으로 둘러싸인 작은 육각형 모양의 공간에 멈춰 섰다.

사복경찰 두 명이 뒷문을 열고 나와 안에 타고 있던 교사가 차에서 내리는 걸 도와주었다. 로리스 마티니는 양손에 찬 수갑 탓에 동작이 자유롭지 못했다. 그는 아스팔트 바닥을 밟고 서서 고개를 들어 위를 올려다보았다.

별이 가득한 하늘은 비좁고 갑갑한 공간에 꽉 갇혀 있는 느낌을 주었다.

보르기는 앞자리에 앉아 있었다. 이번만큼은 운전대를 잡지 않았다. 그는 레베카 메이어 검사가 서명한 구속영장과 그날 오후 검사 앞에서 실시된 면담조사 과정을 기록한 조서 등이 담긴 파일을 들고 있었다. 마티니는 모든 혐의를 부인했지만 혐의를 입증할 만한 증거와 단서는 너무나 명백했다.

보르기는 두 경찰과 교사보다 앞서서 C감호구역 건물 안으로 들어갔다. 그런 다음 C구역 책임자에게 살펴보라며 자신이 가져온 서류를 건넸다.

"로리스 마티니." 그는 수감될 죄수를 가리키며 말했다. "미성년자 납치 및 살해, 그리고 시신유기 혐의로 기소됐습니다."

형사는 그의 신상정보를 비롯해 이곳에 수감되는 이유를 그 누구보다 잘 알고 있었다. 하지만 굳이 그렇게 소리 내 말한 이유는 행정절차에 따른 의무사항 때문이었다. 그는 교도관에게 입감서류에 서명을 요청했다.

행정적인 절차가 끝나자 보르기는 어안이 벙벙한 표정으로 혼란스러워하는 마티니를 마지막으로 쳐다보았다. 그 역시 자신에게 어떤 일이 벌어질지 상상이라도 한 듯 애원하는 눈빛으로 형사를 바라보고 있었다. 젊은 형사는 그렇게 바라만 보고는 같이 왔던 경찰들에게 말했다.

"자, 돌아갑시다."

마티니가 멀어져가는 그들을 눈으로 좇는 사이 양쪽에서 다가온 손이 그의 팔꿈치를 잡고 끌고 갔다. 교도관 두 사람은 그를 습기를 잔뜩 먹어 축축한 벽으로 둘러싸인 작은 공간으로 데려갔다. 안에는 철제 스툴 하나만 덩그러니 놓여 있고 비스듬히 경사가 진 바닥 한가운데에는 철망이 덮인 하수구가 뚫려 있었다.

"탈의하세요." 교도관들은 수갑을 풀어주며 명령했다.

그는 명령에 따랐다. 알몸 상태가 되자 교도관들은 그를 강제로 스툴에 앉힌 다음 머리 위에 달려 있는 샤워기—마티니는 그런 게 달려 있는지도 몰랐다—를 틀고 그에게 작은 비누를 건넸다. 그가 제대로 씻기 위해 자리에서 일어나려 했지만 교도관들이 제지했다. 규정에 어굿나는 행동이기 때문이었다. 물은 미지근한 데다 소독약 냄새까지 진동했다. 샤워를 마치자 흰 타월 하나가 주어졌지만 얼마 닦지도 못하고 흥건히 젖을 정도로 작았다.

"일어나서 벽에 손을 대고 서서 최대한 앞으로 몸을 숙이기 바랍니다." 교도관 한 사람이 말했다.

마티니는 추워서 몸을 오들오들 떨었다. 하지만 두려움 때문이기도 했다. 등 뒤에서 무슨 일이 벌어지는지 확인할 수 없었지만 라텍스 장갑 소리가 들리자 대충 상상이 갔다. 몇 초간 신체검사가 진행되는 동안 마티니는 수치심을 밀어내기 위해 눈을 꾹 감았다. 항문 속에 무언가를 숨겨오지 않았다는 게 확인되자 교도관들은 그를 다시 스툴에 앉혔다.

적막감 속에서 몇 분이 흘렀다. 진행절차에 대해 설명해주는 사람은 아무도 없었다. 마티니는 그저 그 상황을 묵묵히 감내할 수밖에 없었다. 발소리가 들리더니 흰 가운 차림에 손에 종이 서류철 하나를 든 의사가 나타났다.

"현재 앓고 있는 만성질환 같은 게 있습니까?" 그는 자기소개도 없이 대뜸 질문부터 던졌다.

"없습니다." 마티니는 기어들어가는 목소리로 대답했다.

"현재 필요한 약이 있습니까?"

"없습니다."

"마약 복용 경험은 있습니까?"

"없습니다."

의사는 서류에 마지막 답변을 받아 적더니 가타부타 말도 없이 나갔다. 교도관들은 다시 그의 팔을 붙잡고 강제로 일으켜 세웠다. 그중

한 사람이 그에게 죄수복을 건넸다. 물이 다 빠진 뻣뻣한 파란색 상하의에 두 치수 정도 작은 플라스틱 실내화였다.

"착용하세요." 교도관이 명령했다.

두 사람은 그에게 다시 수갑을 채우고 끝이 없을 것만 같은 복도 쪽으로 데려갔다. 그들이 지나갈 때마다 철문이 열렸다 다시 닫혔다.

어두운 밤이었지만 교도소는 잠들어 있지 않았다.

어느 감방에선가 규칙적인 쇠붙이 소리가 들리기 시작하더니 다른 감방으로 점점 퍼져나갔다. 그 소리는 교도관들의 발소리와 보조를 맞추며 마치 사형수를 위한 팡파르처럼 들렸다. 그가 지나갈 때마다 감방 안에서 불길한 말들이 나지막이 쏟아져 나왔다.

"개자식!"

"기다려라, 조만간 죽여줄 테니까."

"지옥에 온 걸 환영한다!"

미성년자를 상대로 범죄를 저지른 범죄자들에게만 주어지는 특별한 '환영 인사'였다. 재소자들 나름의 윤리 규정에 따르면 미성년을 상대로 한 범죄는 다른 이유로 철창에 갇혀 지내는 각종 범죄자들조차 분개할 정도로 죄질이 사악한 범죄로 분류된다. 그렇기 때문에 아동 살인범과 같은 교도소에 수감된다는 사실 자체를 수치로 여겼다. 그들은 이런 범죄자들을 이미 선고받은 자신들의 형량에 덤으로 얹어지는 추가형량으로 받아들였다. 그래서 이미 치르고 있는 형에 더해 조금이나마 자신들의 죗값을 씻을 수 있는 속죄의 기회로 삼았다. 한 마디로 로리스 마티니는 죽음 목숨이라는 뜻이었다.

마티니는 고개를 숙이고 교도관들을 따라갔다. 죄수복이 너무 커서 허리 아래로 자꾸 흘러내렸지만 손목에 채워진 수갑 때문에 제대로 붙잡고 있을 수도 없었다.

어느새 세 사람은 육중한 철문 앞에 도착했다. 교도관 하나가 문을 열고 그를 안으로 밀어 넣었다. 한 사람이 겨우 지내기도 힘들 정도로 비좁은 공간이었다. 그런데 세 사람이 들어가니······. 야전침대 하나, 구석에 달린 양철 변기, 그리고 벽에 붙어 있는 세면대가 전부였다. 위쪽에 달린 작은 창문으로 달빛과 함께 싸늘한 바람이 들어오고 있었다.

네 번째 사람이 그 안으로 들어왔다. 거구의 50대 남성이었다. 양팔의 이두근이 제복을 뚫고 나올 듯 단단해 보였다.

"난 엘비스 교감입니다." 그는 자신이 누구인지를 알렸다. "독방구역 관리책임자입니다."

마티니는 교도소 수칙에 관한 설명을 기대했다. 하지만 교감은 밤색 이불과 식판 하나, 그리고 자해도구나 흉기로 사용하지 못하도록 제작된 실리콘 숟가락 하나를 건넸다.

"이 물건을 비롯해 야전침대 매트리스는 교도소 재산입니다. 사용은 자유나 분실 혹은 파손될 경우 비용이 청구된다는 점을 알아두기 바랍니다." 그렇게 달달 외운 내용을 말해주면서 마지막으로 한 마디를 덧붙였다. "여기 서명하기 바랍니다."

그는 서류 하나를 건넸다. 마티니는 목록 맨 아래 서명을 하면서도 도대체 이 물건들이 얼마나 한다고 이렇게 애지중지 관리하나 의아하게 생각했다. 그러나 그 순간, 관료주의적 집착이야말로 교도소 최악의 단면이라는 사실을 깨달았다. 철창 안의 일거수일투족이 행정절차와 엄격한 규정 및 원칙에 따라 관리된다는 뜻이었다. 제아무리 의미없는 일일지라도. 모든 결정은 제3자에 의해 이루어진다는 사실. 재소자들 간의 시비를 줄이기 위해 모든 행동은 사전에 마련된 규정에 따라 해석된다는 사실. 인간적인 결정은 어디에도 없다는 사실. 감정이나 연민, 공감의 자리는 어디에도 없다는 사실.

오직 자기 자신과 자신이 저지른 죄만 있을 뿐이었다.

교도관들과 교감은 감방을 떠났지만 마티니는 이불과 식판 그리고 숟가락을 양팔로 든 채 멍하니 서 있었다. 육중한 철문이 닫히고 열쇠 돌아가는 소리가 들렸다.

죽은 목숨……. 감방에 적막감이 내려앉자 가장 먼저 든 생각이었다.

그는 공식 발표까지 꼬박 24시간을 기다렸다. 포겔은 전날, 범인 체포에 관한 소문이 다소 잦아들 때까지 기다렸던 것이다. 스포트라이트를 오롯이 자신에게 집중시키기 위한 계획이었다.

그는 시신 없는 살인사건에서 기어이 용의자를 살인범으로 기소한 형사가 되었다.

포겔은 아직까지는 수사본부 역할을 하고 있지만 조만간 관련 기능을 상실하게 될 체육관 앞에서 온갖 카메라와 마이크 세례를 한몸에 받으며 자신에게 쏟아지는 언론의 뜨거운 관심을 만끽하고 있었다. 정장도 새것으로 골라 입었다. 기자들 앞에 서기 위해. 미끈한 짙은 색 벨벳 상의, 잿빛 바지, 줄무늬 넥타이. 그리고 와이셔츠 소맷자락에는 별 모양 백금 커프스링크로 한껏 멋을 냈다. 그의 손목에는 여전히 애나 루가 만든 진주 팔찌가 있었다. 그는 그 물건을 전리품처럼 카메라 앞에 노출시킬 계획이었다.

"소리 소문 없는 신중하게 진행된 경찰 수사 덕분에 드디어 모두가 기대했던 가시적인 성과를 얻어낼 수 있었습니다. 여러분이 보셨다시

피 집요하고 끈질긴 수사는 언제나 좋은 결과를 가져오기 마련입니다. 사실 언론과 여론의 압박으로 인해 많은 제약이 있었지만 저희는 수사 초기부터 설정해놓은 목표지점을 향해 마치 심해의 잠수함처럼 모든 불을 끄고 묵묵히 달려왔습니다. 그 목표는 바로 애나 루 캐스트너 실종사건에 대한 진실을 밝히는 일이었습니다."

눈 하나 깜짝하지 않고 천연덕스럽게 사실관계를 왜곡하는 그의 언변에 무대에서 한 발짝 떨어져 뒤로 물러나 있던 보르기 경사는 당혹감을 감출 수 없었다. 비록 포겔 형사가 말하는 그 진실에는 빨간 머리에 주근깨가 난 10대 소녀의 운명에 대한 답은 포함되어 있지 않지만 대단히 그럴듯하고 설득력 있게 들리는 게 사실이었다. 그 이유를 굳이 따지고 들자면 그렇게 말하고 있는 포겔 스스로가 너무나 확신에 차 있던 덕분이었다.

"아베쇼에서 저희 경찰의 역할은 여기까지입니다. 나머지는 사법부의 결정에 맡길 예정입니다. 아마 메이어 검사님께서 저희 경찰이 얻어낸 명확하고 값진 수사 결과에 대해 상식선에서 잘 알아서 처리해주실 거라고 확신합니다."

그의 옆자리에 서 있던 레베카 메이어 검사는 자신에게 향한 카메라 렌즈로부터 시선을 돌렸다. 대수롭지 않은 그 동작 하나가 보르기 경사에겐 많은 내용을 시사하고 있었다. 그녀는 포겔 형사와 달리 자기 자신에게조차 거짓말을 할 수 없었다.

"캐스트너 부부는 범인 체포 소식을 어떻게 받아들이고 있습니까?" 한 기자가 물었다.

"어제 TV 뉴스를 통해 소식을 접한 걸로 알고 있습니다." 포겔이 대답했다. "지금 이 순간 그 가족들이 겪는 고통은 충분히 이해합니다.

그래서 굳이 개입하지 않을 생각이었습니다만 조속한 시일 내에 제가 직접 찾아뵙고 어떤 일이 있었는지, 그리고 앞으로 어떤 일이 벌어지게 될지에 대해서 설명해드릴 계획입니다."

"애나 루에 대한 수색은 중단할 예정입니까?" 스텔라 호너의 질문이었다.

그 질문을 예상하고 있었던 포겔은 질문자에게 직접 대답하는 대신 기자단 전체를 바라보며 말했다.

"당연히 그런 일은 없을 겁니다." 그는 기자단을 안심시켰다. "퍼즐의 마지막 조각을 찾는 그날까지 저희 경찰이 마음을 놓는 일은 절대 없을 겁니다. 저희 경찰은 가련한 한 소녀의 운명을 처음부터 수사의 우선과제로 삼아왔습니다."

'가련한 한 소녀' 애나 루를 찾아낼 수 있다는 희망에 공식적으로 종지부를 찍는 발언이었다. 적어도 보르기 경사의 눈에는 그래 보였다. 포겔은 특유의 달변으로 만약 수색에 실패할 경우를 대비해 사전에 마련해둔 출구전략을 꺼내놓고 있었다. 사실 화려했던 카메라 조명에 불이 꺼지는 순간 수색에 투입되는 예산은 재조정을 통해 확연히 줄어들 게 뻔했다. 과학수사대, 수색견, 잠수부대 및 산악지대를 돌아다니는 헬기도 볼 수 없을 것이다. 자원봉사를 자청했던 민간인 수색대 역시 하나둘 발길을 돌릴 것이다. 하지만 그 누구보다 먼저 아베쇼를 등질 장본인은 그 누구도 아닌 바로 기자들일 것이다. 2, 3일만 지나면 서커스는 천막을 거두게 될 터였다. 그 자리에는 공터와 서류 더미만 남게 되고 기자들이 뿔뿔이 흩어지면서 계곡과 산악지방 주민들은 또다시 냉혹한 무관심 속에 파묻히게 될 게 분명했다. 이전의 삶이 다시 시작되면서 형석이 묻혀 있는 땅을 보유하고 있던 운 좋은 사람

들과 그 광산으로 피해를 본 운 없는 사람들 간의 빈부차로 인한 대립
이 또다시 수면 위로 떠오르는 일상……. 일시적인 호황을 누렸던 호
텔과 식당을 찾는 손님들은 서서히 줄어들 것이고 사건을 쫓아다니는
구경꾼들은 또 다른 목적지, 유혈이 낭자한 또 다른 사건을 찾아 주말
가족 나들이를 계획하게 될 것이다. 아마 국도변의 식당은 머지않아
영업중단을 하고, 그제야 주인은 마음을 굳히고 식당을 접는 게 최선
의 해결책이라는 사실을 깨닫게 될 것이다.

　이따금 성가시기도 했지만 뜻밖이기도 했던 아베쇼의 반짝 인기도
이제 막바지에 달했다. 하지만 사람들은 이번 겨울의 사건을 결코 잊
지 못할 것이다.

　포겔은 마무리 발언과 함께 기자단에게 작별인사를 전하려고 했다.
최대한 빨리 도시로 돌아가야 하기 때문이었다. 자신을 기다리고 있
을 새로운 토크쇼의 패널로 참석하기 위해서. 그런데 스텔라 호너가
번쩍 손을 들었다.

　"포겔 수사관님, 마지막 질문입니다." 그녀는 발언권을 얻지도 않고
그 즉시 질문을 던졌다. "어려운 사건을 해결하신 것 같은데, 상황이
이렇다면 더그 사건은 형사님의 경력에 남은 유일한 오점이라고 생각
해도 되는 겁니까?"

　포겔은 남의 상처에 또다시 칼을 들이대 무자비하게 파고드는 스텔
라의 능력이 끔찍이 싫었다. 하지만 정황상 일단 웃으며 질문을 받아
주었다.

　"호너 기자님. 기자님이나 다른 동료 기자님들에게는 성공과 실패
를 구분하는 게 그리 어려운 일이 아닐 겁니다. 하지만 형사에게는 미
묘한 직감이라는 게 있습니다. 여러분들이 이름을 지어주신 대로 손

가락 테러리스트의 범행은 엄연히 멈췄습니다. 언젠가 다시 재범에 나설 수도 있겠지만 아닐 수도 있을 겁니다. 하지만 저는 이렇게 생각하고 싶습니다. 우리가 놈에게 너무 겁을 줘서 또다시 범행에 나서기 전에 두 번 이상은 고심하게 만들지 않았나 하고 말입니다."

포겔은 다른 기자가 연이어 곤란한 질문을 던지기 전에 마이크를 등지고 발걸음을 돌렸다.

기자회견의 주역은 카메라 플래시 세례를 받으며 무대를 떠났다. 무대 소품처럼 묵묵히 서 있던 보르기 경사도 자리를 벗어나 그의 뒤를 따랐다. 마음 한 편에서는 끝나서 후련하다는 만족감도 들었지만 다른 한 편으로는 이렇게 마무리된다는 사실이 받아들여지지 않았다. 무시해도 될 만큼 큰 의미는 없었지만 그런 느낌을 지울 수가 없었다. 처음에는 선과 악의 대결 같은 서사적 성격의 대형사건 해결에 동참한다고 믿었다. 그런데 막상 용의자인 교사가 구속된 뒤에도 안도감이 느껴지지 않았다. 그리고 따지고 보면 사실상 사건 자체도 거의 운에 의해 해결된 것이나 다름없었다. 긍정적인 측면은 아내 캐럴라인의 곁으로 돌아가 곧 태어날 딸아이의 출산을 함께 기다릴 수 있다는 것이었다. 그럼에도 불구하고 벌써부터 일이 그리워질 것 같았다. 아베쇼에서의 생활도.

"호텔까지 모셔다드릴까요?" 그는 체육관 앞에서 포겔 수사관에게 물었다.

"아니, 괜찮습니다." 수사관은 하늘을 올려다보면서 대답했다. "날도 좋은데 오늘은 좀 걷고 싶군요."

그는 코트 주머니에서 검은색 수첩을 꺼냈다.

보르기는 수사가 진행되는 동안 그가 그 수첩을 꺼내는 모습을 수십 차례 봐온 터였다. 그러면서 포겔 형사는 도대체 뭘 그렇게 열심히 적는지 궁금해했었다. 아마 그 안에는 자신이 배워야 할 내용이 많이 담겨 있을 것 같았다.

"자, 보르기 경사. 이제 우리도 헤어져야 할 시간인 것 같습니다." 포겔은 그의 어깨에 손을 올리며 말했다. 전혀 그답지 않은 애정이 담긴 행동이었다. "다음에 사건을 맡게 되면 보르기 경사를 수사팀에 합류시키도록 내 손을 써보겠습니다."

이번에는 모든 게 순조롭게 진행된 터라 굳이 책임을 전가할 부하직원을 지목할 필요가 없었다는 게 포겔의 속마음이었다. 하지만 보르기 경사는 언젠가 유용하게 써먹을 일이 있을 것 같았다. 자신이 하는 이야기를 모두 믿을 만큼 순진했기 때문이다.

"저로서도 함께 일할 수 있어서 개인적으로 영광이었습니다, 형사님." 젊은 경사는 확신에 찬 투로 대답했다. "이번 기회에 저도 많이 배웠습니다."

포겔은 과연 그럴까 생각했다. 자신의 수사기법은 전술과 기회주의적인 성향의 절묘한 조합이었기 때문이다. 그렇게 쉽게 배울 수 있는 것도 아닐뿐더러 비법을 공유할 마음도 전혀 없었다.

"잘 된 일이군요."

그가 발걸음을 돌리려 하자 보르기가 다시 한 번 그의 관심을 끌었다.

"죄송하지만 형사님……. 한 가지 궁금한 게 있어서 그러는데……."

"말씀해보시죠."

"혹시 로리스 마티니가 시체를 유기하기 전에 왜 애나 루를 납치하고 살해했는지 그 이유에 대해서 의문을 품어보신 적은 없습니까? 도대체 동기가 뭐였다고 생각하십니까?"

포겔은 상대의 질문을 진지하게 생각하는 척했다.

"인간의 마음속에는 언제나 증오심이 가득 차 있습니다, 보르기 경사. 증오심은 손으로 만질 수 없어서 뭐라고 입증해내기도 힘들고 그어떤 증거도 남기지 않습니다. 특히나 법정 앞에 드러낼 수 있는 그런 증거 말입니다. 하지만 불행히도 엄연히 존재합니다."

"죄송하지만 저로서는 도저히 이해가 가지 않습니다. 마티니가 굳이 애나 루를 증오해야 할 이유가 있었을까요?"

"특별히 그 아이가 대상인 건 아니었을 겁니다. 이 세상 전체가 증오의 대상이었던 거죠. 사실, 로리스 마티니는 보잘것없는 삶을 살아왔습니다. 삶에 대한 만족감도 당연히 없었겠지요. 그런데 아내가 외도를 하자, 가족을 잃고 홀로 남을 수도 있다는 불안감에 시달리게 됩니다. 뭐 그런 일이 종종 벌어지는 게 현실이니 말입니다. 장기적으로 볼때, 축적된 분노는 어떻게든 쏟아내야 합니다. 아마 마티니도 암암리에 타인에 대한 복수심을 키워왔을 겁니다……. 그리고 평범한 10대 소녀 애나 루는 순진하고 무고해 보였기 때문에 우리 모두를 벌할 수 있는 완벽한 희생양으로 삼을 수 있었던 겁니다."

하지만 보르기 경사는 선배 형사의 설명을 납득할 수 없었다.

"이상하네요. 경찰학교에서는 증오심이 범죄의 주요 동기로 작용하지는 않는다고 가르치던데……."

"자, 내가 그 어느 경찰도 가르쳐주지 않는 조언 하나를 해드리지……. 사건 하나하나를 있는 그대로, 그 자체로 받아들이는 법을 배우기 바랍니다. 남이 가르치는 것들은 깨끗이 잊는 게 좋을 겁니다. 그렇지 않으면 형사로서의 본능을 절대로 일깨울 수 없을 테니까……."

보르기 경사는 멀어져가는 형사의 캐시미어 코트를 물끄러미 바라보았다. 형사적 본능이라……. 보르기는 그 단어를 떠올렸다. 살인범의 본능과 대척점에 있는 감각이라 할 수 있었다.

증오심이 범죄의 주요 동기로 작용하지 않는다……. 포겔은 호텔로 돌아오면서 그 문장을 되뇌었다. 애송이 자식이 범죄자에 대해 뭘 안다고 감히 내 말을 의심해? 화가 치밀긴 했지만 아침부터 기분이 좋았던 터라 굳이 하루를 망치고 싶지 않았다. 어차피 보르기 경사의 장래는 그리 밝아 보이지 않았기 때문이다. 그것만큼은 확신할 수 있었다.

호텔 옷장에 잠들어 있던 정장들은 이미 침대 위에 가지런히 정렬되어 있었다. 개별 케이스에 담긴 채로. 구두 역시 한 켤레씩 별도의 헝겊 주머니 속에 잘 집어 넣었다. 그다음에는 넥타이와 와이셔츠, 그리고 그 외 다양한 소품들이 남아 있었다. 의상과 관련된 소지품만으로도 침대 매트리스를 다 차지할 정도였다. 그 모양이 마치 완벽히 정렬된 형형색색의 모자이크 조각 같았다. 포겔은 여행가방을 열고 물건들을 담을 준비를 마쳤다. 그런데 침대로 다가가다가 그 전에는 보지 못한 물건 하나를 발견했다.

TV 옆 곁탁자 위에 상자 하나가 그의 시선을 끌었다.

그는 경계심을 풀지 않고 가까이 다가갔다. 아마 자신이 방을 비운 사이 호텔 직원이 가져다 둔 것 같았다. 하지만 언제, 누가 보낸 것인지에 대한 메모는 어디에도 보이지 않았다. 그래서 더더욱 의심스러웠다. 그는 몇 초간 주저하다가 결국 열어보기로 했다.

상자 안에서 나온 물건은 여기저기 긁히고 흠집이 많이 난 낡은 노트북 컴퓨터 한 대였다.

이건 또 무슨 장난인 거지? 화면을 열어보자 공들여 쓴 메모 한 장이 붙어 있었다.

'그는 결백합니다.'

문구 바로 아래에는 휴대전화번호가 서명을 대신하고 있었다. 익명의 메시지를 보내왔던 바로 그 번호였다. 특종을 쫓는 기자 나부랭이일 거라 생각하고 대수롭지 않게 여겼던 바로 그 번호.

'긴히 할 이야기가 있습니다. 이 번호로 전화 주시기 바랍니다.'

짜증이 치밀어 올랐다. 자신의 사적 영역을 침범한 도발행위는 도저히 참을 수 없었다. 하지만 그와 동시에 노트북 속에 있는 내용에 대한 호기심이 발동하고 있다는 사실을 인정할 수밖에 없었다. 직감은 거기서 멈추라고 그에게 경고하고 있었다. 하지만 단지 확인만 한다고 해서 손해볼 건 없다는 게 그의 결론이었다.

그는 노트북 전원을 켰다.

노트북이 구동되기까지는 적잖은 시간이 걸렸다. 검은 화면이 파란색으로 바뀌었다. 화면 중앙에는 아이콘이 하나밖에 떠 있지 않았다. 내비게이션 프로그램. 아이콘을 누르자 즉시 인터넷에 연결되었다. 간결하고 기본적인 디자인으로 꾸며진 사이트였다. 포겔은 홈페이지를 보자마자 오래전에 개설된 후 지금은 찾는 이가 거의 없지만 웹상에 떠도는 쓰레기처럼 그대로 유지되고 있는 그런 사이트라고 생각했다.

하지만 엄연히 이름도 있는 사이트였다.

안개 속의 사나이.

홈페이지 이름 아래에는 비슷비슷하게 생긴 여섯 명의 소녀 사진이 떠 있었다. 빨간 머리와 주근깨. 하나같이 애나 루 캐스트너와 비슷하게 생긴 소녀들이었다.

신호음이 한참 울린 끝에야 웬 여성이 전화를 받았다.

"참 오래 뜸을 들이시고서야 연락을 하시는군요, 수사관님."

"누구십니까? 그리고 뭘 입증하겠다고 이러시는 겁니까?" 포겔은 다짜고짜 공격적으로 치고 들어갔다.

"이제야 제가 형사님 관심을 좀 끌었나 보군요." 여성은 침착하게 대답하고는 수차례 콜록거리며 기침을 했다. "저는 베아트리스 레만이라고 합니다. 기자이고요. 아니, 기자였었죠."

"제가 방금 본 것에 대해 그 내용이 뭐든, 수사와 관련해서 진술할 생각은 전혀 없습니다. 그러니 그런 기대는 언감생심 꿈도 꾸지 마시기 바랍니다. 취재하신 내용으로 유명세를 타실 일은 없을 테니까요."

"인터뷰 같은 걸 요청할 생각도 없습니다." 여성이 대답했다. "단지 보여드릴 게 하나 있을 뿐입니다."

포겔은 신속하게 머릿속으로 계산기를 두드려보았다. 화가 나긴 했지만 무언가가 계속해서 정체불명의 여성이 하는 이야기에 귀를 기울여보라고 강요하고 있었다.

"좋습니다. 만나시지요." 그가 말했다.

"저희 집으로 오셔야 할 겁니다."

"이유를 여쭤봐도 되겠습니까?" 그는 신경질적으로 웃으며 물었다.

"와보시면 알게 되실 겁니다."

기자는 뭐라고 대꾸할 틈도 주지 않고 그대로 전화를 끊어버렸다.

베아트리스 레만은 휠체어에 앉아 있었다.

포겔은 나흘이 지나서야 그녀를 만나러 가기로 결심했다. 그리고 그 동안 그녀에 대해 조용히 뒷조사를 진행했다. 기자 생활을 하면서 주로 사건 사고를 다뤘지만 자신의 기사로 몇몇 정치인이나 영향력 있는 인사들을 곤경에 밀어넣은 경력도 여러 차례였다. 심지가 굳은 강인한 기자였던 건 분명해 보이지만 그녀의 전성기는 이미 오래전에 막을 내렸다. 아무도 베아트리스 레만을 두려워하지 않기 때문이다.

처음에는 익명에 묻혀 살아온 노기자가 화려한 부활을 꿈꾸며 수작을 부리는 거라 여기고 무시할 생각이었다. 하지만 그녀가 스텔라 호너 같은 또 다른 기자에게 접촉을 시도할 가능성을 간과할 수 없었다. 기자들 입장에서는 애나 루 캐스트너 사건을 다시 한 번 건드려 수사기관이 밝힌 진실 외에 사건과 관련된 또 다른 양상의 이야기를 시청자들에게 전할 수 있는 기회가 주어진다면 굳이 마다할 이유가 없기 때문이다. 그리고 누군가 이런 삼류소설 같은 이야기에 신빙성을 실어주기라도 한다면 그 결과는 감당하기 힘든 재난이 될 수도 있었다. 더욱이 로리스 마티니를 범인으로 엮기 위해 증거까지 조작한 상황이었다. 포겔은 더 이상 다른 사람들이 관련 사건을 파고들지 않기를 바라는 마음뿐이었다. 그래서 그녀를 만나기로 결심했던 것이다.

베아트리스 레만은 아베쇼 교외에 위치한 주택에 살고 있었다. 평생 독신으로 살아왔으며 유일한 동반자는 그녀가 하루의 대부분을 보내는 서재 공간을 차지하고 있는 고양이 여러 마리였다. 포겔을 맞이해 준 건 아무런 희망도 없어 보이는 삐쩍 마른 여성이었다. 얼굴에는 밤색으로 깊은 주름이 패여 있고 잿빛 머리는 아무렇게나 틀어 올리고 있었다. 그녀는 폴리플리스 점퍼를 입고 있었는데 군데군데 담뱃재가 묻어 있고, 꽁초로 가득 찬 재떨이가 집 안 곳곳에 비치되어 있었다. 담배꽁초 냄새와 고양이 오줌 냄새가 뒤섞인 묘한 악취가 진동하는 집이었다. 아마 집주인은 그런 걸 전혀 느끼지 못하고 지내는 눈치였다. 바닥을 비롯해 여기저기에 서류 더미와 낡은 신문들이 수북이 쌓여 있는데도 그대로 지내는 걸 보면……

"어서 오세요, 포겔 수사관님." 그녀는 그를 안으로 들이며 말했다.

그 난장판 속에서도 용케 그녀가 타고 다니는 휠체어가 자유롭게 오갈 수 있는 길이 형성되어 있었다.

포겔은 캐시미어 코트 안으로 몸을 잔뜩 웅크렸다. 아무것도 만지고 싶지 않았다. 먼지가 묻고 병균이 옮지는 않을까 걱정스러울 정도였다.

"솔직히 말씀드리면, 제가 여기까지 왜 찾아왔는지 저도 모르겠습니다." 그는 별다른 인사 없이 자신의 용건부터 밝혔다.

"중요한 건 이렇게 오셨다는 거 아닙니까." 그녀는 웃으며 대답했다.

레만은 자신의 책상 뒤로 가면서 그에게 앉으라고 손짓했다.

포겔은 그러고 싶지 않았지만 일단 자리를 잡고 앉았다.

"내가 보낸 노트북은 안 가져오셨나 보군요. 보유하고 있는 유일한 장비라 돌려받았으면 싶은데……."

"아, 전 선물이라고 생각했습니다." 포겔은 살짝 빈정대며 받아쳤다. "어쨌든 최대한 빠른 시일 내에 돌려드리도록 하겠습니다."

베아트리스 레만은 담배에 불을 붙였다.

"꼭 담배를 태우셔야 할 필요가 있을까요?" 포겔이 물었다.

"난 태어날 때 날 받아준 산파의 실수로 평생 대마비환자로 살아왔습니다. 그래서 다른 사람 건강을 해치거나 말거나 솔직히 크게 신경 쓰지 않습니다."

"알겠습니다. 그럼 본론으로 들어가시죠. 저도 시간이 별로 없는 사람이라서요……."

"난 한 4년 동안 소규모로 지역 일간지를 발행했던 사람입니다. 사건 사고 기사부터 부고 관련 기사까지 다 다뤘습니다. 그러다 인터넷 시대가 도래하고 보니 도저히 감당이 안 되더군요. 결국 구독자 수가 줄어들어 신문사 문을 닫아야 했습니다……. 아시다시피 지금은 지구 반대편에서 일어난 일까지 실시간으로 검색이 가능한 시대 아닙니까. 그런데 정작 우리는 코앞에서 무슨 일이 벌어지는지조차 모르고 살아가고 있습니다."

베아트리스 레만은 짤막한 서두를 마치자마자 종이 몇 장과 신문 등을 바닥에 떨어뜨리며 책장에서 묵직한 서류 뭉치를 집어 들었다. 그러고는 펼치지 않고 고스란히 무릎 위에 올려놓았다.

"한 기자가 기자 생활을 하면서 다루는 사건, 사고 기사는 대략 수백여 건 정도 됩니다." 그녀는 설명을 이어 나갔다. "그런데 그중에 아예 살갗에 달라붙어 떨어지지 않는 사건들이 몇 개 정도 됩니다. 아무리 기를 써도 피해자 이름이나 얼굴이 지워지지 않는 그런 사건들 말입니다……. 우리가 가진 죄책감을 먹고 사는 기생충 같다고나 할까요? 아마 형사님들도 마찬가지실 겁니다."

"가끔 그런 사건이 있긴 합니다." 포겔은 상대가 이야기를 끌어나갈 수 있도록 맞장구를 쳐주었다.

"좋습니다. 그럼 본론으로 들어갑시다. 내 몸속에서 남몰래 자라고 있던 기생충은 카티야 힐만 실종사건과 함께 스멀스멀 기어 올라왔습니다." 그녀는 무릎 위에 있던 서류 뭉치를 들더니 내리치듯 책상에 내려놓으며 말을 이었다. "첫 번째 피해자였습니다."

묵직한 울림이 집 안에 퍼졌다. 포겔은 자신의 앞에 놓인 서류 뭉치를 유심히 바라보았다. 그 사연 속으로 들어가는 순간 결코 빠져나오기 쉽지 않을 거라는 사실은 알고 있었다. 하지만 달리 선택권이 없었다. 그는 서류를 들춰보았다.

카티야 힐만의 낡은 사진 한 장이 가장 먼저 나왔다. 이미 인터넷 사이트에서 본 얼굴이었다. 하지만 이번에는 유심히 살펴보았다. 고등학교 교복에 파란색 덧옷을 입고 카메라를 보며 미소를 짓고 있었다. 초록색 눈동자는 진지해 보였다. 포겔은 페이지를 넘기며 빨간 머리에 주근깨가 난 다른 10대 소녀들의 사진을 하나씩 자세히 살펴보았다. 마치 친자매라 해도 과언이 아닐 정도로 닮은꼴이었다. 표정에서 묻어나오는 순진함마저도 닮은 모습이었다. 예정된 운명……. 머릿속에 든 생각이었다. 순수함을 향한 저주가 하나같이 그 소녀들을 덮친 것이라고.

그가 서류를 들여다보는 동안 레만은 손가락 끝으로 든 담배를 이따금 피우면서 그를 살펴보았다. 길게 빨아들인 연기를 한참 동안 내뱉는 동안에도 담뱃재는 균형을 이룬 채 그대로 달려 있었다.

포겔은 각각의 사진에 레만 자신이 작성한 여러 개의 신문기사와 빈약한 경찰 보고서가 첨부되어 있음을 확인했다.

"실종된 소녀들은 가정환경이 어려운 편이었습니다." 레만은 침묵을 깨고 설명을 시작했다. "폭력적인 아버지와 그 상황을 감내해야 하는 어머니 밑에서 자랐으니까요. 아마 그래서 아베쇼 경찰이나 인근 마을 경찰들도 아이들이 사라졌을 때 적극적으로 수사에 임하지 않았을 겁니다. 그런 지옥 같은 환경에서 벗어나기 위해 가출하는 것도 당연해 보였기 때문입니다."

"그런데도 기자님께서는 사건을 동일선상에 놓고 그 안에서 강박적인 유사성이 나타난다는 이론을 제기하셨더군요."

"실종 당시 아이들의 나이는 열다섯에서 열여섯 살이었고 전부 빨간 머리에 주근깨가 나 있다는 공통점을 지니고 있었습니다. 그건 뭐로 보나 강박에 가까운 집착을 의미합니다……. 그런데 아무도 내 말을 믿어주지 않더군요."

"마지막 실종사건이 30년 전으로 거슬러 올라가는군요." 포겔은 보고서에 적힌 날짜를 보며 그 점을 강조했다.

"맞습니다. 30년 전에는 형사님이 체포하신 로리스 마티니 선생은 아베쇼에 거주하지 않았습니다. 그리고 무엇보다 나이 어린 꼬마였지요."

맞는 말이긴 하지……. 포겔은 그렇게 생각했다. 스텔라 호너가 아주 좋아할 만한 내용이었다. 그는 캐스트너 사건과의 유사성은 전적으로 우연에서 기인한 것이라고 여겼다. 하지만 대수롭지 않다는 듯 어깨 한 번 들썩이고는 발길을 돌릴 수가 없는 것 또한 사실이었다. 무엇보다 베아트리스 레만이라는 노기자의 머릿속에서 이번 사건과의 연관성을 몰아내야만 했다. 그러기 위해서는 그녀가 무슨 패를 가지고 있는지 더 깊게 캘 수밖에 없었다.

"그런데 애나 루 캐스트너라는 아이가 실종된 후, 계곡지역에서 기자님 말고 이 사건의 연관성을 지적하는 사람이 어떻게 아무도 없을 수 있는 겁니까?"

"사람들은 남의 일을 빨리 잊기 때문이지요. 잘 아시지 않습니까? 노트북을 통해 형사님께 보여드렸던 그 인터넷 사이트를 만든 게 몇 년 전 일입니다. 그 아이들에 대한 기억을 붙잡아두려고 말입니다. 그런데 이 가련한 아이들에게 관심을 가져주는 사람이 없더군요."

"왜 안개 속의 사나이라는 제목을 붙이신 겁니까?"

베아트리스 레만은 평생 피워온 담배 때문에 이미 쉬고 갈라진 목소리로 마른기침을 했다.

"안개가 끼는 날 아이들이 사라졌기 때문입니다. 그 아이들이 안개 속 어딘가에 있다는 건 알지만 어디 있는지 볼 수가 없는 거죠……. 몹쓸 짓을 당했을 수도 있고, 이미 사망했을 수도 있습니다. 하지만 그 아이들은 우리 곁 어딘가에 있을 겁니다. 알 수 없는 이유로 안개 속의 사나이가 그 아이들을 데려가버렸습니다. 난 이게 단독범의 소행이라고 확신합니다. 그 고등학교 선생은 결백합니다. 범인은 여전히 자유롭게 활보하고 다니면서 또 다른 먹잇감을 찾아다니고 있을 겁니다."

"그렇게 보시는 건 앞뒤가 맞지 않습니다." 그는 노기자의 설명을 반박하고 나섰다. "그렇다면 30년간 휴지기를 보낸 이유가 뭡니까?"

"다른 곳으로 이사 갔다 다시 돌아왔을 수도 있습니다. 다른 지역에서 범행을 이어 나갔지만 우리가 모르고 있을 수도 있으니까요. 비슷한 연령대에 동일한 신체적 특징을 가진 10대 소녀가 실종된 사건이 있는지 찾아보면 답은 나올 겁니다."

포겔은 고개를 절레절레 흔들었다.

"죄송하지만 전 그렇게 생각하지 않습니다. 캐스트너 사건이 방송을 타면서 전국에 알려졌다는 사실을 감안했을 때 비슷한 사건이 있었다면 벌써 누군가가 경찰이나 언론에 제보하지 않았겠습니까?"

노기자는 무슨 말을 하려다가 기침에 말문이 막혔다.

"그 자료만 보여드릴 생각은 아니었습니다." 그녀는 두 차례 심한 기침을 하고는 서랍을 열더니 그 안에서 소포로 받은 상자 하나를 꺼내 포겔에게 건넸다. "며칠 전에 이 물건을 받았는데 우체국 소인을 확인해보니 애나 루 캐스트너가 실종된 당일이더군요. 보시다시피 저희 집으로 배달된 물건이긴 하지만 최종 수신자는 형사님입니다. 그런데 여러 번 메시지를 남겼음에도 불구하고 아무런 연락도 주시지 않기에 결국 내가 먼저 열어봤습니다."

포겔은 뜯긴 상자 안으로 내용물이 뭔지 들여다보았다. 그러고는 손을 넣어 빨간 책 한 권을 꺼냈다. 작은 크기의 책표지에는 여러 마리의 고양이가 인쇄돼 있었다.

애나 루의 진짜 일기장……. 순간적인 생각이 뇌리를 스치고 지나갔다.

실종 당사자가 엄마한테 보여주지 않으려고 숨겨두었고 경찰이 결국 찾아내지 못했던 바로 그 문제의 일기장. 수직갱도에서 찾아낸 배낭 안에 들어 있었던 게 분명한 바로 그 일기장이었다.

포겔은 일기장 옆에 달린 하트 모양 걸쇠를 물끄러미 쳐다보았다.

그는 논리적으로 추론하기 위해 정신을 집중했다. 만약 누군가 이 일기장을 베아트리스 레만이라는 노기자에게 보냈다는 건 안개 속의 사나이와 관련된 사건에 대해 관심을 끌어내기 위해서였을 것이다. 그 괴물은 누구였을까? 이 사건에서 마티니의 역할은 과연 무엇이었을까? 자신이 체포한 교사의 혐의에 대해 의구심이 들기 시작했다. 하지만 더그 사건 때와 똑같은 느낌이었다. 당시에도 진범을 마주 대하고 있다는 확신 때문에 결국 증거를 조작하기에 이르렀기 때문이다. 그래도 회계사 사건의 경우 그 어떤 실수도 하지 않았다. 더그는 분명 테러범이었고 그가 체포되었기 때문에 더 이상 사건이 일어나지 않았던 것이다.

"대가로 바라시는 게 뭡니까?" 형사가 기자에게 물었다.

"진실."

"특종을 원하시는 겁니까?"

"형사님은 상황을 너무 복잡하게 보시는 사악한 경향이 있습니다……. 난 단순한 여자입니다."

악마가 저지른 가장 큰 실수는 자만심이라고 했던가……. 포겔은 마티니가 했던 말을 다시 떠올리며 자신의 처지와 비교해보았다. 그는 자만이라는 죄를 저질렀고, 이제 그에 대한 벌을 받게 될 터였다.

"내가 형사님한테 무언가 바라는 게 있었다면 차라리 방송사에 연락해서 이 일기장을 비싼 값에 팔아넘겼을 겁니다."

맞는 말이었다. 바보같이 그 점을 간과하고 있었던 것이다. 하지만 노기자가 추구하는 게 과거의 명성도 아니고 돈도 아니라면 도대체 뭘 원하는 걸까?

"만약 이 자료를 검토하다 여섯 명의 실종 소녀에 대한 재수사 가능성을 발견하면 주저하지 않고 재수사에 착수하겠다고 약속드리지요."
그는 엄숙히 맹세하듯 말했다.

"안개 속의 사나이를 체포할 수 있는 마지막 기회입니다." 베아트리스 레만이 말했다. "그 기회를 저버리시지 않을 거라 생각합니다."

그렇게 노기자는 사악한 형사의 덫에 걸려들었다.

가족 면회실에는 볼트로 바닥에 단단히 고정된 철제 테이블과 의자들이 비치되어 있었다. 그리고 천장이 낮아 말소리가 웅웅거리며 퍼지는 탓에 상대의 말을 제대로 알아들을 수도 없었다. 하지만 다행스럽게 그곳을 차지한 '손님'들은 거리를 두고 조용히 지켜보는 교도관 네 명과 로리스 마티니, 그리고 그의 변호사 레비가 전부였다.

수감 생활을 시작한 건 불과 며칠 전이었지만 마티니는 심히 괴로워 보였다.

"여기서도 제가 꽤나 유명인사로 통하나 봅니다. 독방에 수감돼 있긴 하지만 밤에도 다른 재소자들이 자신들의 감방 안에서 위협과 협박을 멈추지 않습니다. 잠을 못 자게 방해하려는 거겠죠. 달리 할 수 있는 게 없을 테니까요."

"교도소장과 이야기해보겠습니다. 다른 시설로 이감을 요청하겠습니다."

"안 그러시는 게 낫겠습니다. 또 다른 적을 만들고 싶지는 않거든요. 지금도 과분한 스타 대접에 몸 둘 바를 모를 정도입니다." 그는 쓴웃음을 지으며 말했다. "게다가 한 교도관이 교도소 주방에서 만든 음식은 손도 대지 않는 게 좋을 거라고 충고하더군요. 교도관들조차 절 경멸하는 게 아닌가 싶습니다. 아마 겁을 주려고 그런 말을 했겠지요.

어쨌든 그런 목적이라면 성공한 셈입니다. 그 이후로는 포장된 크래커나 스낵 같은 것만 먹고 있으니까요."

레비는 자신의 고객을 격려하기 위해 애를 썼지만 그에게 무슨 일이 벌어지지 않을까 진심으로 걱정하는 것 같았다.

"이렇게 지낼 수는 없습니다. 제대로 된 식사를 하면서 체력을 비축해야 합니다. 그렇지 않으면 재판 과정에서 겪게 될 압박감을 견뎌낼 수 없습니다."

"재판이 언제부터 시작될지 아시는 바는 있습니까?"

"대략 한 달 정도 이후를 얘기하는 것 같은데 더 늦어질 수도 있습니다. 검사 측에서는 충분한 증거를 가지고 있다고는 하지만 우리도 그에 대한 답변을 준비 중에 있습니다."

"전 가진 돈도 없는데 어떻게 해야 하는 겁니까?"

마티니는 낙담한 얼굴로 물었다. 변호사는 목소리를 낮추며 대답했다.

"그래서 스텔라 호너 기자와 만남을 주선했던 거 아닙니까. 그 기회를 차버린 건 정말 멍청한 결정이었습니다."

"그렇다고 변호를 포기하시는 건 아니죠, 변호사님?"

"멍청한 소리는 이제 그만합시다. 그래도 우리한테 기회는 있다고 생각합니다. 선생의 DNA 정보가 검사 측이 보유하고 있는 가장 강력한 증거입니다. 그 부분만 무너뜨리면 모든 게 무너지는 겁니다. 이미 피해자 배낭에서 발견된 혈흔이 선생의 DNA와 일치하는지 재실험을 할 DNA 전문가를 섭외해둔 상태입니다."

마티니는 상대의 말을 믿지 않았다.

"듣기로는 TV에 나가셔서 사건과 저에 관한 이야기를 하셨다던데요……."

듣기에 따라서는 비난으로 느껴질 수도 있었지만 변호사는 무시하고 대답했다.

"사람들에게 선생의 시각에서 바라본 사건의 정황을 알릴 필요가 있었습니다. 그런데 선생이 그럴 수 없으니 내가 대신한 겁니다."

마티니는 아무런 대답도 하지 않았다. 따지고 보면 변호사는 어차피 광고 수입을 챙기면 그만이었다. 그렇기 때문에 고객의 '사연'을 최대한 이용해야 할 상황이었다.

"제 가족은 만나보셨습니까? 아내와 딸은 어떻게 지내고 있습니까?"

"잘 지내고 계십니다. 하지만 독방 생활을 하는 동안은 면회가 금지돼 있습니다."

면회가 가능하더라도 어차피 오지 않을 사람들이었다. 마티니는 그렇게 생각했다.

"두고 보십쇼. 재판이 시작되면 우리가 검사 측이 제기한 혐의를 보기 좋게 무너뜨리고 진실을 낱낱이 밝히게 될 테니까요."

포겔은 베아트리스 레만의 집에서 나온 뒤, 오후 내내 차를 타고 이리저리 돌아다니다 인근에 위치한 산으로 올라가는 국도를 탔다. 생각할 시간이 필요했고 또 그 생각을 정리할 시간도 필요했다. 예정대로라면 이미 며칠 전에 아베쇼를 떠났어야 할 시간이었다. 그런데도 계속 그곳에 머물고 있었다. 전혀 해본 적 없는 일을 해야 하는 상황인 데다 과연 자신이 그 일을 할 수 있을지도 의심스러웠다.

사건 수사.

안개 속의 사나이가 그의 계획을 엉망으로 만들어버렸다. 잿빛 안개 속에 안전히 몸을 숨긴 채 지금 이 시간에도 그를 지켜보고 있을지 모를 일이었다. 그를 비웃으며.

진짜일 것으로 추정되는 애나 루의 일기장이 조수석에 놓여 있었다. 포겔은 아직 문제의 일기장을 펼쳐보지 않았다. 어떻게 받아들여야 할지 마음을 정하지 못했기 때문이다. 먼저 이해관계의 득실을 따져보고 싶었다. 버리거나 불태우거나 깨끗이 잊는 게 답일 수도 있었다. 안개 속의 사나이가 다시 범행에 나설 계획이 없을 수도, 단지 자신에게 겁만 주려는 의도일 수도 있었다. 아마도……. 하지만 과연 그게 전부일까? 놈은 이런 상황까지도 예상했을 수 있어. 거기까지 생각이 미쳤다. 그래서 로리스 마티니의 결백을 입증할 수도 있는 증거를 아직까지 파기하지 않았던 것이다. 일기장을 마티니 석방의 근거로 활용할까 생각도 해보았지만 누군가 더그 사건 때처럼 그가 증거를 조작했다는 의혹을 제기할 가능성이 매우 높았다. 그런 사태가 벌어진다면 그의 형사 생활도 끝장이었다. 무고한 사람이 교도소에 수감되어 있을 수도 있다는 생각이 크게 마음에 걸리지는 않았다. 어차피 자신이 상관할 문제는 아니니까. 최악의 경우, 안개 속의 사나이가 30년이 지나서 실질적으로 다시 범행에 나서는 상황이 두려울 뿐이었다. 그런 일이 벌어진다면 포겔의 주장이 반박당하게 될 터였다. 애나 루 다음에 또 다른 피해자가 나올 테니까. 빨간 머리에 주근깨가 난 또 다른 10대 소녀. 누군가의 딸. 그렇더라도 그로서는 크게 신경 쓸 일이 아니었다. 무엇보다 자신의 신상에 관한 문제부터 신경 써야 했다. 냉소적인 성격 때문이 아니라, 생존본능 때문이었다.

태양은 어둠 속으로 사라져야만 하는 피할 수 없는 숙명에 따라 움직이기 시작했다.

3시간여를 정처 없이 돌아다니고 나자 연료 경고등에 불이 들어와 어쩔 수 없이 차를 세울 수밖에 없었다. 그는 정수탱크 앞에 주차한 다음 차 밖으로 나와 먼지로 가득 찬 공기를 들이켰다. 그의 앞에는 형석이 쌓여 만들어진 구릉이 여럿 보였다. 어둠 속에서 본 광물 더미는 북극의 오로라처럼 초록색 빛을 발산하고 있었다. 포겔은 마법의 주문에 걸린 것 같은 풍광 앞으로 한 발짝 더 다가가 바지 지퍼를 내리고 볼일을 보았다. 방광을 비우는 동안 무언가가 어깨를 두드리는 느낌이 들었다. 당연히 상상의 산물이었다. 하지만 분명히 누군가가 그의 관심을 끌려고 하는 것만 같았다.

조수석에 놓여 있는 일기장이 계속해서 그를 부르고 있었다. 어떻게 날 이렇게 무시할 수 있어요?

그는 볼일을 다 보고 다시 차로 돌아왔다. 그리고 운전석에 앉아 일기장을 집어 들었다. 그는 마치 성물을 다루듯 조심스레 일기장을 살펴보았다. 그러다 갑작스런 충동에 이끌려 일기장에 달린 하트 모양 걸쇠를 열었다. 온몸이 차가워지면서 또 동시에 뜨거워졌다. 흥분한 탓이었다.

아무 페이지나 펼치자 익숙한 애나 루 캐스트너의 필체가 눈에 들어왔다.

"젠장!" 그는 나지막이 중얼거렸다.

그는 일기장을 읽었다. 그러면서 로리스 마티니로 향하는 연결고리가 나오기만을 바랐다. 그가 정말로 실종된 소녀의 살인범임을 입증해주는 증거, 안개 속의 사나이가 범인이 아니기를 증명해주는 무언가가 나오기만을 바라는 간절한 마음으로 읽어 내려갔다. 물론 로리스 마티니가 그 일기장을 베아트리스 레만에게 보냈을 것 같지는 않았다. 하지만 일기장이 발송된 날은 애나 루 캐스트너가 실종된 당일이었다. 따라서 그 소포를 보낸 사람은 마티니가 무죄로 풀려나기를 바랐던 것은 아니다. 당시 그는 용의자가 아니었기 때문이다. 그 소포에는 다른 의미가 있는 게 분명하다.

일종의 서명이었다.

그렇기 때문에 포겔은 애나 루와 현재 교도소에 수감되어 있는 남자와의 연결고리를 찾을 수 없었다. 질투심이 나도록 소녀가 숨기고 싶었던 비밀은 전혀 다른 차원의 이야기였다.

8월 11일: 바닷가에 갔다가 잘생긴 남자를 만났다. 서너 번 이야기를 주고받았을 뿐이었지만 아마 나랑 키스를 하고 싶어 하는 것 같았다. 그런데 아직 그런 일은 일어나지 않았다. 내년에 다시 만나게 될지도……. 이름은 올리버였다. 잘 어울리는 이름이다. 이제 매일매일 내 왼팔에 볼펜으로 올리버의 이름 약자를 쓰기로 결심했다. 하트 모양으로. 겨우내 그렇게 할 생각이다. 내년에 다시 만나게 될 때까지. 나만의 비밀이다. 내년에 다시 만나기 위한 기약이니까.

포겔은 나머지 부분을 재빨리 훑어보았다. 수수께끼 같은 올리버가 등장하는 또 다른 내용이 있는지. 순수한 환상의 대상이자 이루어질 수 없는 욕망의 대상, 올리버.

올리버……. 포겔은 애나 루 캐스트너의 시신 왼팔에 적혀 있을 올리버의 약자를 떠올려보았다. 볼펜으로 정성스레 그린 알파벳 'O'. 소녀와 함께 사라져 아무도 찾을 수 없는 알파벳 'O'.

애나 루의 비밀도 애나 루와 함께 영원히 묻혀버린 거야.

그런데 일기장에서 종이 한 장이 떨어져 나왔다. 일기장 사이에 끼워져 있다 흘러나왔던 것이다. 그는 매트에 떨어진 종이를 집어 들어 펼쳐보았다. 그러고서야 그 종이를 쓴 장본인이 일기장의 주인이 아니었음을 알게 되었다.

추격의 새로운 단서는 바로 한 장의 지도였다.

밤새도록 잠을 이룰 수 없었다.

포겔은 침대 옆 곁탁자에 지도를 올려놓고 이불을 턱까지 끌어올린 상태로 멍하니 누워 천장만 바라보고 있었다. 머릿속에서 어지러이 충돌하는 수많은 질문과 의심 때문에 도저히 차분하게 생각을 정리할 수가 없었다. 새 판이 벌어졌고 참가할 수밖에 없는 상황이었다. 안개 속의 사나이가 그를 가만 내버려두지 않을 게 뻔했다. 그가 할 수 있는 건 하나밖에 없었다.

게임을 이어 나가는 것.

괴물이 그려놓은 시나리오가 비록 자신에게는 썩 유쾌하지 않은 결말로 이어질 거라는 불안감에도 불구하고. 형사 생활을 시작한 후 처음으로 진실을 마주하는 상황에 두려움을 느꼈다.

새벽 5시경, 그는 더 이상 호텔 방구석에 틀어박혀 있을 수만은 없다는 결론을 내렸다. 움직여야 할 시간이 온 것이다. 한발 앞서 대응하지 않으면 체면 유지도 힘들어질 것 같았다. 그는 이불을 걷어내고 침대에서 일어났다. 옷을 입기 전, 자신의 권총이 제자리에 있는지부터 확인했다. 지난 몇 년간 단지 멋으로 차고 다닌 권총이었다. 사실 사격장의 과녁을 벗어나 실전에서는 한 번도 써본 경험이 없는 터라 이제는 그 과녁마저 명중시킬 수 있을지도 의심스러웠다. 그렇게 폼으로 차고 다닌 권총이라 관리하는 법도 전혀 모르고 지내왔다. 평소 부하 직원에게 일임해왔기 때문이다. 자신의 베레타를 손에 쥐는 순간 갑자기 전보다 훨씬 묵직하게 느껴졌다. 하지만 그건 사태의 심각성으로 인해 점점 커져가는 두려움 때문이었다. 그는 탄창이 가득 차 있는지, 탄창이 잘 미끄러져 들어가 장착되는지를 확인했다. 손이 부들부들 떨렸다. 침착하자. 그는 옷을 챙겨 입었다. 이번만큼은 우아한 정장에서 탈피했다. 그는 짙은 색 스웨터에 편한 바지를 입고 신발도 최대한 편한 것으로 골랐다. 그런 다음 코트를 걸치고 길을 나섰다.

기자들 대부분은 이미 아베쇼를 떠난 뒤였다. 몇몇 방송팀이 남아서 수사 관련 후속기사들을 전하고는 있었지만 사건을 직접 취재했던 기자들도 아니었고 영향력 있는 스타급 기자들은 하나도 없었다. 그럼에도 불구하고 포겔은 혹시나 특종을 찾아다니는 인턴 기자 하나가 자신의 동선을 주목하고 따라붙지는 않을까 두려웠다. 그래서 운전을 하는 동안에도 계속해서 뒷거울을 주시하며 미행이 있는지 수시로 확인했다. 그의 한 손에는 목적지로 향하는 지도가 들려 있었다.

그의 목적지는 지도 정중앙에 빨간색 X표로 표시된 특정 지점이었다. 지도에는 간략한 설명과 지시사항도 적혀 있었다. 그래서 포겔은 전날 등산용품 전문점에 들러 나침반을 하나 구입했다. 자신이 무얼 발견하게 될지에 대해서는 굳이 생각하지 않으려 애썼다. 문제의 지점은 북서쪽의 어느 지점으로 통행이 비교적 용이한 지역이라 수색팀이 이미 여러 차례 샅샅이 훑은 곳이었다. 그런데 왜 아무것도 발견하지 못했던 걸까? 수색이 개판으로 진행됐던 거야. 포겔은 그렇게 생각했다. 실질적으로 애나 루 캐스트너를 찾기 위해 신경 쓴 사람은 아무도 없었다는 것을 의미했다. 포겔은 모든 게 자신의 잘못이라 생각했다. 직접 감독했어야 했지만 편하게 앉아 언론만 상대하느라 수색과 관련된 모든 결정사항을 젊고 경험 없는 보르기 경사에게 맡겨버렸기 때문이라고.

태양의 예고편처럼 산봉우리 위로 번지는 붉은 기운이 마치 피로 물든 강물처럼 계곡지역에 퍼져나가고 있었다. 포겔은 지도상에 표시된 지점 인근에 도착했다. 숲으로 둘러싸인 곳이라 차에서 내려 손전등을 들고 한참을 걸어 올라가야 했다. 살짝 경사가 진 길 때문에 바닥에 덮인 나뭇잎을 밟을 때마다 자주 미끄러지곤 했다. 그는 넘어지지 않으려고 나뭇가지를 꽉 붙잡고 올라갔다. 나뭇가지들이 서로 복잡하게 뒤엉켜 있던 터라 가시덤불에 관자놀이를 긁혀 상처가 났다. 그런데도 포겔은 그런 사실조차 느끼지 못했다. 그는 이따금 걸음을 멈추고 지도와 나침반을 확인했다. 동이 트기 전에 최대한 서둘러 일을 마쳐야 했다. 누군가 자신을 발견할까 두려웠다.

그는 길을 헤치고 공터로 나왔다. 지도상으로는 빨간 X표가 표시된 바로 그 지점이었다. 만약 지금까지 쌓아온 형사 경력은 물론 자신의 목숨이 걸린 문제가 아니라면 이 모든 것이 단지 장난처럼 보일 수도 있었다. 아니, 따지고 보면 장난은 장난이었다. 안개 속의 사나이가 그를 가지고 놀고 있었으니까. 좋아, 이 개 같은 자식, 네놈이 뭘 준비해 놨는지 어디 두고 보자고.

그는 손전등으로 길을 비추며 앞으로 걸어 나갔지만 수상한 건 전혀 보이지 않았다. 그러다가 손전등을 위로 들어 올리던 순간 무언가를 발견했다. 누군가 나뭇가지에 과자상자 하나를 매달아두었던 것이다. 더그 사건. 그 물건을 보자마자 든 생각이었다. 안개 속의 사나이는 그의 약점을 간파하고 있었다. 포겔은 그 과자상자가 더그 사건을 비롯해 조작된 증거를 조롱하기 위한 행위임을 누구보다 잘 알고 있었다.

놈은 어디를 공략해야 하는지 꿰뚫어보고 있었다.

포겔은 문제의 나무 아래 무릎을 꿇고 라텍스 장갑을 착용한 다음 바닥에 쌓여 있는 나뭇잎들을 치웠다. 그러고는 옷이 더러워질 각오로 젖은 땅을 파기 시작했다. 어차피 깊게 팔 생각은 없었다. 거기에 묻힌 게 애나 루 캐스트너의 시신이라면 굳이 자신이 직접 발굴하고 싶은 마음은 없었기 때문이다. 단지 확인이 필요할 뿐이었다. 그런데 몇 센티미터 정도 파 들어가자 손가락 끝에 무언가가 느껴졌다. 속이 들여다보이지 않는 비닐로 칭칭 감아놓은 물건이었다. 포겔은 잠시 망설이다 물건을 꺼내 있는 힘껏 뜯어보았다. 내용물을 보호하기 위해 테이프로 완벽히 봉인해놓은 봉투 한 장이 나왔다.

포겔은 봉투를 앞뒤로 돌려본 다음 뭐가 들었는지 확인하기 위해 귀에 가까이 대고 흔들어보았다. 안에서 아기들이 사용하는 딸랑이 비슷한 소리가 났다. 안개 속의 사나이가 무슨 선물을 할 작정인지는 알 수 없었지만 적어도 시신의 일부는 아닌 것 같았다. 여기서 끝내자고. 분노가 두려움을 대신하기 시작했다. 그는 봉투를 열어보기로 결심했다. 테이프로 얼마나 공들여 봉인해놓았는지 뜯는 데만도 상당한 시간이 걸렸다. 하지만 봉투 안에 든 물건을 확인하는 순간, 두려움이 공포로 현실화되어 숨이 막히도록 그의 목을 졸랐다. 이번에는 단순한 조롱 수준이 아니었다.

안개 속의 사나이가 TV에 등장하는 형사, 포겔에게 전한 선물은 비디오테이프 하나였다.

고립은 감각기관의 기능을 증폭시킨다. 강요된 고독 속에서 깨달은 사실이었다. 신문을 읽거나 TV 시청이 금지되었고 손목시계까지 압수당한 터였다. 하지만 주방에서 풍겨오는 음식 냄새를 통해 밥 먹을 시간이 다가왔음을 알 수 있었다. 그런 식으로 언제가 점심시간인지, 또 언제가 저녁시간인지 알 수 있었다. 그의 감방은 태아를 보호하고 있는 태반과도 같았다. 그 안에 들어오는 것은 뭐가 됐든 그의 신세와 마찬가지로 밖으로 빠져나갈 수 없었다. 이제 교도소 소음도 익숙해졌다. 복도에 있는 자동 철문을 감시하는 교도관의 열쇠가 찰랑거리는 소리가 들리면 야간 순찰조의 근무시간이 끝나 오전팀과 근무교대를 앞두고 있다는 것도 알 수 있었다. 그 시각은 대략 오전 6시경이었다.

묵직한 철문으로 인해 바깥을 내다볼 수는 없었지만 바닥의 틈으로 새어 들어오는 빛을 통해 많은 상황을 유추할 수 있었다. 그림자 하나가 틈을 가리며 누군가가 찾아왔음을 알려주었다. 그는 자리에서 일어나 열쇠가 돌아갈 때까지 기다렸다. 문이 열리고 역광을 받아 생긴 그림자 두 개가 감방 안으로 들어왔다.

전에는 한 번도 본 적 없는 교도관들이었다.

"소지품 챙겨요." 한 사람이 말했다.

"왜요? 어디 가는 겁니까?"

그의 질문에 아무도 대답해주지 않았다. 마티니는 명령대로 교도소 재산인 밤색 이불과 식판, 그리고 숟가락을 비롯해 교도소에서 밀거래를 통해 구입한 샴푸와 비누통 등 유일한 자신의 '재산'을 챙긴 다음 교도관을 따라나섰다.

단순히 감방을 옮기는 거라 생각했는데 교도관들은 독방 구역 끝에 있는 철창까지 이동했다. 그런데 그곳에서 발견한 이상한 점은 지키고 있는 다른 교도관이 보이지 않는다는 사실이었다. 그렇게 복도 두세 곳을 통과하더니 엘리베이터를 타고 두 층 아래로 내려갔다. 그 과정에서도 다른 교도관은 전혀 볼 수 없었다. 또다시 이상한 기분이 들었다. 교도관들이 동시에 자리를 비운다는 건 불가능한 일이었기 때문이다. 게다가 소름 끼치고 음산할 정도로 고요하다는 점도 수상했다. 시간대로 보면 재소자들이 일어나 아침을 달라고 소란을 피우고 고함을 질러야 할 시간이었기 때문이다. 마티니는 순간, 간밤의 일을 떠올려보았다. 자신의 수면을 방해하기 위해 고함을 지르거나 협박하는 재소자들의 아우성을 들은 기억이 전혀 없었다. 세 번째로 느낀 수상한 점이었다.

보안문 앞에 도착하고서야 마티니는 F구역이라는 안내판을 발견했다. 다시 말하면 일반 재소자들과 같은 구역에 수감된다는 뜻이었다. 순간 덜컥 겁이 났다.

"잠깐만요." 그가 말했다. "난 독방에 수감돼야 할 재소자입니다. 이건 법원 명령 아닙니까."

두 교도관은 그의 말을 무시하고 그를 앞으로 밀었다. 불안감을 넘어선 공포심이 일었다.

"이거 봐요! 난 다른 재소자들과 같이 있을 수 없단 말입니다!"

마티니는 떨리는 목소리로 언성을 높였지만 교도관들은 그의 저항에 아랑곳하지 않고 그의 팔을 꽉 붙잡고 데려갔다.

감방 문 앞에 도착하자 교도관 한 사람이 문을 열었고 다른 한 사람이 그에게 말을 했다.

"여기 잠깐 들어가 있으면 다시 데리러 올 겁니다."

마티니는 앞으로 한 걸음 발을 내딛으려다 망설였다. 감방 안이 컴컴해서 아무것도 보이지 않았기 때문이다.

"얼른 들어가요." 그다지 상대의 마음을 안심시켜주지 못하는 말투였다.

불현듯 머릿속에 떠오른 생각은 교도관들 역시 다른 재소자들과 마찬가지로 자신을 싫어한다는 사실이었다. 하지만 교도관들은 철저히 법을 준수해야 하는 입장이었다. 그렇다면 법적 절차를 무시하면서까지 그를 괴롭힐 이유가 있을까? 생각이 거기까지 이르자 그도 순순히 안으로 들어갔다. 등 뒤로 문이 닫히자 마티니는 눈이 어둠에 적응할 때까지 가만히 서서 기다렸다. 그런데 주변에서 부스럭거리는 소리가 들렸다.

고립은 감각기관의 기능을 증폭시킨다. 그는 감방 안에 자신만 있는 게 아니라는 사실을 깨달았다.

얼굴에 주먹이 날아드는 순간 마티니는 중심을 잃었다. 두 팔로 안고 있던 물건들이 그와 함께 바닥으로 떨어졌다. 그리고 주먹과 발길질이 사방에서 이어졌다. 그는 두 팔로 몸을 보호하려 했지만 쉴 새 없이 날아드는 주먹과 발을 막아낼 수는 없었다. 입안에서 피 맛이 느껴지고 얼굴이 찢어지는 느낌이 생생했다. 갈비뼈에 금이 가면서 숨도 쉬어지지 않더니 어느 순간이 지나자 아무런 감각도 느껴지지 않았다. 그저 바닥에 쓰러져 몸부림치는 고깃덩이에 지나지 않았다.

죽은 목숨.

통증도 느껴지지 않고 단지 피곤하다는 느낌뿐이었다. 몸보다 정신이 먼저 백기를 들었다. 머릿속이 아득해졌다. 단지 두 팔만 여전히 저항할 뿐이었다. 미약하게, 무의미하게. 주변은 컴컴했지만 시야가 뿌옇게 흐려졌다. 모든 게 사라지려던 순간 한 줄기 빛이 시야를 자극했다. 뒤쪽에서 나타난 빛이었다. 그는 누군가 자신을 강한 힘으로 일으켜 세워 감방 밖으로 데리고 나가는 것을 느꼈다. 안전하다는 느낌이 들었다. 하지만 그 안전이 영원하리라는 보장은 없었다.

그러고는 의식을 잃고 말았다.

그는 구형 감시카메라 전용 비디오플레이어가 설치돼 있는 골방에 숨어들 듯 들어갔다. 화면에서 나오는 불빛만이 유일하게 포겔의 얼굴에 그림자를 만들어내며 주변을 밝히고 있었다.

투입구에 테이프를 넣고 살짝 힘을 주자 테이프가 기계 속으로 빨려 들어갔다. 테이프가 기계 안에 걸리면서 감기는 소리가 이어졌다. 그런 다음 처음으로 돌아가자 재생이 시작되었다.

먼지가 날리는 듯 정지화면이 지직거리는 소리와 함께 흘러나왔다. 포겔은 볼륨을 줄였다. 소리가 밖으로 흘러나가지 않게 하기 위해서였다. 몇 초 정도가 지나자 갑자기 화면이 바뀌었다.

뿌연 배경 속에서 길쭉한 불빛이 어딘가로 이동하는 장면이었다. 바닥에는 더럽고 이가 깨진 타일이 깔려 있었다. 촬영에 사용한 캠코더의 마이크를 몇 차례 두드리는 소리가 들렸다. 촬영을 한 당사자가 무언가를 조절하는 듯했다. 그러더니 벽을 따라 움직이던 한 줄기 빛이 거울 앞에 멈췄다. 렌즈 바로 위에 달린 조명 불빛이 거울에 비치며 강렬하게 반사되었다. 검은색 장갑을 낀 사람의 손만 간신히 구분할 수 있을 정도였다. 정체불명의 촬영자는 자신의 모습을 드러낼 생각이었는지 한발 옆으로 다가왔다. 얼굴에 스키 마스크를 뒤집어쓰고 있어 눈만 보일 뿐이었다. 화면상으로는 어떤 의도를 품고 있는지 알 수 없는 초점 없는 눈빛이었다.

안개 속의 사나이⋯⋯. 포겔은 그렇게 생각하며 그가 뭐라고 말을 하거나 어떤 행동을 해주기를 기다렸지만 상대는 그대로 서 있었다. 숨소리가 들렸다. 규칙적이고 차분했다. 그의 숨소리는 작은 크기의 화장실에서 메아리가 되어 울려 퍼지고 있었다. 도대체 저기는 어딜까? 왜 이 영상을 군이 보여주려 했던 걸까? 포겔은 화면을 더 자세히 들여다보기 위해 모니터 가까이 다가가다가 촬영자 뒤로 보이는 타월 한 장을 주목했다. 고리에 걸려 있는 낡은 타월이었다.

그 위로, 작은 크기의 초록색 삼각형 두 개가 보였다.

포겔이 그 상징이 무엇을 뜻하는지 생각하는 동안 남자가 카메라를 향해 팔을 들어 올렸다. 그리고 장갑 낀 손가락으로 카운트를 했다.

셋⋯⋯. 둘⋯⋯. 하나⋯⋯.

갑자기 캠코더가 방향을 바꿨다. 거울에 비친 스키 마스크가 사라지면서 밝은 얼룩 같은 게 화면에 나타났다. 초점이 맞기까지 몇 초가 걸렸다. 그러고 나서야 화면을 본 포겔은 화들짝 놀라 의자에서 벌떡 일어났다.

욕실 뒤로 방이 하나 보였다. 문을 닫은 호텔 방 같았다. 그리고 구석으로 상태가 더러워 보이는 매트리스 아래 가냘픈 그림자 하나가 웅크리고 있었다. 캠코더에 달린 작은 플래시 조명은 마치 위협적인 어둠으로부터 그림자를 보호하기 위한 광채 같았다. 그림자는 잔뜩 웅크린 채 두 팔을 축 늘어뜨리고 체념한 자세였다. 안색은 심하게 창백했다. 초록색 팬티에 상체에 간신히 걸려 있는 흰 브래지어 차림이 었다. 실종된 소녀의 속옷이었다. 캠코더가 줌으로 피사체를 끌어당 겼다. 헝클어진 채 흘러내린 빨간 머리는 얼굴을 가리고 있었고 멍하 니 벌린 입에서는 침이 질질 흐르고 있었다. 화면에 잡힌 소녀가 숨을 쉴 때마다 가냘픈 어깨가 위로 올라갔다 서서히 아래로 내려왔다. 추 위 때문인지 호흡이 가쁜 듯 보였다. 하지만 몸을 떨지는 않았다. 마치 아무것도 느끼지 못하는 것처럼.

애나 루 캐스트너는 마치 약물에 취한 듯 거의 의식이 없어 보였다. 포겔은 소녀의 왼쪽 팔에 난 작은 동그라미를 보고 애나 루 캐스트너 라는 사실을 깨달았다. 지난여름, 처음 만나 사랑에 빠진 올리버의 이 름 약자 'O'. 애나 루가 그토록 숨기고 싶었던 비밀의 대상.

캠코더는 무자비할 정도로 소녀의 적나라한 모습을 화면에 담고 있 었다. 잠시 후 소녀는 무슨 말이라도 하려는 듯 슬며시 고개를 들었다. 포겔은 무슨 말이 나올까 기다리면서도 소녀의 목소리를 듣는 게 두 려웠다. 그러나 소녀가 말 대신 비명을 지르자 녹화가 끝나버렸다.

그는 비디오테이프부터 파기하기로 했다. 그는 테이프를 학교에서 사용하는 기름보일러 통에 집어 던지고 불에 타 확실히 녹아버렸는지 까지 확인했다. 그의 손에 그런 비디오테이프가 있었다는 사실 자체 를 없애버려야 했다. 포겔은 점점 강박적으로 행동하기 시작했다.

그는 애나 루의 일기장까지 없애버리려다 마지막 순간 생각을 바 꿨다. 베아트리스 레만이 언제든 자신이 문제의 일기장을 그에게 직 접 건넸다고 증언할 수도 있기 때문이었다. 증거를 없애버리는 건 좋 지 않은 생각이었다. 게다가 일기장에는 자신의 발목을 잡을 만한 불리한 내용도 없었다. 그래서 일단 일기장은 보관하기로 마음먹고 아직 자신의 사무실 대용으로 쓰는 탈의실 로커에 숨겨놓았다.

그런 다음 인터넷 검색에 착수했다. 촬영이 진행된 문제의 호텔을 찾아내야만 했다. 포겔은 그 영상이 자신에게 보내는 초대장이라고 확신했다. 문제의 호텔 방에서 애나 루 캐스트너의 시신을 찾아낸다면 현장을 조작해 여전히 로리스 마티니의 혐의가 정당하다는 사실을 입증할 수 있을 것 같았기 때문이다.

아마 안개 속의 사나이도 그것을 바란다는 확신이 들었다.

그렇지 않다면 굳이 그를 진실의 세계로 인도할 이유가 없었기 때문이다. 굳이 소녀를 촬영한 영상을 보여줄 필요도 없었다. 소녀의 납치범이 자신이라는 사실을 밝히는 게 목적이었다면 포겔이 아니라 언론사에 보내면 그만이었다.

포겔은 아베쇼 주변의 관광시설 중에서도 형석 광산이 들어선 후 관광객 수의 급감으로 인해 폐업한 숙박시설을 집중적으로 검색해보았다. 아직까지 인터넷 사이트가 남아 있는 곳도 일부 있었다. 그에게 주어진 단서는 거의 없었다. 결정적인 단서라고 해봐야 작은 초록색 삼각형 두 개가 전부였다. 그리고 그 로고 덕분에 그는 문제의 호텔을 찾아냈다.

전체가 녹슨 광고판에 남아 있는 두 개의 삼각형은 소나무 형상을 본뜬 로고였다.

포겔은 건물을 둘러싼 공원 쪽으로 난 문 앞에 서 있었다. 오전 7시경이었고 지나다니는 사람은 아무도 없었다. 호텔은 아베쇼에서 다소 떨어진 외진 곳에 위치해 있었다.

문은 열려 있었다. 포겔은 출입문을 열고 차를 타고 들어간 다음 다시 차에서 내려 출입문을 잠가버렸다. 그러고는 불필요한 이목을 끌지 않으려고 차량의 불을 끈 채로 호텔 건물로 접근했다.

호텔은 5층 건물이었다. 객실 창문은 나무판자로 막혀 있었지만 건물 현관을 막고 있는 판자는 몇 장이 뜯겨 있었다. 그는 그 안으로 들어가 손전등을 켰다.

안타깝다 못해 을씨년스런 광경이었다. 호텔이 영업을 중단한 건 불과 5년 전이었지만 눈앞의 장면만으로는 거의 50년이 넘은 듯 보였다. 마치 세상의 종말이 휩쓸고 지나가기라도 한 것처럼. 온전한 상태로 남아 있는 가구나 집기는 거의 없었다. 낡은 소파는 앙상한 프레임만 남은 채 어둠 속에 방치돼 있고, 습기를 가득 머금은 벽에는 녹청색 곰팡이 때문에 누런 물줄기가 사방으로 흐르고 있었다. 바닥에는 벽이 허물어지며 쌓인 석고 더미와 썩은 나무토막이 쌓여 있었다. 포겔은 열쇠 보관 판을 통해 과거 호텔 카운터로 사용되었을 곳을 지나 위로 올라가는 계단 앞에 멈춰 섰다. 계단 곳곳에 보라색 장식 천 조각이 남아 있는 걸로 미루어보아 과거에는 계단에 카펫이 깔려 있었을 것 같았다.

그는 계단 위로 올라갔다.

위층으로 올라가자 오른쪽과 왼쪽에 위치한 객실 번호를 알려주는 안내판이 나왔다. 101호부터 125호, 126호부터 150호. 포겔은 네 개 층에 있는 객실 전체에서 단번에 문제의 방을 찾아내는 건 불가능하다고 생각했지만, 그렇다고 하루 종일 그곳에 머물고 싶은 마음도 없었다. 순간, 그때까지 대수롭지 않게 여겼던 장면 하나가 머릿속에 떠올랐다. 안개 속의 사내는 애나 루를 보여주기 직전 손가락을 보여주며 카운트다운을 했었다.

셋……. 둘……. 하나…….

그것은 극적인 반전이나 마니아적인 수수께끼도 아니었다. 단지 객실 번호를 의미했던 것이다.

321호실은 4층 왼쪽 복도 끝에 있었다. 포겔은 문 앞에 선 채로 손전등을 이용해 내부를 비춰보았다. 손전등 불빛은 방 안을 이리저리 돌아다니다 애나 루가 앉아 있었던 구석의 매트리스 아래서 멈췄다.

하지만 방 어디에도 시신은 보이지 않았고, 시체 썩는 냄새도 맡을 수 없었다.

게다가 그곳을 방문한 사람의 흔적도 보이지 않았다. 도대체 어떻게 된 거지? 그러다 욕실 문이 닫혀 있다는 사실을 깨달았다. 그는 가까이 다가가 문틀에 손을 얹었다. 마치 그렇게 하면 죽음이나 파괴의 기운이 느껴지기라도 하듯. 욕실 문 뒤에는 괴물이 만들어놓은 죽음의 무대가 완성되어 있을 것이다.

놈은 내가 문을 열어주기를 바라고 있어. 이제 안개 속의 사나이는 포겔의 머릿속에 들어앉아 조종을 하고 있었다.

그는 문손잡이를 잡고 천천히 아래로 내린 다음 문을 활짝 열었다.

순간, 눈이 멀 정도로 강렬한 불빛이 그를 덮쳤다.

무언가가 폭발한 것처럼 밝은 빛이 났지만 열기가 느껴지지 않았다. 그는 있지도 않은 충격파에 밀린 듯 뒤로 물러섰다.

"지금이야! 잡았어?" 여자 목소리였다.

"잡았어요!" 남자가 대답했다.

포겔은 눈을 가리기 위해 팔을 든 채로 계속해서 뒷걸음질 쳤다. 불빛 사이로 간신히 카메라를 들고 있는 남자를 구분할 수 있었다. 그런

335

데 그 뒤에 서 있던 또 다른 그림자가 팔을 뻗어 그의 턱에 무언가를 들이밀었다.

마이크였다.

"포겔 수사관님. 이곳까지 찾아오신 걸 어떻게 설명하실 겁니까?" 스텔라 호너가 질문을 던졌다.

형사는 당혹감을 감추지 못하고 여전히 뒷걸음질 치고 있었다.

"애나 루와 납치범이 함께 있는 영상이 방송사로 전달되었습니다. 수사관님은 애나 루가 이 호텔에 갇혀 있었다는 사실을 알고 계셨습니까?"

포겔은 더러운 매트리스 위로 넘어질 뻔했지만 간신히 중심을 잡았다.

"그만합시다!" 그는 고함을 질렀다.

"이 사실을 어떻게 알고 계셨는지, 왜 숨기고 계셨는지 묻지 않을 수가 없는데요?"

"그게……. 그러니까……."

포겔은 시간을 벌 요량으로 말을 더듬었지만 그럴듯한 변명이 머릿속에 떠오르지 않았다. 형사로서 임무를 수행 중이라고 주장할 생각도, 역으로 기자들이 여기서 무슨 작당모의를 하고 있는지 다그칠 생각조차 들지 않았다.

"그만 좀 합시다!" 그는 다시 언성을 높였다.

자신이 소리를 지르고도 그게 자신의 목소리라는 게 믿을 수 없었다. 그렇게 자신 없고, 날카롭고, 동요된 목소리였다는 게.

그리고 그 순간, 포겔은 자신의 형사 생활도 영원히 끝이라는 사실을 직감했다.

모든 걸 영원히 뒤바꾼 밤, 플로레스는 자신의 진료실 벽에 걸린 박제된 물고기들을 번갈아 쳐다보고 있는 포겔 형사를 유심히 관찰하고 있었다.

"어째 이 물고기들은 하나같이 다 비슷하게 생겼습니다. 안 그렇습니까, 선생님?"

"맞습니다. 다 같은 종입니다." 플로레스 박사는 웃으며 대답했다.

"다 같은 종이라고요?"

"아까도 말씀드렸다시피, 온코린쿠스 미키스라는 종입니다. 일반적으로 무지개송어라고 부릅니다. 벽에 걸린 녀석들은 형태나 색깔만 조금씩 다를 뿐 동일한 어종입니다."

"그러니까 선생님 말씀은 이 녀석들만 골라서 수집하셨다는 겁니까?"

"그게 좀 이상해 보일 수도 있다는 거, 저도 잘 압니다."

포겔은 그 부분을 집요하게 물고 늘어졌다.

"왜 그러시는 겁니까?"

"굳이 말씀드리자면 녀석은 잡기도 힘들지만 낚시꾼을 홀리는 맛이 있다고 할까요…… 뭐 그렇다고 꼭 그것 때문만은 아닙니다. 심근경색을 겪었다고 아까 말씀드린 거 기억하실 겁니다. 당시 나는 혼자서 산에 있는 호수에서 낚시를 하고 있었습니다. 무언가가 미끼를 물었고 나는 있는 힘껏 낚싯대를 당겼습니다." 플로레스는 옛 기억을 끌어내 낚싯대를 당기는 동작을 하며 설명을 시작했다. "기를 쓰고 낚싯대를 당기다 보니 경련이 일면서 왼쪽 팔에 극심한 통증이 느껴졌습니다. 그런데도 난 낚싯대를 놓지 않았습니다. 경련이 온몸으로 퍼지면서 흉곽과 흉골로 번지던 순간에서야 더 이상은 버틸 수 없다는 걸 깨달았습니다. 반쯤 의식을 잃은 채 뒤로 넘어졌지요. 지금도 기억이 생생한데, 바로 그 순간, 내 옆 잔디밭에 숨을 헐떡이며 나를 쳐다보고 있던 커다란 물고기 한 마리가 눈에 들어왔습니다. 녀석이나 나나 거의 숨이 넘어가기 일보직전이었습니다. 웃기지 않습니까? 그때가 서른두 살이었으니 나도 젊었고, 녀석도 아마 한창 때였을 겁니다. 난 숨통이 막히기 직전, 구조 요청을 할 수 있었습니다. 다행히 근처를 지나던 밀렵 감시인 덕에 이렇게 지금도 숨을 쉬고 있는 겁니다. 그때 같이 누워 있었던 녀석이 바로 저 녀석입니다." 박사는 벽에 걸린 박제 물고기 하나를 손가락으로 가리켰다.

"그 사연으로 뭘 깨달으신 겁니까?"

"그런 건 없습니다. 그냥 그 이후로 매번 저 녀석을 낚을 때마다 이렇게 벽에 장식을 하게 된 겁니다. 내 손으로 직접 박제를 해서 말입니다. 집 지하실에 작업실도 갖춰놓았거든요."

포셀은 흥미를 보였다.

"전 스텔라 호너 같은 기자를 박제해버리고 싶은 마음입니다. 하르

퓌아 같은 그 인간이 쳐놓은 덫에 보기 좋게 걸려들었거든요. 납치범이 저한테만 정보를 흘린 거라고 철썩같이 믿었었는데……."

플로레스는 다시 진지한 투로 말을 이었다.

"형사 양반이 간밤에 다시 아베쇼를 찾은 건 우연이 아니었을 거라고 생각합니다. 반대로 차 사고는 전적으로 우연이었을 겁니다. 형사 양반이 도로에 나왔을 때는 무언가로부터 도망치고 있었을 테니까요."

"아주 흥미로운 가설이군요." 포겔은 맞장구치듯 대답했다. "그래, 제가 정확히 무엇으로부터 도망을 치고 있었을까요?"

플로레스는 의자 등받이를 밀며 뒤로 기댔다.

"사고로 인해 충격을 받았다는 건 사실이 아닙니다. 충격으로 인해 기억을 잃었다는 것도 마찬가지로 사실이 아닙니다……. 형사님은 모든 걸 기억하고 있지 않습니까? 안 그렇습니까?"

포겔은 의자에 앉아 한 손으로 자신의 캐시미어 코트를 쓱 훑었다. 촉감이 얼마나 부드러운지 확인하고 싶어 하는 사람처럼.

"모든 걸 다 잃고 나서야 내면 깊숙한 곳에서 어떤 생각 하나가 떠오르더군요. 단 한 번이었지만 저 자신의 이익만 챙기려 하지 않았던 덕분이었습니다."

"어떤 생각을 했기에 모든 게 달리 보였던 겁니까?"

"왼팔에 새겨진 알파벳 'O'자였습니다." 포겔은 직접 자신의 팔에 문자를 그리는 동작을 해 보이며 대답했다. "처음, 애나 루 일기장에서 그 대목을 읽던 순간에는 올리버가 불쌍하다는 생각이 들지 않았습니다. 그런 생각이 든 건 나중이었습니다."

"올리버가 불쌍하다고요?"

"그렇습니다. 지난여름 애나 루를 만났을 때 그 아이에게 입맞춤할 용기를 내지 못했던 소년입니다. 올리버는 무언가를 잃어버렸습니다. 애나 루의 가족과 애나 루를 알고 지냈던 다른 모든 사람들처럼 말입니다. 하지만 다른 사람들과 달리 올리버는 그 사실을 전혀 모르고 있을 뿐만 아니라 앞으로도 모르고 지낼 겁니다……. 아마 애나 루는 죽었을 겁니다. 하지만 동시에 애나 루가 갖지 못할 자녀들 그리고 그 자녀의 자녀들까지 죽은 셈이나 마찬가지입니다. 한 세대와 그다음 세대가 오롯이 존재할 기회가 사라져버렸으니 말입니다. 무의 세계에 갇혀버린 그 영혼들은 보다 나은 대접을 받을 자격이 있는 겁니다……. 그게 바로 복수입니다."

플로레스 박사는 형사와의 대화가 진실에 가까이 다가가고 있음을 깨달았다.

"그 옷에 묻은 혈흔은 누구 겁니까, 포겔 형사님?"

형사는 고개를 들고 정신과 전문의를 바라보며 누가 봐도 그 뜻이 명확해 보이는 미소를 지으며 씩 웃었다.

"전 그게 누구인지 잘 알고 있습니다." 그렇게 말하는 형사의 두 눈이 반짝거리고 있었다. "오늘 밤, 전 괴물을 죽였거든요."

즉각적인 석방 조치가 이루어지지는 않았다.

마티니는 스텔라 호너의 특종 보도가 방송을 탄 후에도 교도소에서 10여 일을 더 보내야 했다. 관계당국에서 애나 루 캐스트너의 납치 및 살인범이 빨간 머리 10대 소녀에 집착하는 성향을 갖고 있으며, 30년 간 알 수 없는 휴지기를 가진 후 재범에 나선 연쇄살인범이라는 사실을 검토하고 받아들이는 데 걸린 시간이었다.

안개 속의 사나이.

베아트리스 레만이 정체불명의 범인에게 붙였던 이름은 언론의 입맛에 딱 맞아떨어졌고 언론들은 그 이름을 받아 일제히 사건을 재조명했다. 반전에 가까운 소식은 일파만파로 번져나갔고 대중은 여전히 자극적인 사건 소식에 굶주려 있었다.

마티니는 그 10여 일 동안 거의 감시도 받지 않고 의무실 침대에 누워 보냈다. 공식적으로는 건강상의 문제로 인해 석방 조치가 늦어지고 있다고 알려졌지만, 사실은 마티니가 다시 대중 앞에 모습을 드러내기 전에 교도소 내 집단폭행의 흔적이 가라앉기를 기다리는 교도행정

341

당국의 바람 때문이었다. 마티니 역시 그 사실을 잘 알고 있었고 이해는 갔다. 변호사가 이미 카메라 앞에 서서 교도소장을 고소하겠다고 협박하고 법무부 장관까지 이 같은 스캔들에 끌어들일 수 있다는 식으로 으름장을 놓은 상태였다.

가족들이 찾아왔으니 소지품을 찾아 나갈 준비를 하라는 말을 들으면서도 도저히 믿기지가 않았다. 그는 느린 동작으로 힘겹게 일어나 침대 위에 커다란 가방 하나를 펼쳐놓고 자신의 소지품을 집어 넣었다. 오른쪽 팔뚝에 깁스를 해야 했지만 가장 아픈 부위는 갈비뼈였다. 붕대로 상체를 칭칭 감아놓은 터라 숨이 차올라 가끔씩 동작을 멈춰야 했기 때문이다. 왼쪽 눈가에는 자줏빛 멍 자국이 선명했고 뺨 부위는 보랏빛으로 누렇게 뜬 상태였다. 그런 멍 자국이 온몸에 남아 있었지만 대부분 희미하게 사라지고 있었다. 윗입술은 찢어져 몇 바늘을 꿰매야 했다. 반면 애나 루가 실종되던 날로 거슬러 올라가는 왼손의 상처는 완전히 아물었다.

오전 11시경, 교도관이 메이어 검사가 석방 명령을 지시했고 교도관장이 이를 확인했다는 소식을 전하며 자유의 몸이 되었음을 알려주었다. 마티니는 목발을 짚고 걸어야 했기에 교도관이 면회실까지 그의 가방을 들어주었다. 가는 길이 끝없이 길게 느껴졌다.

문이 열리자 초조하게 그를 기다리고 있던 아내와 딸의 얼굴이 보였다. 두 모녀의 얼굴에 번지던 미소는 일순간 공포로 변해버렸다. 함께 나와 있던 레비 변호사가 가족들에게 그의 상태를 미리 알려주긴 했지만 두 모녀가 목격한 광경은 그 누구라도 쉽게 상상할 수 없을 정도로 처참했기 때문이다. 재회의 기쁨을 반감시켰던 건 단순히 목발이나 얼굴을 뒤덮고 있는 시퍼런 멍 자국이 아니었다. 자신들의 눈앞에 서 있는 남자가 도저히 그들이 알고 있던 남편이자 아버지로 여길 수 없을 만큼 달라졌기 때문이었다. 수척해진 얼굴에 체중은 얼핏 봐도 최소 20킬로그램 이상 빠져 보이는 데다 비록 텁수룩하게 기른 턱수염으로 가리려 했지만 턱 밑의 피부도 축 늘어진 상태였다. 하지만 무엇보다 충격적인 건 마흔셋의 남성이 노인에 가까워 보인다는 사실이었다.

마티니는 다리를 절며 아내와 딸에게 다가가 최대한 웃는 표정을 지으려 애썼다. 모니카와 클리어는 혼란스러운 심정을 뒤로하고 얼른 그에게 뛰어갔다. 세 사람은 한참 동안 서로를 끌어안고 조용히 눈물을 흘렸다. 두 모녀가 자신의 품에 머리를 기대자 그는 양손으로 아내와 딸의 목과 머리를 쓰다듬어주었다.

"이제 끝났어." 그가 말했다.

이렇게 끝나는 걸까? 그런 생각이 들었다. 왜냐하면 끝이 아니라고 믿고 있기 때문이었다.

클리어는 그의 눈을 들여다보았다. 마치 그렇게 한참을 들여다보고서야 서로를 알아보는 것처럼. 로리스는 그 눈빛의 의미를 알고 있었다. 그를 홀로 내버려두고 최악의 순간, 곁에서 지켜주지 못했다는 사실에 대한 미안함. 그리고 무엇보다 그를 의심한 것에 대한 용서를 바라는 눈빛이었다. 마티니는 아내를 보며 고개를 끄덕였다. 그 단순한 동작만으로도 모든 게 용서되고 이해된다는 사실을 두 사람은 충분히 알고 있었다.

"이제 집으로 돌아가야지." 로리스 마티니가 입을 열었다.

마티니 일가는 레비 변호사의 벤츠에 올라탔다. 변호사가 조수석에 앉고 세 가족이 나란히 뒷자리를 차지했다. 일행은 기자들을 피하기 위해 다른 출구를 이용했다. 하지만 차창이 검게 선팅된 차량이 집 앞 인근 도로에 도착하자 마이크와 카메라들이 일제히 그들을 향해 날 아들었다. 그들 외에도 호기심에 찾아온 구경꾼들도 더러 있었다.

마티니는 클리어와 모니카의 표정에서 두려움을 읽었다. 혹시라도 일상이 불가능했던 전과 같은 상황이 반복되지는 않을까 하는 불안 감 때문이었다. 하지만 레비 변호사가 그들을 안심시켰다.

"지금부터는 모든 양상이 달라질 겁니다. 두고 보십쇼……."

말 그대로 그들이 탄 차가 집으로 올라가기 위해 방향을 틀자 모여 있던 군중이 일제히 박수를 치기 시작했고 그 소리가 점점 커졌다. 환 호성까지 이어졌다.

레비 변호사가 먼저 차에서 내려 마티니 일가족이 타고 있는 뒷좌 석의 문을 열어주자 사진기자들과 카메라맨들이 그 순간을 놓치지 않 고 일제히 셔터를 누르고 촬영을 시작했다. 클리어가 먼저 내리고 뒤 이어 모니카 그리고 마티니가 대미를 장식했다. 박수와 환호는 점점 더 커지고 있었다. 세 사람은 어안이 벙벙했다. 이런 상황은 전혀 기대 하지 못했기 때문이다.

마티니는 자신의 주변을 둘러보았다. 초췌해진 자신의 얼굴에 쏟아 지는 플래시 불빛 사이로 몇몇 이웃사람들을 알아보았다. 그들은 그 의 이름을 부르며 인사를 건네고 있었다. 그중에서 몇 주 전만 해도 TV에 나와 사실을 왜곡해가며 그를 헐뜯었던 오드비스 일가도 보였 다. 그랬던 사람이 지금은 그에게 환영인사를 건네기 위해 그의 관심 을 끌려 했다. 마티니는 이 상황에서 굳이 인간들의 위선적인 면을 떠 올리려 하지 않았다. 대신 별다른 앙심은 품지 않았다는 사실을 부각시키고 싶었다. 그는 모여 있던 사람들에게 고마움을 표시하기 위해 손을 흔들었다.

집으로 들어온 마티니는 소파로 향했다. 피곤하기도 했고 두 다리가 아파서 앉고 싶었다. 모니카는 아빠의 허리를 잡고 부축한 다음 소파에 앉는 걸 도와주고 두 발을 들어 손수 신발까지 벗겨주었다. 딸아이의 그런 살가운 행동을 그토록 기대했던 그였다.

"차나 샌드위치 같은 거라도 갖다드릴까요?"

"괜찮아, 우리 딸." 그는 딸아이의 빰을 쓰다듬어주며 말했다. "지금 이렇게도 좋다."

반면 클리어는 분주하게 움직이고 있었다.

"금방 밥 차릴게. 변호사님도 같이 식사하실 거죠?"

"기꺼이 그러지요." 호의를 거절하기 힘든 상황이라는 걸 간파한 레비 변호사는 그러겠노라고 대답했다.

클리어가 부엌으로 들어간 사이 변호사는 고객에게 말을 걸었다.

"식사 후에 긴히 할 얘기가 있습니다. 우리 둘이서 말입니다." 그는 윙크를 하며 말했다.

마티니는 변호사가 무슨 말을 하고 싶은지 알고 있었다.

"물론입니다." 그가 대답했다.

그는 지난 며칠간, 빌어먹을 아베쇼의 호텔 방에 틀어박혀 지냈다. 짐을 풀고 '상부의 조처'를 기다려야 하는 신세로 전락한 탓이었다. 레베카 메이어 검사의 선택은 신의 한 수에 가까웠다. 모든 것을 의미하는 동시에 아무런 의미도 없었기 때문이다. 포겔에 대한 수사가 현재 진행 중인 관계로 체포할 수 있는 법적 증거는 전혀 없지만 그와 동시에 필요한 경우 수시로 질문을 해야 하기 때문에 이동의 자유는 제한한다는 결정이었다. 포겔은 모든 과정이 일사천리로 진행될 거라고는 생각하지 않았다. 평범한 고등학교 교사를 궁지로 몰아넣었던 증거조작에 대한 혐의는 쉽게 입증이 불가능하기 때문이다. 경찰의 공식적인 발표는 우발적인 상황으로 인해 증거물이 훼손되었다는 내용에서 그치고 구체적인 설명을 덧붙이지 않았다. 하지만 더그 사건에 이은 이번 악재는 그의 형사 경력에 묘비를 세운 거나 다름없었다.

안절부절못하고 욕실과 침대 사이를 왔다 갔다 하던 포겔은 해고당할 일만큼은 없을 거라 생각했다. 오히려 경찰 수뇌부들까지 연루될 위험이 있는 스캔들로 번지기 전에 꼬리를 자르듯 그가 스스로 물러나기를 원하고 있을 게 분명했다. 아마도 그의 신변에 대한 관련 조치는 소리 소문 없이 진행될 터였다. '개인적인 사정'에 의한 사임 정도로. 그 문제에 대해서는 안개 속의 사나이도 '적극적으로 나서' 그를 도와주었다. 이제 모든 언론과 대중의 관심이 안개 속의 사나이에게로 집중됐기 때문이었다. 나머지는 모두 뒷전으로 밀려나버렸다. 그렇기 때문에 더더욱 포겔의 입장에서는 치밀한 계획을 세우고 약삭빠른 머리를 굴려 자신에게 유리한 출구전략을 들이밀고 협상에 나서야 했다.

하지만 그것만으로는 충분하지 않았다.

이대로 썩은 가지처럼 잘려 나가는 것만큼은 도저히 받아들일 수 없었다. 수년에 걸쳐 신문의 1면을 크게 장식한 사건들을 여러 건 해결한 그였고, 그 공 덕분에 상관들도 승승장구할 수 있었다. 결정적인 기자회견 때마다 그의 옆에 서서 언론의 주목을 받아왔고 그 자리를 이용해 승진의 기회로 적극 활용했다. 하나같이 개자식들이었다. 그

346

들의 도움이 필요한 상황이 닥쳤지만 그들은 어디에도 보이지 않았다. 적극적으로 나서서 그를 비호해줘도 모자랄 판인데 코빼기도 보이지 않았다.

결정적으로 그의 분노를 자극했던 건 전날 밤, 전국 TV 채널을 통해 생중계된 메이어 검사의 기자회견이었다.

"지금 이 순간부터 한층 고강도의 재수사가 진행될 예정입니다." 얼마 전까지만 해도 언론의 스포트라이트에 알레르기 반응을 보였던 검사의 말이었다. "새로운 단서가 나온 만큼, 애나 루 이전의 여섯 피해자들을 위해서라도 기필코 정의를 바로잡을 예정입니다." 그녀는 30년 전 사건을 해결한다는 게 불가능하다는 사실을 뻔히 알면서도 호언장담했다.

한 기자가 경찰에서 안개 속의 사나이에 대한 추격의 고삐를 당길 것이냐고 묻자 배은망덕한 보르기 경사가 답변을 자청하고 나섰다.

"언론인 여러분. 여러분은 대중의 상상력을 자극하기 위해 다소 선정적인 이름을 붙이고 계십니다. 그러나 저는 범인은 엄연히 이름과 얼굴, 일반 신상정보가 있는 평범한 인물이라고 생각합니다. 자극적인 이름을 붙여가면서 흉악한 괴물로 여기지 않는 게 범인을 잡는 유일한 길이라고 생각합니다."

포겔의 눈에는 젊은 친구라 그런지 언론 적응력이 상당히 빠른 것처럼 보였다. 아마 나이 어린 경사를 과소평가했기 때문이었을 것이다. 엄마한테 가서 코나 풀어달라고 하지그래, 자넨 이런 압박감을 견딜 수 없을 테니까.

그런데 그가 이성을 잃을 정도로 흥분하게 된 결정적인 계기는 로리스 마티니에게 성자(聖者)의 이미지를 덧씌우는 분위기의 여론몰이였다. 그는 순식간에 괴물에서 '사법제도의 피해자'로 이미지 세탁에 성공했다. 언론들은 앞다퉈 그에게 사과성명을 발표했다. 명예훼손으로 인한 정신적 피해보상으로 소송을 당할 위기에 놓여 있었기 때문이다. 몇 주 동안 로리스 마티니에게 집중포화를 퍼부었던 기자들은 포겔에게로 포문을 돌렸다. 그런 이유로 비록 반강제로 아베쇼에 발이 묶인 상태였지만 그는 빌어먹을 호텔 방에서 나와 마음대로 돌아다닐 수도 없는 처지로 전락하고 말았다. 밖에서 그를 기다리고 있는 성난 군중은 그를 아예 십자가에 매달 기세로 벼르고 있었다.

죄인처럼 고개 숙이고 도망갈 생각은 나도 없다고. 그는 나름의 각오를 다졌다. 이미 자신에게 유리한 명예로운 출구전략도 짜놓은 상태였다. 만약 이 상태로 결국 끝이 나버린다면 자신도 최대한 빼먹을 만큼 빼먹겠다는 생각이었다. 돈이라도 뽑아내면 적어도 불만의 일부라도 잠재우고 상처받은 자존심에 약이라도 바를 수 있을 것 같았다. 그리 나쁜 아이디어는 아니었다.

단지 물건 하나만 되찾으면 그만이었다.

마티니는 식사를 마친 뒤 심신이 다 지치고 피곤하다며 클리어, 모니카 그리고 레비 변호사에게 양해를 구한 후 침실로 올라갔다. 그렇게 거의 5시간을 내리 잔 뒤 변호사가 돌아갔기를 바라면서 침대에서 일어났다. 변호사가 하려는 말을 들을 마음의 준비가 되지 않았기 때문이었다. 그러나 거실에 내려와 보니 변호사는 여전히 자리를 지키고 있었다. 이미 어둑한 밤 시간이었지만 레비는 김이 모락모락 올라오는 찻잔을 손에 든 클리어와 함께 소파에 앉아 있었다. 두 사람은 한창 대화를 나누는 중이었다. 계단 위에 나타난 남편을 발견한 클리어는 자리에서 일어나 그를 부축해 의자로 데려왔다.

"내일 아침까지 주무실 거라 생각했는데 생각보다 일찍 일어나셨습니다." 변호사는 여느 때처럼 싱글벙글한 표정으로 한 마디를 건넸다.

"도대체 포기를 모르는 분이시네요. 그런 말씀 많이 들으시지 않습니까?" 마티니는 상대의 수를 읽은 다음 대답했다.

"그게 내 일입니다."

"좋습니다. 하실 말씀이 있으신 것 같은데 얼른 하시고 여기서 마무리 짓도록 하죠."

"가능하다면 가족분들이 다 모여주시면 좋겠습니다."

"이유를 여쭤봐도 되겠습니까?"

"왜냐하면 혼자 힘으로는 선생을 설득하기 힘들 테니 다른 가족분들의 도움을 얻었으면 하거든요."

마티니는 한숨을 내쉬었지만 클리어는 그의 손을 꼭 쥐었다.

"가서 딸아이 데려올게요." 그녀가 말했다.

잠시 후 마티니 일가 세 사람과 변호사가 거실에 마주 앉았다.

"자, 이제 모두 모이셨으니 시작하겠습니다. 먼저 여러분이 참 멍청한 생각을 하고 계시다는 말씀부터 드려야겠습니다."

"욕은 먹을 만큼 먹었다고 생각하지 않으십니까?" 마티니는 상대의 말을 믿을 수 없어 아예 농담으로 받아쳤다.

"어쨌든 그 욕들이 현실과 가장 맞아떨어지는 건 사실 아닙니까."

"왜 그렇다고 생각하십니까?"

레비 변호사는 다리를 꼰 다음 찻잔을 테이블 위에 내려놓았다.

"저 사람들은 선생한테 빚이 있습니다." 그는 손가락으로 집 밖을 가리키며 말을 이었다. "저들은 선생의 삶을 망가뜨리려 했고, 또 내가 본 바에 의하면 거의 성공했습니다."

"제가 뭘 해야 하는 겁니까?"

"우선, 교도소를 상대로 고소를 해야 합니다. 법무부도 마찬가지고요. 그리고 뚜렷한 혐의 없이 선생을 용의자로 특정한 경찰 수사에 대해서 거액의 손해배상을 청구해야 합니다."

"결국 이렇게 정의를 얻어내지 않았습니까?"

"그게 다가 아닙니다." 레비 변호사는 상대의 말을 무시하고 설명을 이어 나갔다. "이번 사건에서 적어도 언론은 경찰만큼 책임이 있습니다. 그들은 재판장 밖에서 자신들만의 편향된 재판을 이어 나갔고 그것도 모자라 선생에게 변론의 기회조차 주지 않고 평결을 내렸습니다. 언론 역시 그 대가를 치러야 합니다."

"어떤 식으로 말입니까?" 마티니는 회의적인 투로 물었다. "어차피 표현의 자유 뒤에 숨어서 피해 갈 게 뻔하지 않습니까. 소용없는 일입니다."

"하지만 결과와 상관없이 저들도 대중 앞에서 체면을 차릴 기회가 있어야 합니다. 그럴 기회가 없으면 대중의 신뢰를 잃게 되는 겁니다. 다른 말로 하면 시청률이 곤두박질친다는 뜻이죠. 그건 둘째 치고, 일단 대중은 선생의 이야기를 듣고 싶어 하고 선생이 자유를 되찾은 사실을 축하하고 싶어 합니다. 더 나아가 필요할 경우 선생을 어떤 상징으로 추켜세울 준비도 돼 있다는 말입니다."

"그러니까 이미지 회복을 위해 TV 방송에 나가야 한다는 말씀입니까?"

"아닙니다. 대가를 얻어내야 하는 겁니다. 그래야 제대로 된 손해배상을 받는 거죠."

"그러니까 비싸게 부르는 쪽에 인터뷰 같은 걸 팔아야 한다……. 그런 말씀이신 겁니까?" 마티니는 경악스런 표정으로 물었다. "이미 스텔라 호너 기자한테도 말했듯, 전 캐스트너 일가의 비극을 돈벌이 수단으로 쓸 생각은 없습니다."

"한 소녀의 비극을 돈벌이 수단으로 쓰자는 게 아닙니다. 이건 선생 자신에 대한 실화를 돈벌이 수단으로 사용하는 겁니다."

"그게 그거 아닙니까. 전 이번 일은 잊고 싶습니다. 그리고 이 사건에서도 잊히고 싶습니다."

레비는 그때까지 묵묵히 앉아 있던 클리어와 모니카 쪽으로 시선을 돌렸다.

"난 당신이 정직한 사람이라는 거 알아." 아내는 부드러운 말투로 조심스레 말을 꺼냈다. "당신이 그러기 싫어하는 이유도 이해하고. 하지만 저 인간들은 언론이라는 탈을 쓰고 우리를 괴롭혔던 개자식들이라고." 아내는 돌연 분노의 감정을 표출했다.

"네 생각은 어떠니? 너도 동의할 수 있겠니?" 변호사는 모니카에게 물었다.

소녀는 눈물이 가득 고인 눈으로 그를 바라보며 고개를 끄덕였다.

그러고 나서 레비 변호사는 서류가방을 열고 서류 몇 장을 꺼냈다.

"선생의 이야기를 책으로 재구성하겠다고 제안한 어느 출판사의 계약서입니다."

"책으로요?"

"어쨌든 선생 직업이 고등학교 문학교사 아닙니까? 그리고 조만간 책이 출간되면 그 기회로 방송에 나가 각종 언론사를 비롯해 온라인 언론과도 인터뷰를 진행하는 겁니다……. '문화적 계기'가 선생의 모든 것을 유리한 국면으로 이끄는 동시에 한 차원 높게 만들어줄 겁니다."

마티니는 고개를 절레절레 흔들면서도 흥미를 보였다.

"아예 작정을 하고 몰아붙이시는군요. 좋습니다." 그는 아내와 딸을 바라본 다음 말을 이었다. "하지만 길게 끌고 갈 마음은 결코 없습니다. 최대한 빨리 이 상황에서 벗어나고 싶습니다. 무슨 말인지 아시겠습니까?"

밤 11시, 보르기 경사는 여전히 수사본부로 사용하는 체육관 사무실에 앉아 있었다. 다른 경찰들은 모두 퇴근한 터라 그의 책상에 있는 스탠드만이 유일하게 불을 밝히고 있었다. 그는 애나 루 캐스트너 이전에 발생한 여섯 건의 실종사건에 관한 얄팍한 보고서를 훑어보았다. 피해자 프로파일이 일치한다는 점으로 미루어보아 실제로 연쇄살인범이 존재한다는 결론을 내릴 수 있는 상황이었다. 스키 마스크를 쓴 채로 버려진 호텔에서 영상을 찍은 남자의 존재가 이런 가설을 뒷받침하고 있었다. 30년간의 동면에서 깨어나 재범에 나섰고 이번에는 자신의 존재를 드러내고 싶어 하는 살인범.

하지만 왜 그랬을까?

경사로서는 그 답을 찾을 수 없었다. 왜 그토록 오랜 휴지기를 가졌던 것일까? 물론 그 기간 동안에도 다른 곳에서 범행을 이어 나갔을 수는 있다. 아니면 불가항력적인 이유로 범행에 나설 수 없었을 가능성도 배제할 수 없었다. 예를 들면 다른 범죄로 형을 살다가 자유의 몸이 된 후 범행에 나섰을 수도……. 그런데 범행수법에서 기존과 달라진 점이 있었다. 여섯 건의 실종사건에서는 철저하게 자신의 존재를 숨겨왔었다. 그런데 일곱 번째 사건에서는 모두의 이목을 끌어당겼다.

물론 30년 전의 언론은 괴물을 무대 위에 올릴 준비가 전혀 되어 있지 않았던 것도 사실이다. 하지만 보르기 경사는 범인의 의도를 당최 이해할 수 없었다.

그날 오후, 그는 베아트리스 레만을 다시 찾아갔었다. 오랜 시간 동안 사건 관련 자료를 보관해오면서 누군가 자신의 현관문을 노크하고 사건에 관한 이야길 물어주기만을 간절히 바랐던 노기자는 전과는 달리 쌀쌀맞은 태도로 그를 대했다. 처음 몇 번은 경찰 수사에 적극적으로 협조할 것처럼 나왔지만 마지막으로 그녀를 찾아간 뒤에는 더 이상 그녀의 협조를 기대할 수 있을지 의심스러워졌다.

"아는 건 이미 다 말씀드리지 않았습니까." 그녀는 휠체어로 현관문을 가로막고 앉아 그를 안으로 들여보낼 마음이 전혀 없다는 뜻을 분명히 했다. "이제 그만 괴롭히시면 좋겠습니다."

하지만 그건 사실이 아니었다. 베아트리스 레만은 무언가를 숨기고 있었다. 보르기는 그녀가 애나 루 캐스트너가 실종된 이후 여러 차례 포겔 형사에게 연락했었다는 사실을 알아냈다. 왜 그랬을까? 노기자는 포겔 수사관에게 인터뷰 요청을 했지만 그가 만남을 거부했노라고 해명했다. 하지만 두 사람 모두 거짓말을 하고 있었다. 포겔 형사의 의도는 이해할 수 있었다. 예를 들면, 중요한 정보를 입수하고도 상부에 알리지 않고 비밀수사를 했다는 비난 같은 또 다른 골칫거리를 피하고 싶었기 때문이었을 것이다. 하지만 노기자가 거짓말하는 이유는 알 수가 없었다. 게다가 가택수색 과정에서 그녀가 소포를 받았다는 사실이 드러났는데, 베아트리스 레만은 사람들과 왕래도 거의 없었고 편지를 받는 일은 더더욱 없었다. 그 소포 속에는 도대체 무슨 물건이 들어 있었을까? 포겔과 관련이 있는 물건은 아니었을까?

노기자가 면전에서 문을 닫기 직전, 보르기는 곁눈질로 그녀의 집 안을 들여다보다 무언가를 발견했다. 문 옆에 놓인 재떨이에 쌓여 있던 담배꽁초 중에서 그녀가 피우는 담배와 다른 상표의 담배. 스텔라 호너가 왔다 간 것이다. 상황이 그런 거라면 베아트리스 레만으로서는 입을 걸어 잠글 충분한 이유가 있는 셈이었다. 돈을 받고 정보를 팔았다는 뜻이었다. 보르기는 군이 그녀를 비난할 마음은 없었다. 무관심과 고독에 맞서 싸우며 수많은 세월을 버텨온 그녀였다. 사람들은 지역 일간지를 지키기 위해 애썼던 그녀를, 진실을 파헤치기 위한 그녀의 노력을 잊고 지냈으니까.

다시 한 번 정신을 집중해서 첫 번째 실종자인 카티야 힐만 관련 자료를 읽고 있는데 쿵, 소리가 체육관 안에 울려 퍼졌다. 보르기는 눈을 들어 올렸다. 책상 위에 있던 스탠드 때문에 아무것도 보이지 않았다. 그는 스탠드를 이리저리 돌려보았지만 어디서 들리는 소리인지 알 수 없었다. 순간 탈의실 문 아래로 새어 나오는 불빛을 발견했다.

그는 불빛의 정체를 확인하기 위해 자리에서 일어났다.

그는 조심스레 탈의실 문을 열고 작은 로커 앞에서 손전등을 들고 움직이는 그림자 하나를 발견했다. 경사는 권총을 뽑아 들었다.

"움직이지 마!" 그는 권총을 겨누며 침착하게 경고했다.

그림자는 동작을 멈추더니 두 팔을 들고 뒤로 돌아섰다.

"아니, 여기서 뭐 하시는 겁니까?" 보르기는 상대를 알아보고 물었다. "여기 계시면 안 된다는 거 아시지 않습니까."

"TV에서 자네 말하는 거 잘 봤어." 포겔은 가식적인 미소로 대답했다. "잘 하던데, 카리스마도 있어 보이고."

"여기서 뭐 하시는 거냐고 묻지 않았습니까?"

"선배 형사한테 너무 빡빡하게 굴지 말라고. 단지 내 물건 하나를 찾으러 왔을 뿐이니까."

"더 이상 형사님 사무실도 아니고 이 방에 있는 모든 건 형사님과 관련된 수사에 증거품으로 압수된 물건들입니다."

"그 정도 규정은 나도 알아, 보르기 경사. 하지만 가끔은 같은 형사들끼리 좀 봐주고 다 그러잖아."

이전의 포겔답지 않은 반말 투가 후배 형사의 성질을 긁었다.

"로커에서 가져간 게 뭔지 보여주세요."

"비밀이야."

"그게 뭔지 당장 보여주세요!" 보르기 경사는 재차 요구했다.

비록 상대를 확인하고 총구는 거두었지만 그의 손에는 여전히 권총이 들려 있었다.

포겔은 왼손을 서서히 내리더니 코트 자락을 펼친 다음 침착하게 오른손을 안주머니 속으로 넣어 검은색 수첩을 꺼냈다.

"테이블 위에 내려놓으세요." 보르기는 위협적인 말투로 말했다. "그리고 이제 여기서 나가주시기 바랍니다."

포겔이 출구로 멀어지는 동안 젊은 형사는 그에게서 시선을 떼지 않았다. 자신이 원하는 바를 얻어내기 위해 끝까지 포기하지 않을 사람이라는 걸 누구보다 잘 알고 있었다.

"우리가 팀을 이뤘으면 잘 했을 텐데 말이야, 자네랑 나랑……." 그는 다소 경멸스런 투로 말했다. "뭐 그런데 이대로가 더 나을지도 모르겠군. 잘 해보라고, 애송이!"

상대가 탈의실 밖으로 나가고서야 보르기는 권총을 거두며 한숨을 내쉬었다. 그러고는 포겔이 수첩을 내려놓고 간 테이블로 다가갔다. 안 그래도 포겔이 그 수첩에 무슨 내용을 적는 건지 궁금하던 터였다. 무엇 하나 놓치는 법이 없을 것만 같은 그 모습에 매료되기까지 했던 그였다. 하지만 무슨 내용이 적혀 있는지 확인하기 위해 수첩을 펼친 순간 은색 볼펜으로 그간 받아 적었던 게 외설적인 그림에 불과하다는 사실을 발견했다. 노골적이면서 외설적이고 유치하기 짝이 없는 성행위 장면이었던 것이다. 그는 믿을 수 없다는 듯 고개를 절레절레 흔들었다. 형사이기 전에 미친놈이라는 생각만 들 뿐이었다.

포겔은 체육관 앞의 썰렁한 광장을 걸어가면서 단지 수첩을 찾으러 온 거라고 보르기 경사를 속인 사실에 스스로 만족해하고 있었다. 후배 형사가 수첩에 적힌 내용을 보고 무슨 생각을 할지 따위는 관심 밖이었다. 그가 실제로 로커에서 가지고 나온 물건에 비하면 아무것도 아니었으니까.

그는 휴대전화를 꺼내 번호를 누르고 신호음을 기다렸다.

"경쟁사 기자보다 25분 우선권을 드릴 생각인데……." 그가 말했다. "난 약속은 언제나 지키는 사람입니다."

"원하는 게 뭐예요?" 스텔라는 짜증 섞인 목소리로 물었다. "아직도 나한테 팔 게 있다는 거예요? 내가 알기론 가진 카드가 더 없을 텐데……."

"과연 그럴까요?" 포겔은 본능적으로 한 손을 코트 주머니 속에 넣으며 물었다. "베아트리스 레만 기자가 일기장에 대해서 말했을 텐데……."

스텔라 호너는 아무런 반응을 보이지 않았다. 그렇지! 포겔은 속으로 쾌재를 불렀다. 입맛이 당긴다는 뜻이었다.

"뭐 사실 별 얘기 들은 건 없어요." 스텔라는 신중하게 대화에 임하기 시작했다.

정곡을 찔렀던 것이다. 두 기자는 분명 서로 만났다.

"유감이네요."

"얼마를 원해요?"

"자잘한 내용들은 적절한 시기에 만나서 논하기로 하고, 그보다 먼저 부탁할 게 하나 있는데……."

"지금 그렇게 조건을 내걸 처지가 아닐 텐데요?" 기자는 다소 조롱하듯 받아쳤다.

"별건 아닙니다. 나를 무너뜨린 특종 이후에 방송사에서 당신한테 고정 프로그램 하나를 맡겼다고 들었는데……. 우선 축하드립니다. 이제 추운 날 여기저기 떠돌아다니는 신세는 면하게 되는 거 아닙니까."

"세상에, 설마 지금 그 프로그램에 섭외해달라는 거예요?"

"같이 나가고 싶은 사람이 하나 있습니다."

"그게 누군데요?"

"로리스 마티니 선생."

그는 리클라이너 의자에 앉아 있었다. 앞에는 환하게 반짝이는 전구가 여러 개 박힌 거울이 놓여 있었다. 셔츠 깃에 얼룩이 묻지 않도록 목 주변에 종이 손수건이 둘러졌다. 분장사가 부드러운 브러시로 광대뼈 주변에 파운데이션을 발라주는 동안 포겔은 눈을 감은 채 브러시의 촉감에 감각을 집중했다. 뒤에서는 의상 스태프가 그의 옷을 다리고 있었다. 이번에는 차가워 보이는 짙은 파랑색 모직 정장과 노란색 실크 스카프, 꽃무늬 장식이 들어간 청회색 넥타이 그리고 타원형 핑크골드 커프스링크를 골라놓았다.

스텔라 호너가 노크도 없이 불쑥 분장실 문을 열고 들어왔다. 뒤에는 크로스백을 멘 50대 남성이 서 있었다.

"우린 시작할 준비 다 됐어요." 기자는 이미 방송 의상인 짙은 색 투피스를 입고 있었다. "일기장은 어디 있어요?" 그녀가 손을 내밀며 물었다.

포겔은 뒤돌아보기는커녕 눈도 뜨지 않았다.

"모든 일에는 순서가 있는 법입니다, 기자님."

"난 거래 조건을 다 지켰으니 당신도 그래야 하는 거 아니에요?"

"그렇게 할 테니 차분하게 기다리시지요."

"지금이 차분하게 기다릴 때예요? 당신한테 꿍꿍이속이 전혀 없다고 누가 보장해요?"

"데스크에서 이미 한 페이지를 받았고 당신들이 직접 필적 감정 등 진위 여부까지 확인하지 않았습니까."

"그건 달랑 사본 한 페이지잖아요. 난 일기장 전체를 원한다고요."

포겔은 귀찮다는 듯 천천히 눈을 뜨면서 거울에 비친 스텔라 호너의 모습을 찾았다. 상당히 흥분한 분위기였다. 그럴 만했다.

"최소한 그 빌어먹을 일기장에 무슨 내용이 적혀 있는지 정도는 얘기해줄 수 있는 거 아니에요?"

"아무에게도 고백할 수 없었던 비밀이지요." 포겔은 상대의 신경을 더 긁어놓으려고 뜻 모를 말로 받았다.

"애나 루가 나이 든 남자라도 만났다는 거예요, 뭐예요?" 기자는 단서를 얻어내기 위해 아무 질문이나 던지며 상대를 찔렀다.

"기자님은 만나거나 전화통화를 할 때마다 나한테서 폭로할 거리를 강탈해가려 애쓰시는데 카메라가 돌아가고 온에어 사인을 보기 전까지는 아무것도 내놓을 생각 없습니다."

"알고는 있어야 한다니까요! 당신이 마음대로 프로그램을 좌지우지하게 내버려둘 수 없어요. 이건 엄연히 내 프로예요. 그런데 무슨 내용을 다루게 될지도 모른 채 방송을 시작하라고요? 어림없는 소리! 그리고 마티니 선생은 도대체 왜 나오라고 한 거예요? 그 사람이 애나루 일기장하고 무슨 관계가 있다고?"

아무런 관계도 없었다. 하지만 포겔은 그녀에게 그런 사실을 밝힐 마음이 전혀 없었다. 일기장은 단지 일대일 대면을 위한 핑계에 불과했다. 그는 일단 방송이 전파를 타면 실행에 옮길 계획을 미리 짜두었다. 우선 경찰 자격으로 로리스 마티니에게 사과를 할 것이다. 자신의 실수를 인정하면서 정작 도움이 필요할 때 자신을 내쳐버린 빌어먹을 경찰 수뇌부들을 당혹스럽게 만들 계획이었다. 그렇게 나오면 용의자로 몰렸던 교사도 공개적으로 그 사과를 받아들일 것이다. 어쩌면 가해자와 피해자가 눈물까지 보이며 서로 얼싸안는 상황이 연출될 수도 있다. 대중은 언제나 화해하는 장면을 좋아하니까. 애나 루의 일기장은 오늘 자리의 클라이맥스에 해당한다. 포겔은 소녀가 올리버와 사랑의 징표로 그린 올리버의 이름 약자 등의 내용이 담긴 페이지를 낭독할 생각이었다. 어쩌면 데스크가 직접 움직여 실시간으로 수수께끼의 인물을 직접 찾아 나설 수도 있을 테니까. 전화 연결로 올리버의 증언이 생방송으로 나가면 말 그대로 정점을 찍게 되는 것이다.

하지만 이런 사전계획을 전혀 알 리 없었던 스텔라 호너는 안절부절 못하고 발만 동동 구를 뿐이었다.

"난 언제든지 이 방송 펑크 낼 수 있어요." 그녀는 협박카드를 꺼내 들었다. "방송도 안 하고, 교사도 안 부르고……. 모든 책임도 당신한테 다 떠넘길 수도 있다는 거 잘 알아둬요."

"두 번 생각하지도 않고 단박에 승낙하지 않았습니까." 포겔은 마티니 얘기로 방향을 돌렸다. "나도 참 의외라고 생각했습니다."

"그 사람이 제안을 받아들인 건 당장에라도 생방송으로 당신을 무너뜨리고 싶어 안달이 났기 때문일 거예요." 스텔라는 만족스럽다는 듯 웃으며 대답했다.

"무슨 조건을 내걸었습니까?"

"당신이 상관할 바 아니에요."

포겔은 항복의 의미로 두 손을 들어 올렸다.

"미안합니다. 내 말은 못 들은 셈 치기 바랍니다."

스텔라는 크로스백을 멘 남자에게 돌아서더니 가까이 오라고 손짓했다.

"방송과 관련된 내용을 검토하는 변호사예요."

"어련하시려고요." 포겔은 은근히 비꼬는 투로 말했다.

변호사는 크로스백에서 서류 몇 장을 꺼내 그의 앞에 내려놓았다.

"보유하고 계신 일기장이 조작된 사실이 없으며 이에 관한 모든 법적 책임은 방송사와 무관하다는 내용의 계약서에 서명하시면 됩니다."

"단순한 물건 하나에 형식이 너무 거창한 거 아닙니까."

"난 계약서를 믿거든요." 스텔라는 꼬집어 말했다. "로리스 마티니를 설득해서 방송에 나오게 하는 게 얼마나 힘들었는지 정도는 알아두세요."

포겔은 그 사실이 만족스러웠다. 교사는 여전히 자신을 두려워하고 있을 것 같았기 때문이었다.

"들기로 자전적인 이야기를 책으로 쓴다고 하던데……. 우리 기자님은 거기서 무슨 역으로 등장하시게 되는 겁니까? 그냥 사건 담당기자일까요, 피도 눈물도 없는 파렴치한 기자일까요?"

스텔라는 포겔이 앉아 있던 의자를 자기 쪽으로 돌리고 그를 정면으로 노려보며 말했다.

"경고하는데, 난 장난 같은 건 질색이에요."

"유명 전직 재소자한테는 참 많은 자유가 주어지나 봅니다. 레비 변호사가 당신한테 얼마나 뜯어냈는지가 참 궁금해지네요……."

"방송 중에는 그런 얘기 할 일 없어요. 그러니까 꿈도 꾸지 말아요."

"모든 내용을 사전합의에 따른 절차대로 진행하기 위한 길입니다." 변호사가 끼어들었다. "방송은 생방송과 5초의 시간차를 두고 진행될 예정입니다. 방송사 직권에 의해 사전 중단조치를 취하기 위해서입니다."

"더 이상 날 못 믿으시겠다, 이겁니까?" 포겔은 스텔라를 향해 냉소적으로 물었다.

10분 후, 제작 스태프가 스튜디오로 그를 데려가기 위해 찾아왔다. 포겔은 정장을 걸친 다음 마지막으로 거울 앞에 섰다. 가보자고, 이 친구야. 포겔은 자신을 다독였다. 저 인간들에게 네가 어떤 사람인지 보여줘야지!

헤드셋을 머리에 걸고 서류를 손에 든 제작 스태프는 포겔을 데리고 복도로 나와 방화문을 열고 컴컴한 곳으로 들어갔다. 스텔라의 프로그램이 진행되는 방송 스튜디오는 상당히 널찍했다. 포겔과 제작 스태프는 무대 뒤를 따라 걸어갔다. 스태프는 헤드셋에 달린 마이크에 대고 간간이 뭐라고 속삭였다.

"출연자 도착했습니다." 스태프가 제작진에게 그의 도착을 알렸다.

포겔의 귀에는 이미 방청객들이 웅성거리는 소리가 들렸다. 스텔라는 방청객 선정은 포겔이나 교사에게 일방적인 의견이 형성되지 않도록 혐의가 있다고 생각하는 측 절반, 결백하다고 생각하는 측 절반을 의견을 물어 선정했다고 설명해주었다. 그 말에 포겔은 안심하는 척은 했지만 그리거나 말거나 어차피 관심조차 없었다. 곧 있으면 마티나나

362

자신이나 똑같은 처지가 될 테니까.

패널 대기석까지 오자 제작 스태프는 포겔을 방송 기술자에게 인계했고 기술자는 그의 넥타이에 마이크를 달아주었다. 수신기를 채워주고 정장 안으로 선을 정리해주던 기술자는 그에게 주의사항을 설명해주었다.

"아직 방송에는 나가지 않지만 제작진들은 지금부터 선생님이 하시는 말씀을 다 들을 수 있습니다."

포겔은 고개를 끄덕였다. 패널들에게 경각심을 일깨우기 위해 의례적으로 하는 설명이었다. 간혹 막말을 하거나 편향적인 입장을 드러내는 초대 손님들이 있기 때문이었다. 나름 방송 전문가였던 포겔은 그런 실수를 할 일이 없었다.

"자, 방청객 여러분, 잠시 후 방송이 시작될 예정입니다." 장내에서 방청객을 담당하는 스태프가 소식을 알렸다.

그의 목소리가 스피커를 타고 흘러나오자 박수 소리와 떠들썩한 소리가 이어졌다.

대담의 주제는 사망한 10대 소녀의 일기장이었다. 하지만 방청객들은 이미 격앙된 상태였다. TV 방송에 나왔다는 사실 자체가 사람들 생각을 달라지게 만드는 법이지. 포겔은 그렇게 생각했다. 방청객으로 방송을 탔다고 그들이 유명해지거나, 돈방석에 오르는 것도 아니다. 하지만 어떤 식으로든 그들의 삶은 달라질 것이다. 한 일도 없으면서 그 프로그램 방청객 일원이었다는 사실 자체를 자랑처럼 떠벌리고 다닐지도 모른다. 이 모든 게 그 빌어먹을 화면 속에 나오고 싶어 하는 인간들의 몸부림이니까.

"큰 소리로 말씀을 하시거나 고함을 지르시면 안 되고 박수는 저희 제작진의 지시가 있을 때만 쳐주셔야 한다는 점 다시 한 번 말씀드립니다." 스태프가 방청객들에게 유의사항을 설명했다.

또다시 박수가 이어졌다.

분장사가 마지막으로 파운데이션 상태를 점검하는 동안 포겔은 슬쩍 고개를 돌려 패널들이 스튜디오로 들어가는 무대 사이의 공간을 살펴보았다. 조명이 닿지 않는 지점이었다. 무대 뒤로는 적절히 어두운 공간이 형성되어 있었다.

빛과 어둠이 교차하는 바로 그 지점에 로리스 마티니가 서 있었다.

그는 미처 포겔을 발견하지 못한 채 호기심 많은 어린아이처럼 자신의 주변을 이리저리 둘러보고 있었다. 제법 떨어진 거리였음에도 불구하고 포겔은 그의 상태가 거의 정상으로 되돌아왔음을 확인할 수 있었다. 얼굴에 자리 잡았던 멍 자국도 보이지 않았다. 분장사의 솜씨가 대단했을 가능성도 있다. 오른팔에 한 깁스는 풀었지만 여전히 지팡이에 의지해야 하는 처지였다. 게다가 살도 제법 붙어 더 이상 해골처럼 보이지도 않았다.

그런데 무엇보다 외모가 완전히 달라진 상태였다. 과거에 비해.

옷차림부터 남달랐다. 벨벳 재킷에 면바지, 낡은 클락스 구두와는 이별을 고한 듯 보였다. 지금은 맞춤제작한 듯한 짙은 잿빛 정장을 걸치고 있었다. 넥타이도 제법 잘 어울리는 우아한 빨간색이었다. 포겔의 눈에는 그렇게 보였다. 자신을 닮은 교사를 보고 있자니 나름 자부심도 느껴졌다. 내가 네놈을 빛의 어두운 구석으로 데려온 거야. 왜냐하면 빛에도 어두운 면이 있거든. 비록 다른 사람들은 볼 수 없지만 말이야……. 포겔은 그런 능력으로 부와 명성을 쌓아왔다. 마티니의 왼쪽 손목에 걸린 고가의 손목시계도 그의 시선을 끌었다. 네놈 삶이

364

달라진 걸 느끼겠지? 내가 네놈을 쫓아다녔던 걸 고맙게 생각해야 될 거야!

포겔이 손목시계에서 시선을 돌리려던 순간, 마티니는 아무 의미 없이 셔츠 소매를 걷어 올렸다. 아마 소매에 커프스링크가 달린 와이셔츠가 익숙지 않았기 때문이었을 것이다. 그 덕에 손목 위 몇 센티미터 팔뚝의 맨살이 드러났다.

포겔은 직접 눈으로 보고도 처음에는 무슨 의미인지 알아차리지 못했다. 그것은 비밀과 관련된 내용이었다. 애나 루와 자신만이 알고 있는 비밀. 소녀가 일기장에 적고 포겔이 읽은.

그렇다면 로리스 마티니의 팔뚝에 새겨진 작은 원은 도대체 무슨 뜻이었을까?

볼펜으로 적어놓은 'O'. 올리버의 'O'.

집에 남아서 크리스마스트리를 장식하고 싶었다.

그런데 매주 월요일 오후 5시 15분에 어린이 교리가 있고, 자신이 직접 가장 어린아이들을 챙겨야 했다. 쌍둥이 동생들은 어린이 교리를 졸업한 터라 오후 내내 집에서 색색의 화려한 장식들로 크리스마스트리의 가지를 꾸밀 수 있었다. 올해 크리스마스를 맞이하는 애나루의 마음은 남달랐다. 아무래도 마지막이 될 것 같다는 생각 때문이었다. 엄마가 여러 차례 이상한 말을 한 탓이었다.

"예수님 시절에는 이런 크리스마스트리 같은 건 없었어."

엄마가 그런 반응을 보일 때마다 가족들은 일상의 변화를 각오해야 했다.

24시간 내내 물 이외의 음식은 일절 먹을 수 없는 금식의 날도 그랬다. 침묵의 날도 마찬가지였다. 마리아 캐스트너는 침묵의 날을 '언어 금식의 날'이라고 불렀다. 그런 식으로 엄마는 느닷없이 새로운 규칙을 정하거나 이런저런 일을 기존과 다른 식으로 해야 한다고 결정하곤 했다. 뿐만 아니라 신도회관에서도 그런 이야기를 하면서 다른 신자들에게 자신의 논리가 옳다고 설득하려 들곤 했다. 애나 루는 교구 공동체를 좋아한다. 하지만 특정 행동을 금지하는 이유에 대해서는 도저히 납득이 가지 않았다. 예를 들어 자신이 생각하기에는 빨간 옷을 입고 교회에 가거나 콜라를 마시는 게 전혀 나쁜 행동 같지 않았지만 절대 해서는 안 되는 금기사항이었다. 성경에서조차 그런 게 나쁜 행동이라고 가르치는 구절을 본 기억이 없었다. 그런데 모두들 꼭 그래야 한다는 식으로 행동했다. 마치 하느님이 끊임없이 지켜보기라도 하는 듯, 그렇게 사소한 행동까지 하나하나 묵묵히 지켜보다 진정한 그분의 자녀로 간택할 후보자를 고르기라도 하는 듯……

그래서 애나 루는 크리스마스트리를 장식하는 일도 이제는 끝이라는 확신이 들었다. 다행히 아빠가 "아직은 아이들에게 필요한 행사"라고 나서주기는 했다. 하지만 아빠는 원래 엄마의 결정을 따르는 편이었다. 그리고 이번에도 역시 아빠는 결국 엄마의 뜻을 따르게 될 것이다. 하지만 올해만큼은 아빠가 든든한 울타리가 돼주었다. 적어도 어릴 때부터 전통처럼 지켜온 행사 하나만큼은 일시적으로 지킬 수 있어서 애나 루는 행복했다.

"이러다 늦겠다. 좀 서둘러라!" 엄마가 계단 아래서 큰 소리로 다그쳤다.

애나 루는 부리나케 준비를 마쳤다. 엄마는 예수님을 기다리게 하는 걸 끔찍이 싫어했다. 이미 회색 트레이닝복에 운동화까지 신었다. 흰 점퍼만 걸치면 끝이었다. 애나 루는 교리문답책과 성경, 그리고 자신의 일기장을 배낭 속에 집어 넣었다. 다른 일기장에 일기를 쓰지 않은 지 꽤 되었다는 생각이 들었다. 자신이 없을 때 엄마가 몰래 자신의 소지품을 뒤진다는 사실을 알게 된 뒤부터 일기장을 두 개 쓰기로 결심했었다. 두 번째 일기장이 거짓말 용도로 사용된 건 아니었다. 언제나 사실만을 적긴 했다. 단지 자신이 느끼는 솔직한 감정을 드러내지 않을 뿐이었다. 감정이라는 건 오직 자신에게만 할 수 있는 이야기이기 때문이다. 그리고 엄마를 보호하고 싶다는 생각 때문이기도 했다. 엄마는 언제나 지나칠 정도로 자식 걱정이 심했다. 그래서 엄마에게만큼은 자신이 슬프다거나, 혹은 너무 행복해 죽겠다는 사실을 알려주고 싶지 않았다. 캐스트너 일가에게 행복은 '정도'가 있어야 했다. 너무 행복한 경우는 필히 사탄이 마수를 뻗치려 하기 때문이라는 설명이었다. "그런 게 아니라면 사탄은 왜 항상 사악하게 웃고 있겠니?" 엄마는 항상 그렇게 말했다. 사실 성화에서 보는 예수님이나 마리아님 그리고 성인들은 결코 웃는 법이 없었다.

"애나 루!"

"가요!"

애나 루는 할머니가 생일선물로 사준 MP3 플레이어와 연결된 헤드폰을 귀에 걸고 뛰는 걸음으로 계단을 내려갔다.

아래층에 내려와 보니 엄마는 한 팔을 계단 난간에 걸치고 다른 손을 허리에 올린 자세로 기다리고 있었다. 그 모습이 꼭 찻주전자 같았다.

"무슨 음악 듣고 있는 거니, 우리 딸?"

엄마가 그렇게 물어볼 거라 예상한 애나 루는 헤드폰을 엄마에게 건네며 대답했다.

"얼마 전에 찾은 동요인데 교리시간에 아이들에게 가르쳐주려고요. 아이들과 아기 고양이에 관한 노래예요."

"복음서하고는 아무 상관도 없는 거잖니." 엄마는 반대의견을 내놓왔다.

"시편을 외우게 하고 싶은데 그러려면 쉬운 노래 외우는 것부터 연습하게 하고 싶어서요."

엄마는 의심스런 눈초리로 큰딸을 쳐다보았다. 뭐라고 할 말이 없었기 때문이다. 그래서 애나 루가 만들어준 진주 팔찌가 소리가 나도록 팔목을 흔들었다. 돈독한 모녀지간임을 뜻하는 애정 어린 표현이었다.

"춥다, 단단히 입고 나가."

애나 루는 엄마의 볼에 입을 맞추고 밖으로 나갔다.

현관문을 닫자마자 한기가 느껴졌다. 엄마의 말대로 정말 추웠다. 애나 루는 크리스마스에는 눈이 내리기를 바라면서 점퍼의 지퍼를 목까지 올려 채우고 길로 나가 교회로 향하는 인도를 걸어갔다. 고해성사를 하고 싶었다. 마티아 때문에 프리실라와 사이가 틀어진 뒤로 죄책감도 들고 마음이 편치 않았기 때문이다. 심지어 프리실라의 전화번호까지 지워버렸다. 친구와 다시 사이좋게 지내야겠다고 생각은 했지만, 안 그래도 외톨이인 친구를 대하는 프리실라의 태도는 도저히 곱게 볼 수 없었다. 막말로 마티아가 뭘 그렇게 잘못한 게 있다고? 애나 루는 마티아가 자신을 마음에 두고 있다는 사실을 깨달았지만 그런 마음을 부추길 수도, 그렇다고 모른 척할 수도 없었다. 하지만 프리실라는 그 마음을 이해해주지 못했다. 프리실라는 남자아이들을 머릿속에 한 가지 생각밖에 들어 있지 않은 단순한 족속으로만 여겼다. 하지만 애나 루는 올리버에 대해 이야기하고 싶었고, 비록 올리버를 잘 알지는 못했지만 그 아이에 대해 느끼는 자신의 감정을 털어놓고 싶기도 했다. 그런데 친구가 과연 그런 마음을 이해해줄지 심히 의심스러웠다. 아마도 유치한 감정으로 치부하며 무시할 게 뻔했다. 그러나 애나 루에게는 그런 감정이 필요했다. 눈을 떠도 꿈을 꿀 수 있게 만들어주는 그런 상황. 그래서 자신의 팔뚝에 그 아이 이름 약자를 은밀히 새겨 넣었던 것이다. 사실상 자신이 주인공인 세상, 혼자만의 비밀로 간직하고 싶은 그런 세상을 잃고 싶지 않았다.

주택가가 끝나가는 지점에서 길로 나가기 위해 모퉁이를 돌던 순간, 애나 루는 발걸음을 멈췄다.

얼마 떨어지지 않은 길 끝에 차 한 대가 서 있었다. 처음에는 무슨 영문인지 몰라 어리둥절할 뿐이었다. 저 남자는 왜 손에 케이지를 들고 있는 걸까? 뭘 찾는 거지? 그런 생각을 하고 있는데 남자가 고개를 돌렸다. 애나 루는 그를 알아보았다. 학교에서 본 사람이었다. 학교 선생님. 하지만 자신의 반에 들어오는 선생님은 아니었다. 이름이 뭐였더라……. 그래, 마티니 선생님. 문학 선생님이었다.

"안녕." 남자는 미소를 지으며 애나 루에게 인사말을 건넸다. "혹시 근처에서 길 잃은 고양이 본 적 있니?"

"어떤 고양이요?"

"몸집이 한 이 정도 되는 고양이야." 남자는 팔을 벌리며 대답했다. "붉은색과 밤색 얼룩무늬 고양이야."

"아, 본 적 있어요. 며칠 전부터 근처에서 돌아다니던데……."

애나 루는 그 고양이에게 직접 먹이도 주고 자신이 만든 팔찌를 목에 걸어주기까지 했었다. 하지만 아직은 이름을 지어주고 싶지 않았다. 행여 주인이라도 나타나 데려가버릴까봐 불안했다. 길고양이로 여기기에는 너무나 상태가 멀쩡했기 때문이다.

"고양이 찾는 것 좀 도와주겠니?"

"그게……. 제가 지금 어딜 가야 해서요. 교회에서 다들 기다리고 있거든요."

"부탁 좀 한다." 남자는 애원하며 말했다. "우리 딸이 키우는 고양이인데 애가 지금 너무 절망한 상태라……."

애나 루는 자신이 교구 공동체 소속 신자 외에 낯선 사람들과 이야기하는 걸 엄마가 싫어한다고 말해주고 싶었다. 다른 금기사항과는 달리 그 말만큼은 정말 지켜야 할 이유가 있는 것 같았다. 하지만 학교 선생님은 딸이 있다고 했다. 그 어린 딸이 아끼는 고양이를 잃고 며칠째 울고 있을 생각을 하던 끝에 결국 상대를 믿기로 마음먹었다.

"고양이 이름이 뭐예요?"

"더그라고 불러." 남자가 대답했다.

애나 루는 가까이 다가가면서 웃기는 이름이라고 생각했다.

"도와줘서 고맙다. 넌 이름이 뭐니?"

"애나 루예요."

"자, 우리 이렇게 하자, 애나 루. 내가 고양이를 부르는 동안 넌 이 케이지를 들고 기다려주겠니? 녀석이 나타나면 내가 네 쪽으로 몰아갈 테니까 네가 이 안에 가두는 거야."

애나 루는 그게 어떤 상황인지 그림이 그려지지 않았다.

"보기에는 온순해 보이던데……. 그냥 맨손으로 잡아도 될 것 같던데요?"

"더그는 차 타고 다니는 걸 싫어해서, 케이지 안에 넣지 않으면 도무지 집까지 운전해서 갈 수가 없거든."

애나 루는 남자 손에 들려 있던 케이지를 받아 들며 고개를 돌렸다.

"저 집 정원에서 본 적 있어요." 애나 루는 고양이를 목격한 장소를 손가락으로 가리켰다.

애나 루가 마지막으로 본 것은 손수건으로 자신의 입을 틀어막는 누군가의 손이었다. 비명을 지를 수도 없었다. 무슨 일이 벌어지는 건지 미처 깨닫기도 전이었기 때문이다. 순간적으로 코가 콱 막히자 본능적으로 깊숙이 숨을 들이켰다. 자극적인 약품 냄새가 느껴졌다. 그리고 자신도 모르게 눈이 스르르 감겼다.

"솔직하게 이야기해줄게……. 적어도 이거 하나만큼은 말이야."

이 아저씨 목소리가 어디서 들리는 거지? 내가 아는 사람인가? 먼 곳에서 들리는 것 같은데……. 저 불빛은 또 뭐야? 캠핑용 랜턴인가……. 우리 아빠도 차고에 저런 걸 하나 가지고 있었는데…….

"넌 지금 여기가 어디고, 무슨 일이 있었는지 어리둥절할 거야. 자, 첫 번째 질문부터 시작해보자. 우린 지금 버려진 호텔에 있어. 그리고 그다음은 설명하기가 조금 복잡한데……."

옷이 없어. 왜지? 방금 전까지만 해도 앉아 있었던 것 같았는데 지금은 왜 누워 있는 거지? 너무 불편해, 여기……. 어디가 위고, 어디가 아래지? 도대체 모르겠어. 수정 구슬을 들여다보고 있는 것 같아……. 옆에 보이는 저 그림자는 또 뭘까?

"더그는 고양이 이름이 아니야. 아, 그리고 그 고양이는 이미 죽었어. 시체는 내 차 안에 있어. 솔직히 너한테 겁주기는 싫은데 너도 꼭 알고 있어야 해서……. 고양이를 죽인 건 아무도 그 고양이를 찾아내서는 안 되기 때문이었어. 아마 경찰이 수사를 시작하고 내 차를 수색하면 그 안에서 고양이 DNA를 검출해낼 거야. 왜냐하면 경찰은 끝까지 날 용의자로 의심해야 하거든. 그렇지 않으면 내 계획이 물거품이 될 테니까……. 아무튼 내가 더그는 고양이 이름이 아니라고 했었지? 더그는 사람 이름이야. 몇 달 전에 더그라는 사람의 사연을 알게 됐는데 사실 그 사람은 정말 운이 좋았다는 생각을 했어. 그 사람은 뇌출혈을 겪었지만 그 대가로 새 삶을 얻었거든……. 난 거기서 아이디어를 얻었던 거야."

그림자가 멈췄네……. 그나마 좀 낫다. 내 속옷을 입혀줬구나. 내가 추워한다고 생각했나봐. 사실 춥기는 해.

"난 학생들에게 항상 이런 말을 해. 위대한 소설가가 되기 위한 제1 원칙은 바로 모방이라고. 그런 말을 반복하다가 어느 순간, 내 평생결코 엄두조차 못 낼 일을 할 수 있게 만들어줄 사람을 찾아야 한다는 걸 깨달았어. 상상도 못 할 그 일은 바로 살인이었어. 나는 거의 매일 오후 내내 도서관에 틀어박혀 인터넷 검색을 통해 내가 알아야 하고 배워야 할 지식들을 찾아보며 시간을 보냈어. 그러던 어느 날 내가 원하는 걸 찾아낼 수 있었어……. 베아트리스 레만이라는 기자가 개설한 인터넷 사이트였어. 아마 최근에는 방문한 사람이 한 사람도 없었을 거야. 그런데 그 사이트에서 나한테 꼭 필요한 사연, 아니 사건이라고 해야 할까? 아무튼 그런 내용이 있더라고. 30년 전, 아베쇼를 비롯한 인근 지역에서 너와 비슷한 또래 여자아이들 여섯 명이 실종됐다는 거야. 한꺼번에 사라진 건 아니고 나름 일정한 시간 간격을 두고 차례차례 없어진 거지. 그런데 하나같이 너처럼 머리가 빨간색이었어. 실질적으로 그 아이들을 찾으려고 애쓴 사람은 아무도 없었어. 단지 베아트리스 레만이라는 기자만이 그 아이들 모두 한 사람에 의해 납치된 거라고 주장했었지. 베아트리스 레만은 범인이 있다고 특정한 다음 그 괴물에게 이름을 붙여줬어. 안개 속의 사나이라고. 계획은 아주 완벽했어. 난 소위 전문용어로 'M. O.(Modus Operandi)', 그러니까 그 사람의 범행수법을 고스란히 따라 하면 그만이거든. 그렇게 되면 내가 지금 하려는 일의 책임도 고스란히 그 사람에게로 넘어가는 거야. 그렇게 오랜 시간이 흐른 지금에서도 말이야. 이 모든 게 계획대로 진행만 되면 실질적으로 그 인간이 내 알리바이가 돼주는 거라고. 나를 교도소 밖으로 빼내줄 열쇠 말이야⋯⋯."

트레이닝복 바지를 입혀주고 있어. 다리를 타고 올라오는 게 느껴져. 간지러운데, 좋은 건지 나쁜 건지 모르겠어⋯⋯.

"아까도 말했지만 경찰은 끝까지 날 용의자로 의심해야 해. 그래서 흔적을 남길 거야. 사실 마티아를 통해서 이미 그 작업은 시작했어. 그 녀석이 날 너한테 안내해준 셈이나 마찬가지거든. 이건 너도 알아 둬야 하는 게, 왜냐하면 얼굴에 주근깨가 나고 머리까지 빨간 10대 여자아이를 찾는 게 솔직히 쉬운 일이 아니기 때문이야. 아마 어느 체육 시간이었을 거야. 난 바로 다음 시간에 진행할 낭만파 시인에 관한 수업을 준비하면서 아이들 책상을 이리저리 돌아다니고 있었어. 그런데 마티아 자리를 지나가는데 캠코더 하나가 보이더라고. 녀석이 놓고 간 것 같았어. 그래서 켜봤지. 거기서 녀석이 찍은 영상의 주인공을 발견한 거지⋯⋯. 그게 바로 너였어⋯⋯. 그 뒤로는 마티아가 가는 곳마다 따라다니면 그만이었어. 녀석은 네 뒤를 따라다녔고, 난 녀석의 뒤를 따라다녔던 거지. 그 덕에 네가 고양이를 좋아한다는 걸 알게 됐어. 그리고 내가 미행한다는 사실을 마티아가 주목할 수 있도록 내 차를 타고 일부러 녀석의 촬영 범위 안으로 여러 차례 들어가기도 했어. 경찰이 그 영상을 확인하고 나를 찾아오기를 바라면서 말이야. 그리고 오늘, 내가 혼자 등산하러 갔다고 말하고 그들이 내 손에 난 상처를 발견하면 계속해서 날 용의자로 몰아갈 거야. 그래서 칼도 준비해왔어. 나로서는 좀 아프긴 할 것 같은데 넌 걱정하지 않아도 괜찮아. 어차피 볼 수 없을 테니까……."

이건 내 점퍼에 달린 지퍼 올릴 때 나는 소리야. 그런데 내가 하는 건 아니야. 그림자가 나한테 말하고 있어. 이제 신발까지 신겨주고 있어. 끈도 대신 묶어주고.

"내가 바라는 건 경찰에서 특별한 형사를 여기로 보내주는 거야. 그 형사 이름은 포겔이고 사건을 소란스럽게 만들어 큰 반향을 일으키는 재주가 있는 사람이야. 대중을 상대로 언제나 자신이 옳다고 믿게 만드는 능력도 대단한 사람이거든. 더그 사건이 그랬어. 그렇기 때문에 그 형사가 내 삶을 완전히 짓밟을 거라는 것도 잘 알아. 하지만 난 모든 걸 다 잃어야만 해. 그렇지 않으면 내 계획이 수포로 돌아갈 테니까. 모든 사람들이 날 의심해야만 해. 심지어 가족까지도. 어제 네 친구 프리실라가 자기 전화번호를 가르쳐주더라. 그 아이한테 전화를 걸거나 메시지를 남길 생각이야. 내가 용의자로 몰린 상태가 되면 아마 그 아이가 TV에 나가 증언을 하면서 내가 자신에게 수작을 걸러 접근했었다고 사람들에게 믿게 만들지도 몰라. 그렇게 되면 아마 난 모든 사람들이 그토록 필요로 하는 괴물이 될 수 있을 거야……."

여긴 너무 습한 것 같아. 옷을 입고 있는데도 여전히 추운 데다 몸도 안 움직여져. 술에 취한 것 같아. 여섯 살 때, 몰래 숨어서 할머니가 담근 구즈베리 술을 마셨을 때 느낌이야. 지금쯤이면 동생들이 크리스마스트리 장식을 마쳤을 텐데……. 분명히 잘 만들어놨을 거야.

"포겔 형사는 직감 외에도 아마 나한테 집중되는 혐의를 어마어마하게 찾아내게 될 거야. 그런데 증거는 하나도 발견하지 못하지. 난 그 친구가 사실관계를 조금만 우격다짐으로 끼워넣으면 나를 체포할 수 있을 거라고 믿게 만들기 위해 자극도 하고 밀어붙이기도 해야 해. 손에 난 상처를 반복적으로 노출시킬 거야. 그러려면 상처가 아물지 않게 신경을 써야 해. 그리고 둘이 대면하는 순간이 오면 그 친구가 보는 앞에서 무의식적인 반응인 것처럼 연출해서 내 혈흔을 남겨놓을 생각이야. 포겔 형사라면 아마 어떻게든 그 혈흔을 증거와 엮고 싶은 유혹에 시달리게 될 거야. 진짜로 궁지에 몰리거나 절망적인 상황이 되면 그렇게 할 게 분명해. 수색을 통해 광산 근처의 배수로에서 네 배낭이 발견되면 아마 그 형사는 더그 사건 때와 똑같이 행동할 거야. 난 확신해. 바로, 진실을 자신의 입맛대로 요리하는 거지……. 그런데 내가 지금까지 말한 내용이 현실로 이어지려면 내가 계획하고 연출한 모든 정황이 마치 시계태엽처럼 완벽히 맞물려 돌아가야만 해. 각각 단계별로 말이야……."

무슨 잘못을 했든, 다시는 그런 잘못 안 할게요. 제발 부탁드려요. 용서해주시고 집에 보내주세요.

"난 교도소에 가게 될 거야. 가족들과 생이별을 하는 건 아마 힘들 것 같기도 해. 다시는 밖으로 나오지 못할까 두렵기도 하겠지? 하지만 그것까지 견뎌내야 해. 교도소 안에 들어가면 밖에다 설치해둔 시계 장치가 혼자서 돌아갈 때까지 기다려야 해……. 너 그거 아니? 난 어렸을 때 보물찾기에 남다른 소질이 있었어. 문제나 수수께끼를 내고 집 안 곳곳에 단서나 힌트 같은 걸 숨겨놓는 놀이를 좋아하기도 했지만 상당히 잘 했어. 그래서 네 물건 하나를 베아트리스 레만이라는 기자한테 보낼 계획이야. 최종 수신자는 포겔 형사로 지정해서……. 네 배낭에서 일기장 하나를 찾았는데 그걸 호기심을 끌어당기는 단서로 쓰기로 했어……. 넌 기억 못 하겠지만 우린 이미 영상 메시지 촬영도 다 마친 상태야. 이걸 어디로 보낼지에 대해서는 미리 생각해뒀어. 그런데 사본 하나는 언론사에도 보낼 생각이야……. 포겔을 덫에 걸려들게 하려면 모든 게 완벽해야 하니까. 그 친구가 바닥까지 내려와야 내가 다시 일어설 수 있거든……. 그 순간, 안개 속의 사나이에 관한 이야기가 세상에 드러나게 되는 거야. 물론 이미 30년 전에 죽었을지도 모르지만 말이야. 죽었다고 해도 되살아나긴 할 거야. 경찰이 정의를 바로 세우기 위해서 추격을 시작할 거거든. 그리고 난 자유의 몸이 되는 거지."

안개가 있었어. 내가 봤어. 주변이 다 안개야. 짙게 낀 건 아니지만 오싹하고 서늘한 안개…….

"이제 가장 어려운 답변을 할 차례네……. 혹시 내가 왜 이런 일을 벌이는 건지 그 이유를 묻고 싶니?"

아니에요, 그렇지 않아요……. 알고 싶지도 않아요.

"왜냐하면 난 내 가족을 사랑하기 때문이야. 내 가족만큼은 제대로 대접받았으면 좋겠거든. 아내를 잃게 될 일을 다시는 되풀이하고 싶지 않아. 넌 아마 내가 하는 말이 무슨 뜻인지 이해 못 할 거야. 하지만 그 일은 우리 가족에게는 끔찍한 악몽의 시간이었어. 난 그냥 소외된 주변인 같은 느낌으로 살아왔어. 평범한 고등학교 교사……. 하지만 클리어와 모니카는 조만간 나를 자랑스럽게 여기게 될 거야. 아, 그리고 모든 게 끝나자마자 바로 나 자신을 팔 생각은 없어. 조금은 더 버틸 생각이야. 나란 사람이 청렴하고 정직한 사람이라는 것부터 입증할 계획이거든. 하지만 우리 솔직히 생각해보자. 이쯤 공을 들였으면 보상을 받는 것도 당연하지 않을까? 부인할 수 없는 사실이잖아."

저도 가족을 사랑해요. 우리 가족도 절 사랑하고요. 왜 그런 건 모르는 거예요?

"자, 여기까지야……. 널 이 일에 끌어들인 건 미안하게 생각해. 그런데 소설을 보면 이야기를 끌고 가는 건 악당이나 범인이야. 독자들은 모든 등장인물이 선하고 착한 이야기에 별로 흥미를 못 느끼거든. 그렇다고 네 역할이 단역으로만 그치는 건 아닐 거야. 누가 알아? 언젠가 정말 그 안개 속의 사나이를 잡게 될지 말이야. 그렇게 이 세상이 잊고 있었던 여섯 소녀를 위한 정의가 바로 세워질 수도 있는 거고……. 그렇게 된다면 그건 바로 애나 루, 네 덕분인 거지……."

왜 저한테 이런 얘기를 하는 거예요? 하나도 재미없어요. 마음에 들지도 않고. 엄마랑 아빠랑 동생들이 보고 싶단 말이에요. 한 번만, 단 한 번만 우리 가족을 보게 해주세요. 제발 부탁드려요. 작별인사라도 해야 하잖아요. 절 그리워할 텐데…….

"미안하지만 이제 에테르 약효가 점점 떨어지는 게 보이네. 나도 서둘러야겠다. 넌 아무것도 못 느낄 거야."

팔이 따끔한 게 뭐가 찌른 것 같아. 눈이 조금씩 떠지는 것 같아. 이제 눈을 뜰 수 있어. 주삿바늘로 찌르면서 내 팔을 보네. 올리버를 위해 쓴 'O'를 살펴보고 있어. 이게 뭘까 궁금해하는 눈치인데, 그건 비밀이야.

"잘 가라, 애나 루. 넌 참 예쁘구나."

추워……. 엄마, 어디 계세요? 엄마…….

모든 걸 영원히 뒤바꾼 밤에 찾아온 안개는 창문을 타고 진료실 안으로 넘어 들어와 오싹한 한기처럼 퍼져나가는 것 같았다.

포겔은 한참 동안 이야기를 늘어놓은 끝에 긴 침묵의 시간을 가졌다.

"의사 선생님께서는 증오심이라는 감정이 범죄의 주요동기가 되지 못한다는 사실을 알고 계십니까? 보르기라는 어린 친구가 저한테 그런 이야기를 하려고 했었는데, 솔직히 건성으로 흘려들었습니다. 제대로 귀를 기울였다면 아마 더 늦기 전에 모든 걸 깨달았을지도 모르지요······. 범죄의 첫 번째 동기는 바로 돈입니다."

"그런 것까지는 몰랐습니다." 플로레스 박사가 대답했다.

"악순환의 고리는 지극히 평범하고 단순한 생각을 중심에 두고 돌아가는 법이니까요······. 아무도 애나 루의 시신을 찾아선 안 되는 거였습니다. 절대로. 그게 바로 이 수수께끼의 묘미였거든요. 시체가 없다는 건 증거가 없다는 것을 뜻합니다. 놈은 그래서 빠져나갈 수 있었던 거고요."

"그렇다면 팔뚝에 있는 그 약자는요? 왜 그런 위험을 감수했던 겁니까? 나로서는 이해할 수가 없는데……."

"범죄자는 평균적으로 20가지 정도에 달하는 실수를 저지르게 되는데 그중에서 스스로 깨닫는 것은 절반도 되지 않습니다. 대부분의 경우 서툴거나 부주의해서 발생하는 것들이죠. 그런데 그중에서도 특성상 '의도적'이라고 볼 수밖에 없는 것들도 있습니다. 일종의 표식이라고 할 수 있는 겁니다. 살인범의 무의식 속에는 남들이 자신의 범죄 행위를 알아봐주기 바라는 마음이 숨어 있습니다. 악마가 저지른 가장 멍청한 실수는 자만심이라고 하던데……. 솔직한 말로 아무에게도 자신이 악마라는 사실을 알릴 수 없다면 악마가 된들 무슨 소용이 있겠습니까?" 포겔은 마티니의 말을 인용하면서 자신의 생각을 덧붙였다.

정신과 전문의는 머릿속에 전체적인 그림이 그려지기 시작했다.

"그러니까 방송이 끝난 후 아베쇼까지 로리스 마티니 씨를 따라간 다음……. 살해한 거로군요."

포겔은 무릎에 손을 얹었다.

"어디서도 그 인간은 찾을 수 없을 겁니다. 그 친구 역시 안개가 데리고 사라져버렸거든요."

그때 플로레스 박사는 책상 위에 놓인 전화 수화기를 들고 번호를 눌렀다.

"네, 접니다. 들어오시지요."

그는 전화를 끊었다. 두 사람은 아무런 말없이 기다렸다. 그러자 진료실 문이 열렸다. 정복 경찰 두 사람이 들어와 포겔의 곁에 섰다.

"똑같은 물고기만 잡는 낚시꾼이라……." 포겔은 웃으며 말했다.

"정말 즐거운 대화였습니다, 플로레스 선생님."

집에 들어왔을 때는 오전 6시가 다 돼가는 시각이었다. 여명이 곧 밝아올 터였지만 아직은 어둡고 조용하기만 했다. 미리 가동시켜놓았던 보일러는 경사진 지붕이 달린 주택을 잠에 취하게 만들 정도로 포근한 온기를 퍼뜨리고 있었다. 소피아는 위층 침실에서 곤히 자고 있었다. 플로레스는 좀 쉬기 위해 아내의 곁에 누울까 하다 생각을 바꿨다. 잠이 올 것 같지 않았다. 간밤의 일 때문만은 아니었다. 그는 살금살금 지하실로 내려갔다.

자신이 잡은 온코린쿠스 미키스들을 박제로 만드는 작업실이 갖춰진 곳. 그리 넓지 않은 공간에는 작은 창문 하나만 달려 있었다. 플로레스는 팔을 뻗어 선을 잡아당겨 머리 위에 대롱대롱 걸려 있는 전구의 불을 밝혔다. 흔들리는 전구 불빛에 따라 그림자들이 춤을 추었다. 그의 앞에는 나무 작업대를 비롯해 작업에 필요한 도구들이 정리되어 있었다. 부패를 방지하기 위해 사용하는 암모니아, 포름알데히드 등의 약품이 담긴 플라스크, 천연색을 두드러지게 강조해주는 투명 에나멜, 알코올 원액 스프레이, 붓과 브러시 통, 테레빈유, 격자 판에 가지런히 꽂혀 있는 각종 칼들, 바늘 통, 기다란 솔과 끝이 구부러진 작은 도구, 붕사가루, 살리실산, 그리고 발열램프까지.

플로레스는 은퇴를 앞두고 있던 터라 그곳이 그의 새로운 놀이터가 될 예정이었다. 박제도구 외에도 대부분의 낚시장비들은 이미 그곳에 가져다놓았고 진료실에 보관해두었던 전리품도 옮겨놓아야 했다. 평생 일해온 진료실을 떠난다는 생각에 서글퍼지긴 했지만, 스트레스와 근심, 걱정에서 벗어나 느긋하게 자신만의 취미생활로 시간을 보내는 상상으로 마음을 달랬다. 이따금 손자, 손녀들을 불러 할아버지가 무슨 일을 하는지 구경시켜주는 것도 좋겠다는 생각이 들었다. 자신의 취미생활을 그 애들에게 물려주고 싶기도 했다. 박제를 만드는 동안만큼은 시간 가는 줄 모르고 작업에 열중할 수 있었으니까……. 오전 느지막이 아이스티와 샌드위치를 담은 쟁반을 들고 계단을 내려오는 소피아의 발소리……. 그런 게 노년을 보내는 즐거움이 아닐까 싶었다.

플로레스는 작업대에 손을 얹고 어깨에 들어간 힘을 뺐다. 그리고 깊이 심호흡을 한 다음 무릎을 꿇었다. 작업대 아래에는 낚시에 사용할 미끼들을 보관하는 상자가 정리되어 있었다. 크리스마스나 생일 때마다 가족이나 주변 지인들에게 선물로 받은 물건들이었다. 사실 플로레스가 다른 선물은 전혀 좋아하지 않는다는 걸 알기 때문에 사람들은 매년 각기 다른 미끼 상자를 그에게 선물했다. 그중에는 제법 값이 나가는 고가의 제품도 있었다. 맨 끝에는 자물쇠가 채워진 낡은 철제 상자 하나가 있었다. 플로레스는 그 낡은 상자를 꺼내 작업대 위에 올려놓았다. 자물쇠 열쇠는 다른 열쇠들과 함께 열쇠고리에 끼워 항상 자신이 소지하고 다녔다. 그는 집 열쇠, 차 열쇠, 그리고 진료실 열쇠 사이에 있던 열쇠를 들고 자물쇠에 밀어 넣고 돌렸다.

여섯 개의 빨간색 머리 타래가 여느 때처럼 가지런히 놓여 있었다.

그 머리 타래들은 한 마디로 그의 삶에서 행복했던 시기를 떠올리게 하는 전리품이었다. 이미 지금의 아내 소피아와 결혼해 아이들을 둘이나 낳았다. 그가 낚시 대신 아주 가끔씩 하는 '취미생활'의 실체를 아는 사람은 아무도 없었다. 언제나 한결같이 만족스런 표정으로 집에 돌아오는 그를 보면서 그 얼굴에 드러난 기쁨이 다른 일 때문이라고 상상한 사람 역시 없었다.

지난 30년간 무지개송어라는 똑같은 물고기만 낚아 올린 낚시꾼은
그 전에 똑같은 외모를 한 10대 소녀를 납치하는 일에 공을 들였던 장
본인이었다. 빨간 머리에 주근깨가 난 10대 소녀들.

세상 사람들은 안개 속의 사나이가 어떻게 되었는지에 대해 궁금해
하고 있었다. 그는 그런 세상 사람들에게 지금도 여전히 먹잇감을 찾
아 나서고 싶은 유혹을 느낀다고, 하지만 30년 전에 겪은 심근경색 때
문에 자신에게 엄숙하게 맹세를 했다고 말할 수 있으면 얼마나 좋을
까 생각했다.

더 이상 빨간 머리에 주근깨가 난 10대 소녀들을 쫓지 않겠다고.

30년이라는 세월이 흐르는 동안 사람들은 그의 존재를 잊어버렸다.
그런데 로리스 마티니라는 학교 선생으로 인해 안개 속의 사나이가
또다시 세간에 오르내리게 되었다. 하지만 그게 나라는 건 죽었다 깨
나도 알 수 없을 거야. 오늘 밤 포겔이 친 사고는 모든 걸 바로잡아준
신의 선물이나 마찬가지였어. 세상 사람들은 괴물이 죽었다고 생각할
테니까……

플로레스는 여전히 그 철제 상자를 내려다보고 있었다. 진작 모든
걸 다 없애버렸어야 했을 수도 있다. 머리 타래가 훗날 불리한 증거로
쓰일 수 있다는 두려움 때문은 아니었다. 그런 게 아니라, 또다시 심근
경색으로 갑자기 쓰러져버릴 경우 때문이었다. 아마 치명적인 결과가
야기될 수도 있는데 이 세상 그 누구보다 사랑하는 가족들이 자신의
비밀스러운 수집품들을 발견할 수도 있기 때문이었다. 아마 어떻게 된
영문인지 이해하지 못할 것이고, 남편, 아버지, 할아버지를 다른 시각
으로 볼 수도 있을 것이다. 가족에게만큼은 자신의 그런 부분을 보여

주고 싶지 않았다. 사랑받는 사람으로 남고 싶었다.

하지만 이번에도 역시 이 전리품들을 계속해서 보관하기로 마음먹었다. 평생토록 잊기 힘든 애착의 대상이란 것도 있기 마련이니까. 안개 속으로 사라져버린 여섯 명의 소녀들은 그의 전리품이었다. 오직 자신만이 알고 있는 절대 비밀이었다. 지난 30년간 가슴속에 고이 간직해온 비밀. 그는 뚜껑을 닫고 자물쇠를 잠갔다. 그런 다음 작업대 밑에 도로 집어 넣었다. 지하에 난 창문으로 한 줄기 여명이 뚫고 들어왔다.

그렇게 모든 걸 영원히 뒤바꾼 밤은 막을 내렸다.

〈끝〉

감사의 글

친구이자 담당 편집자인 스테파노 마우리를 비롯해, 전 세계에서 각 각의 언어로 필자의 소설을 편집해주는 편집자들에게.

언제나 든든한 지원을 아끼지 않는 파브리조 코코, 이번 도전이 끝 날 때까지 성원해준 주세페 스트라제리, 라파엘라 론카토, 엘레나 파 바네토, 주세페 소멘지, 그라지엘라 체루티, 알레시아 우골로티, 토마 조 고비에게.

온화한 손길로 내 삶을 구원해준 크리스티나 포스키니에게.

런던 에이전시에서 열성적으로 일해준 앤드류 뉘른베르그, 사라 눈 디, 줄리아 베르나베를 비롯한 모든 팀원들에게.

티파티 가숙, 아나이스 부테이 보콥자, 아일라 아흐메드에게.

알레산드로 우자이와 마우리조 토티에게.

잔니 안토난젤리에게.

절친한 친구, 미켈레, 오타비오, 그리고 비토에게. 그리고 아킬리우 스에게.

부모님, 안토니오와 피에티나께.

여동생 키아라에게.

사랑하는 모든 가족에게. 여러분이 아니었으면 지금 이 자리에 있 을 수 없었을 겁니다.

유년 시절 경험한 충격적 사건으로 인해 감정적 공감능력이 결여된 여형사 밀라 바스케스를 원톱 주인공으로 내세운 《속삭이는 자》와 《이름 없는 자》 시리즈를 통해 첨단과학수사기법을 비롯한 다양한 수사 방식으로 여러 유형의 범죄자를 대하는 형사들의 모습과 참혹한 범죄 현장을 실감 나게 보여준 도나토 카리시. 연이어 법사진 전문가 산드라와 교황청 소속 사면관 마르쿠스 사제를 투톱으로 내세운 《영혼의 심판》을 통해 과거와 현재가 공존하는 로마를 배경으로 문학적이고 예술적인 분위기 속에서 최소한의 단서만으로 독자들을 마지막 반전까지 숨 가쁘게 이끌었던 그가 드디어 일곱 번째 소설(현재 국내에는 세 권이 소개돼 있다) 《안개 속 소녀》를 들고 찾아왔다.

도나토 카리시의 소설 데뷔작 《속삭이는 자》는 시작부터 창대했다. 《속삭이는 자》는 정식 출간 이전, 가제본 상태로 국제도서전에 소개되자마자 20개가 넘는 국가에서 치열한 판권 경쟁을 불러일으켰으며, 유럽을 넘어 스릴러의 본고장이라 할 수 있는 영미권을 강타했을 뿐만 아니라 출간 이후 지금까지 전 세계에서 가장 많이 팔린 이탈리아 스릴러소설의 자리를 굳건히 지키고 있다.

소설가가 되기 전, 도나토 카리시는 희곡을 비롯한 여러 편의 TV 드라마 시나리오를 집필했을 뿐만 아니라 이탈리아 유력 일간지 〈코리에레 델라 세라〉에 정기적으로 글을 기고하며 글쓰기의 기본기를 탄탄히 다져왔다.

하지만 그가 선보이는 소설 한 권 한 권이 남다른 이유는, 첫 번째로 범죄학과 법학을 전공한 그의 이력 때문일 것이다. 그는 "몸과 마음이 더럽혀지는 것 같은 느낌"을 받으면서까지 연쇄살인범과 1대 1로 인터뷰를 진행하는 등 전 세계에서 벌어진 실제 범죄사건을 냉철한 범죄학자의 시각으로 분석한 뒤, 그 위에 작가적 상상력을 절묘하게 엮어 어느 게 허구이고, 어느 게 사실인지 쉽게 구분할 수 없는 '극'사실적 이야기를 만들어내었다.

두 번째로는 그의 투철한 직업의식을 들 수 있다. 여러 언론과의 인터뷰에서 밝힌 바 있지만 그는 냉철한 분석과 철저한 연구만으로도 채울 수 없는 부분이 있다면 직접 몸을 던져 체험하는 특이한 작가이다. 실제로 실종사건의 이면을 다룬 이야기인 《이름 없는 자》를 집필할 당시에는 주변 사람들과 연락을 끊고 자발적으로 '가출'해 새 신분으로 살아간 적도 있었다고 한다. 이번 소설 역시 저자 본인이 유년기에 하마터면 유괴될 뻔했던 경험이 그 출발점이었다고 한다.

도나토 카리시의 작품이 남다른 마지막 이유는 바로 범죄를 바라보는 그의 시각이라 할 수 있다. 그는 언론 인터뷰를 통해 극악무도한 범죄자에 대해서는 불행한 유년기까지 거슬러 올라가는 '수고'를 들이면서도 반면 범죄의 피해자들에 대해서는 큰 관심을 기울이지 않는 대중의 역설적인 '호기심'을 여러 차례 지적한 바 있다. 그리고 자신의 소설에 간간이 배치해두었던 이 사회문제를 정면으로 다룬 작품이 바로

《안개 속 소녀》다. 그는 자신의 소설을 통해 범죄를 바라보는 언론과 대중의 심리를 적나라하게 파헤쳐 노골적으로 보여주고 있다.

그는 범죄학자로서 지금까지 수많은 실종사건이나 살인사건을 다뤘지만 신문이나 TV 등 언론의 취재대상이 되는 사건은 극소수에 불과하다는 점을 항상 눈여겨보며 그 이유를 궁금해했었다고 한다. 그리고 그가 찾아낸 이유는 다음과 같다고 한다. 대중은 체포된 범인이 나와 다를 바 없는 지극히 평범한 인물일 수도 있다는 사실이나 혹은 사건에 관한 진실을 규명하는 일에는 크게 관심을 갖지 않는다고. 모두가 괴물을 잡고 싶을 뿐이라고. 경찰, 검사, TV, 신문, 그리고 무엇보다 대중의 요구가 그랬었다고. 대중은 '쇼'를 원하고 나머지는 그 상황을 자신의 경력을 쌓는 데 활용하거나 돈벌이 수단으로 삼으려고만 한다고……

권력을 쥔 언론이 사악한 존재냐는 질문에 저자는 이렇게 말했다.

"언론은 대중이 듣고 싶어 하고, 알고 싶어 하는 것들을 찾아 전달해줍니다. 만약 범죄나 폭력에 대한 이야기를 듣기 싫다면 신문을 사보지 않거나 채널을 돌려버리거나 혹은 인터넷에서 사건 관련 기사들을 더 이상 읽지 않으면 그만입니다. 각종 사회관계망에 글을 올리고 댓글을 다는 것도 중단해야 할 겁니다. 하지만 사람들은 계속 그런 행동을 합니다. 대중은 멈추지 않을 겁니다. 언론의 영향력이 날로 커지는 건 언론이 사악해서가 아니라 우리의 병적인 호기심이 자양분으로 작용한 건 아닐까요?"

역자이기 전에 한 명의 독자로서 도나토 카리시의 소설을 좋아하는 이유는 작품을 읽을 때마다 마지막 장을 넘기는 순간, 허를 찌르고 뒤

통수를 치는 특급 반전의 미학과 소설이 끝나고서야 그 무시무시한 공포가 온몸을 감싸기 시작하는 묘한 경험 때문이다. 이번에도 역시 작가는 그 기대를 저버리지 않고 쉽게 예상할 수 없는 결말로 독자들에게 무시무시한 반전을 선사한다.

그리고 그의 소설은 전 세계 독자들에게 언젠가 반드시 영화나 TV 드라마로 제작될 것만 같다는 막연한 기대감을 안겨줬다. 그런 독자들의 기대에 부응하기 위해서였는지 《안개 속 소녀》는 현재 영화로 제작 중이며 그의 또 다른 대표작이 TV 드라마로 제작될 예정이라는 반가운 소식이 들린다.

마지막으로 한 마디만 덧붙이자면, 도나토 카리시의 소설은 단지 흥미진진한 이야기로 결론을 짓는 것에 머물지 않고 언제나 마지막 장을 덮는 순간 범죄와 악의 근원을 생각하게 만드는 심오한 질문과 진정한 공포를 선사하는 새롭고 놀라운 스릴러라는 것이다.

2017년 5월
이승재

안개 속 소녀

LA
RAGAZZA
NELLA
NEBBIA

2017년 5월 18일 초판 1쇄 발행
2018년 10월 8일 초판 2쇄 발행

지은이 | 도나토 카리시
옮긴이 | 이승재
발행인 | 이원주

발행처 | (주)시공사
출판등록 | 1989년 5월 10일(제3-248호)
브랜드 | 검은숲

주소 | 서울 서초구 사임당로 82(우편번호 06641)
전화 | 편집 (02)2046-2852·마케팅 (02)2046-2800
팩스 | 편집·마케팅 (02)585-1755
홈페이지 | www.sigongsa.com

ISBN 978-89-527-7844-4(set)
ISBN 978-89-527-7845-1(04880)